JN049883

ひとつの祖国

貫井徳郎

朝日新聞出版

ひとつの祖国

● 目次 ●

プロローグ

第二次世界大戦の敗戦国であるドイツ、イタリア、日本の三国のうち、ドイツと日本には共通点があった。ソビエト連邦が近かった、という地理的条件である。そのためドイツと日本はソ連の侵攻を許し、イタリアだけが免れた。ドイツと日本は東西に分割されたのに、イタリアは統一国家でいられたのは、ただ単に地理的に恵まれていたためであった。

北海道の根室(ねむろ)沖から上陸したソ連軍は、破竹の勢いで北海道を制圧し、本州になだれ込んだ。もしソ連軍に勢いがなかったなら、日本政府は様子見をしていただろう。だがソ連軍の侵攻があまりに速かったため、天皇の動座という一大事にも迷っている暇はなかった。天皇は京都へと逃れ、ソ連軍の捕虜になるという最悪の事態を免れることになった。

結局それが、東西分割を容易にしたと後の歴史家は分析している。天皇が東京に残ったままだったなら、その身柄を巡ってアメリカとソ連の間で悶着があっただろうことは間違いないからだ。しかし天皇は、西に逃れた。お蔭で天皇制は存続し、西日本には立憲君主国家が維持された。天皇家は、ロシアのロマノフ王朝と同じ運命を辿らずに済んだのである。

そうして、西日本には大日本国、東日本には日本人民共和国が誕生した。西は民主主義国家、東は共産主義国家であった。ドイツとほぼ同じであり、違うのは唯一、〈東京の壁〉は存在しなかった点だけである。ベルリンのように、東京の中に民主主義体制のエリアが誕生することはなかった。

国境は、新潟の糸魚川と静岡の富士川を結ぶ線と決められた。これはもともと、電力の周波数が切り替わる線だった。歴史的な由来で、東日本では五十ヘルツ、西日本では六十ヘルツの電気を使っていた。その境界線をそのまま国境としたのである。東西に分かれる線が以前から存在していたなら、そこを国境とするのはどちらの陣営にとっても納得しやすかったためだった。

東日本の首都が東京、西日本の首都が大阪に置かれたのは、理の当然であった。どちらも、他の都市が首都になる可能性はなかった。とはいえ、大阪が戦火から立ち直って以前の姿を取り戻したのとは対照的に、東京はその景色を一変させた。ひと言で言えば、灰色の街になったのである。経済は停滞し、人々の表情からは活気が失せ、典型的な東側の国となった。以来五十年弱、ふたつの国はまったく別の道を歩み続けた。もはや、以前はひとつの国であったとは思えぬほど、別個の国民性を養ったのである。

東西の最も大きな違いは、ドイツと同じく経済力だった。東日本は、戦後に国内総生産世界第二位となった西日本を羨んだ。東西統一の機運が湧き起こったのは、決してドイツの動きを真似したからではなかった。東日本人は、西日本と統一しさえすれば、豊かな生活が送れると信じたのである。

しかし統一のきっかけは、自力で摑んだとは言えなかった。間違いなく、ドイツが統一しなければ日本の統一もなかっただろう。ベルリンの壁崩壊のニュースは、特に東日本に衝撃を与えた。一党独裁で実質的な政府そのものであった日本社会主義党の要人たちは皆、浮き足だった。国外に逃亡したくても、肝心のソ連そのものの足許が怪しくなっていたので、逃げる先がなかったのである。そしてドイツに遅れること半年、まさに右へ倣えといった体で日本も統一を果たした。

ドイツの首都がベルリンになったのとは対照的に、東京が首都の座に返り咲くことはなかった。天皇が京都にいたため、日本の中心は関西という意識が、西日本だけでなく東日本にも芽生えていたのである。統一日本の首都は大阪になり、かつての関西弁が標準語と呼ばれた。東京の言葉は、田舎者の方言と見做されるようになった。

統一政府は、東西の融合を急いだ。一番の問題はやはり、経済格差だった。福岡から名古屋までだった新幹線が東京へ延び、さらに盛岡までの東北新幹線が造られた。有力企業は続々と東京に支店を出し、東西の行き来は活発になった。コンビニエンスストアやファミリーレストランといった、西にしかなかったチェーン店も東へと進出した。文化の交流は、盛んに行われた。

それでも、東西の経済格差は埋まらなかった。東日本人は、西日本から見れば安価な労働力でしかなかった。統一から三十年も経つと、格差はもはや固定したも同然だった。いつしか東日本人は、自分たちを二等国民と見做すようになった。いくらがんばっても、西日本人のような生活は送れないと気づいたからである。

西日本も、いつまでも我が世の春を謳歌していたわけではなかった。急成長を遂げた中国に国力で抜かれ、さらにはふたたびドイツに、そして人口数世界一となったインドにも追い越され、国内総生産は世界第五位に転落したのである。家電や半導体といった、いっときはメイドインジャパンとして世界を席巻したお家芸も、競争力を失った。家電メーカーは次々と中国企業に買収され、ブランド名だけが残った。給料は上がらず、物価も低く据え置かれ、低成長の時代に入った。日本人は裕福、という国際イメージはもはや過去のものとなった。

それによって東西の格差が縮まったかといえば、そうではなかった。西が沈めば、東も沈むのである。持ち家はもちろんマイカーも持てなかった東日本人は、いっそう慎ましい生活を強いられた。その暮らしぶりは、かつての分裂国家の方がまだましと思えるほどだった。

当然の結果として、厭世観（えんせいかん）、そして懐古主義が東日本に蔓延（まんえん）した。共産圏時代はよかったと振り返る人々が増え、それらを聞いた若い世代も知らなかった時代を薔薇（ばら）色に想像する。そうした空気が生み出すのは、独立を望む声だった。統一から三十年を経て、東日本は自分たちだけの国を欲するようになったのだった。

東日本人にとって、西日本人並みの生活を送る手段はひとつだけあった。自衛隊に入ることである。西日本には戦後、東側に対抗するために当然のように軍隊が設立された。その軍隊は、東西統合後に〝自衛隊〟という名称に改称された。中国を始めとしたアジア諸国に威圧感を与えないため、そのような名称になったと言われている。しかし、名前はあくまで名前に過ぎなかった。

自衛隊は徴兵制ではなかったので、慢性的に人員不足だった。だから、入隊希望者は出自を問わず厚遇した。東日本人であっても出世の可能性があったのは、そういうわけである。もちろん、西日本人と同等に出世できるわけではなかったが、同じ公務員である警察官や消防隊員に比べれば、まだ夢が持てる職業であった。

一条昇(いちじょうのぼる)が東日本出身だったにもかかわらず、辺見公佑(へんみこうすけ)と親しく付き合えたのは、互いの父親が自衛隊員という共通点があったからだった。自衛隊は、宿舎をわざわざ出身地で分けるようなことはしなかった。辺見の父親は東京に赴任し、一条一家と隣人になった。同年齢であった一条と辺見が親しくなるのは、ごく自然な成り行きだった。

一条と辺見が似たタイプだったわけではない。辺見が父親譲りの体育会系だったのとは対照的に、一条はどちらかといえば学究肌だった。同じ年なのに幼い頃から体格差があり、並んでいれば同年齢とは思われなかった。それでも、小さい子供が親しくなるのにそうした要因は妨げにならなかった。むしろ辺見は、自分が一条を守ってやらなければならないという義務感すら覚えていた。辺見には妹がいたこともあり、兄として振る舞う延長上で一条との付き合いを捉えていた。どこか、一条のことを弟のように思っている面があった。

しかし一条は、辺見を精神的に頼っているわけではなかった。一条と辺見が共通して好きなのは、昆虫だった。昆虫を捕まえては飼ったり、あるいは標本にしたりした。昆虫の知識は、明らかに一条の方が上だった。辺見は昆虫を捕まえることは好きだが、その分類や生態などには興味がなかったのだ。一条が教えてくれるから、自分で調べる必要がなかったためかもしれない。一条は一条で、自分が辺見にいろいろ教えなければならないと考えていたのだった。

辺見の父親の赴任期間が長かったこともあり、ふたりの直接的な交流は中学卒業まで続いた。辺見の卒業に合わせて一家は大阪に戻っていったが、もうその年齢になっていれば能動的に接触を保つことができた。家が離れ離れになっても、友情は存続したのである。メッセージで連絡をとり合い、辺見が東京に遊びに来たときには会って親交を深めた。家が近かった頃のように密な付き合いこそできなかったものの、互いに寄せる信頼と友情に変わりはなかった。辺見が東日本に対する優越感から完全に自由であったかといえば怪しいが、少なくとも一条を見下す気持ちはなかった。辺見にとって一条は、あくまで対等な友人だった。

一条も辺見も大学まで進学したが、卒業後の進路は対照的だった。辺見が父親の後を追って自衛隊員になったのに対し、一条はその道を選ばず、結果として正規雇用の職を得られなかったのだ。東日本出身者としては、珍しくない話だった。だから自分が有期雇用契約の社員となったことにも、格別不満は持たなかった。皆そうなのだから、現状を否定しようがない。西日本人並みの生活は、自衛隊に入らなかった時点で諦めていた。

社会人になって環境に差が生じると、それまでの付き合いを同じ形で続けるのは難しくなる。特に辺見の側は、やはり気を使わざるを得なかった。会って酒を飲むにも、安い店を選ぶようにしていた。一方、一条は自分の境遇を卑下することもなかった。貧乏を恥ずかしいと感じる心性は、東日本出身の者にはもともと備わっていなかったのだった。

そうしてふたりは、二十八歳になった。この時点ではまだ、友情は今後も続くものと両者とも信じて疑わなかった。

第一部

I

集合時刻は午後七時だった。

たいてい、飲み始めて三時間ほどでお開きにする。一条たちの世代は、酔い潰れるほど酒を飲まない。それが常識だし、そもそもそこまで酒に金を使えない。西日本では居酒屋で酒を飲むらしいが、東日本でそんな贅沢(ぜいたく)をする人はごく一部だ。普通の庶民は、安売りをする酒屋で酒を買い、友人の家に集まって飲むものである。西日本人からすれば貧乏臭(くさ)く見えるのかもしれないが、東京に生まれた者にとってはなんら恥じることのない当たり前の飲み会であった。

今日は、職場の同僚たちと飲むのだった。一条は契約社員として、引っ越し業者で働いている。業界最大手のひとつなので、悪くない勤め先だ。羨(うらや)ましがられる仕事ではあるが、肉体労働なので楽ではない。

数多い契約社員の中でも、気が合う者たち数人と、月に一度くらいは飲む。年齢が近い方が話が弾むので、今日の参加者は全員同じ年だ。男ふたり女ふたりだが、あくまで友達としての付き合いである。羽目を外す者はいないので、妙な雰囲気になる心配はなかった。

約束の時刻の数分前に、保田（やすだ）のアパートに到着した。駅から歩く途中で、前を行く女性ふたりに追いついた。そのまま三人で呼び鈴を押し、保田に迎え入れられる。保田のアパートは六畳ひと間なので、四人でいても窮屈でない。だから、飲み会はここで開くことが多かった。

「お邪魔しまーす」

女性ふたりが軽やかに挨拶して、中に入った。男四人で飲むことも多いが、女性に声をかける場合はたいていこのふたりだ。言わば気心が知れた飲み仲間なので、あまり遠慮もない。勝手に座布団を使って坐り、持ってきた食べ物を広げ始めた。

「女の子がいる飲み会は、心が弾むねぇ」

そんなことを言いながら、保田も自分の食べ物をテーブルに運んだ。食べ物は他の参加者に分けることもあるが、基本的に自分のものは自分で食べる。何を食べるかは各自の懐具合によって左右されるので、分け合わないのが普通なのだった。

「保田くんは見飽きた顔でもそんなこと言ってくれるから、優しくて好きよ」

美智子（みちこ）が保田に向かって投げキッスをした。美智子は少し鼻が低くて丸顔なので、愛嬌がある容貌だ。見た目だけでなく、性格もひょうきんでムードメーカーである。飲み会に来てくれると嬉しい人だった。

「見飽きてないよー。何十回見ても見飽きないさー」

保田も軽い口調で応じた。十代の頃は空手をやっていたというだけあって、保田の体つきは逞（たくま）しい。

肉体労働をしていてもいつまでもひょろひょろしている一条とは、大違いだ。だが保田は体つきに似合わず、言動はお調子者である。どんなときでも女性を誉める姿勢は、見習うべきだと一条は思う。

「保田くんはホントいい人だよねー。なんで彼女がいないのか、不思議でしょうがないよ」

「おれも不思議なんだよ。なんで誰も相手してくれないの？」

美智子の言葉に、保田は身を乗り出すようにして女性ふたりの顔を覗き込んだ。それに対して、冷静な指摘が飛ぶ。

「押しが弱いからでしょ」

発言者は聖子だった。聖子は美智子ほど喋らないが、口を開くと的確なことを言う。今も、保田に恋人ができない原因をずばり言い当てていた。保田は胸に手を当て、「うっ」と呻いた。

「痛いところを突かれた。それはおれの弱点なんだ」

「何も保田くんに限ったことじゃないだろうけどね。でも、女がみんな西日本人と付き合いたいと思ってるわけじゃないよ。東日本人の方が安心できるって人もいるんだから」

「わかってます。おふたりは西日本人との玉の輿なんて考えてないよね」

「さあ」

「さあ」

聖子と美智子が揃って首を傾げたので、保田は天井を仰いで「ぐがー、女性不信」と嘆いた。その様を見て、皆で笑った。

「西日本人と知り合う機会なんて、どこにあるのよ。階層が違うんだから、玉の輿なんてあるわけないじゃん」

仲間内の飲み会だから、美智子は堂々と語尾に「じゃん」とつける。もしこの場に西日本人がいれば、田舎臭い関東弁と鼻で嗤われるだろう。一条たちにとって標準語はテレビアナウンサーも使うから耳慣れているが、統合前は関西弁と呼ばれていたらしい。親の世代は、アナウンサーが標準語で話すことに違和感があるそうだ。統合後世代の一条たちは、テレビの影響で「ほな」や「ほんま」など標準語を使う者もいる。ただ、東日本人だけの集まりの際は、気取っていると言われかねない。

「階層ねぇ。統合する前は、階層ができるなんて夢にも思わなかったんだろうな。東日本が下の階層になるとわかっていたら、統合なんてしなかったはずだから」

保田が少し愚痴っぽく言った。もちろん、生まれたときから存在する階層だから、本気で恨めしく思っているわけではない。ただ、統合していない日本が見たかったという気持ちは、誰もが大なり小なり持っているものだった。

「そういえば、今日もテロがあったらしいじゃないか。来る途中に見たニュースで言ってたよ」

一条が口を挟んだ。保田が「へえ」と応じる。

「テロって、〈MASAKADO〉?」

「たぶん、そうなんじゃない? おれがニュースを見たときは、まだ犯行声明は出てなかったけど」

東日本独立を目指して武力闘争を繰り広げるテロ組織がある。組織名は〈MASAKADO〉。もちろん、関東独立を宣言して朝廷に反旗を翻した平将門に因んだ名前だ。〈MASAKADO〉の活動に全面的に賛同しているわけではない一条だが、ネーミングセンスはいいと思う。

「どこで? 東京? 大阪?」

大して興味はなさそうなのに、美智子が確認してきた。〈MASAKADO〉の話題は、東日本人しかいない場では必ず盛り上がる。だから、流さずに訊いてきたのだろう。

「東京だって。丸の内のビルに、爆弾が送りつけられたらしいよ」

「誰か、怪我したりしたのかなぁ。テロなら、関西でやればいいのに」

美智子は唇を尖らせる。西日本人がいたら、絶対にできない発言だ。

「丸の内なら、ビルの中にいたのはみんな西日本人だろ」

保田が決めつけたが、美智子は首を振った。

「そうとも限らないでしょ。清掃の人とか、東日本人もいたかもしれないじゃん」

「ああ、そうか」

「そんなことしたって、東日本が独立なんてできるわけないのにね」

冷静なことを言ったのは、聖子だ。一条も同感だった。散発的なテロでは、独立など永遠に不可能だろう。もっと政治的な動きが必要だと思うが、政治での独立もまた永遠に不可能な話だった。

「さっきの保田くんが言ったことに戻るけど、統合するときはもっと混ざり合うと思ってたんだろうね。三十年経ってもこんなに東西できっぱり分かれてるなんて、日本人ってホント変えるのが苦手だよねえ」

カップラーメンを啜ってから、美智子が箸を突き出して眉を寄せる。そんな表情をすると、ますますひょうきんな雰囲気が強まる。もっとも、それがかわいいとも言えるが。

「統合したときに、強制的に国民を引っ越しさせればよかったのかな」

保田の思いつきは、今度は聖子に否定された。

「それだと東から西に人が動くだけで、東に越してくる西日本人はいないでしょ。寒いところに住みたいと思う人なんて、いないよ」

「そうだよねぇ。私も住むところを自由に決められるなら、沖縄か九州がいいもんなぁ」

「おれは大阪でもいいな。食べ物が旨いらしいじゃん」

「お好み焼きって、おいしいんだってな」

一条も保田の意見に乗っかった。大阪に限らず、かつての国境から向こうには一度も行ったことがない。父の赴任先は、もっぱら東日本だった。

たこ焼きが食べたい、汁の色が薄いうどんを食べてみたい、などと、ひとしきり関西の食べ物の話で盛り上がった。関西の有名チェーン店は東日本にも進出してきているが、味を関東風にアレンジしているので、関西の味は楽しめないのだ。そもそも、仮に関西風の味だと称していたところで、本場の大阪に行って食べた方が絶対においしいはずだった。

「生きてるうちに、一度でも大阪に行く機会はあるかなぁ。ヒッチハイクでもして行けば、大阪で旨いものを食べられるかな」

話しているうちに渇望感が増したのか、保田は切なげに宙を見上げた。保田の目の前には、缶詰の焼き鳥とチーズかまぼこが置いてある。今の話に出てきた大阪のおいしい食べ物とは、落差が大きかった。しかし、保田が特別に貧しいわけではない。他の三人が持ってきた食べ物も、似たようなものだった。

「資本主義って、なんなんだろうね。共産主義より資本主義の方がいいはずだからって、深く考えもせずに東日本も資本主義にしちゃったんでしょ。でも結局、今は共産主義の中国に国力で抜かれてるんだから、それなら共産主義の方がよかったって思うよね」

聖子が皮肉そうに片方の眉を吊り上げた。この四人の中では、聖子は比較的堅い話が好きだ。軽い話題のときは聞き役に徹しているが、国家の体制の話になると口数が増える。日頃からいろいろ考えているのだろう。

「統合してなくてもおれたちの生活はそんなに変わらないんだろうけど、それでも見えるところに西日本人がいなければ、自分たちが二等国民だって意識しないで済んだかもな」

「二等国民、ねぇ。なんか、ぴったりすぎてムカつく」

保田の言葉に、聖子は目つきを鋭くした。誰だって、二等などと言われたら腹が立つ。しかし、まるで身分証明書にその等級が書き込まれているかのように、一等と二等の差は厳然と存在するのだった。

「〈MASAKADO〉の言ってるベーシックインカムって、いいよね。金持ちがいない代わりに貧乏人もいない国なら、私はそっちの方がいいなぁ」

美智子は遠くを見るような目をした。遠くどころか、実際には存在しない国を見ているのだ。

東日本が独立したらベーシックインカムを実現させると、〈MASAKADO〉は主張していた。政府からひとり当たり二十万円が毎月支給されれば、仕事で得る報酬がどんなに少なくてもそれなりの生活が送れるだろう。〈MASAKADO〉が目指す国は、二等国民にとって楽園に思える。問題は、その夢が決して実現しないだろう点だ。

「おれも、また日本が東西に分かれるなら、東日本人になりたい」

保田が、真面目な顔つきになって言った。一条は一瞬考え、本当にベーシックインカムが実現された国なら、自分もそちらがいいと思った。「おれも」と短く賛同すると、聖子がこちらを真っ直ぐに見て「私も」と続いた。

2

来場者の数は、想像していたより多かった。

それだけ、東日本の現状に不満を抱く人が少なくないということだろう。東日本大震災が起きてからこちら、東西格差はますます大きくなった。何しろ、あのときには東日本切り捨て論が政府内にあったという噂だ。福島の原子力発電所が事故を起こし、東京も壊滅するかもしれないと言われていた際には、「首都が大阪でよかった」と堂々と公言した政治家もいたほどだ。もちろん政府は復興に金を使っているが、最低限にしておきたいというのが本音に違いない。電力会社の不誠実な対応といい、期限を切った救済策といい、本音を隠す努力すら惜しんでいるという印象がある。

だから、堅いテーマの集会でも人が集まるのだろう。ざっと見たところ、パイプ椅子が五十脚はありそうだ。区営の集会室としては収容能力が高い方だと思うが、この会場でも小さかったのかもしれない。一条たちはなんとか席を確保できたからよかったものの、もう少ししたら立ち見の人も出るのではないだろうか。

「こんなに賑わってるとは思わなかったよ」

保田が驚きを隠さない口調で言った。今日は先日のメンバーの中で、美智子だけは都合が合わずに来ていない。この集会に行ってみようと言い出したのは聖子で、一条と保田がそれに応じた形だった。

集会のテーマは、東西の経済格差解消の方法だった。著名な経済学者を招いているという。その経済学者は、東日本出身だそうだ。一般社会では東日本出身の者が高い地位を得るのは難しいが、学会では業績を上げる機会があるのだろうか。

「難しい話じゃないといいけどね」

聖子が小声で応じた。一条たち三人は聖子を真ん中に挟んで坐っているので、保田の方を向いている聖子の表情は見えない。だが、いたずらっ子のような顔をしているとは思えなかった。聖子はいつも生真面目そうに、表情を引き締めている。顔立ちが整っている聖子には、それが似合っていた。

「難しかったら、おれ、寝ちゃうかも」

保田は自信なさそうだった。聖子は厳しい返事をする。

「寝たら腿を抓るよ」

「ひー」

明らかに保田は、聖子に厳しく接されることを喜んでいる。その気持ちは、一条にも理解できた。曖昧さを嫌う聖子の性格は、接していて小気味いい。

この集会では、東日本独立論までは踏み込まないはずだと聖子は事前に言っていた。〈MASAKADO〉の活動が続いている現状では、そうした論を唱える集会は公安に目をつけられるという話がある。それだけでなく、自衛隊の中にも対テロ組織の部門があるとも言われていた。国家を分裂させようなどという動きから、日本を防衛しなければならないためだそうだ。そんな物騒な存在には、睨まれたくないだろう。もっとも、父親が自衛隊員の家庭で育った一条からすると、眉唾物の噂でしかないが。

あっという間に空席はなくなり、左右と後方の壁際に立ち見の人が現れた。それでも来場希望の人が後を絶たず、ついに入場制限が行われたようだ。会場が閉ざされ、ようやく講演が始まった。

司会は、主催者であるＮＧＯ法人の代表だった。貧困世帯救済の活動を続けるＮＧＯである。四十代半ばくらいの女性が、「皆さん」と呼びかけた。

「今日はお集まりいただき、ありがとうございます。こんなにたくさんの人に興味を持っていただけるとは、大変嬉しいことです。ご存じのように、日本はひとつの国になったとはいえ、実際にはふたつの国がただくっついているだけに過ぎません。同じ民族、同じ言語を話す者同士でありながら、東は西の搾取対象です。搾取という言葉がきつすぎるなら、下請けと言い直しましょうか。ともかく、分断があることに間違いはありません。政府は国民が中流意識を持てるようにすると言いますが、それは西日本人限定の話でしょう。政府の視野に、東日本が入っていないのは明らかだと思います」

聴衆の多くが、女性の言葉に頷(うなず)いた。おそらくこの場にいる者の中で、自分は中流だとの意識を持っている人はいないだろう。下流、二等、そういった言葉が、統合後の東日本にはついて回る。上級国民といえば、それはすなわち西日本人ということだ。若い人を中心に標準語を使う人が増えているのは、単にテレビの影響だけでなく、上級国民への憧れがあるからではないだろうか。

「東西格差の是正、それは統一以降ずっと存在する課題です。政府がその問題に真剣に取り組もうとしない今、私たちの側からできることが何かないでしょうか。そのことについての思考の種を、今日は先生から分け与えていただこうと思います。では、お呼びします。春日井(かすがい)先生、どうぞ」

女性が一礼して壇上から去ると、入れ替わりに五十絡みのスーツ姿の男性が現れた。この人が、経済学者の春日井のようだ。銀縁眼鏡をかけた細面の風貌は、確かに知的に見える。春日井は拍手がやむのを待ってから、おもむろに口を開いた。

「ご紹介に与(あずか)りました、春日井です。経済の話というと小難しい内容ではないかと想像する人もいらっしゃるでしょうが、今日は極力嚙(か)み砕いた、身近な話をしたいと思います。労働と対価についてです」

難しい話を理解する自信がないのは、一条も同じだった。一条は大学を出ているが、専攻は生化学である。経済に関してはまったくの門外漢で、用語すらわからない。だから、嚙み砕いた話をしてくれるなら歓迎だった。

「人はなぜ働くのか。それは報酬を得るためですね。もちろんボランティアの労働もありますが、今日はお金を稼ぐための労働に限定しておきましょう。お金が欲しいから、働く。労働意欲の源泉は、報酬です」

誰もが頷ける定義だった。一条も、大学で生化学を勉強していながら今は引っ越し業に従事しているのは、金のためである。金という現実を無視できる人は、ほんのひと握りに違いない。

「では、皆さんが得ている対価は、労働に見合っていますか。見合っていると答えられる人は、幸せです。私の話を聞く必要はないですね。見合っているとは思えない人に、私は話しかけています」

席を立つ人はいなかった。むしろ、笑いが起きている。労働の正当な対価を得ている人なんているわけがない、という認識を前提とした冗談だと受け取ったのだろう。労働の正当な対価など、東日本ではまったくの冗談事でしかない。

「一日十時間働いて一万円も稼げない人がいる一方、同じ労働時間で十万円の報酬を得ている人がいます。その人の労働内容は、一日一万円の人に比べて十倍過酷なのでしょうか。そんなわけはないですね。人がそれほどの労働に耐えられるはずがありません。高額報酬を得ている人は、単に割のいい仕事をしているというだけです」

統合前は、割のいい仕事を得るためには高い学歴があればよかったそうだ。それは東も西も同じだったらしい。だが今は、学歴のヒエラルキーが崩れてしまった。東日本一番の大学である東京大学を出ても、ブルーカラーの仕事しか見つからない。高学歴肉体労働者が、ひと昔前はたくさんいた。そんな現状を見て、東日本の子供はいい大学を目指すのをやめた。がんばって勉強をしても将来の高収入に繋がらないのだから、大学に行く意味がない。たとえ京都大学を卒業しても、社会に出る際には就職差別がある。生まれた場所によって将来が決まってしまうのだから、夢など持ちようがなかった。

「では、どうすれば割のいい仕事を得られるのでしょうか。大学を出てもいい会社に就職できないのは、皆さんご存じのとおりです。ならば、スポーツでいい成績を残しますか。皆さんは今からスポーツで生きていくのは難しそうですが、お子さんに早い段階からスポーツをやらせる手はあります。ああ、渋い顔で首を振る人が何人もいますね。そうです、スポーツでも西日本の子供には敵いません。西日本の子供は、いいクラブに入ったりいいコーチがついていたりするからです。空き地で遊ぶしかない東日本の子供が、勝てる相手ではないですね。後はそうですね、自衛隊にでも入りますか」

春日井がそう言ったとき、聖子と保田がこちらに視線を向けた。ふたりとも、一条の父親が自衛隊員であることを知っているからだ。親の職業に関して複雑な思いを抱いている一条は、視線に気づかない振りをした。

「自衛隊に入るのは、いい手段だと言えます。むしろ、唯一の道と言ってもいい。ですが、今日は経済の話です。私は自衛隊のスカウトではありませんせん」

また、場が沸く。笑いで話を逸らしてくれるのは、一条にとってもありがたかった。

「自衛隊に入る以外に西日本人並みの収入を得る方法がないなんて、まったくおかしな話ですね。なぜそんな状況になっているのか。それは、基本的に資本主義社会が労働力を必要としているからです。国民全員がホワイトカラーの国なんて、あり得ません。どんな先進国でも、デスクワーク以外の仕事をする人がいなければ成り立ちません。そんな資本主義社会の西にとって、統合はもっけの幸いだったわけです。何しろ、移民を受け入れずに安価な労働力を手にできたわけですから」

労働力確保のために移民を受け入れた欧米諸国が、内部にどんな問題を抱えたか、さほど国際情勢に詳しくない人でも知っているだろう。治安の悪化、地域の断絶、皮肉にも移民に仕事を奪われた人の多出など、どこの国も問題解決に苦慮している。そうした諸外国の姿を見ていたからか、あるいはいわゆる島国根性なのか、西日本では移民政策はタブーとされてきた。移民とは言わずに安価な労働力を受け入れようとし、そんな姿勢もまた問題を生み出していたという。

しかし、それも過去の話だった。春日井が言うとおり、労働力は確保できたからだ。この構造は、そう簡単には変わらないだろう。東西の真の融合は、百年単位の時間が必要かもしれなかった。

「私は今、労働力という穏当な表現を使っていますが、まあ有り体に言えば搾取ですよね。資本主義は基本的に、搾取があって成立するのです。世界的には途上国からの搾取が通例ですが、この日本では特殊事情故に、なんと自国民からの搾取が可能になってしまいました。これはドイツでも起きていない現象です。ドイツは島国ではないので、移民を受け入れやすかったですからね。また、日本人の従順な国民性もあるかもしれません。テロも起こさず、毎日文句を言いながらでも働いている人たちが大半なのですから」

一瞬、会場に張り詰めた気配が満ちた気がした。今の春日井の発言は、少々過激だった。聞き方によっては、テロを煽っているとも言われかねない。だが当の春日井は、涼しい顔で続ける。

「ならば、一番の問題は何か。もうおわかりですね。資本主義それ自体が、もともと問題を孕んでいたのです。搾取が前提なんて、誤った仕組みだとは思いませんか。誰が相手であっても、搾取などしていいはずがありません。我々は、いや世界は、資本主義に代わる新しい制度を生み出すべきなのです。そもそも、経済成長を絶対条件とした資本主義など、長続きするはずもなかったのです。なぜなら、資源は有限だからです。石油は枯渇するかもしれないし、それ以前に化石燃料を使うこと自体を控えなければならない局面になってきました。もう、世界的に資本主義は限界に来ています。資本主義は、人間の欲望が生み出したものです。もっと金が欲しい、もっといい暮らしがしたい、そういう思いが、搾取という手段を選ばせました。だったら、その欲を少し抑えればいい。欲を捨てろとは言いません。それは不可能ですよね。ただ、少しの我慢だったら誰でもできます。皆さんは、とうに高望みはやめたのではないですか。年収一億円欲しいなんて、本気で願っている人はいますか。年収三百万円でも、物価が安く、きちんと家が確保できているなら、かなり幸せな生活が送れるのではないでしょうか。それは、決して高望みではないはずです。高望みでないなら、実現させたいですよね。最低限の収入と、住居の確保。これこそが、経済格差解消の道だと私は考えています。みんなが高望みをやめ、貧乏人を生み出さないようにする。そんな社会を、私は切望しています」

万雷の拍手が湧き起こった。西日本人が聞いてどう思うかわからないが、少なくとも東日本人なら誰もが賛同できる主張だった。春日井の考えは、奇しくも〈ＭＡＳＡＫＡＤＯ〉の目指す社会と一致していた。可能なら、西日本でもこの考えを受け入れて欲しい。しかしそれが無理なら、やはり東日本は独立するしかないのだろうかと一条は密かに考えた。

3

小会議室に来るよう、言い渡された。呼ばれたのが自分だけだったので、面談だろうかと辺見公佑は考えた。所属先は特務連隊ではあるが、基本的に単独行動はしない。他に呼ばれた者がいないなら、面談以外に理由は思いつかなかった。

「入ります」

声をかけて、ドアを開けた。室内には、黒縁眼鏡をかけた男性がいた。自衛官だけあって体格はいいが、童顔と妙にアンバランスである。単なる印象だが、趣味はテレビゲーム、あるいはプラモデル作りなどと言われても、さもありなんと納得できてしまいそうなインドアタイプに見えるのだ。だが、人を見かけで判断してはいけないという戒め(いまし)を、この人物ほど強く思い出させる者はいない。陸上自衛隊東部方面隊第3師団特務連隊中隊長、鳥飼(とりかい)1尉だった。

「坐ってくれ」

長机が長方形のロの字形に並べられていて、鳥飼はその角にあるパイプ椅子に坐っている。鳥飼が目で指し示したのは、角を挟んだ位置、斜め前の椅子だった。「は」と応じて、言われたとおり腰を下ろす。

「お前は子供の頃、市ヶ谷(いちがや)にいたらしいな」

前置きもなく、鳥飼は質問を向けてきた。市ヶ谷とは漠然とした言い方だが、子供の頃と言うからには自衛隊官舎のことだろう。それがどうしたのだろうかという疑問は面(おもて)に出さず、「はい」と答えた。調べればわかることなのだから、これはただの確認に過ぎない。

「当時、親しくしとった友人の名は?」

続く問いには、即答しなかった。真っ先に思い浮かんだ名前はあるが、鳥飼がその人物を挙げることを期待しているのかどうかわからなかったからだ。しかし、相手の意図を推し量る材料がほとんどない。素直に答えるしかなかった。

「一条、いいます。一条昇。同い年なんで、気ぃが合いました」

「今でも付き合いはあるんか」

「はい」

これは面談ではない、と判断した。それどころか、内心で激しく警報が鳴っている。なぜここで一条との関係を問われるのか。一条が何かしたのか。

鳥飼は辺見の疑問に応えるように、ブリーフケースから数枚の紙片を取り出した。それを辺見の前に滑らせる。手に取らずに覗き込むつもりだったが、思わず摑んでしまった。紙片は紙焼き写真で、一条の姿を捉えたものだったからだ。

「これは、いつ撮影したもんですか」

こちらから問いを向けるような真似はすべきではないが、尋ねずにはいられなかった。鳥飼は表情を変えず、「最近や」と答える。

「場所は、新宿区の集会室。東大の経済学者の講演会、という名目の集会があった。東西の経済格差解消について、がテーマやった」

もともと警戒アラートが鳴っていたので、ますますきな臭さを覚えた。経済格差解消とは、聞きようによっては穏やかでない。そこに何も感じ取れないようでは、特務連隊への適性がないと見做されるだろう。

「経済学者の春日井は、〈MASAKADO〉との関係を疑われとる。実際に破壊活動に従事しているとは思えへんが、理論的リーダーのひとりではないかと目されているんや」

やはり、〈MASAKADO〉絡みか。東日本独立を唱えるテロ組織は〈MASAKADO〉だけではないが、警察に任せておけばいいほどの小さいものばかりだ。自衛隊が乗り出さなければならないのは、対〈MASAKADO〉の場合だけである。しかし、集会に参加したことがそれほど問題だろうか。そんなに少人数の催しだったのか。

「参加者は、何人やったんでしょうか」

そこを質さなければ、呼び出しの意図が摑めなかった。もし大きな集会だったなら、一条が目をつけられた理由は辺見との関わり故かもしれない。

「定員は五十人やけど、立ち見も出たらしい」

五十人超か。ならば、参加者全員が特務連隊の監視下に置かれたとは考えにくい。一条だけがピックアップされたのは、辺見と付き合いがあるからとしか思えなかった。

おれは出世コースから外れるのか。急に、血液がさあっと下がる感覚を覚えた。これは言いがかりに過ぎない。一条が反乱分子になどなるわけがないからだ。誰かがおれを蹴落とそうとしているのか。一条はその材料として使われようとしているのだ。

「一条昇っちゅう人物は、お前から見てどういう男や」

こちらの内心も知らず、鳥飼は問いを重ねる。いや、辺見の内心に鳥飼が気づいていないとは思えない。単に、気づかない振りをしているだけだろう。鳥飼は自分がどのように見えるか、充分に承知した上で容姿を活用していると言われていた。

「一条は争い事を好まへんタイプです。子供の頃、喧嘩をするのはもっぱら私でした。喧嘩をする私を、一条がなんとか止めようとする、という構図がしょっちゅうでした。ですから、流血を伴うテロになんて、絶対に賛同しないと思います。何も知らず、ただの経済学者の講演を聴くつもりで集会に参加したんやと考えます」

求められてもいない返事までしてしまった。自分の保身のためだが、一条を守る意識も少なからずあった。一条をおれが庇ってやらないで、誰が庇えるのかと反射的に考えていたのだ。子供の頃からのそうした意識は、今も変わらず続いていた。

「ふん」

鳥飼は鼻を鳴らすようにして頷いた。納得したのかどうか、その顔つきからはまるで読み取れなかった。おそらく、そんな簡単には納得しないはずだ。せめて、今語ったことが調査結果と一致していればいいのだがと思った。

「気になるんは、一条の大学時代の専攻や」

不意に、鳥飼はそんなことを言った。辺見は口を噤む。鳥飼が何を示唆しているのか、瞬時に察したからだ。

「生化学やろ。〈ＭＡＳＡＫＡＤＯ〉が物騒なことを考えてるとしたら、欲しい人材やないか」

「――バイオテロ、ですか」

口にしてみたものの、否定する材料ならいくつも思いついた。そもそも独立を目的としているなら、テロ組織は民衆から嫌われてはならない。民衆の支持がない独立運動など、あり得ないからだ。その点、バイオテロは最悪だ。バイオテロなどという手段を採った時点で、〈ＭＡＳＡＫＡＤＯ〉は民衆からそっぽを向かれるだろう。

「お前の言いたいことはわかるで。ただ、〈MASAKADO〉の構成員全員が、先が読めとるとは限らへんのやないか。一部の阿呆が暴走することだって、ないとは言えん」

鳥飼はそう言うが、自分でもそんな仮定を信じているとは思えなかった。ならばなぜ、鳥飼は一条の大学時代の専攻を問題視するのか。やはり、言いがかりなのか。

「生化学を専攻していたとゆうても、しょせんは大学生です。院に進んでさえいなかったんです。勉強の内容は、たかが知れてるんやないでしょうか」

なんとか反論を試みた。化学音痴の辺見にしてみれば、大学生の知識量がどれほどなのか見当もつかない。もしかしたら、大学生の知識程度で危険な細菌やウィルスを生み出せるのかもしれない。だとしても、一条がそんなことをするはずがないと断言はできた。鳥飼がなんと言おうと、それだけは確かだ。

「まあ、そうやな」

意外にも、鳥飼はあっさり引き下がった。かえって不気味に感じたが、さらに食い下がるのは得策ではない。向こうの出方を待った。

「一応、確認してみただけや。一条昇は東日本出身とはいえ、父親は自衛隊員なんやろう？　アホなことをするわけあらへんと思いたいな。もっとも、父親が自衛隊員やのになんで防衛大学に行かへんかったんか、という疑問は残るが」

「一条はそういう奴なんです。たとえ自衛のためであろうと、流血は望まへんから自衛隊員への道を選ばなかったんです」

無駄を承知でつけ加えた。鳥飼が他者の意見を聞くタイプかどうか、知らない。聞くタイプであって欲しいと、辺見は強く願った。

「最後に一条に会うたんはいつや？」

また、問われた。そんなに昔ではないと答えた方が、一条の性格を把握していると見做してもらえるだろうか。正直に答えた。

「今年、一度会うてます」

「また会うてみてくれ。酒を飲む仲なんやろ？　今はどんな考えを持ってるか、性格に変わった面はないか、探りを入れてみてくれや」

「わかりました」

これは命令である。断れるわけがない。そして、一条と会う際に監視がつくのも間違いなかった。もし辺見が不用意なことを言えば、そこで出世の道は閉ざされる。まるで試験のようだ、と思った。

「以上や。下がっていい」

「は」

立ち上がり、敬礼をして小会議室を出た。ドアを閉め、廊下をしばらく歩いてから額に手をやる。いやな汗をかいていた。

4

一条と連絡をとること自体は、なんら難しくなかった。幼い頃の友情は、今でも続いているからだ。だが、彼我の境遇の差が関係に影響していないとは言えない。一条は自衛官になる道を選ばなかった。その選択自体は理解できるが、しかしその結果として東日本人としての典型的な人生を歩むこととなった。ふたつにひとつであるなら、辺見には自衛官になる方がずっとましに思えるが、そこは価値観の相違なのだろう。一条が自衛官になっていれば、今も気兼ねなく付き合えていたのにと考えずにはいられない。

〈特に用があるわけじゃないんやけど、久しぶりに飲まへんか〉

一条に、そうメッセージを送った。東部方面隊に配属されてから、辺見は東京に住んでいる。頻繁に、とまではいかないが、間が空くとどちらかが飲みに誘っていた。一条からは、すぐに〈いいよ〉と気軽な返事が来た。こちらの意図など、微塵も疑っていないようだ。そのことに疚しさを覚えつつ、会って疑いを晴らすことが一条のためになるのだと自分に言い訳をした。何度かのやり取りの後、会う日取りを決めた。

一条と酒を飲む際には、場所に気を使う。向こうが経済的に余裕がないことを知っているからだ。なるべく安い居酒屋を選び、負担をかけないようにしなければならない。ただし、代金は割り勘だ。相手が金がないからといって奢っては、友情が成り立たなくなる。

約束の日は、新宿の居酒屋で落ち合うことにした。予定の時間より少し早く店に行くと、後から見知った顔が現れた。同じ特務連隊に所属する隊員だ。こちらと目が合っても、超然とした顔をしている。隠れるつもりは、最初からないようだ。堂々と姿を見せてくれた方が気が楽なので、それきり隊員の存在は無視することにした。

店は仕切りのない、ワンフロアだった。安いから客も多く、店内はかなり騒がしい。それでも隊員は、指向性の集音マイクを使ってこちらの会話を録音するのだろう。どれくらいの感度で録音できるかは、辺見自身がよく承知している。そうしたマイクの性能を知らない人なら仰天するほど、離れていても鮮明に会話が聞き取れるのだ。絶対に妙なことは言わないでくれと、心の中で一条に頼みたい心地だった。

十分ほどして、一条がやってきた。「よう」と軽く手を上げて、こちらに近づいてくる。辺見も簡単に応じた。

「お疲れ」

引っ越し業は平日だから仕事があると決まっているわけではないが、今日は仕事帰りらしい。一条が大学で生化学を学んだにもかかわらず引っ越し業者で働いていることに、辺見は複雑な思いを抱く。東西の経済格差是正は、何も東日本側だけが望んでいることではない。おれたちが生きているうちに東も西もない社会になればいいのにと、辺見は願っている。それがただの願いに終わるだろうことも、よくわかっているが。

「そっちこそお疲れ。今日も訓練か？」

一条はテーブルを挟んで向かいに坐り、そう訊いてきた。一条には任務内容を話していないので、辺見のことを一般の自衛隊員だと思っている。特務連隊の存在は、公にされていないのだ。たとえ親友といえども、任務について語るわけにはいかなかった。

「ああ。まあ日課やから、いまさら疲れへんけどな」

「そうかぁ。おれなんか、力仕事は毎日でもやっぱり疲れるよ。体の出来が違うんだな」

そんなことを言いながら、一条はメニューを手にした。互いにまずは生ビール、そしてサラダと焼き鳥の盛り合わせ、出汁巻き卵を注文した。それだけでは足りないが、以後は一条の反応を見ながら頼もうと思っている。一条があまり食べたがらないようであれば、皿数は控えなければならない。

「インドア派のくせして、肉体労働なんかしてるからやろ。転職は考えてないんか」

かなりずけずけとした物言いだとわかっているが、これくらいのことを言える関係ではあった。一条は運ばれてきたビールを旨そうにひと口飲み、薄い笑みを浮かべて首を振る。

「できるなら転職したいけど、仕事がないんだよ。働いて給料をもらえるだけ、ましなんだ」

まるで辺見が東日本の実情を知らないとでも思っているかのように、一条は説明する。西日本人だからではなく、自衛隊員だから一般社会について詳しくない、と考えているのかもしれない。思えば、辺見の父も世事に疎い人だった。父の興味は国際情勢にだけ向いていて、東日本人の生活レベルになど注意を払わなかった。

「自衛隊は随時、入隊者を募集してるぞ」

八割方冗談、二割は本気で言ってみた。他人との争い事が嫌いな性格はわかっているが、今の日本が国際紛争に関わる可能性はかなり低い。自衛隊員になったからといって、他者を傷つける心配などしなくていいのだ。

「自衛隊に入ったって、肉体労働に変わりはないじゃないか」

「まあ、そうやな」

一条の反駁(はんばく)に、納得してみせる。確かに入隊後しばらくは、かなり厳しい訓練に耐えなければならない。辺見でも辛かったあの訓練を、一条が乗り越えられるとは思わなかった。

「生まれてくるのが二十年早かったんちゃうか？　二十年後なら、東西の融合はもっと進んでるやろうからな」

そろりと、餌を撒(ま)いてみた。ただ友人との雑談に徹していたら、辺見の立場が悪くなる。任務は遂行しなければならなかった。

「二十年か。どうだろうね。統一から三十年経っても格差があるんだから、二十年くらいじゃ変わらないんじゃないか」

一条の口調は淡々としていた。現状に対する諦観というわけではないだろう。言っても仕方ないことは丸ごと受け入れる強さが、一条にはある。力で現状を変えようと考えるタイプではないのだ。

「何かがきっかけで、劇的に景気がよぉなるかも」

「そんなことが起きるなら、二十年といわずすぐに起きて欲しいな」

サラダに箸をつけながら、一条は眉を吊り上げておどけた顔をする。劇的に景気がよくなることなどあり得ないと、現実を正しく認識しているのだ。その認識は、辺見にもある。

「昇ほどの人材が、ぜんぜん能力を生かせへんなんてなぁ。ＧＤＰで中国やインドに抜かれるのも、せっかくの人材を埋もれさせてるからやと思うわ。いっそ日本を出て、海外で自分の力を試そうとは考えへんのか」

東日本で高学歴肉体労働者が発生し始めた頃、目端が利く人はどんどん海外へと出ていった。だがその流れも、そう長続きはしなかった。子供を海外で勉強させられる財力のある親はごく少数だったし、裸一貫で海外に行って成功を収められる人もほんのひと握りであったからだ。やがて、若い世代は無気力に陥り、海外生活に夢を求める人は減った。海外に行って安い労働力として使われるなら、まだ言葉が通じる日本にいた方がましと考えるようになったのだった。

しかし、一条の場合は事情が違う。親が自衛隊員である一条は、望めば海外に活路を見いだすことも可能だった。辺見はこれまで深く考えたことがなかったが、なぜそうしなかったのかと今になって不思議に思える。

「ああ、実は話してないことがあるんだ。もう大丈夫だから言うけど、おれが高校生のときに母さんが癌になったんだよ」

「癌？　そうなんか。ぜんぜん知らんかった」

初めて聞く話に、驚愕する。一条家は隣人だったから、当然母親のこともよく知っている。それなのに病気を教えてもらえなかったのは、やはり遠方に越したことで疎遠になったからか。

「母さんの希望で、誰にも言ってなかったんだ。もうすぐ死ぬ、なんて思われたらいやだろ。現に手術がうまくいって今も生きてるんだから、大袈裟に騒ぐほどじゃなかったんだよ。でも、再発の危険性もあったからさ、ひとり息子のおれが日本を離れるわけにはいかなかったんだ」

「そうやったんか。それはそうやな」

その判断は無理もないし、一条が母親のために犠牲になったとも言えない。海外に行くことが幸せに直結しているとは限らないからだ。一条自身が日本に残る判断をしたのだから、それについて他人がとやかく言う資格はない。友人としては、一条の意思を肯定したかった。

「せやったらよけいに、日本国内でいい仕事を見つけられればえぇんやけどな」

これ以上この話題を続けるのが適切とは思えず、ひと区切りのつもりでそう言った。一条もそれを理解したらしく、「ああ」とだけ応じる。いい職がないことに関しては、ここで知恵を絞れば打開できるという問題ではなかった。

「それにしても、日本人は従順やって言われるけど、東日本人は特にそうやな。みんな黙々と働いとる、ってイメージがあるで。東日本人は東西の経済格差に不満はないんか？　ドイツやったら、暴動が起きとるレベルやろ」

実は西日本に限っても、都会と地方の経済格差は存在する。西日本に生まれれば経済的苦労から免れられる、というわけではないのだ。だから東日本人だけが不満を持つのは筋違いであり、それがわかっているからこその従順さなのかもしれないと思う。独立を考えるのは、ごく一部の不平分子なのだ。

「暴動ねぇ。暴動起こして経済格差が解消されるなら、楽でいいよな。暴動起こしたくなるほど追い詰められてるわけじゃない、ってところが微妙だよ。一応、働いて生活は維持できてるからね」

あくまで一条は、不満を口にしない。何かを警戒しているからか、それともこれが本音か。付き合いが長い辺見には、本音だと感じられる。だが、一条の人となりを知らない者が聞いて、納得してくれるだろうか。

「昇は達観してるなぁ。みんな昇みたいやったら、テロなんて起きひんやろうに」

半分は本当に感心して、そしてもう半分は職務に対する義務感から、そんな言葉を発した。テロという単語を口にしないことには、仕事をしたと見做してもらえないだろう。それに、一条がテロをどう捉えているか、辺見自身も知りたかった。

「ホントだな。テロで何かが変わるなんて、あり得ないのに」

辺見が一番聞きたいことを、一条は口にした。そうだ、テロでは何も変わらないのだ。やはり一条は、辺見が知っている一条のままだった。一条はこういう考え方をする人物なのである。

疑念を晴らすには充分ではないかと感じた。これ以上、裏の意図を持って一条と接していたくない。後は友人との気兼ねない時間にしたかった。張り詰めていた緊張の糸を緩めることを、辺見は己に許した。

さりげなく、離れたところに坐っている特務機関の同僚に目をやった。同僚はこちらに背を向け、料理をつついている。辺見は同僚の存在を意識の外に押しやった。

5

そのマンションは築年数が古そうな、さほど階数のない建物だった。せいぜい十階建てくらいだろうか。こうした古いマンションが、東京には多い。東西統合直後の建設ラッシュで建てられ、以後は建て替えもされずに残っているというパターンだ。もちろん、住人はたいてい東日本出身である。西日本から越してきた人は、新しいタワーマンションや戸建てに住む。

それでも、一条のような契約社員にしてみれば、マンションに住めるだけ生活水準は高いと思える。東日本の庶民は、もっと家賃の安いアパート住まいが普通だ。やはり知名度がある経済学者は違うと感心する。そんなところに呼んでもらえる幸運を、ありがたく感じた。

春日井の講演会に行った数日後、聖子に声をかけられた。話したいことがあるから、仕事後に少し付き合って欲しいと言う。感情の浮き沈みが少なく、常に物事を俯瞰(ふかん)して見ている聖子のことを、一条は憎からず思っていた。恋愛感情だとは思わないが、明らかに他の女性よりも好意を抱いている自覚がある。そんな聖子に誘われたら、断るわけがなかった。

『この前の講演、どう思った?』

立ち飲みの焼き鳥屋で、横並びにカウンターに向き合った状態で飲み始めた。立ち飲みなのであまり長居はできないが、ちょっとアルコールを引っかけるには安くていい店である。仕事帰りに、同僚と立ち寄ることがたまにあった。

『面白かったと思うよ。ただ、おれたちじゃなく西日本の人に聞かせたい話だったけどね』

『ああ、確かに』

西日本に拠点を持つ企業が、東日本人を安価な労働力として扱う限り、経済格差は埋まらない。せめて正社員として受け入れてくれれば、状況はずいぶん変わるのにと思う。もっとも、西日本に生まれても正社員になれない人は増えているらしい。今や企業に就職した人は、選ばれたエリートとなっているのだった。

『でもさ、搾取前提の社会システムはもうやめるべきだって訴えは、地道に続けていく必要があるよね。すぐにじゃなくても、いつかもっといい社会になって欲しいから』

聖子は前を向いたままなので、一条の位置からは横顔が見える。横からだと、鼻の形がいいことがよくわかった。

『そうだな。おれたちの代では何も変わらなくても、せめて次の世代のときには変わっていて欲しいと思うよ』

夢を見ることすら贅沢な一条たちの世代にとって、希望は次代に託すしかない。とはいえ、数十年後には社会システムが変わっていると夢想するのは、ただの願望でしかないとわかっていた。

『春日井先生は若い人の話を聞くのが好きだから、月に一回、教え子の知り合いにまで範囲を広げてお宅に呼んでるんだって。でね、実は私も呼んでもらえることになったの。ひとりだけなら同伴者がいてもいいってことだから、一条くん行かない？』

『えっ、おれ？』

思いがけない誘いに、一条は自分の鼻先を指差した。同伴者オーケーという状況で、聖子が自分を誘うとは意外だった。

『うん、保田くんには内緒ね』

聖子はこちらに顔を向け、唇の前で人差し指を立てる。なぜ保田でなく自分を誘うのか、とは考えなかった。保田は物事を深く考えず、ただその日が楽しければいいというタイプである。そんな男を春日井の家に連れていっても、あまり意味はないだろう。

驚いたのは、今の社会に対する不満を訴えていたつもりはなかったからだ。聖子なら、もっと同調してくれる知人がいそうに思える。実際には、そんな友人はいないのだろうか。

『わかった。じゃあ、連れてってもらおうかな』

笑いを含んで、答えた。保田に内緒、という聖子の言葉が、じわじわとした喜びを誘った。

そして今日、最寄り駅で聖子と落ち合ってこのマンションまでやってきた。今日の参加者は、一条たち以外にふたりだという。春日井の家族は外出しているそうなので、つまり全員で五名ということだ。ホームパーティーのようなものだと思ってくれ、とのことだから、適切な人数だろう。

エレベーターで、八階に上がった。聖子も初めて来るので部屋の場所がわからず、廊下を歩いて探す。少しして見つけた部屋の呼び鈴を押すと、すぐに内側からドアが開いた。

「ようこそ。さあ、入って」

出迎えたのは春日井本人だった。自己紹介をする暇もなく、中に請じ入れられる。他の客はまだ来ていないようで、玄関から見えるリビングルームに人の姿はなかった。

「よく来てくれたね。好きなところに坐って」

春日井が手で示した先には、大振りのダイニングテーブルの他、三人は坐れそうなソファもあった。

だが、言われるままに腰を下ろすわけにはいかない。こちらは春日井を知っていても、向こうは一条たちの顔すら知らない関係なのだ。

「今日はお招きいただきまして、ありがとうございます。村田さんに紹介していただいた、堀越といいます」

聖子が丁寧に身を折って挨拶した。一条もその後に続く。

「私は一条といいます。堀越さんに誘ってもらいました。ご招待いただき、光栄です」

これを、と聖子が手みやげを渡した。駅前でふたりで買った、洋菓子の詰め合わせだ。手ぶらでいいと言ったのに、と笑いながら春日井は受け取る。

「これはお菓子かな。じゃあ、コーヒーを淹れるからさっそくいただこうか」

春日井はいったん受け取ったみやげをまた聖子に渡して、開けてくれと頼んでからキッチンに立った。聖子と一条はみやげの包装紙を取り除き、箱の蓋を開けた状態でダイニングテーブルの上に置く。一条はホームパーティーというものがどういうことをするのかよくわからなかったが、こうしてみんなでつまめる菓子があるのは悪くないだろう。

春日井が腰を落ち着ける前に、もうひと組の客も来た。こちらも男女のペアで、一条たちよりも若そうだ。挨拶をすると、やはり学生だそうだ。春日井が教える大学に在籍しているわけではないが、春日井の著作を読んで感銘を受けているとのことだった。

「改めて、今日はよく来てくれたね。ぼくは若い人と話して、考えを聞かせてもらうのが好きなんだ。若い人との対話は、刺激的だからね。人間、刺激がないとどんどん頭が衰えていく。まだ君たちの年齢だと気にしてないだろうけど、ぼくくらいになると頭が衰えないようにする努力が必要なんだ」

春日井が手ずから淹れたコーヒーを振る舞われ、五人でダイニングテーブルを囲んだ。春日井はそんなことを言うが、まだ頭脳が衰える年ではないのだから、冗談なのだろう。だが笑っていいところかどうかわからないので、一条を含む四人は曖昧に微笑(ほほえ)んでいる。そんな空気も気にせず、春日井は上機嫌で話し続けた。

「だからぼくは、ちゃんと自分の頭で考えている人を招いてるんだ。人間は、意識しないと実はぜんぜん頭を使ってないからね。特に東日本には、頭を使ってない人が多い。考えても無駄、と西日本側に思わせられてるからだ。そういうところは本当に巧妙だと思うよ。民を従順にさせるには、頭を使わせないのが一番だからね」

なるほど、それはそうかもしれないと内心で頷く。考えても無駄、という諦観は東日本人の大半が持っているのではないか。いくら考えても、努力しても、現状は変わらない。東日本に生まれついた不幸を受け入れる以外に、精神を落ち着かせるすべがないのだ。上を目指さなければ、ほんのわずかな幸せでも満足できる。上を目指すとはつまり、頭を使って今とは違う状況を夢想することだ。だがその夢想が叶えられないなら、頭を使うのが辛くなる。結果、考えない人が増えるという構造だった。

「どうだ、君は夢を持っているか？」

春日井は右斜め前に坐っている女性に問いかけた。女性は少し考え、首を傾げる。

「自分自身の夢ってわけじゃないですけど、社会全体でもっと分配が進んで、貧富の差が縮まればいいのにと夢見ることはあります」

「統合前の東日本みたいな感じに、かい？」

春日井の問い返しは、いささか危うかった。春日井は東日本独立論を公然と唱えているわけではない。

そんなことを言おうものなら、危険な思想家というレッテルを貼られる。だが、本音では統合を好ましくないと考えているのは公然の秘密だ。だからこそ春日井の本は読まれるし、講演をやれば人が集まるのである。

とはいえ、本を出版し講演会を開けるのも、危険な発言をしない賢さがあるからだ。東日本独立を促すような言動は、一条が知る限りいっさいしていないはずである。だからこそ今の発言には、かなり驚かされた。踏み込みすぎではないかと思った。

「中国とか北朝鮮みたいな国に住みたいわけじゃないですけどね」

むしろ女性の方が、賢明な答え方をした。同感とばかりに、連れの男性が大きく頷く。一条もそれは同意見だった。統合後に生まれた一条は、今の日本とかつての日本人民共和国のどちらがいいのか、実は判断がつかない。社会主義への憧れは、単なる現実逃避ではないかという思いもあるのだ。

「なるほど。君はどうだ、一条君。夢はあるか?」

今度はこちらに話を振ってきた。すでに答えは用意してあった。

「夢を持てるようになるのが夢です」

すると春日井は、一条の答えに大笑(たいしょう)した。

「そう来たか。一条君、君は頭がいいな」

笑ってもらえたが、しかし誉められているのかどうかは怪しいと思った。一条の返答は、ただの韜晦(とうかい)でしかないからだ。

その後春日井は、中国がなぜ経済発展を遂げたかや、欧米を中心とする資本主義がなぜ行き詰まりつつあるのかといった話題を、客たちに意見を問いながら語った。どうやら春日井は、中国型の社会主義を是としているわけではないらしい。そのことに、一条は密かに安堵した。一条が求める国は、貧富の差が激しい資本主義社会でも、自由が乏しい権威主義社会でもないのだ。どちらでもない国ならそれこそが理想だが、しかし残念ながら地球のどこにもそのような国は存在しないのだった。

春日井の手作りケーキで小腹を満たしていたが、夕方六時過ぎに夕食となった。豪華な食事というわけではなく、カレーライスだそうだ。しかしカレーは圧力鍋で煮込んだらしく、味が染みていておいしいはずと春日井は豪語した。それは楽しみと、世辞でなく口にした。

配膳は一条と聖子が担当し、片づけをもうひと組の客がすることになった。春日井の指示の下（もと）、聖子がご飯をよそい、一条が鍋からカレーをかける。春日井の豪語に違（たが）わず、カレーライスは家庭料理とは思えないほど美味だった。皆が口々に誉め、春日井は満足そうだった。

午後八時にお開きとなり、辞去した。久しぶりに知的な会話を存分にしたという満足感がある。「どうだった？」と聖子に訊かれたので、「すっごく楽しかったよ」と力を込めて答えた。ふだんは表情に乏しい聖子が、このときはさも嬉しそうに笑った。その笑顔が新鮮で、一条は少し鼓動が激しくなるのを自覚した。

6

丸の内で爆発、という一報を見たのは、講習を終えた後だった。講習内容は、各国のバイオテロ対策についてであった。上層部は本気で、近々日本でもバイオテロが起きると考えているのだろうか。その理由は、一条が春日井なる学者の講演会に参加していたからか。自衛隊が一条ひとりをそこまで恐れる理由はないから、ただの偶然と思いたい。バイオテロが起きるとの想定は、当然必要なことだ。勝手に意味を見いだして神経を磨り減らすのは愚かだと、辺見は自分を戒めた。

スマートフォンに届いていた、ニュースアプリの通知をタップした。爆発の発生現場は、東京国際フォーラムだった。しかし爆発があったホールＢではなんの催しも開かれておらず、死傷者はゼロとのことだ。事件と事故両面で警察が捜査を始めたと書いてある。爆発の規模は、速報だけではわからなかった。

世間に出回るニュースより先に、特務連隊には情報が入ってきた。どうやら爆発は事故ではなく、何者かが故意に発生させたものだとのことだった。おそらく、テロで間違いないだろう。だが無人の東京国際フォーラムを狙ったということは、ただの示威行為だ。どの組織が犯行声明を出すか、注目点はそこだった。

さほど待つ必要はなかった。ネット上に、犯行声明が現れたからだ。ＳＮＳの匿名アカウントが、丸の内で爆弾テロを起こしたと宣言した。東京国際フォーラムを狙ったのは、かつて一国の首都であった誇りを忘れ、一地方都市に成り下がった東京府が運営する施設だからだそうだ。匿名アカウントは、〈ＭＡＳＡＫＡＤＯ〉を名乗っていた。

テロであれば、自衛隊特務連隊の出番である。鳥飼が姿を見せ、東京府警察本部との連携を指示した。オフィスの自席で待機していた辺見を含む隊員四名が、すかさず立ち上がって部屋を出た。一台の車に乗り、丸の内を目指す。

「連中も、存在価値を示さなあかんって必死やな」

車中、同僚がせせら笑うように言った。まさしくそのとおりだ。テロを起こさなければ世論を喚起できないが、死傷者を出しては国民に敵視される。そのジレンマ故に、今回のような生ぬるいテロを起こすしかないのだ。〈ＭＡＳＡＫＡＤＯ〉の活動は行き詰まっていると言えた。

東京国際フォーラムの地下駐車場に車を入れ、一階に上がった。爆発現場は警察によって封鎖されている。だが自衛隊特務連隊も捜査権を持っているから、立っている制服警官に身分証を見せて、規制線の内側に入った。制服警官は特に表情を変えなかった。自衛隊が来ることは、当然わかっていたのだろう。

おそらく所轄の丸の内警察署員と機動捜査隊員、そして桜田門からの近さを考えればすでに東京府警の公安刑事が到着しているものと思われた。所轄署員や機動捜査隊員はともかく、公安刑事は面倒である。縄張り意識を発揮し、こちらに対して露骨に非協力的な態度をとるからだ。いっそのこと警察の公安部門なんて潰してしまえばいいのに、と言う特務連隊員もいる。仕事内容が被っていて、かつ権限は特務連隊の方が大きいのだから、必ずしも暴論ではない。しかし防衛省と警察庁の鍔迫り合いの結果か、特務連隊に一本化する動きはなかった。辺見個人の意見を言えば、捜査組織がふたつあるのは必ずしも悪いことばかりとは思わない。警察の公安部門があるからこそ、特務連隊はその存在を秘して自由に活動できるのである。もし表に出たら、警察の公安部門と同等の制約を受けてしまうだろう。

地上広場には、スーツ姿の男が数人立っていた。固まって規制線をくぐった辺見たちに目をやると、さもいやそうな顔をする。その表情だけで、公安刑事だとわかった。公安は捜査警察とも折り合いが悪いと聞くから、きっとどこことも仲良くなれない部署に違いない。

「お疲れ様です」

気にせず声をかけたが、向こうは無愛想に頷くだけだった。問われれば情報を分けなければならないが、それ以外のことでは口も開きたくないらしい。毎度のことなので、いちいち腹は立たない。自分たちの子供っぽさに嫌悪感を覚えないのだろうか、と不思議に思うだけだった。

爆発物は、どうやらホール内ではなく外側に仕掛けられたようであった。奥まっているホール入り口がひしゃげている。だがその程度の被害なので、ほんの小規模だ。手製の爆弾だろうと見当をつけた。

「犯行声明は見ましたか」

誰にともなく、公安刑事に話しかけた。公安刑事たちは互いに顔を見合わせ、年輩のひとりが短く答える。

「見た」

「そちらのサイバー班、動いてますよね」

確認するまでもないことではあるが、一応尋ねた。すると年配の刑事は、また不機嫌そうに頷く。ただ、その不機嫌はこちらにだけ向けられたものとは限らなかった。サイバー班が動いて匿名アカウントの主を特定しようとしても、まず間違いなく糸は手繰(たぐ)りきれないだろう。大方、東欧のどこかで発行された捨てメールアカウントに行き着いて終わりなのだ。今どき、インターネットで足がつくような間抜けなテロ組織は存在しない。

「あの爆発、なんでしょうね。火炎瓶ではなさそうやけど」

爆発現場に顎をしゃくって、返事を求めた。年配の刑事が、今度は諦めたようにきちんと答える。

「おそらく、圧力鍋爆弾だ。鍋の残骸が残ってた」

「なるほど」

圧力鍋爆弾の作り方は簡単だ。鍋とキッチンタイマー、爆薬と雷管があればできあがる。鍋の中に釘や金属片を入れておけば、殺傷能力も高くなる。安価で製作が簡単、その上威力があるのだから、テロリストが使いたがるのも当然だった。

しかし今回は、釘や金属片が撒き散らされた様子はなかった。ただの示威行為だから、殺傷能力を高めなくてもよかったのだろう。こんなことをしていったいなんの意味があるのかと、首を傾げたくなる犯行である。〈MASAKADO〉ではなく、〈MASAKADO〉の名を借りた単独犯ではないかという推測が頭に浮かんだ。

特務連隊の同僚たちは、公安刑事たちとやり取りする気はないらしく、爆発痕を観察している。年配の刑事はちらりとそちらに目をやってから、「ちょっと」と顎をしゃくった。

他の公安刑事から離れるように歩き出すので、ついていった。周りに誰もいなくなると、年配の刑事は小声で言った。

「実は、鍋の残骸から指紋が採れた」

「えっ、そうなんですか」

辺見は驚いた。インターネットに痕跡を残さないような相手が初歩的なミスを犯していたことへの驚き、そしてもうひとつはこちらが尋ねるより先に年配刑事が情報を分けてくれたことに対しての驚きだった。いくら双方に縄張り意識があっても、結局は人と人との付き合いである。こちらが礼を尽くして接していれば、それに応えてくれる人もいるということなのだった。

「指紋とはずいぶん間抜けな話やから、その鍋を売った店の人が残したものとか、そんなとこかもしれませんね」

いくらなんでも、という気持ちがあり、期待はしなかった。年配刑事も同じらしく、「まあ、そうかもな」と頷く。

「だとしても、データは欲しいだろ。後で送っておくよ。ああ、一応名前を聞いておこうか」

「はい、辺見です」

ここで、尋常に名刺交換をした。相手の名は田端だった。

「あんた宛に送る。こっちは前がある人しか照合できないが、そっちは違うだろ。何かわかったら、こっちにも教えてくれよ」

「はあ、新情報がありましたら」

前がある、とは前科のことである。警察が指紋照合をする場合、前科がある人のデータしか対象にできない。しかし自衛隊の特務連隊は違う。令状なしに指紋を採ることができるからだ。田端はそれを承知の上でこちらに情報を求めているわけだが、公然と認めるわけにはいかない。だから、「新情報があったら」と曖昧な答え方をしたのだった。

「頼むよ」

田端は手の甲で辺見の肩をぽんと叩き、仲間たちの許に戻っていった。辺見は爆発痕を改めて見に行った。

やはり、被害は小さい。ドアがひしゃげている以外には、壁と床に焦げ跡が残っているだけだ。犯行声明さえなければ、テロとも言えない規模である。活動を続けていることを示すだけの行為か、あるいは先ほど考えたように〈MASAKADO〉の名を騙る者の仕業か。どちらにしても、この件は警察に任せておいてもいいのではないかと思えた。

周囲をぐるりと見回してみると、当然のように防犯カメラがいくつか設置されている。人相を撮影されるほど間が抜けているとは思えないが、指紋を残したのが爆弾の製作者であれば、手抜かりが多い人物による犯行かもしれない。早晩、犯人に行き着くだろう。

他の特務連隊員たちも現場を見てやる気を失ったらしく、おざなりに見て回ってから撤収することにした。「あんなんは警察に任せておけば充分やで」との同僚の言葉がすべてである。鳥飼にもそのように報告して終わりのはずだった。

特務連隊のオフィスに帰り着くと、ほどなく田端から指紋データが送られてきた。辺見はすでに興味をなくしていたが、一応データベースに入れてみる。すると、ほんの数秒で合致するデータが見つかった。辺見はディスプレイに表示された文字列を見て、目を瞠(みは)った。なぜその人物の名前が出てきたのか、理由がまるでわからなかった。

指紋の持ち主は、一条昇だった。

7

朝起きて、出勤前の身支度をしているときだった。スマートフォンが鳴り出し、驚いた。電話だ。電話はめったにかかってこないし、ディスプレイに表示された相手の名前も意外だった。聖子なのだ。会社で何か突発事があったかと考え、一条はスマートフォンを手に取った。

「おはよう。どうしたの？」

緊急事態だとしたらずれた挨拶だなと思いつつ、応じた。果たして、聖子の声は緊迫していた。

「今すぐ家を出て。早く逃げて」

「は？　なんだよ突然」

間違い電話ではないかと、とっさに考えた。相手を間違えているのだ。だが、誰に対してならこんなことを言うのか、まるで見当がつかない。逃げろとは、穏当じゃないなと苦笑した。

「いきなりでなんだかわからないと思うけど、冗談でもなんでもないから。本当に身の危険が迫ってるから。ともかく、早く出られるようにして。今から迎えに行く」

「えっ、今から？」

そもそも、聖子に自宅の住所を教えたことはないはずだ。やはり誰かと間違えているのではないかと思ったが、訊き返す前に電話が切れてしまった。釈然としなかったものの、出勤のために出かける支度はしているところだったので、そのまま続きに取りかかる。朝ご飯は食べ終え、歯を磨き、着替えをしようとしていたのである。

ちょうど着替え終わったタイミングで、呼び鈴が鳴った。まさか、聖子なのか。だとしたら、すぐそばにいたことになる。訝しみながらドアスコープから外を覗くと、そこに見えたのはやはり聖子だった。

「びっくりだなぁ。近くにいたの？」

再度驚きを味わいつつ、ドアを開けた。

「着替え終わってるね。行くよ」

挨拶もなく、聖子はいきなり言った。肘を摑んで引っ張るので、「ちょ、ちょっと待って」と慌てた。

「手ぶらだよ。荷物くらい、持たせてくれ」

一条の言葉に、聖子は諦めたように手を離した。だが顔つきは険しく、「早く」と短く言い添える。いったいこれは、なんの茶番なのか。悪い冗談で一条を担いでいるとは思えないから、わけがあるのだろうが。

ナップザックに財布を入れ、ジーンズの尻ポケットにはスマートフォンを突っ込んだ。しかし聖子の思いがけない言葉が、背中に浴びせられる。

「スマホは置いてって。GPSで跡を追われる」

「えっ、誰が追うって？　位置情報なんて、誰とも共有してないよ」

「自衛隊特務連隊。令状なしに位置情報を追えるから、共有してるかどうかなんて関係ない」

「自衛隊？」

なぜ自衛隊が、単なる一市民の位置情報を勝手に探るのか。すべてが唐突で、やはり何かの間違いとしか思えない。

「早く」

焦れたらしく、聖子は部屋の中に入ってきてふたたび一条の肘を掴んだ。逆らおうと思えば逆らえるが、あまりに聖子が必死の面もちなので、ひとまず話を聞こうと考える。言われたとおりスマートフォンを机に戻し、玄関に向かった。施錠している間、聖子は明らかに苛々しているようだった。

「行くよ」

厳しい口調で言い、先に廊下を歩き出した。アパートの外階段を駆け下りる。歩調を合わせてついていくと、聖子は走り始めた。仕方なく、一条も走る。

アパートの裏側に回った。そこには小型バンが停まっていた。車体のカラーは黒で、後部の窓はカーテンが閉まっている。聖子はスライドドアに手をかけ、中に入った。一条が続くと、待っていられないとばかりに身を乗り出してドアを閉める。聖子にのしかかられる形になり、こんな際なのに少しドキッとした。

運転席には男性がいた。こちらを振り返ろうともしないので、人相も年格好もわからない。一条たちがシートベルトをしたかどうかも確認せず、車を発進させた。聖子とはどんな関係なのだろうと、ぼんやり考えた。

「なあ、何これ？　どこに行くんだ？」

わからないことばかりだった。大がかりなドッキリ企画とでも言ってくれた方が、まだ納得できる。だがそんな手の込んだことをする余裕がある人は東日本にいないし、聖子もそういうタイプではない。ふだんほとんど笑顔を見せない聖子が、他者をからかって喜ぶわけがなかった。

「行く先は安全な場所。一条くんを追ってくるのは、さっきも言ったとおり自衛隊特務連隊」

聖子は答えてくれたが、新しい情報は口にしない。ひとつひとつ、問い質していくしかなさそうだ。

「なんで、自衛隊が追ってくるんだ。そもそも、特務連隊なんて聞いたことがないぞ。よくある都市伝説じゃないのか」

「特務連隊はある。私たちは特務連隊とずっと闘ってるから、都市伝説じゃないって知ってる」

「闘ってる？」

そのひと言で、頭に仮説が浮かんだ。まさか、と思った。

「ひょっとして、堀越さんは〈ＭＡＳＡＫＡＤＯ〉の一員なの？」

〈ＭＡＳＡＫＡＤＯ〉ではなくても、明らかにテロ組織の人間の言葉だ。聖子がテロ組織に入っているなんて、まるで想像もしなかった。

「そう。私は〈ＭＡＳＡＫＡＤＯ〉の構成員」

聖子は静かに肯定した。ずんと胸の底に響く衝撃を覚えた。

「本当かよ」

それしか言葉が出てこなかった。一条は〈ＭＡＳＡＫＡＤＯ〉が目指す社会に共感を覚えてはいるが、その実現のために暴力を振るう姿勢は全面的に否定する。テロリズムで社会は変わらないし、まして東日本の独立など勝ち得ることはできないだろう。そんなことがわからない聖子ではないはずだった。あるいは、おれは聖子のことをまるで知らなかったのか。知っているつもりだった聖子は、ただの虚像だったのか。

「本当よ。私は、東日本は西日本と統合すべきじゃなかったと考えてる。だから、東日本を独立させたい。東日本がまた独立国家になるまで、私たちは闘い続ける」

聖子は呪文でも唱えるように、低声で呟いた。その言い種に、軽い反発を覚えた。

「ちょっと待ってくれ。じゃあおれは、君たちの闘いに巻き込まれたのか」

そうとしか思えなかった。自衛隊に特務連隊なる部門があるとしても、そんなものに追われることをした憶えはない。原因があるとしたら、聖子との付き合いとしか思えなかった。冗談じゃない、と言いたかった。

「ごめんなさい。確かに巻き込むという表現が適切かも。私はもっと話をしてから、一条くんに加わって欲しかった」

聖子は眉根を寄せた。一応のところ、罪の意識は覚えているようだ。だからといって、簡単に受け入れるわけにはいかない。

「おれを組織に誘おうと思ってたのか？　どうして？」

過激な発言をしたことはない。そんな思想を心に秘めていると、誤解されるようなことを言った記憶もなかった。なぜ自分が目をつけられたのか、不思議でならない。

「一条くんは信頼できる人だから。それが、一番の理由」

前を見ていた聖子は、そう言い切ったときだけこちらに顔を向けた。じっと見つめられ、たじろぐ。信頼されても困る、とは言えなかった。

「いや、あの、信頼してくれるのは嬉しいけど、だからっておれはテロ組織なんかに加わらないよ。むしろ、テロは駄目だと思ってるくらいなんだから」

言葉を選んで、言い返した。どこに連れていかれようとしているかわからない今、きつく非難して状況を悪くしたくない。聖子が過激な行動に出るとは思えなくても、運転している男がどういう人物か不明なのだ。下手に刺激するのは得策ではなかった。

「テロで独立なんかできない、って私が前に言ったのを憶えてる？　私も、テロは肯定してないよ」

「えっ、そうなの？」

ではなぜ〈ＭＡＳＡＫＡＤＯ〉にいるのか、と反射的に思った。もしや〈ＭＡＳＡＫＡＤＯ〉には、いろいろな考え方の人がいるのか。聖子が組織内の穏健派なら、少しは話を聞いてもいいかもしれないと考え直す。穏健派の存在が〈ＭＡＳＡＫＡＤＯ〉の方針を変えられるとしたら、それは望ましいことではとも思えた。

「一条くんとは、もっと早く話し合えばよかった」

聖子は前方に顔の向きを戻し、悔いるようにぽつりと言った。それを聞いて、自分もまた聖子とたくさん話したいと思っていたことを一条は自覚した。

テロを肯定していない、という聖子の言葉を聞いただけで満足するわけにはいかなかった。まだまだ、何が起きたのかさっぱりわからない。そもそも、聖子が自衛隊に追われるならまだしも、なぜ自分なのか。自分の何が、自衛隊に追われるほどの事態を引き起こしたのか。

「でもさ、おれは何もしてないよ。なんでおれが自衛隊に目をつけられなきゃならないんだ?」

問うと、聖子は一瞬ためらうように間を空けたが、心を定めたのかすぐに続けた。

「もっと順を追って話したかった。でも、もうそんな余裕はないのよね。全部話すけど、そうしたらもう後戻りはできないよ。誰にも何も言いません、じゃ通らないからね」

聖子の言は酷だった。こちらに選択肢はないからだ。そんなことを言うなら、何も聞かずに車を降りたい。しかし、そうしたところで事態は変わらないのだ。むしろ、自衛隊に拘束されて事態は悪化する可能性の方が高い。ならば、このまま聖子と逃げるしかないではないか。一緒に逃げるなら、話を聞く以外に選べる道はなかった。

だから、返事はしたくなかった。渋々ながら、頷くことで応じる。聖子は承知と受け取り、続けた。

「今朝方、爆弾テロが起きたの。丸の内の東京国際フォーラム。爆発は小規模で、被害者はいない。爆弾は手製の圧力鍋爆弾だった」

起床してから、ニュースサイトは見ていなかった。だから、テロが起きていたことは知らない。爆弾の種類まで聖子が知っているからには、テロを起こしたのは〈MASAKADO〉なのだろう。それはわかるが、どのように自分に関係してくるのかまだ理解できない。

「圧力鍋爆弾は粉微塵になるようなものじゃなく、残骸が残るの。その残骸にね、指紋が残ってたのよ。一条くんの指紋が」

「おれの？」

思いもかけないことを言われ、ぽかんとした。触ったこともない爆弾に、指紋がつくわけがない。何かの間違いだと、もう何度目かの思いが頭をよぎった。

「圧力鍋に触った憶え、ない？　あるでしょ」

「えっ」

言われて、思い出した。先日、春日井の家を訪ねた際に、カレーを盛りつけた。圧力鍋で煮たから、味が染みておいしいと春日井は豪語した。まさか、あのときのことか。ならば、春日井も〈ＭＡＳＡＫＡＤＯ〉の一員なのか。

「じゃあ、春日井先生も……」

「そう。仲間」

聖子は短く答える。一条は軽い眩暈を覚えた。

そういうことだったのか。あの集まりは、目をつけた人物を仲間に取り込めるかどうか判定するためのものだったのだ。もうひと組の客も、ひとりが〈ＭＡＳＡＫＡＤＯ〉の構成員でもうひとりが勧誘される予定の人だったのだろう。だから春日井は、かなり危うい発言をあえてしたのだ。

「爆弾は、足がつかないように古い物を使ったのよ。そのために圧力鍋を買えば、買った店の防犯カメラに姿が写っちゃうから。でも、それが仇になった。きちんと指紋を拭き取ったはずだったのに、一条くんの指紋が残っていたみたいなのよね」

「そんな……」

そのような理由で、自分は自衛隊に追われることになったのか。あまりに不運すぎて、唖然とする。だが、これでもまだすべてを説明してもらった気がしない。疑問は残っていた。

「でもさ、おれは前科があるわけでもないのに、どうしておれの指紋だってわかったんだ？　変だよ」

「一条くんは平和な世界で生きてきたのよ。現実はもっと過酷なの。自衛隊特務連隊は、令状なしに市民の指紋を勝手に採取する。もしかしたら、自衛隊員の家族全員の指紋がデータベースに登録されているのかもしれない。だから、爆弾についていた指紋が一条くんのものだとわかったんだと思う」

「嘘だろ」

親の後を追って自衛隊に入隊こそしなかったが、自衛隊自体にネガティブな印象を持っていたわけではない。まして東日本大震災を経た今は、大方の人と同様、自衛隊を好ましく思っていた。それなのに、表に出ない自衛隊の黒い部分を見せられた心地だった。そんなことがあるわけないと否定したいのに、すでに周りを固められてしまった気がする。世界を見る目が、今日を境に一変しそうだった。

「嘘じゃないのよ。これが現実。私たちが闘わざるを得ないと判断したわけも、わかるでしょ」

聖子は静かな声で言った。同じような経験を、すでに何度もしてきたのかもしれない。日々を一緒に過ごしていた会社の同僚が、まさかこんな世界を生きていたとは。自分が見ているものがすべてではないと、強く思い知らされた。

「まだわからない。どうしてそんなことまで知ってるんだ？　なんで自衛隊より先に、おれに警告できたんだ？」

自衛隊の内部情報でも摑んでいなければ、特務連隊に先んじることなど不可能なはずだ。そう考えての指摘だったが、聖子はあっさり告白した。

「内通者がいるのよ。その人が教えてくれた」

「内通者――」

一条が想像した以上に、〈MASAKADO〉と自衛隊特務連隊の闘いは深く進行しているようだ。敵組織に内通者を送り込むなど、一朝一夕にできることではない。いったいいつから始まった闘いで、そしていつまで続くのか。逃げようのない大きな波に吞み込まれてしまったのだと悟った。

「いまさらなことを訊くけど、今日の仕事は欠勤か」

それでも、まだ日常の心配事に縛られている己が滑稽だった。今日だけでなく、もう出勤なんてできないのだろうと諦めている自分もいる。今朝目覚めたときは、昨日と同じように普通の人生が続くのだと、信じると表現する必要もなく無条件に思い込んでいた。日常がこんな簡単に崩れてしまうとは、受け入れがたくて呆然とする。おれだけが特別なのか。実は誰もが、一歩間違えば日常を失う危険な状態に気づかずに生きているだけなのではないか。

「ごめんね。もう私も会社には行かない」

すまなそうに、聖子は俯く。自分だけでなく、聖子もまた日常の生活を捨てたのだと理解した。しかし、聖子は自ら望んで日常を捨てたのだ。おれとは違う。どうしても、巻き込まれたことに対して恨みを覚えざるを得ない。

「もうひとつ、大事な確認がある。〈MASAKADO〉の構成員はキミだけだろうね。他の同僚も実は〈MASAKADO〉に入ってたなんて言われたら、ショックすぎるよ」

何も知らなかったのは自分だけではないか、という恐ろしい想像が頭をよぎったのだった。だが、さすがにそれは杞憂だった。聖子ははっきりと首を左右に振る。

「心配しなくていい。私だけだから。他の人は関係ない。声をかける気もなかった」

「そうか」

おれのことも誘わないで欲しかった、とは口にしなかった。言っても恨み言になるだけだからだ。日常に戻れないなら、聖子とぎくしゃくしたくはない。聖子との繋がりだけが、ただひとつの縋れる絆になるかもしれないのだった。

「もし自衛隊に捕まってたら、どうなるんだ?」

警察に逮捕されるならイメージできるが、そもそも自衛隊特務連隊に逮捕権があるのかどうかもわからない。捕まった場合、どのような扱いを受けるのか、見当がつかなかった。きちんと状況を説明すれば、不幸な偶然が重なっただけだとわかってくれないだろうか。そんな期待が、まだ胸には残っていた。

「国家転覆罪が重罪なのは、知ってるでしょ。死刑もあり得るんだよ」

「死刑」

聞いたことはあった。だが、日本では死刑はほとんど秘密裏に執行されるので、知識がない。実際に国家転覆罪で死刑になった人がいるのかも知らない。それでも、甘い見通しは危険だということは理解した。本当に死刑になるのかどうかを、自分の命を賭けて確認するわけにはいかなかった。

「だから、捕まるわけにはいかないの。逃げるなら、〈MASAKADO〉に加わるしかないんだよ」

聖子の言葉は、宣告だった。お前はもうテロリストとして生きるしかないのだという宣告。理不尽だと思った。カレーを盛りつけたという、どうということのない行為が運命の明暗を分けた。人生の落とし穴があまりにさりげなさすぎて、理不尽さにおののく。車がどれだけ走ったか意識していなかったが、どんどん自分の過去から離れていくことは理解した。もう戻れない、これまでの暮らし。この先の人生は、危難と恐怖に満ちているのだろう。それを思うと、歯がかちかちと鳴り出した。震えていることを聖子に悟られたくなくて、一条はぐっと顎に力を入れた。

9

「悪いけど、これをしてくれる?」

聖子はバッグの中から取り出した物を、一条に差し出した。それはアイマスクだった。明るい場所で寝る際に装着し、瞼(まぶた)を通して入ってくる光を遮るためのもの。どういう意味だと、聖子の顔を見返した。

「これから向かう先のことを、まだ知って欲しくないの。アジトは貴重だから、場所を知る人の数は極力少なくしておかないといけないから」

「まだ信用してないってわけか」

皮肉を口にせずにはいられなかった。誘っておいて、この仕打ちはない。信用できない相手を誘うなよ、と言い返したかった。

「信用とは別問題。知らなければ、拷問されても喋れないでしょ」

非日常的なことを、聖子は平然と言う。自衛隊は拷問までするのか、と愕然(がくぜん)とした。

「もしもの場合よ」

こちらの驚きを見透かして、聖子はつけ加える。そうであって欲しい、自衛隊がそんな組織だとは思

やむなく受け取り、目許に装着した。隙間から外を覗けないだろうかと考えたが、サイズが大きいので無理だ。加えて、聖子はきっちりと装着具合を確認した。これでもう、走行時間くらいしかわからない。別にかまわない、と投げやりな気持ちになった。

視界を封じられてしまうと、不思議なもので時間経過も把握できなくなった。話すことまで禁じられたわけではないから、聖子とはぽつぽつと言葉を交わす。だが内容は薄く、自分がどこに向かっているのか推理する手がかりはなかった。組織のことも、まだ詳しく教えてくれる気はなさそうだった。

いつまで走るのかとうんざりしてきた頃に、ようやく車は停止した。「まだアイマスクは取らないで」と聖子に注意され、上げかけた腕を止める。その手に、柔らかい手が添えられた。聖子が一条の手を握ったようだ。「そのまま車を降りて」と促され、聖子に引かれるままに車外に出た。

なんとなくだが、肌に当たる空気が都会のそれとは違うように感じられた。聞こえてくる音もあまりなく、静かな地域のようだ。郊外に出てきたのだろうな、と見当をつけた。

段差を上り、建物の玄関らしきところで立ち止まった。ドアが閉まる音とともに、「もう取っていいよ」と言われる。すぐさまアイマスクを取り去ると、そこはロッジふうの建物の中だった。玄関からそのまま続く空間は、二十畳ほどか。かなり広い。別荘地まで来たのではないかと推測した。

車を運転してきた男は、何も言わずに右手にある階段を上って二階に行ってしまった。もともと無口なのか、それとも一条との会話が許されていないのか。どちらであっても、一条の方も特に話をしてみたい相手ではなかった。ともかく今は、聖子にもっと説明してもらいたい。

しかし、聖子とふたりきりになったわけではなかった。一階の広いスペースには、ふたりの人物がいた。ひとりはソファから立ち上がり、「やあやあ」と陽気に言いながら近づいてきた。身長は高くなく、小太り。年齢は二十代だろう。男はソファの方に手を差し伸べながら、「どうぞ坐って」と勧めた。

「一条さんだね。ようこそ。ぼくはマルヤマ。丸い山ね。みんなにはマルって呼ばれてるけど、好きに呼んでくれていいよ」

正直、暴力も辞さないテロ集団なのだから、もっと粗暴な雰囲気の人が待っているのではないかと不安に思っていた。だが丸山(まるやま)はいたって気さくで、こちらをホッとさせてくれる。そういう人だからこそ、出迎え役に選ばれているのかもしれないが。

「ああ、どうも。一条です」

ようこそ、と言われても、好んでここまでやってきたわけではないのでうまい挨拶ができない。一応頭を下げ、言われるままにソファに腰を下ろした。聖子は斜め前に坐り、「コーヒーでいい?」と訊いてくる。頷くと、丸山が「よっしゃ」と応じて奥に消えた。

広いスペースの中央に応接セットがあり、一条の正面には大きな窓が見える。窓の外にはバルコニーがあり、柵越しに土が剝(む)き出しの庭が覗け、さらにその先は雑木林だった。やはり、郊外だ。眺めに特徴はないから、一条に見られてもかまわないのだろう。

窓際の部屋の隅には机が置いてあり、そこに少し猫背気味の男が向き合っていた。ノートパソコンの画面を覗き込んでいて、先ほどからこちらに一瞥(いちべつ)もくれない。一条から見えるのは後ろ姿なので、年格好はわからなかった。ただ、若そうではある。

「春日井先生はめったに来ないから、次にいつ会えるかはわからない。ただ、一条くんが加わってくれれば絶対に喜ぶよ」

聖子は口を開くと、まずそんなことを言った。歓迎されれば嬉しい、と応じたいところではあるが、そんな呑気なことを言う気分ではない。もし春日井に会ったら、一条の指紋を圧力鍋に残してしまった不手際を責めたかったが、いまさら言っても仕方がないという諦念もある。ともかく今は、これからの生活がどうなるかを知りたかった。

「おれは当面、ここに住むのか？」

尋ねると、聖子は頷いた。

「そう。外には出られないけど、欲しい物は言ってくれれば用意する。一条くんは顔が割れてるから、それをなんとかするまでの辛抱ね」

「なんとかする？　なんとかするって、なんとかなるのか」

「整形手術してもらう。私もするよ」

驚きで、声も出なかった。〈ＭＡＳＡＫＡＤＯ〉がそれなりの規模の組織だというイメージはあったが、まさかそんな手配までできるとは。〈ＭＡＳＡＫＡＤＯ〉のシンパは、一条が知らなかっただけで、多方面に存在しているのかもしれない。

「ごめんね。一条くんはけっこういい男だから、整形なんて必要ないのにね。どうせなら、もっといい男にしてもらおう。あ、あんまり目立つのはまずいか」

一条の不安を紛らわそうとしているのか、聖子はそんな軽口を叩いた。整形手術が必要ないと言うなら、聖子の方がもっとそうだ。もともと整っている顔にメスを入れるのは、辛いのではないか。しかし聖子は、そんな感情はおくびにも出さない。

「整形手術……」

逃亡生活が、一気に現実味を帯びた。甘く考えていたわけではないが、つい最前まではどこか、まだ引き返せるような感覚が残っていたのだ。整形手術をするとはつまり、これまでの自分を捨てるということだ。別人に生まれ変わる覚悟は、そう簡単にできるものではない。

「はい、お待たせ」

そう言いながら、丸山が戻ってきた。トレイにマグカップを三つ載せている。部屋の隅にいる男の方には向かわないから、丸山の分も含めた三つなのだろう。案の定、トレイをテーブルに置くと丸山はそのままソファに坐った。

トレイには砂糖とミルクも載っていたが、一条は手を出さなかった。緊張のせいか喉が渇いていたので、ブラックのままマグカップに口をつける。少し啜ると、思いの外にコーヒーは美味だった。コーヒー好きの一条としては、それだけで気分がわずかに上向きになった。

「もちろん、身分証明書も偽造する。だから、また普通の生活に戻れるよ。ただ、これまでの人間関係は切れちゃうけど」

聖子は説明を続けた。簡単に言ってくれる、と内心で反発を覚える。失って初めて、これまで培ってきた人間関係がいかに大事だったか思い知った。友人はもちろん、両親とすらもう会えないのか。信じられない、と言うしかなかった。

「——ごめんね。一条くんがどう感じてるか、想像できないわけじゃないよ。でもこうなったからには、新しい人生を有意義に過ごして欲しい。生まれ変わってよかったと思って欲しい。そのためのお手伝いは、全力でするから」

聖子は口調を変え、同情的な物言いをした。それが手管だとしても、一条には嬉しく感じられる。これまでの人間関係がすべて断ち切られるなら、聖子だけが唯一の繋がりなのだ。すでに精神的に依存しかけていることは、自覚していた。

「私たちの手で今の日本を変えられるなら、人生に大きな意味があったと言えると思う。私はそう信じてるし、一条くんにもそう感じて欲しい。〈MASAKADO〉に参加している人はみんな、そういう思いだよ」

そうなのだろうな、と聖子の言葉を肯定した。一条も、今の日本が好きだったわけではない。状況を変えられるなら変えたいし、その動きに加われるなら充実感を味わえるかもしれない。何より、他に道はないのだから、〈MASAKADO〉にいやいや参加するよりも生きる目的を見つけた方がいいはずだ。東日本独立という夢物語を、その目的とすべきなのかもしれなかった。

「……そうだな。じっくり考えてみるよ」

ようやく、思いを声に出せた。聖子は安堵したように、硬い表情を少し緩めた。そこに、丸山が言葉を挟んだ。

「〈MASAKADO〉をテロ組織とは思わないで欲しいな。そのうちわかるけど、いい人も多いよ。友達はこれからたくさん作れる。アンダーグラウンドで生きるひどい人生にはならないから、安心して」

丸山が言うと、まるで大学のサークルや同好会への勧誘のように聞こえる。あまり真剣味が感じられないが、殺伐としているよりは好もしかった。「はい」と声に出して頷くと、丸山は嬉しそうに笑った。目が細くなり、恵比寿様を連想させる。見る人を安心させる笑顔だな、と思った。

「で、いきなり前言を翻すようで気が引けるけど、さっきからこっちに顔も向けない人がタテオカさん。

プログラマーで、大きな戦力になってくれてる。ただ、人付き合いは悪い」

部屋の隅にいる男に向けて顎をしゃくり、丸山は本人にも聞こえる声の大きさで紹介した。だがタテオカは、それでも振り返ろうとしなかった。説明どおり、他人と交流する気がないようだ。言葉を交わそうとしない相手のことを知る必要はない。一条は特にタテオカに興味は覚えなかった。

10

指紋という動かぬ証拠があるのだから、一条が爆弾テロと無関係とは思えなかった。爆弾を製作した当人とは限らないが、関与があったからこそ指紋が残ったのだろう。現実を、辺見は受け入れることにした。

それでも、一条が逃走したと聞いたときにはやはり驚いた。テロに加担していたなら逃げて当然なのだが、一から十まで一条らしくなく、信じられない思いに襲われたのである。しばらく会わないうちに人が変わった、というならまだしも、一条とはつい最近会ったばかりで、特に変わりがないことを確認したところだった。あの一条がテロに走るとは、どんな事情があったのか想像もつかない。辺見が知らないだけで、それほど東日本の実情はひどいものだったのだろうか。

なぜ一条がテロリストになったのか、そのわけが知りたい。今はただ、そんな念願が頭を占めている。どんな理由があろうと、テロはテロだ。許せることではない。それは大前提として、その上で理由を知りたかった。長年の友情が、一条をテロリストとして憎むことを妨げていた。

「中隊長、私にこの件をしばらく追わせていただけませんか」

だから、自分でも調べてみたかった。警察の捜査をただ待っていることなどできない。叶うなら、一条を逮捕するのは自分でありたかった。それが、友としての務めだと思った。

申し出を聞いた鳥飼は、特に表情を変えなかった。まるで、辺見がそう言い出すのを予想していたかのようだ。鳥飼の洞察力は、卓越している。部下の心の動きくらい、当然のように把握しているのだろう。

「情が邪魔になれへんか」

鳥飼はこちらの目を真っ直ぐに見て、そう問うてきた。辺見は一瞬考え、答える。

「情を排した捜査なら、警察がやります。私なら、警察とは別角度から攻められます」

「具体的には？」

「一条の両親に会います」

一条の両親は、初めて会ったのがいつかわからないほど昔から知っている。向こうもこちらに親しみを覚えてくれていることには、自信がある。そんな辺見だからこそ、警察の尋問では引き出せないことが聞けるかもしれなかった。

「わかった。行ってこい」

鳥飼はあっさりと認めた。許可は出ると思っていた。むしろ、許可されたことでプレッシャーを感じる。なんとしても、一条の両親から有益な情報を得なければならなかった。

「一条の父親は現在、どこにいますか」

鳥飼なら知っているはずと考え、尋ねた。案の定、鳥飼はなんでもないことのように教えてくれた。

「自宅待機しとる。まあ、謹慎やな。成人している子供がしたことで責任を負わせるわけにはいかへんが、なんのお咎めもなしにはしておけんのやろう」

「わかりました。では、官舎に向かいます」

謹慎とは気の毒なことだ。自分の親に迷惑をかけることを、一条は考えなかったのだろうか。その点も、一条らしからぬところだった。

官舎なら、さほど遠くない。特務連隊のオフィスを出た足で、そのまま市ヶ谷の自衛隊官舎に向かった。

かつて隣人だった頃と、一条家の部屋の場所は変わっている。事前に調べた部屋番号を頼りに、玄関ドアの前に立った。

「はい」

インターフォンを押すと、女性の声が返事をした。一条の母親だろう。一拍後には、モニターに映ったこちらの顔を見て、「あら」と言った。

「公佑くんね。久しぶり。ちょっと待ってて」

ここ数年会っていないが、すぐにわかったようだ。ドアチェーンを外す音とともに、扉が開かれる。

一条の母親は、ぱっと表情を明るくした。

「よく来てくれたわね。ええと、入る?」

おそらく、辺見の訪問の理由は見当がついているのだろう。それでも親しげに振る舞ってくれるのは、ありがたいことである。「はい」と応じて、中に入った。

「おじさんはいらっしゃいますか」

「ええ。謹慎中だから」

一条の母親は、なんでもないことのように言う。しかし、本心からなんとも思っていないわけではないはずだ。気丈な人だと、改めて感じる。

一条の母親の後についていき、リビングルームに入った。ダイニングテーブルに着いている男性は、なにやら予期していたような顔つきだった。自宅にいるというのに、髪をきちんと整髪剤で七三に分けている。銀縁眼鏡と相まって、見た目だけで堅苦しさを覚えさせる。一条の父親だった。辺見と目を合わせると、顎をしゃくって自分の正面を示した。

「坐りなさい」

口調こそ穏やかだが、言葉は命令調である。同じ自衛官として、辺見の方が階級が下なのだから、当然のことだ。だが一条の父親は、たとえ辺見が自衛官でなくても同じ態度だっただろう。経済的に余裕があるとはとても言えない一条が、親と同居せずにひとり暮らしをしていた理由を、辺見はよく知っている。

「はっ、失礼します」

友人の父としてではなく、階級が上の人への接し方をした。おそらく、それが一条の父親の望むことだろう。辺見が訪ねてきた理由を察しているなら、自衛官同士として話をするべきだった。

「公佑くん、お茶を淹れるわね。コーヒーでいいかしら」

対照的に一条の母親は、あくまで息子の友達として扱う。この態度は、ある意味すごい。内心で敬服しつつ、コーヒーをいただくと答えた。

「君が来るとは思わなかった。上司に言われたのか」

一条の父親は、そのように確認してくる。特務連隊の存在は、他の自衛隊員にも伏せられている。表向きの仕事は総務ということになっているのだ。だから一条の父親が現在の辺見の職務を知っているはずもないのだが、部署と関わりなく内部調査を命じられたのだと解釈したのだろう。

「いえ、私の考えです。何もしないではいられへんかったんで」

本当のことだから、正直に話した。ここで聞いた話は鳥飼に報告するが、友人を案じる気持ちに偽りはない。一条の父親は納得したのか、深く頷いた。

「そうか」

「昇から、連絡はありましたか」

世間話をしている余裕は、互いにない。単刀直入に尋ねた。

「ない。本当だ」

本当だ、とつけ加えるのは、疑われても仕方ないとわかっているからだろう。しかし、一条が父親に連絡しなくてもなんの不思議もなかった。むしろ、連絡があったと聞いたら驚くところだ。

「昇は〈MASAKADO〉との関与があったと思われます。心当たりはありますか」

「ない。あるわけがない」

苦々しげに、父親は首を振る。まあ、そうなのだろう。家を出て数年、一条はろくに帰ってきていないはずだ。帰ってきても、それは父親が不在のときだったのではないか。父親が現在の一条について、何も知らなくて当然だった。だから話を聞くべき相手は、母親だと考えていた。

「本当に昇が〈MASAKADO〉に加わったと思いますか」

この質問は、調査が目的ではない。友人の父親に対する問いかけだった。眼前の人物が息子をどう思っているのか、それが知りたかった。

「わからない」

父親は即答した。わからないのか。そんなことをするはずがないと言わないのか。一条の代わりに、辺見は腹を立てた。

「わからないとは、〈MASAKADO〉に加わってもおかしくないと思ってるんですか。東日本独立を望むような言動があったんですか」

言葉に怒気が籠らないよう、気をつけた。父親は何も気づかず、小さく首を振る。

「いや、そういう意味じゃない。あいつは独立なんて言葉は一度も口にしていない。私は、成人した息子が何を考えているかなんて、親がわかることではないと言いたいんだ」

そういうものだろうか。成人しても、人格が変わるわけではない。息子のことをよく理解していれば、たとえ成人後であろうとどんな判断をするかわかりそうなものである。だが、子供の頃から知っている辺見ですら、今回の一条の行動には驚かされた。親であっても、同じなのかもしれない。

「お待たせしました。はい、どうぞ」

そこに、母親がキッチンから姿を見せた。陽気に言って、コーヒーカップを辺見の前に置く。話はふたり揃っていた方がいい。坐ってくれと促した。

「改めて伺います。圧力鍋爆弾から昇の指紋が検出されたことについて、どうお考えですか」

主に、母親に対する質問だった。小柄で、現在の年齢でも愛らしい雰囲気を保っている母親は、驚いたことににこりと微笑んだ。

「何かの間違いだと思ってますよ。テロ組織に加わるなんて、そんなことするはずないですから。公佑くんも知ってるでしょ」

現実を無視しているかのような物言いをする。だが、気持ちはわかる。一条がテロ組織に加わるはずがないという考えは、辺見も同じなのだ。とはいえ、指紋が検出されたのは疑いようのない事実であった。

「ぼくも、信じたいです。でも、残念ながら指紋はほんまについていたんです。それに、昇は今どこにいるかわからない。テロに関与していないなら、逃げたりせずに、なんで爆弾から指紋が検出されたのか、きちんと説明をすべきです」

先ほどは父親に対して腹を立てたつもりだったが、煎じ詰めれば怒りは一条に向いているのだった。なぜ逃げた。その問いが、頭の中をぐるぐると巡っている。

「公佑くんが来てくれたのは、幸運だったわ。お願い。状況的には昇が〈MASAKADO〉に加わったとしか思えないでしょうけど、きっといろいろな事情が重なったのよ。そんなこと、誰も信じてくれないとわかってる。だからこそ、公佑くんだけは信じて欲しいの」

母親の口調が変わった。余裕を失い、縋るような目でこちらを見ている。先ほどまでの平静さは、あくまで装った姿だったのだと知った。本当は、身悶えるほどの不安でいっぱいなのだろう。

辺見だって、信じられるものなら信じたい。しかし、〈MASAKADO〉と関わりがないのに爆弾に指紋がついた状況は、とても想像できない。辺見は立場的に、願望だけで判断するわけにはいかないのだ。母親の言葉には応じられなかった。

「今、どこにいると思いますか？」

一条が〈MASAKADO〉に加わったなら、組織によって匿われているのだろう。それは間違いないとはいえ、親に尋ねずには済ませられなかった。

「わからないです。親戚のところのわけはないわよね。もし逃げているなら、誰にも迷惑がかからないようにしてると思う」

母親らしい意見だった。誰にも迷惑がかからないようにしている、という点は同意したいが、そんな発想があるならテロ組織には加わらないだろう。一条は変わってしまって、もはや辺見や両親が知る人物とは別人と見做すべきなのか、という考えが頭をよぎった。

「あいつは、頑固だ」

不意に、父親が口を開いた。腕を組み、眉間に軽く皺（しわ）を寄せている。辺見は子供の頃、常に不機嫌そうな一条の父親が苦手だった。正直に言えば、今もそんな意識は多少残っている。この人がもう少し笑顔を見せる人であったら、一条の人生も違っていたのではないか。そんなふうに思わずにはいられなかった。

「どんな事情があったかは知らないが、逃げると一度決めたなら、そう簡単には見つからないだろう。あいつはとことんやり抜く。だから、頼む。早くあいつを見つけてやってくれ。取り返しがつかないことになる前に、昇を見つけてやって欲しい」

父親は唸るように言うと、辺見に向かって頭を下げた。その意外な態度に、戸惑う。頑固なばかりで、他者に対して心を開かない人だと辺見は認識していた。たとえ息子であっても、この人は心を開かない。だから一条は、父とは違う道を選んだのだ。二等国民と言われる立場になろうと、自衛隊にだけは入るまいと決めたのだ。そのことを、辺見は知っていた。

しかし今、父親は頭を下げている。息子は一度決めたことをやり抜くと言い切っている。辺見もそう思う。取り返しがつかなくなる前に見つけるべきだという意見には、完全に同意する。この父親が一条を理解していることに驚きつつ、すれ違いを悲しまずにはいられなかった。もっと早く、息子を理解しているのだと当人に伝えるべきではなかったのか。

だが、それを父親に告げるのは酷だった。辺見は父親と母親の思いをともに受け止め、「わかりました」と応じた。

11

「一条くんには今のうちに、〈MASAKADO〉の現状を知っておいてもらいたいと思ってる。今ここにいる人は考えが近い人たちだけだから、ちょうどいいのよね」

コーヒーを味わうように飲んでから、聖子が切り出した。〈MASAKADO〉に関することは、できるだけ知っておきたい。他の人がいる場では言えないことなら、なおさら聞かせて欲しかった。

「私、ここに来る車の中で、テロで独立なんてできないって言ったよね。憶えてる?」

聖子は確認してくる。もちろん、強く印象に残っていた。

「憶えてるよ。〈MASAKADO〉に入っているのにどうして、って思った」

「丸山さんも〈MASAKADO〉をテロ組織だと思わないで、って言ったけど、暴力で国を変えようって考えの人ばっかりじゃないんだよ。テロなんて手段に頼るべきじゃないと思っている人も多いの。ああ、多いは言いすぎかな。少数派なのは間違いないから」

組織の性格上、テロを否定する人が少ないのはむしろ当然だろう。どういう経緯でそんな一派が誕生したのか、そのことに興味を覚える。

「つまり、ここにいる人はみんな、テロ否定派ってことか」

部屋の隅にいる館岡（たておか）にも目を向け、確認した。聖子と丸山は、揃って頷く。

「そう。私たちは穏健派と称してる」

「穏健派」

その呼称は、車の中で一条も考えた。テロ組織には加担したくないが、穏健派ならかろうじて同調できるかもしれない。そんな思いは、変わらずにあった。

「穏健派も目指してるのは東日本独立なの？」

だからこそ〈MASAKADO〉にいるのだろうが、テロに訴える武闘派とは水と油のように感じる。目的が同じだから、手を携えているのか。

「もちろん、そうよ。二等国民に成り下がるために、西と一緒になったわけじゃない。西が私たちを下に見るなら、袂（たもと）を分かつまでよ」

聖子のその言葉には、憤（いきどお）りが滲（にじ）んでいた。穏健派と武闘派を結びつけているのは、怒りか。一条はそう納得する。

「現実には、西にもぼくたちと変わらない暮らしを送っている人がたくさんいる」丸山が言葉を引き取った。「だから、独立後の東に来たいと望む人はみんな受け入れたいと思ってる。〈MASAKADO〉のスローガンは知ってるだろ。金持ちがいない代わりに貧乏人もいない国。そんな理念に賛同する人は、多いんじゃないかな」

東日本に住んでいると、西日本人は皆裕福だと勘違いしてしまいそうだが、そんなはずはないのだ。向こうにも格差があり、優雅に生きているのは一部の人だけに決まっている。ならば、西日本全体を敵視するのは誤りである。その考えにも、同意できた。

「だったら、手段は？　テロじゃなくて、どんな方法で独立を勝ち取ろうとしてるんだ」

政治だろうか。だとしたら、堂々と活動すればいいだけである。聖子たちがなぜ地下に潜っているのか、わからなかった。

「政治家を国会に送り込んでもなんの役にも立たないことは、知ってるよね」

聖子は冷ややかに言う。確かにそうなのだ。何しろ東は、民主主義に慣れていない。こちらの選挙区で当選した議員は、西の百戦錬磨の議員からするとただの素人だったのだろう。素人は、長いものに巻かれやすい。政界特有の根回しや腹芸などに翻弄されるうちに、結局は同じ色に染まってしまうのだ。選挙の際には威勢のいいことを言っていても、それを実現できた議員はひとりもいない。道は半ば、妥協も必要、などといった言い訳を、いったい幾度聞かされただろうか。

そもそも、東日本人が議員になるのは大出世なのだ。収入は倍増どころではない。一足飛びに裕福になってしまえば、その地位を守ることに汲々とするのも無理はなかった。党の方針にそぐわないことを言い続けて公認を外されるくらいなら、選挙のときだけ聞こえのいいことを言って、当選後はおとなしくしているのが賢いということになる。結果、東日本の訴えは国の中央に届かなくなるのだった。

「うん」

政治に対する思い入れはないので、一条の返事も短くなった。ずっと真っ直ぐにこちらを見ていた聖子は、ふと目を伏せた。

「政治で変えられないなら、長い闘いになるよ。私たちも、それは覚悟してる」

長い闘いか。テロに走らないなら、そうなるだろう。大勢の人の意識を変え、話し合って、独立を勝ち取る。目指しているのは、そうした道か。

「たぶん、私が生きているうちに独立は無理だと思う。でも、次の世代かその次の世代で理想が実現できたら、それでいい。私たちは捨て石となるつもりなの」

「捨て石か」

いきなり、夢のない話を聞かされてしまった。ただ、実現できない夢を刷り込まれるよりはいい。洗脳されるかもしれないとまで危惧していたから、今のところは受け入れられる。とはいえ、捨て石になる覚悟も定まらない。

「がっかりした？　それはそうよね。自分が生きているうちに独立が実現しないなんて、やる気がなくなるでしょ。でも、大丈夫。秘策があるから」

「秘策？」

「うん。びっくりするような秘策。そのうち話すから、楽しみにしてて」

聖子は気を持たせることを言う。すぐに言えないのは、まだ一条が新参者だからか。やむを得ないとはいえ、焦らされていると感じてしまう。

「もったいつけないでくれよ」

「ごめんね。穏健派の中でもごく一部の人しか知らないことだから、簡単には話せないのよ。でも、一条くんには必ず打ち明ける。だから待って」

「そうか」

無理に聞き出さなくても、そうまで言うならいずれ教えてくれるだろう。何より、一条はまだ〈ＭＡＳＡＫＡＤＯ〉に入ると明言したわけではないのだ。知りたければ、正式に〈ＭＡＳＡＫＡＤＯ〉の一員にならなければいけないのだと考える。気持ちを整理する必要があった。

個室をひとつ、あてがってもらえることになった。持ってきたバッグを手に、その部屋に入る。広さは四畳半ほどだろうか。シングルベッドがあり、机がある。他にはクローゼット。それがすべてだった。パソコンもスマートフォンもないから退屈しそうだが、今は必要ない。ひとまず、ベッドに倒れ込んだ。

白いだけの天井を見上げた。自分の頭の中のようだ、と思った。いっぺんに様々な情報を吹き込まれ、かえって真っ白になってしまった。だが、呆然としている場合ではない。なんとか気力を掻き集め、これからの身の振り方を考えなければならなかった。

テロは駄目だ。その思いは、厳然として存在する。そう考えている自分がテロ組織に関わらざるを得なくなったことが、どうにも残念でならない。テロという手段で、独立は勝ち得ないと思う。暴力を礎にしてできあがった国は、その後も暴力から脱却できないだろう。そんな国なら、独立しない方がいい。テロの実行犯と会うことがあったら、そう言ってやりたかった。

しかし、一条には選択肢がない。ここを抜け出たとしても、帰る場所はないのだ。警察か自衛隊に逮捕され、拘置所に行く。そしてこちらの主張は受け入れられず、裁判で有罪判決が出されるだろう。最悪の場合は、死刑だ。その可能性があるのを承知の上で、のこのこと自分のアパートに帰ることはできない。

どんなに理不尽だと感じ、憤ろうとも、今の居場所はここしかない。それは、認めざるを得なかった。聖子たちに見捨てられてしまえば、死刑もあり得る道しか残っていないのである。〈MASAKADO〉の一員として生きていくことを、受け入れるより他なかった。

とはいえ、光明はある。まず最初に穏健派と接触できたことだ。これは幸運であった。聖子が武闘派であったなら、もっと苦悩は深かったろう。穏健派に身を置いていれば、テロ行為を無理強いされることはないかもしれない。

まずは、組織内の力関係を探るべきか。そう考えた。穏健派は果たして、〈MASAKADO〉の中でどれくらいの力を持っているのだろう。そのパワーバランス次第では、〈MASAKADO〉の方針を変えられるかもしれない。穏健派を主流に持っていき、テロ行為を思いとどまらせる。それこそが、自分の目指すべき道ではないか。そうした目標があれば、〈MASAKADO〉に加わることもできると思えた。

気持ちは定まった。少し、呼吸が楽になった気がした。大きく息を吸い、吐いてみる。同じ屋根の下に、聖子がいることを意識した。穏健派の数を増やすためには、聖子の協力が不可欠だ。自分が今後、ますます聖子の存在を意識するようになると予感した。

12

一時間ほどしてからリビングルームに戻り、〈MASAKADO〉に加わることにしたと告げた。聖子と丸山は、少し大袈裟に思えるほど喜んでくれた。聖子はまだしも丸山は、つい先ほど会ったばかりである。単に仲間がひとり増えただけで、そんなにも嬉しいのだろうか。少数派だという穏健派が増えたことを喜んでいるのかもしれないと納得した。

「だったら、整形手術の手配をするね。いい？」

聖子は念を押してきた。そのことについても、すでに受け入れている。なんのわだかまりもなく手術を受けられる心境にはなっていないが、顔を変えることによって得られる自由の方が大事だと結論した。それでも、別人になることによる喪失感はきっと大きいだろうと予想している。もはやあれこれ考えること自体が辛くなってきているので、思考を停止すべきかもしれないとも思った。

「うん、お願いするよ」

頷きかけると、聖子も厳しい表情になった。聖子は自分も手術を受けると、ここに来たときに言った。おそらく、胸に去来する思いは同じなのだろう。だから一条も、極力感情を表に出さないようにした。

聖子はスマートフォンで、どこかに電話をした。一条が仲間に加わったこと、そのために整形手術が必要であることを告げている。何度か断続的にやり取りし、三日後に手術が行われることになった。それまでは、この建物から出られない。聖子もここに籠るというのが、せめてもの救いだった。

それからの三日間、人の出入りは少なかった。誰かが来た気配はあったが、引き合わせてはもらえず、部屋に籠っていろと言われた。いきなり横の繋がりができるわけではないようだ。その代わり、聖子と丸山は話し相手になってくれた。気晴らしの手段は少なく、三人でお喋りをするか、リビングでテレビを見るしかない。聖子はもちろんのこと、人がよさそうな丸山とは言葉を交わすほどに親しくなっていく実感があった。

ただ、丸山の生活実態についてはあまり訊けなかった。現在の職業や家族の有無といった基本的情報は、「そのうちわかる」と流されてしまったのだ。組織内では、そうしたことは訊かないのがエチケットなのかもしれない。そのうちわかるなら、無理に聞き出す気はなかった。

そして三日後、名前もわからない男の運転で隠れ家を出た。今回は視界を遮られることもなく、行く先も教えてもらえた。東京中心部ではなく、小田原(おだわら)だという。東京は今や、至るところに防犯カメラがあるから、足を踏み入れるのは危険だ。小田原くらいの近郊都市なら、警察や自衛隊の警戒も薄いのかもしれない。そうした街にまで地盤を広げている組織の大きさに、密かに唸った。

しばらく山道を走ったが、道路標識で東京の西部だったとわかった。やがて自動車専用道路に乗り、そのまま南下した。小田原には行ったことがないので、小田原城も見たことがない。せっかく行くなら天守閣に上ってみたかったが、今回は観光どころではなかった。手術を終えても、包帯だらけの顔で動くわけにはいかない。そもそも、すぐに動けるのかどうかも知識がなかった。

小田原市街に入る前に、車を降りた。一条と聖子は、不織布のマスクをした。運転手の男は、車ごとどこかに消えた。一条は聖子の案内に従って、街を目指した。

小田原城が見えた。ほとんど東京から出たことがない一条にとって、初めて見る城だ。本物の天守閣が残っているわけではなく、近年造られた鉄筋コンクリート造だとのことだが、それでも雄大であることに変わりはない。歩きながら、ずっと城の天守を見続けた。同じく初めて城を見たという聖子と、「すごいね」と言葉を交わしあった。

着いた先は、雑居ビルだった。その四階に、美容外科クリニックの看板が出ている。もっと大きい病院で手術を受けるのだと想像していたので、意外だった。極秘の手術なら、これくらいの規模でないと難しいのかもしれない。

エレベーターで四階に上がると、クリニックの照明は消えていた。休診中ということにしているようだ。聖子はドアを開け、中に入る。出てきたのは、三十代くらいの男性医師だった。聖子も初対面らしく、互いに挨拶をしている。一条も聖子に紹介されて、頭を下げた。

手術前に、説明を受けた。入院の必要はなく、しばらく休んだら帰れるらしい。今回は目と鼻に施術し、それだけで五時間はかかるそうなので、まずは一条が手術を受けることになった。日を改めて聖子も同じ手術を受け、さらにその後、ふたりとも顎の骨を切って輪郭を変える。簡単に済むことではないだろうと予想していたが、やはりかなり大がかりなので不安と緊張が増した。

クリニック内には、他に女性看護師がひとりいた。ここに残っているということは、看護師も〈MASAKADO〉の一員、あるいはシンパなのだろう。三十絡みの看護師はサージカルマスクをしている上に世間話もしないので、コミュニケーションが取れる相手ではなかった。看護師の案内に従い、手術着に着替えてから手術室に入っていった。

手術台に横たわり、局部麻酔で手術が始まった。目を閉じ、感覚が鈍くなった顔をいじられているのを漠然と感じた。

そこはかとない不快感にじっと耐え、手術終了の瞬間を迎えた。しばらくしてから、看護師に隣室へ案内される。目はガーゼで覆われているので、開けることができない。看護師に手を引かれて歩くことになった。

ベッドに寝るよう指示され、おとなしく従った。目のガーゼは、明日には取ってもいいと看護師は言う。一週間もこのままでは辛いが、しかし一日であってもずっと目を閉じていなければならないのは初めての経験だ。誰かのサポートなしにはまったく動けなくなったことに、心許なさを覚えた。

麻酔の気だるさがあるせいか、すぐに寝入ってしまっていた。迎えが来たと一条を起こしたのは、聖子だった。こちらの顔を覗き込んでいることが、気配や瞼を通して感じられる影でわかる。

「大丈夫？　起きられる？」

「ああ、ちょっと体を起こしてみる」

ベッドに手をつき、上半身を起こした。特に眩暈や不快感はない。脚を床に下ろし、立ち上がった。自分の服に着替えるところまでサポートしてもらうわけにはいかないので、どこに何があるかだけを教わり、手探りでなんとか身繕いした。着替えた部屋から出ると、待っていた聖子が襟元を整えてくれた。

聖子は一条の肘を摑んで、導いた。医師に礼を言って、クリニックを後にする。クリニック正面には、ここまで来たときに乗っていた黒いバンが待っているとのことだった。頭をぶつけないよう中に入り、聖子が座席を倒してくれたので横になった。顔の皮膚を動かすことになるから、あまり喋るなと言われている。やむを得ず、会話もないまま帰路に着いた。

翌日には、聖子がまた小田原に向かった。今度は一条がサポートしてあげたかったが、男性では中途半端な手助けしかできそうにない。そもそも、一条はまだ安静にしておくべき体だった。目からガーゼが外せないまま、言葉だけで聖子を送り出した。

午後にはガーゼを取った。丸一日閉じていた目には、柔らかな光でも眩しかった。しばし瞬き、光に慣れるのを待つ。ようやく周囲が見えるようになってから鏡を覗いたが、まだ瞼は腫れていて、以前との違いはよくわからなかった。鼻にはギプスが嵌められているため、大怪我をした人のようだった。

夕方に、聖子は帰ってきた。同じく両目にはガーゼ、鼻にはギプスを嵌めていて、人相がわからない。「お疲れ様」と声をかけても、ただ頷くだけだった。昨日と同様、会話をせずに終わった。

それからしばらく、退屈な日々を過ごした。手術翌日から話ができるようになったものの、表情筋を動かしにくい違和感は消えない。あまり喋る気になれず、寝て暮らした。こんなに怠惰な日々は人生初だな、とひとりで苦笑した。

することがない時間は、遅々として進まない。たった一週間を一ヵ月くらいの長さに感じ、なんとか時間をやり過ごした。とうとう一週間が過ぎると、それだけでなにやら達成感があった。また聖子とともに、小田原に向かった。

クリニックで事後の処理をしてもらい、ようやく鼻ギプスを外した自分の顔を見た。なるほど、目と鼻の形が変わっている。それだけですでに、別人のように見えた。だが大きく変わったわけではなく、少し目が大きくなり、鼻が高くなっただけだ。その結果として、前の顔とは違うものになっている。目と鼻だけでそうなのだから、輪郭も変えたら完全に別の顔になるのだろう。うすうす感じていた喪失感が、急に大きくなった。

聖子の顔も、同じような変化だった。一見すると別人だが、元の顔の面影はある。聖子の場合、印象を変えることが最優先だったのか、元の顔より著しく美しくなったわけではない。ただ、美しさが減じたのでもなく、その点には安堵した。美しさの種類が変わった、という表現が一番しっくりくる。

次回は顎骨(がっこつ)の骨切りを行うと、医師から説明された。骨切りという用語に、密かに恐怖を覚える。自分だけだったら、平静を装うことができたかどうか疑わしい。横に聖子がいるからこそ、なんとか平然としていられた。

次の手術に備え、採血や胸部レントゲン撮影、心電図検査などを行った。やはり骨切りは、目と鼻の手術とは大変さのレベルが違うようだ。言われるがままに、すべてを受けた。

「けっこう変わったね」

帰りの車内で、互いの顔を見合った。おかしなことではあるが、一緒に試練を乗り越えた連帯感のようなものが生じている。少なくとも、一条はそう感じていた。聖子も同じであって欲しいと思った。

まだ外に出てはいけないと言われたので、おとなしくロッジ内で過ごした。丸山や館岡、その他ほんの数人が出入りして、食料を運んでくれる。することがないので、ひたすら聖子と話をして過ごした。女性とこんなにも時間を共有する経験は、考えてみれば初めてだった。聖子がいなければ、この生活にも今の状況にもとても耐えられなかっただろうと思った。

二週間ほどして、また小田原に行くことになった。今度は一条だけだ。前回の手術のときと同じように、手術着に着替えて手術室に入る。今回は全身麻酔だった。これまではいなかった麻酔科医も待っていた。鼻からチューブを挿入され、以後は意識がなくなった。

覚醒したときには手術が終わっていたが、とてもすぐには動けなかった。水を飲んでも吐いてしまう場合があるとのことなので、ともかくただ寝ているしかない。無理にロッジに帰ることもできたが、今日はひと晩入院した方がいいと勧められていた。おとなしく、このまま滞在することにした。

翌日にロッジに帰り着いた。顔にはフルフェイスマスクをつけているので、人相は自分でもわからない。手術の感想も声に出して言うことはできず、聖子とは筆談した。フルフェイスマスクの物々しさには、さすがに聖子も緊張を覚えたようだった。

さらにその翌日、聖子も小田原に向かった。一条と同じく、次の日に顔をフルフェイスマスクで覆って帰ってきた。一週間喋ってはいけないと言い渡されているため、お互いに何も言えない。そもそも、フルフェイスマスクをバンドで圧迫固定しているので、口を開けなかった。タブレットを使って筆談したが、それももどかしく、あまりやり取りする気になれない。それでも自室に籠りたくはなかったので、無言のままお互いの存在だけを意識して過ごした。

目と鼻の手術のときと同様、一週間後にまたクリニックに行った。食事のとき以外はずっと装着していたフルフェイスマスクを、ようやく外す。解放感と同時に、顔が動かしにくい違和感を覚えるのも前回と同じだ。渡された鏡で、自分の顔をしげしげと見た。

そこには、知らない人が映っていた。顎の形が変わると、口許も変わって見える。つまり一条の顔は、目と鼻と口と輪郭が変わったのだ。もはや、親が見ても息子と断定はしにくいだろう。新しい顔を手にした、というよりも、自分の顔を捨てたという気持ちの方が近い。捨てた顔に、強烈な未練を覚えた。

まるで違う顔になったのは、聖子も同様だった。聖子の場合、あまり目立たない方がいいという配慮で、美しさが増すようにはしなかったという。そんな話を聞いているからか、前の顔の方がいいと思ってしまった。美人でないとは言わないが、聖子を聖子たらしめていた何かが確実に失われている。元の聖子の顔を忘れたくないと、強く望んだ。

「生まれ変わっちゃったね」

聖子はこちらの顔を見ると、開口一番そう言った。生まれ変わったね、ではなく、生まれ変わっちゃったね、であることに本音が滲んでいる。思いは一条もまったく同じだった。

「そうだね。でも、悪くないよ」

少しでも心の痛みを和らげてあげられたらと考え、心にもないことを言った。聖子は視線を落として「うん」と応じてから、一条の顔を改めて見た。

「一条くんも悪くないよ。前よりちょっとだけいい男になったかな」

「それならよしとしよう」

こんな軽口を聖子と叩き合えることが、嬉しかった。どんな状況に置かれても、嬉しさや楽しさは見つけられる。そう気づいたことが収穫だった。

「ええと、ひとつだけ注意。一条くんは驚くと顔の前で手を広げる癖があるでしょ。あれ、けっこう独特の癖だから、直した方がいいよ。せっかく顔を変えたのに、癖で一条くんだってばれちゃうかもしれない」

「ああ」

確かに、そうした癖があると自覚はしていた。驚いた顔は無防備に思え、つい隠してしまうのだ。だが同じ癖を持っている人には、会ったことがない。聖子が言うとおり、独特の癖なのだろう。別人になったからには、癖も改めなければならなかった。

「そうだね。気をつけるよ」

「うん。それと、新しい名前、決めなきゃね」

聖子は少し寂しげに言った。むろん、隠れ家に籠っていた間に名前のことを何も考えていないわけではなかった。ただ、新しい顔を見るまでは決めかねていたのだ。これでいいよ、元の名前を捨てなくてはならなくなった。自分で考えるのは苦痛なので、いっそ聖子に決めてもらおうかという気になっていた。

バンで八王子(はちおうじ)市内に入った頃に、聖子のスマートフォンが振動した。電話のようだ。耳に当て、返事をしている。何度か相槌を打ってから電話を切ると、顔をこちらに向けた。

「これから春日井先生が来るって。一条くんに会いたいらしい」

13

春日井は〈MASAKADO〉の中でどういう存在なのだろうか。もしや、リーダーなのか。以前にも聖子に尋ねたのだが、「理論的指導者よ」との答えだった。その言い方からすると、リーダーは別に存在するのかもしれない。しかし、構成員を引っ張る立場にあることに間違いはなかった。

「わざわざ、おれに？　新しく入った人全員と面談してるわけじゃないよな」

東京地区内の新規加入者とは、面談をしているのだろうか。なぜ春日井が遠方まで足を運んでくれるのか、不思議だった。

「もちろん、一条くんは特別だからよ」

当然のことのように、聖子は答えた。何が特別なのか、一条にはわからない。

「どういうこと？　なんでおれが特別なの？」

「一条くんはテロがいやなんでしょ。〈MASAKADO〉に入るのに、テロがいやだなんて人は珍しいのよ。そりゃそうよね。普通はテロ組織だと思って入るんだから」

確かにそのとおりだ。言われて気づいたが、一条は相当変わり種なのかもしれない。穏健派はこうやって一本釣りをしなければ、数が増えないのだろう。

「春日井先生は、組織内では大っぴらにしてないけど、穏健派よ。だから、一条くんと会いたがってるわけ」

「なるほど」

納得がいった。春日井が何を期待しているのか知らないが、一条も会って話をしてみたくなった。組織内で存在感がある春日井と懇意にしておくのは、穏健派を主流にするという一条の目的には必要なことだと思えた。

隠れ家のロッジに着いた。ロッジの前には、車が一台停まっている。すでに春日井は来ているようだ。

バンを降りて、ロッジ内に入った。

「お疲れ様。ああ、ふたりともずいぶん印象が変わったな。それならわからない」

ソファに坐っていた春日井が、立ち上がって一条たちを出迎えた。一礼して、近づいていく。まずは聖子が報告した。

「手術は無事に終わりました。別人になってますか。だったら成功ですね」

「ああ、成功だよ。彼は経験豊富だからな。腕も確かだ」

彼というのは、手術をした医師のことらしい。経験豊富と言うからには、これまでにも何度も〈MASAKADO〉の構成員に手術を施しているのだろう。腕が確かなのは、当然のことだったのだ。

「一条君も、仲間になる決心をしてくれたらしいね。嬉しいよ。ようこそ」

春日井は言って、ソファに坐るよう促した。言われたとおり、腰を下ろす。聖子は坐らず、キッチンに向かった。一条は頭を下げて挨拶をしてから、切り出した。

「春日井先生も〈MASAKADO〉の人とは、驚きました。ぼく自身も、運命の変転に驚いていますが」

「指紋の件は、こちらの落ち度で本当に申し訳なかった。でも、いくら詫びても取り返しがつかないな。君が新しい人生を満喫できるようにするのが私たちの務めだ。一緒に闘ってくれれば、決して失望はさせない。それは約束する」

言葉ほど、春日井は悪びれていなかった。一条が仲間になるのは必然とでも考えているのか。いまさら文句を言っても仕方ないので、ただ頷いておいた。

キッチンに消えていた聖子が、トレイに載せたコーヒーカップを運んできた。一条たちの前に、それぞれ配る。一条たちを小田原まで連れていった運転手は例によって二階に行き、丸山と館岡はここ数日姿が見えない。春日井はひとりでここまで来たのか、あるいはやはり運転手は二階にいるのかわからなかった。ともかく、この三人で話をするようだ。

「聞いているだろうが、今の〈MASAKADO〉にはふたつの考え方がある」

春日井はコーヒーをひと口飲むと、おもむろに話し始めた。一条はもちろんのこと、聖子も何も言わず、春日井の言葉に耳を傾ける姿勢だった。

「目指すところに違いはない。でも、目指し方が違う。早い話、暴力を肯定するか否定するか、だ。こんなふうに要約すると、向こうはいやがるがね」

春日井はわずかに苦笑した。向こう、という表現に両者の隔たりを感じる。〈MASAKADO〉はふたつに割れているのか。暴力を否定する人たちがテロ組織にいること自体、そもそも無理があるのかもしれない。

「だが、どんなふうに言い換えようと、テロは暴力だ。東日本人の死を、必要な犠牲などと考えてはいけない。いや、西日本人の死だって駄目だ。私たちは誰の命も犠牲にせずに、独立を勝ち得たいんだよ」

それを聞き、一条は大きく頷いた。一条も同じことを望んでいる。西日本とひとつの国でいることが無理なら独立するしかないが、あくまで穏便な道筋を辿(たど)ってでなければならない。問題は、そんなことが可能なのかどうか、だった。

「一条君、君はテロが嫌いだと聞いた。今、頷いてくれたが、私の意見に賛同してくれるんだね」

「はい、もちろんです。先生の考えが〈MASAKADO〉内で多数派になればいいと思っています」

思わず口走ると、春日井は複雑な表情をした。

「そう言ってもらえるのはありがたいが、多数派になるにはかなり時間がかかるよ。何しろ、血の気の多い連中ばかりだからね。今後、君も会うことになるが、私たちとは種類が違う人間だと思うだろうよ」

種類が違う。ずいぶんと思い切った物言いだ。確かに聖子にしろ丸山にしろ、イメージしていたテロ組織の人間とはかなり違う。春日井が言う血の気の多い連中とは、まさにイメージどおりのテロ組織の人間なのかもしれない。

「正直、あまり関わりたくありません」

望んで〈MASAKADO〉に入ったわけではないから、主張すべきところは主張しておきたかった。種類が違うとは、話が合わないという意味ではないのか。主義が違う人との議論は、不毛だ。不毛だと最初からわかっていることは、できるだけ避けたかった。

「私たちの最終的な目的は、独立だ。一度分かれてしまった日本は、もう一緒にはなれなかったんだ。いろいろな違いを無視して統合したせいで、ひずみが生まれた。そのひずみを解消するには、またふたつに分かれるしかない」

改めて確認するかのように、春日井は独立を目指す理由を語る。その考えに、異論を唱える気はない。しかし、暴力に訴えずに独立を果たすつもりなら、テロ組織とは別に活動すべきではないだろうか。そんな考えが、一条の中でだんだんと固まりつつある。

「ただ残念ながら、私たちの考えに賛同する人は多くない。大多数の東日本人は、現状に不満を覚えつつも、いつか解消されるのではないかという甘い考えを捨て切れずにいる。ドイツでは大規模な独立運動は起きていないし、世界を見渡しても資本主義が席巻している。ソ連が崩壊したときに、自分たちは間違っていたのだという認識を東日本人は持ってしまったんだ。戦時中、軍部の嘘を鵜吞みにしていたという苦い経験があったにもかかわらず、またやってしまったと人々は思った。西側についていることが正しいのだという思い込みは、相当強固だと認識しなければならない」

なるほど、そうかもしれない。一条は以前の生活で接していた人たちの顔を思い出す。皆、現状に満足していないのに、資本主義社会で生きられることを喜んでいた。搾取されているにもかかわらず、それは自分の能力が足りないせいだと考えていた。競争は絶対に正しいと、統合後に刷り込まれたからだ。共産主義のときには洗脳教育が行われていたというが、実は資本主義になっても同じだったのかもしれない。

「独立を本気で望んでいる人は、少数派なのだよ。だから、少数派はひとつにならなければならない。ただでさえ数が少ないのに、さらに割れては敵を利するだけだ。一条君の気持ちは理解するが、私たちは暴力を肯定する者たちと手を切るわけにはいかないんだよ。彼らの考えを変えさせることを目指さなければならないんだ」

そうなのか。単にニュースで〈MASAKADO〉のことを聞いているうちは、大きな組織なのだろうと想像していた。だが、そんなはずはないのだ。大きければ、それこそテロに訴える必要はない。小さいからこそ、極端な手段を採らざるを得なくなる。一条は自分が現実を理解していなかったことを悟った。

「わかりました。まだぼくは、〈MASAKADO〉をよく知りません。いろいろ教えてください」

素直に無知を認め、頭を下げた。そんな態度は、春日井を満足させたようだ。

「己の知らざるを知るのは、大事なことだよ。一条君はそれができる人なんだね。そういう人が仲間になってくれたのは、本当にありがたい」

春日井は笑い、頷いた。そしてその笑顔のまま、少し身を乗り出す。

「君が信頼できる人材だと確かめられたのは、嬉しいことだ。そこで、君を見込んで頼みがある。聞いてくれるかな」

指令か。早くも〈MASAKADO〉構成員としての仕事を言い渡されるらしい。むろん、顔まで変えて無為の日々を過ごすつもりはない。内容にもよるが、テロでないなら引き受けたいという気持ちがあった。

「はい」

顔が強張ったのがわかった。春日井はそれに気づいているのかいないのか、口調を変えずに続ける。

「私たちには今現在、ひとつの憂慮がある。そのせいで、互いに疑心暗鬼になっているんだ。まさにそれが敵の狙いで、言ってみれば思う壺の状態なんだよ。なんとしても、それを解消したいと思っている」

もしや、捜査の手が伸びているのか。当然のことながら、〈MASAKADO〉は自衛隊だけでなく警察にも追われる立場である。自衛隊の対テロ部門は実態がわからないが、警察が侮(あなど)れない相手であることは自明の理だ。目をつけられているからこそ、新しい人材を欲したのかもしれないと気づく。

「どうも、私たちの組織内の情報が敵に漏れているようなんだ。端的に言おう。私は組織内にスパイがいると考えている」

14

「スパイ」

予想もしない言葉が飛び出した。まるで、映画の中の話のようだ。だがそもそも、美容整形で別人になってテロ組織に加わること自体、現実に起きたこととは思えない。いまさら驚くのは、まだ心が適応できていない証拠だと反省した。

「うん、スパイを送り込んだのが自衛隊か公安かわからないが、スパイがいることは間違いないと思う。それが誰なのか、一条君に突き止めて欲しいんだよ」

「ぼくに、ですか」

あまりの大役を春日井があっさり委ねてくるので、頓狂な声を上げてしまった。スパイの炙り出しなど、内部をよく知る人でないと難しいのではないか。とっさにそう考えた。

「ぼくはまだ、誰のことも知りません。怪しもうにも、知らない人のことは怪しめないと思うのですが」

「だからだよ。今の君は、フラットな目で全体を見回せる。情が絡まず、誰のことでも等しく疑える。もちろん、結果がはかばかしくなくても咎めないよ。難しいことをお願いしている自覚はある。ただこれは、スパイではないと明らかな人にしか頼めないんだ。わかるだろう」

言われて、そういうことかと腑に落ちた。もともと組織にいる人に頼めば、その人自身がスパイである可能性がどうしても排除できない。内部調査は、外からやってきた人に任せるしかないのだ。そのためにスカウトされたのかと、今になって納得した。

「私からもお願いする」

横に坐っていた聖子が、体をこちらに向けて口添えした。顔が変わってしまった聖子には違和感を覚えるが、その眼差しは以前と同じだと感じた。

「スパイの存在に、私たちは揺さぶられているの。このままだと、組織がガタガタになっちゃう。私たちもこれまで、どうにかしてスパイを割り出そうとしてきたよ。でも、互いに疑い合って雰囲気がどんどん悪くなるだけだった。まっさらな目で見渡して、スパイが誰かを見抜いて欲しい」

理屈はわかった。スパイの尻尾を摑むためには外部から来た人材が必要であることは、少し話を聞いただけで得心できる。しかし現実問題として、自分にそれが可能なのか。単に何もできずに終わるだけという結果が予想され、安請け合いはできなかった。

「おっしゃることは理解しましたが、でも自分に何ができるのかわかりません。何をすればいいんですか」

口にすると、情けない物言いに響いた。呆れられるだろうか。だが、できないことを引き受けるよりましだ。そう開き直っていたら、春日井は思いがけないことを言った。

「一条君の不安はわかる。とっかかりが何ひとつないことを頼むつもりはない。だから、堀越君と一緒に行動して欲しい。堀越君のことは、むろん一条君も信頼してるだろ」

反射的に、聖子の顔を見た。聖子は事前に言い渡されていたらしく、特に表情を変えない。一条を春日井の講演会に誘ったときから、すでにこのことを考えていたのかもしれないと気づいた。要は聖子は、スパイ捜しのパートナーとして一条に白羽の矢を立てたのだ。ならば指紋の件がなくても、遠からず

〈MASAKADO〉に勧誘されていたのだろう。

「どうだ。それなら不可能ではないんじゃないか。これから一条君には組織の人間と会ってもらうが、堀越君がそのお膳立てをする。一条君は単に、紹介される人が信頼できるかどうかを判定してくれればいいんだ」

自分に人を見る目があるかどうかはわからない。しかし、ここまでお膳立てされれば断るわけにはいかない。何より、聖子とペアを組むと聞いただけで、後ろ向きな気持ちは霧散した。結果が問われないなら、引き受ける以外の選択肢はなかった。

「わかりました。難しい任務とは思いますが、精一杯がんばります」

「そうか！　そう言ってくれると思っていたよ。ありがとう」

春日井は手をパンと打ち鳴らして、喜びを表した。〈MASAKADO〉の理論的指導者を務めるだけあって、その気にさせるのがうまいなと感じた。

ゆっくりしていきたいがそうもいかない、とのことで、春日井は話を終えると去っていった。後のことは、聖子が承知しているのだろう。組織内で聖子は、一条にとってのインストラクターのようなポジションになるようだ。もともと精神的には依存してしまっていたが、名実ともに頼るべき存在となった。

「どこから手をつけるんだ？」

改めてソファに落ち着き、問うた。淹れ直したコーヒーをひと口飲んでから、聖子は答える。

「まず、〈MASAKADO〉の組織構造を説明するね。春日井先生は人数が少ないと言ったけど、それでも二、三十人では済まない所帯ではあるから、いくつかのセクションに分かれてるのよ。支部だと思ってくれればいい」

活動範囲からして〈ＭＡＳＡＫＡＤＯ〉の拠点が東京にしかないとは思えないから、複数の支部があるだろうことは推測していた。無言で頷き、先を促す。

「セクションは数人で構成されてる。セクション同士の横の繋がりはない。ひとつのセクションが検挙されたせいで、他のセクションまで芋蔓式に見つかる、という事態を避けるためにね。だから私も、自分が所属してるセクション以外の人はほとんど知らない」

「なるほど」

言われてみればそうあるべきである。ということは、丸山や館岡は同じセクションの人間なのだろう。ここに何度か出入りした人もそうだ。であれば、もう他の構成員と会う機会はないのではないか。

「で、ここが大事なところ。春日井先生は、うちのセクション内にスパイがいると睨んでるの」

「えっ」

その可能性は考えなかった。どこか別の場所にスパイは潜んでいて、一条は聖子とともにそこに乗り込むというイメージだった。まさか、これまで顔を合わせた人たちの中にスパイがいるかもしれないのか。いきなり緊張が襲ってきた。

「じゃあ、丸山さんや館岡さんも疑わなきゃならないの？」

何も喋ろうとしない館岡はともかく、気さくな丸山まで疑いたくはなかった。だが考えてみれば、スパイであれば館岡のように孤高を保っているはずがない。もっと積極的に、組織内の人間と交わろうとするだろう。その意味では、丸山のようなタイプの方が怪しいのだ。ここに来てからずいぶん親切にしてくれた丸山を、疑惑の目で見なければならないのか。これは汚れ仕事なのだと、今になって理解した。

「もちろん。だからこの話は、私たち三人だけでしたのよ」

平然と認める聖子の言葉に、適切な返事が思い浮かばなかった。わかっていたことではあるが、とんでもない世界に足を踏み入れてしまったと改めて思った。以前の生活への未練は断ち切ったつもりでいたものの、またしても現実を拒否したい気持ちが湧いてくる。どうせ顔を変えたことだし、いっそ〈MASAKADO〉からも逃げてしまうかと考えた。偽の身分証明書を作ってもらえば、パスポートが取れる。海外に逃げたら、〈MASAKADO〉も追ってこないのではないか。

しかし、そう心を定めることもできなかった。その理由は、今日の前にいる。聖子の存在が自分を引き留めていることを、一条は自覚しないではいられなかった。

「でも、丸山さんと館岡さんがスパイである可能性は低いと思ってる」

絶句している一条に、聖子はそんなことを言った。悲壮な思いを抱えていたのにはぐらかされたように感じ、拍子抜けする。それが顔に出たのか、聖子は苦笑した。

「ごめんね。丸山さんと館岡さんはきっと大丈夫だから、それでこのロッジに出入りしてもらってるのよ。疑わしい人には、まだ引き合わせてない」

「なんだ、そうだったのか」

それだけのことで安堵できる話ではないのだが、だとしても胸を撫で下ろした。疑うなら、面識がない人から始めたい。おそらく春日井も、そうした配慮をしてくれたのだろう。少しだけ、気が楽になった。

「まずはセクションリーダーに引き合わせる。リーダーだからって、疑いは捨てないで。春日井先生は、スパイである可能性はゼロではないと考えてるから」

「リーダーが」

疑われにくい人がスパイをしているなら、確かにリーダーは最も疑われないだろう。〈MASAKADO〉内の機密情報も手に入れやすいと思われる。まずリーダーと会うのは、捜査の第一歩として正しいのかもしれなかった。

「もちろん、スパイ云々を抜きにしてもリーダーとは会わないといけないからね。一応言っておくと、頼りになる人なのよ。もしリーダーがスパイだったら、私はすごく悲しい」

「そうなのか」

聖子はリーダーに対して、好感を抱いているようだ。ともかく、まだ面識がない他の構成員と会わないことには始まらない。聖子がスマートフォンでメッセージを送り、相手の予定を確かめた。リーダーとは明日にも会うことになった。ここからか。一条は思わず武者震いをした。

15

アジトのひとつが調布市にあるという。セクションリーダーとは、そこで会うことになった。だから八王子まで車で送ってもらい、京王線で向かうことにした。最寄り駅は調布ではなく、手前の飛田給というところだった。一条は飛田給駅周辺にまったく土地勘がなかったが、なんでも新撰組局長の近藤勇生誕の地が近いらしい。他には警察学校や東京外語大、調布飛行場もあるそうだ。サッカースタジアムを造る計画もあったというが、それは頓挫している。

大学があるというから駅前は学生向けの店が多いかと思ったが、案に相違してさほど賑わってはいなかった。ファストフード店とコンビニエンスストアがある程度だ。しかしその分、賃貸住宅の家賃も安いだろう。学生向けの物件も多そうだ。警察学校が近いと聞いて驚いたが、灯台下暗しで、アジトを置くにはいい場所なのかもしれなかった。

聖子の案内で、駅前から歩いた。十五分ほどで、古びたアパートに着く。そこの一室のドアチャイムを、聖子は二度鳴らした。一度目は短く、二度目は長く。ドアは内側から開いた。

「どうぞ」

顔を出した相手の言葉は短かった。聖子は不用意に左右を見回したりはせず、「お邪魔します」と普通を装って中に入る。一条もそれに倣(なら)った。

部屋は六畳ほどだろうか。隣室もあるようだが、ドアは開いていない。カーテンが閉まっているので、照明が点いていた。畳の部屋の中央には、この部屋には不釣り合いではないかと思えるほど大きい座卓がある。おそらく、この大きさの座卓を囲むほどの人数が集まることもあるのだろう。だが今は、出迎えた男しかいなかった。

男は三十代半ばほどに見えた。銀縁眼鏡をかけていて、体格もほっそりしている。事前の聖子の説明によれば、武闘派というほどではないが、穏健な手段で東日本独立が果たせるとも考えていないそうだ。名前は寺前(てらまえ)といった。

「初めまして。加藤(かとう)といいます」

まずは立ったまま、頭を下げた。加藤という姓はもちろん偽名だが、組織内でも今後はこの名前を使うことになった。自分の名前として、馴染まなければならないからだ。寺前は特に表情を変えず、応じる。

「寺前です。歓迎します」

声は低く、口調はどこか暗いトーンだった。最初に会ったのが丸山だったからテロ組織に対するイメージが変わったが、明るい人たちの集団であるわけがなかった。寺前がにこりともせずくぐもった声を発するのは、考えてみれば当然なのかもしれなかった。

「堀越君、別人になったね。覚悟が見えるよ」

聖子の顔を見て、寺前は言った。聖子は短く、「ええ」と応じるだけだった。寺前は玄関の横にある台所に向かって、軽く顎をしゃくった。

「何か飲みたければ、台所にあるものを勝手に飲んで。アルコールはないけど、インスタントコーヒーとかウーロン茶がある」

「コーヒー淹れます。寺前さんも、コーヒーでいいですよね」

「うん」

寺前の言葉を受けて、聖子が台所に立った。一条は「坐って」と促されたので、聖子に礼を言ってから腰を下ろす。座卓を挟んで正面に、寺前は坐った。

「春日井先生のたっての希望で勧誘したと聞きました。期待しています」

寺前は平板な調子で言う。まるで、決まった台詞(せりふ)を棒読みしているかのようだ。本音なのかどうか、よくわからない。いきなり最初から、心底(しんてい)が読みにくい人と顔を合わせたようだ。

「はい。どうして春日井先生がぼくを見込んだのかわからないのですが、こうなったからには何か役に立ちたいと思っています」

対して一条は、本心を語った。役に立たなければ、顔形を変えた意味がない。運命を恨むのではなく、意義を見いだしたいと考えていた。

「加藤君はもちろん、東日本独立を望んでるわけですよね。それはどのようにすれば達成されると思いますか」

世間話も抜きに、難しい質問が始まった。これは面接なのだろうか。春日井が認めたからといって、寺前はまだ一条を受け入れたわけではないということかもしれない。必ず通らなければならない試練と捉え、返事を考えた。

「正直、まだどんな方法がいいのかわかりません。ただ、不毛な争いは避けたいと思っています。独立を果たした国の歴史を学びたいです」

「歴史から学べば、戦争しかないという結論になるよ」

寺前は淡々と、虚無的なことを言った。一条は絶句する。しかし、そうなのかもしれない。東ティモールや南スーダンといった地名が、頭に浮かぶ。独立を主張し続ければ、統一日本は武力制圧を始めるのだろうか。東西統合からすでに長い時間が経っているので、うまく想像できなかった。

「ただ、今は時代が違う。現代ならではの独立を、ぼくたちは模索すべきだと思うんだ」

「現代ならではの独立」

寺前が何を示唆しているのか、すぐには思いつかなかった。コーヒーを淹れ終えた聖子が、トレイを運びながら言葉を添える。

「ネットの活用よ。世論を味方にしないことには、独立は不可能だって寺前さんは考えてるの」

「なるほど」

世論の支持なしに独立できないのは、そのとおりだ。だが、SNSを通じて人々が立ち上がったいわゆるアラブの春運動は、結果だけを見れば成功したとは言いがたい。前の政権の方がよかったと考える人も多いという話を聞く。そんな前例があれば、果たして人々は独立を支持するだろうか。従順だと言われる日本人は、どんなに虐げられてもいつまでも耐え続けてしまいそうな気がする。

とはいえ、一条に代案はなかった。成り行きで〈MASAKADO〉に加わっただけに、考えを詰め切れていない。だから、聖子の説明にただ頷いておいた。

「ぼくはずっと、ネット上での世論操作に通じている人材を仲間に引き入れるべきだと主張してきた。もしかして君は、そうしたことに長けているのかな」

「いえ、そういうわけでは……」

過大評価されては困る。きちんと否定しておくべきと考え、首を振った。

「そうなのか。だったら、どういう――?」

寺前は最後まで言わず、聖子に顔を向けた。なぜ春日井が一条を引き入れたのかと、その理由を問うているのだ。それに対し、聖子の返答は素っ気なかった。

「加藤くんには加藤くんの役割があります」

聖子が一条を〈MASAKADO〉に誘うことにしたのは、一条がテロを嫌っているからだ。少なくとも、一条はそう理解している。だとしたら、穏健派とは言い切れない寺前に対し、本当の理由は明かせないのだろう。こんな答えで納得してくれるのかと危ぶんだが、寺前はしつこく質しはしなかった。

「では、改めて訊こう。ぼくはネットを使って、独立の気運を高めるべきだと考えている。どういうふうにすればいいと思う?」

どういうふうに、とはずいぶんと漠然とした訊き方だ。それだけに、こちらも答えを考えなければならない。こんなやり取りになるなら、事前に問答を想定しておけばよかったと臍をかんだ。聖子は寺前の人となりを知っていたのだろうから、教えて欲しかったと怨じる気持ちになる。

「……東日本独立を直接訴えるのではなく、今の日本に存在する格差を問題視してはどうでしょうか」

短時間で考えをまとめ、言葉にした。ともかく、以前から感じていたことを言語化するしかない。そう腹を括った。

「格差を問題視。なるほど」

寺前は表情を変えないが、頷いてはくれた。それに力を得て、一条は続ける。

「はい。今や、東日本と西日本の対立という単純な構図ではないと思うんです。西日本にも格差があり、貧困層は増えていると聞きます。西日本の貧困層を味方にすることが、世論の醸成には大事だと考えます」

「うん、いいね」

一条の返答は、寺前を満足させたようだった。寺前は一条にひたと視線を据えたまま、呪文のように言葉を続ける。

「そう、敵は西日本の富裕層なんだ。ごく一部の富裕層が、東日本だけでなく西日本をも搾取している。本心を言えば、ぼくはそうした富裕層を狙い撃ちしたい。テロで、奴らを根絶やしにしたい。でも、現実問題としてそんなことはできない。だから、奴らとは袂を分かつべきなんだ。別の国の話だと思えば、腹も立たない。心の平安のためにも、東日本独立を勝ち取りたいんだよ」

口調こそ依然として淡々としているが、その裏には熱が、もっと言えば怒りが滲んでいるように聞こえた。寺前の怒りは、恨みのようでもあった。西日本の富裕層に、寺前は個人的恨みを抱いているのだろうか。

「加藤君、君はいいね。もっと話がしたい。今日はこの後の予定はないんだろう？　ぜひ、君がなぜ〈MASAKADO〉に入ったかを聞かせてくれよ」

どうやら寺前に気に入られたらしい。かつての知人と会えなくなってしまった今、新しく知り合った人に好意を持ってもらえるのは嬉しいことだった。寺前の態度の変化に少し戸惑いつつ、一条は「はい」と応じた。

16

結局、夕食まで寺前と一緒に摂（と）ることになった。といっても、三人で連れ立ってどこかに食べに行くわけにはいかないので、アジトに備蓄してあったレトルトカレーを開けただけだ。寺前にあれこれ訊かれ、一条は頭をなんとか振り絞って答えた。聖子が「そろそろ」と切り上げてくれたときには、思わず安堵の吐息が漏れそうだった。

アジトを出て、駅に向かうために聖子と連れ立って歩いているとき、「どうだった？」と訊かれた。気疲れした、と答えたいところだが、聖子が求めているのはそんな感想ではないだろう。何を尋ねられているかは理解したので、逆に問い返した。

「寺前さんは、西日本の富裕層に恨みでもあるの？」

この質問に対し、聖子は珍しく苦笑めいた表情を浮かべた。少し考えるように間を空けてから、続ける。

「大義って、発端は個人的なこともあるよね。別にそれは悪いことじゃなく、むしろ普通だと思う。個人的な怒りが集まって、大義になるんじゃないかな。寺前さんが〈ＭＡＳＡＫＡＤＯ〉の活動に熱心になったのは、すごく個人的なことが理由なのよ」

「それ、知ってるんだ？」

「うん、前にちょっと話したのを聞いた。その後はもう言わないから、言っちゃって後悔したのかもしれないけど」

「おれも聞いておきたい」

ただの興味本位でないことは、聖子も理解するはずだ。一条が知りたい理由をつけ加えなくても、聖子は「そうね」と応じた。

「要約して言うとね、寺前さんと以前に付き合っていた人が、寺前さんを捨てて西日本のいい会社に勤めている男と結婚したのよ。なーんだと思うかもしれないけど、私はこういう怒りがきっかけでもいいと考えてる。何が大事かは人それぞれだからね。女を取られて初めて、社会のおかしさに気づくってこともあるよ。むしろ、私は寺前さんの好感度がアップした」

聖子の言うことには、一条も賛同できる。寺前が〈ＭＡＳＡＫＡＤＯ〉に身を投じた理由を卑小だとは思わないし、失望もしない。ただ、ひとつ思いつくことはあった。

「その女の人は今、幸せに暮らしてるのかな」

「ああ、どうだろうね。寺前さんも知らないんじゃないかな」

そうだろうと予想はした。しかし、誰も知らないならば留意する必要があるのではないか。

「おれは敵がどんなことをしてくるのか、ぜんぜんわからない。だから考えすぎかもしれないけど、公安はけっこうひどいこともするって噂は聞いたことがある。スパイを作るためなら、汚い手も平気で使うって」

「そうね、そう言われてる。ただの噂じゃないと思う」

「だったら、寺前さんの元カノを使って、脅しをかける可能性も考えられるんじゃないかな。元カノが幸せな結婚生活を送っているならなおさら、それを壊すのは簡単だと思うんだ。以前にテロリストと付き合っていたなんてことが旦那さんに知られたら、夫婦仲は終わるかもしれない。寺前さんが元カノを恨んでるんじゃなく、今のままの幸せな生活を続けて欲しいと望んでたら、脅迫の材料になるよね」

聖子は足を止めて、立ち止まった。一瞬遅れて振り返ると、驚いたように目を見開いている。

「ぜんぜん考えもしなかった。確かに、そうよね。一条くん、すごい。寺前さんは元カノを恨んでるものだとばかり思ってた」

「おれが寺前さんを知らないから、思いつけたことだよ」

答えて、これこそが春日井が求めていたまっさらな視点なのだろうと気づいた。情が介在すれば、疑いは持ちにくい。寺前の組織参入動機を肯定的に見ていた聖子は、だから思いつかなかったのだ。一条は役割を果たしたと言えた。

「寺前さんの元カノのこと、調べる必要があるね。春日井先生に報告しておく」

「ああ、頼む」

もちろん、寺前からすればただの言いがかりかもしれない。濡れ衣である可能性の方が高いと、一条自身も思う。事前に想像していたとおり、自分が卑劣な人間になった気がする。他者を疑うのは後味が悪いものだと、早くも感じた。

それから数日経っても、寺前に関してどんな調査が行われているのか、一条は知ることができなかった。そもそも、かつての恋人が幸せな生活を送っていたからといって、それだけで寺前に対するスパイ疑惑が深まるわけではないのだ。加えて、一条は単に可能性を示しただけで、寺前を疑うべきだと提言したのでもない。調査が空振りに終わっていたとしても、不首尾だとは言えないだろう。

一週間ほどして、別の構成員との顔合わせが設定された。今度は兄弟で、ふたりいっぺんに会うという。場所は先日のアジトではなく、その兄弟が暮らすアパートだそうだ。最寄り駅は京王多摩川だというから、セクションのメンバーはアジト周辺に住んでいるのかもしれない。

前回と同じように八王子から京王線で、京王多摩川駅を目指した。調布駅で京王相模原線に乗り換え、駅から十分ほど歩く。飛田給のアジトとあまり変わらない雰囲気のアパートに、兄弟は住んでいた。

「どうぞ」

出迎えたのは、頭を五分刈りにした目つきの悪い男だった。二十代半ばだと聞いている。兄か弟か見ただけではわからなかったが、「弟の敏将くんよ」と聖子が紹介してくれた。頭を下げて、部屋の中に入る。

室内にはもうひとりの男がいた。こちらが兄の和将だろう。あまり敏将とは似ていない。敏将が細身なのに対し、和将は柔道かラグビーでもやっていそうな体格だ。肩幅があって、胸板が厚い。顔も四角く、面長な弟との共通点はほとんどなかった。

自己紹介をして、座布団に腰を下ろした。六畳間に座卓があるのはアジトと同じだが、こちらの座卓は小さい。兄弟ふたりで囲めれば充分だからだろう。テレビはあるが、他には家具らしい家具はなく、本当にここに住んでいるのか疑いたくなるほど殺風景だった。

「堀越、お前、ずいぶん顔を変えたな。お前が来ると聞いてなければ、ドアを開けなかったぞ」

四人で座卓を囲むと、一条の正面に坐った敏将が口を開いた。お前呼ばわりは、当人でない一条も不愉快に感じたが、聖子は特に嚙みつかない。

「へまをやっちゃったから、仕方ないのよ」

へまとは、圧力鍋爆弾に一条の指紋を残したことだろう。爆弾を作ったのは聖子ではないはずだし、顔を変える必要があったのは一条だけなのだが、責任を感じて一緒に顔を変えたということか。だとしたら、一条に付き合って整形手術を受けてくれた聖子には、感謝をしたかった。

「へまってなんだ。おれたちは何も聞いてないぞ」

横から和将が口を挟んだ。その言葉には、一条も驚く。そうなのか。セクションの構成員の間では、情報を共有しているものと思っていた。このふたりは、あの爆弾テロとは無関係のようだ。

「東京国際フォーラムの爆弾テロ。あれ、うちがやったのよ」

「なんだと」

知らなかったことが不本意らしく、敏将は気色ばんだ。事前の説明で、この兄弟はばりばりの武闘派だと聞いていた。だから聖子や春日井とは、ふだんから距離があるという。それもあって、爆弾テロでは蚊帳(かや)の外に置かれていたのではないかと推測した。

「どうして知らせなかった？　おれたちをのけ者にするのか」

敏将は目を眇(すが)めて聖子を睨んだ。まるでチンピラふうの悪相なので、そんな目つきをされるとかなり怖い。だが聖子は、視線の圧力など感じていないかのように平然としていた。

「もし知らせてたら、人が大勢いるところに仕掛けろってごねたでしょ。私たちは、死傷者が出るようなテロはしたくないのよ」

ごまかしようがないからか、聖子は驚くほど正直な物言いをした。敏将はますますいきり立つ。

「てめえ、ふざけるな。まだそんなおままごとみたいなことを言ってるのかよ。女子供の遊びじゃねえんだぞ」

まだ会ったばかりだが、この敏将には好意の持ちようがなかった。聖子に対する態度は乱暴だし、女子供の遊び、という見下した言い方も不快だ。なんとか聖子の味方ができないものかと、タイミングを見計らった。

「世論を味方につけないと駄目だって、寺前さんもいつも言ってるでしょ。テロで独立が果たせるなら、むしろ楽でいいわよ」

「てめえはなんで〈MASAKADO〉にいるんだ。とっとと出てって、別の組織を作りゃいいじゃねえか。存在が邪魔なんだよ」

さすがにこれは暴言だろうと腹を立てたが、一条が言い返す前に和将が弟を窘めた。

「敏将。仲間に対して、それはないだろ」

意外にも、敏将は口を噤んだ。兄には絶対服従なのか。だが、言いたいことを呑み込んだかのように、依然として目つきは鋭い。一条が以前に思い描いた、まさに会いたくない種類の男だった。

「すまないな、堀越。わかってるだろうが、敏将は単細胞なんだ。こいつが役に立つときもある。こらえてくれ」

和将は頭こそ下げなかったが、きちんと詫びを口にした。聖子は軽く頷く。

「いいわよ。性格は理解してるつもりだから」

聖子は泰然としたものだった。こうしたやり取りは、きっと初めてではないのだろう。いつもやり合っているのだとしたら、毎回立腹するのも空しいだけだ。兄の方は多少は話がわかるのではないかと考え、話し相手は和将に絞ることにした。

「で、あんたは何ができるんだ？」

和将は一条の方に顔を向け、尋ねた。ようやくこの訪問の目的を思い出したようだ。だが、何ができるかと問われても答えられない。

「別に、特に何も……」

テロ組織で役に立つような特技や能力は、何も持ち合わせていない。できることはせいぜい後方支援だと思っている。しかし和将は一条の返事に満足せず、少し苛立たしそうに言葉を重ねた。

「大学は行ったのか？　だったら、何を勉強してた？」

「大学では生化学です」

答えると、敏将が大きな反応を示した。

「生化学。じゃあ、バイオ兵器が作れるのか」

兄に単細胞と言われるだけあって、短絡的な発想をする。そんな期待をされては困るので、きっちり否定しておいた。

「無理ですよ。そんなものはちゃんとしたラボがないと駄目だし、仮にラボがあったってぼくは大卒の知識しかないですから」

「おれたちよりはずっと詳しいんだろうが。春日井先生はそのつもりで、こいつを引き込んだのか」

敏将は勝手に納得している。聖子が呆れたように言い返した。

「だから、犠牲者が出るようなテロはしないって言ってるでしょ」

「それはてめえの考えであって、春日井先生までそう考えてるわけないじゃないか」

敏将は反駁した。こんなことを言うからには、春日井を穏健派とは認識していないのか。組織内の仲間にも、本心を明かしていないのかもしれない。

「バイオテロなんて起こしたら、世論が完全に敵に回って、独立なんて永久に不可能になるわ」

聖子は吐き捨てるように言った。一条も同意見である。無差別なバイオテロは、最悪の手段だ。一条にバイオ兵器を作る能力があったとしても、死んでも作ったりしない。

「前から不思議に思ってたんだが、お前は〈MASAKADO〉で何がしたいんだ？　話し合いで独立できると思ってるなら、〈MASAKADO〉にいる必要はないだろう」

穏やかな口調ではあるが、先ほどの敏将と同じような内容のことを和将が問うた。以前、聖子は長い闘いになると言った。同時に、秘策がある、とも。聖子がどう答えるか、一条も注目した。

「だから、世論を味方につけて武力闘争抜きで独立することよ。東日本人の大多数が独立を望めば、決して不可能じゃないと思ってる」

「へっ」

聖子の返事は敏将を満足させなかったようだ。鼻先で嘲るような声を発し、顔を突き出す。

「そんな甘い考えなら、政治家になったらどうだ。努力してますアピールさえしてりゃ、飯が食えるぞ」

「実現可能な道を探ってるの。政治じゃ駄目なのは、わかってるでしょ」

「いくら世論を煽ったって、それだけで独立なんてできないぞ。明治維新でも将軍が早々に白旗を揚げたってのに、戦いは起きたじゃないか。武力闘争だけが、独立を実現させるんだ」

ふたたび、和将が言葉を挟んだ。なかなか痛いところを突いてくる。本当に血が流れない独立は、歴史上一度もないのではないか。要は、いかに犠牲者の数を少なくするかの問題なのかもしれない。

「私は、そうは思わない。独立の一番の妨げになってるのは、東日本人の諦めだと思うから」

聖子は語気を荒らげなかった。兄弟と論争しているのではなく、単に持論を述べているだけのように聞こえる。一条はそれを聞き、つい一ヵ月前までの自分を思い出した。大学で生化学を学んだにもかかわらず、そのことがなんの役にも立たない仕事に就いていた。そして、不満を覚えつつもやむを得ないことと従順に受け入れていた。あれこそが、聖子が妨げだと言う諦めなのだろう。社会を変えられるかもしれないという望みは、確かに持っていなかった。

「国会議事堂を壊して独立が果たせるなら、とっくにやってるよ。そうじゃないでしょ。東日本人ひとりひとりが、ろくに贅沢もできない生活はおかしいって気づかなきゃ駄目なんだよ。毎日が楽しいって思えて当然だと考えなきゃいけないんだよ。テロで一般市民を犠牲にしてたら、誰も味方してくれないよ」

兄弟は、すぐには言い返さなかった。それだけの迫力が、聖子の言葉にはあった。しかし、敏将には充分に伝わらなかったのかもしれない。しばしの沈黙を破って、乱暴なことを言った。

「東日本人ひとりひとりの気持ちなんて、どうやって変えりゃいいってんだ。東日本独立に反対する政治家を全員殺せば、それで目的は達成されるんだよ」

この暴論に、和将も乗った。

「そうだな。少なくとも、東日本人の意識を変えるより、独立反対の政治家全員を殺す方が実現性があると思うぞ。おれは、無理なことに時間を使う気はない」

駄目なのか。敏将はともかく、和将はもう少し話が通じるかと思っていた。どうやら違うのは見た目だけで、考えは似ている兄弟のようだ。

「結局、平行線ね。お邪魔したわ。お互い、時間の無駄だったわね」

「何しに来たんだよ」

　立ち上がる聖子に、敏将は吐き捨てた。一条も頭を下げ、聖子に続く。敏将も和将も、一条たちを見送ろうとはしなかった。

「顔合わせはしなきゃいけないから済ませたけど、わざわざ来た甲斐(かい)があったとは思えないわね」

　アパートを出て少ししてから、嫌悪を覚えているかのような口振りで聖子が言った。一条も同感ではあるが、本来の目的を忘れてはいなかった。

「あのふたり、演技力があるようには見えなかった。弟はもちろん、兄もね。どう思う？」

「えっ？　ああ、そうね。敏将のことを単細胞なんて言ってたけど、和将もかなり単純よ。それだけに物騒なんだけど」

「やっぱり。だったら、ふたりがスパイである可能性はかなり低いんじゃないかな」

「うん、私もそう思う。あのふたりがスパイだったら、本当にびっくりよ。見直してやりたくなる」

「春日井先生も、それはわかってるんだろ？」

「そうね。あの兄弟はさすがに違うと、前に言ってたな」

「よし。容疑者リストからふたりも消せたじゃないか。無駄足じゃなかったよ」

「まあ、そう前向きに考えておくか」

　聖子は明るく言って、笑った。一条も一緒に笑い声を立てた。和将敏将兄弟との関わりは、これきりにできるかもしれないとその時点では考えた。

しかし、一条の予想は外れた。その数日後、ロッジにやってきた丸山が思いがけない報せをもたらしたのだった。

「なあ、ネットニュースは見たか」

入ってくるなり、丸山はそう切り出した。いつもにこやかな表情を保っている丸山だが、今は見たこともないほど顔を強張らせている。その顔つきだけで、変事が起きたことを一条は悟った。

「なんのこと？　何も見てないけど」

ソファから腰を浮かせて、聖子が応じた。丸山は手にしていたスマートフォンを、応接セットのテーブルの上に置いた。

「見てくれ。これ、柿崎(かきざき)兄弟の弟だ」

柿崎とは、和将敏将兄弟の名字である。弟とはつまり、敏将のことだ。敏将がどうしたのかと、スマートフォンを覗き込んだ。

表示されているネットニュースの見出しは、《調布市で男性の変死体発見》だった。丸山が何を示唆しているのか、すぐに理解する。思わず、丸山の顔を凝視した。

「柿崎敏将が何者かに殺された。容疑者は捕まってないそうだ」

丸山は陰鬱に告げた。低い声だったが、それは一条の頭蓋の中で大きな音のように響き渡った。

17

「殺された？　どういうこと？」

声を発したのは聖子だが、まったく同じ疑問を一条も抱いた。何が起きたのか、見当もつかない。身を乗り出して、ネットニュースを読んだ。

記事によると、敏将は調布駅にほど近い神社の境内で死体となって発見されたそうだ。死因は刺殺だが、頭部に打撲痕があった。おそらく頭を殴られ昏倒(こんとう)し、背後から心臓を刃物で刺されたのだろう。怨恨と物取りの両面で捜査中とのことだから、財布がなくなっていたのかもしれない。記事を読む限りでは、敏将個人のトラブルなのか、〈ＭＡＳＡＫＡＤＯ〉が関係しているのか、どちらとも判断がつかなかった。

「どういうこと？」

記事を読み終えても、聖子は同じことを繰り返した。問われた丸山は、険しい表情で首を振る。

「わからない。いったい、何があったんだか」

「敏将の問題だと思いたいわね。あの男なら、殺してやりたいほど憎まれてても不思議じゃないから」

敏将本人と会っている一条には、聖子の言葉にも頷けるところがあった。敏将に対する興味がなかったので、基本的な情報も知らなかったことにいまさら気づく。

「彼はどんな仕事をしてたんですか」

「配送業よ。和将も同じ」

東日本では比較的得やすい職である。ネット通販が一般的になるにつれ、配送に携わる人は常に求められるようになった。和将敏将兄弟の職業として特に奇異ではないが、それだけにそこに事件に繋がる何かを見いだすのは難しい。

「職場も含めて、敏将の人間関係がわからないことには、個人的恨みなのか〈MASAKADO〉絡みなのかわからないですね。でもそもそも、〈MASAKADO〉絡みである可能性なんてあるんですか」

一条は疑問を口にした。冷静に考えて、〈MASAKADO〉のメンバーだから殺されたという可能性は低いのではないかと思える。〈MASAKADO〉のメンバーであることが殺害理由となる事態など、想定できなかった。

「和将に訊くしかないね。それに、ぼくたちに探偵の真似事はできない。捜査は警察に任せるしかないんじゃないか」

丸山は渋面のまま答える。思わず、一条は訊き返した。

「警察の捜査って、大丈夫なんですか。敏将が〈MASAKADO〉のメンバーだったってことを、警察に知られたりしないですか」

「大丈夫だと思うけどね。あまり頭がよくない敏将でも、さすがに〈MASAKADO〉に関することを書き残したりはしてないだろう。和将が口を滑らせるはずもないから、警察がぼくたちとの繋がりに気づく心配はないよ」

そうなのか。丸山がそう言うなら、間違いないのだろう。敏将の人となりを知らないから、丸山の言葉を信じるしかない。

しばし重苦しい沈黙が続いたが、それをスマートフォンの振動音が破った。聖子のスマートフォンが震えているらしい。聖子は自分の傍(かたわ)らに置いてあったスマートフォンを手に取り、画面を覗く。そしてそのまま、またスマートフォンを置いた。一条や丸山にも関係することではなかったようだ。

他のセクションと連絡をとるという丸山は、ノートパソコンを開いた。聖子はこちらにちらりと目配せをする。その意味がわからずに応えられずにいたら、「ちょっと庭に行こう」と誘われた。どうやら、丸山の耳には入れたくない話があるらしい。「うん」と応じて、玄関から外に出る。

聖子は先に立って歩き出すと、すぐに口を開いた。

「今、春日井先生からメッセージが来た」

先ほどの着信が、春日井からのものだったようだ。相槌を打たず、無言で先を待つ。

「敏将が殺されたことについて、推理を送ってきたのよ」

推理。今のところ一条は、何ひとつ思いつけずにいる。春日井がどんな推理を組み立てたのか、強く興味を覚えた。

「〈MASAKADO〉が無関係であることを願うが、もし関係するとしたら、敏将がスパイの正体に気づいたせいかもしれない、と春日井先生はおっしゃってる」

「スパイの正体」

つい、声を大きくしてしまった。ロッジから出ていてよかったと、一瞬後に思う。ロッジ内にいる丸山には、聞こえなかったはずだ。

遅れて、その可能性はあり得ると気づく。スパイの存在は、すっぽり念頭から抜け落ちていた。

「スパイと関連づけては考えなかった。春日井先生は冷静だな」

素直な感想を口にする。仲間が殺害されたというのに、よくそこまで考えられるものだと感心した。

「そうね。続けてこう書いてあったわ。だから、君たちには引き続きスパイの炙り出しをお願いしたい、って」

聖子は顔だけをこちらに振り向けた。視線が合ったのを受け、一条は質問した。

「セクションのメンバーで、おれが会っていないのはあと何人？」

「ふたり。事件を知って動揺してるでしょうから、早く会った方がいいわね」

今は自分にできることをやるしかない。スパイの炙り出しが春日井に命じられたことなのだから、それに専念すべきなのだろう。

「でも……」

ふと、また疑問を覚えた。だがそれをそのまま口にするのは憚（はばか）られ、言葉を濁す。聖子が「何？」と促した。

「思いついたことがあるなら、なんでも言って。気になるから」

「ああ、うん。いや、敏将がスパイの正体に気づいたなんてことはあるかな、と思ったんだ。言っちゃ悪いけど、そういう鋭いタイプには見えなかった」

敏将は実の兄に単細胞と言われるほどである。誰も見破れていないスパイの正体を、いち早く敏将が見抜いたと考えることには違和感を覚えた。

「まあ、そうね」

苦笑気味に、聖子が認めた。一度しか会っていない一条より、聖子の方が当然ながら敏将の人となりを知っている。スパイの正体を見抜いたせいで殺されたという推理は、あり得ないと思えたのかもしれない。

「たぶん敏将は、組織内にスパイがいることには気づいてなかったと思う。でも、何かの弾みで知ってしまうことはあるんじゃないかな」

聖子はそう言うが、何かの弾みという状況を一条は想定できない。

「弾みと言うと？」

「知っている人が、こそこそ誰かと会っているところを見かけた、とか」

「なるほど」

偶然見かける可能性は否定できない。しかし、だとしたらスパイが誰かも特定できない。

「もしかして、組織内に敏将と対立していた人はいた？　その人物の弱みを握ろうとしていて、誰かと会っているところを見かけたのかもしれない」

手がかりが欲しくて、仮説を立ててみた。すると聖子は、今度ははっきりと苦笑いを浮かべた。

「組織内で敏将と対立していた人と言えば、私ね」

聖子は肩を竦(すく)めた。思わず、「ああ」と声が漏れる。言い合う様子をじかに見ているから、確かにそうだと納得できた。

「でも、私はスパイじゃないわよ。こんな自分の言葉だけじゃ、信じてもらえないだろうけど」

「いやいや、ごめん。キミじゃないと思うよ。他に対立してた人はいないの？」

「いないわね。というより、誰彼かまわず嚙みついてたから、ほぼ全員と対立してたと言ってもいいかもしれない」

「そうなのか」

では、その線で推理を推し進めるのは難しい。やはり、敏将の人間関係を和将から聞かないことには、データ不足で推論も組み立てられなかった。

「丸山さんも言ってたように、警察の捜査を待つしかないんじゃないかな。私たちで犯人を特定するなんて無理なんだから、むしろ事件とは関わらない方がいい。春日井先生の指示どおり、スパイ特定に集中しよう」

聖子は再度、一条の目を覗き込んだ。そのこと自体に異論はない。ただ、なにやら不穏な暗雲が頭上に垂れ込め始めたように感じられた。自分が見ているのは物事のほんの断片に過ぎないのだと、いまさらながら確信した。

18

セクションのメンバー三組目とは、また飛田給のアジトで会った。三組目といっても、相手はひとりである。今回は寺前はいなかった。一条たちを待っていたのは、女性だった。

出迎えた女性は、一条たちを凝視するだけで何も言わなかった。髪が長く、細面で、顔立ちは整っている。美人と言っても大袈裟ではないだろう。だが、表情に険があった。いくら綺麗な顔でも、常に眉間に皺を寄せて周囲を睨んでいるようでは、魅力的には見えない。触ったら殺す、という内心の声が伝わってくるような、猛々しい雰囲気の女性だった。

「は、初めまして」

わずかに気圧(けお)されつつ、挨拶を返した。聖子も気軽に声をかけにくいタイプではあるが、この女性ほどではない。ふたりだけで会ったら息が詰まっていただろうと、ひと目見ただけで思った。

「川添さん。こちらは加藤くん」

中に入り、聖子がそれぞれを紹介した。頭を下げると、川添という女性は険しい目つきのまま頷き、畳に腰を下ろす。新参者であることを自覚して、一条が三人分の飲み物を用意することにした。冷蔵庫に入っていた麦茶をコップに注ぎ、配る。川添は礼を言わず、わずかに顎を引いただけだった。

「敏将が殺されたことについて、あんた、なんか知ってる?」

川添は聖子に顔を向け、ようやく声を発した。川添も情報に飢えていたようだ。聖子は首を振って応える。

「何もわからない。組織とは関係ないことで殺されたんじゃないの?」

聖子の物言いは、いささか投げやりだった。スパイの話を知らなければ、それが本音だと思えていただろう。敏将がトラブルをもたらした、と考えているのは本心かもしれない。

「こいつの身許は確かなんだろうね。こいつが来たとたんに敏将が殺されるなんて、自衛隊の特殊部隊の奴なんじゃないか」

川添は一条に向かって顎をしゃくった。とんだ言いがかりだが、とっさに言い返すことができない。あまりにきつい目つきで睨まれ、うまく言葉が出てこない状態だった。

「私がスカウトしたんだから、変なこと言わないで。確かな人よ。それに、いくらなんでも自衛隊に暗殺部隊みたいなのはないでしょ」

聖子が反論してくれる。だが川添は、表情を緩めない。

「暗殺部隊があったら、そんなの公にするわけがない。何をやってるかわかったもんじゃないんだから、最悪の想定をしておくべきだろ」

「もし暗殺部隊があったとしても、敏将は狙われるほどの大物じゃないわよ」

「……そうだな」

川添はようやく納得したようだ。それでも、こちらを見る目に親しみは微塵もなかった。なにやら、敏将の女版みたいだ。戦闘になったら、真っ先に突っ込んでいきそうだと思った。

「じゃあ、あんたが言うとおり敏将殺しは組織と無関係なのか」

改めて、聖子に問い直す。聖子は肩を竦めた。

「わからないわよ。無関係だって確証もないから」

「そうか」

聖子に事情を尋ねるのは、組織内で聖子の方が情報を得やすい立場にいるからなのだろうか。あるいは単に、誰にでもいいから訊かずにはいられないのか。まだ力関係がよくわからなかった。

「で、なんなの？　新人と顔合わせして、新しい任務でもあるわけ？」

ジーンズを穿いている川添は、左膝を立て、自分の左肘をそこに置いている。初対面の人を前にして無作法な坐り方だが、川添には似合っていた。年は三十代半ばくらいだろうか。左手の薬指に指輪はしていない。独身だと聞いているが、こんな刺々しい雰囲気の女に自ら近づいていく男はいないだろう。

「そういうわけじゃないけど、彼には早く組織に馴染んで欲しいから、顔合わせをしてるのよ。彼は警察に追われてて、もう帰るところがないの。だから、顔を整形までしたんだから」

「そういえば、あんたの顔もずいぶん変わったわね。話で聞いてなければ、驚いたところだわ」

川添はいまさらそんなことを言う。基本的に、他者に興味がないのだろう。独立しか眼中にないのかもしれない。

「警察に追われてるって、何をやったわけ？　組織に迷惑をかけないでよ」

「迷惑をかけたのはこっち。組織のミスで、加藤くんを仲間に引き込むことになったの」

聖子は一条が組織に入る経緯を、最初から話した。川添は相槌も打たず、じっと耳を傾けている。その間、視線は一条から離れなかった。一条は圧力に耐え続けた。

「……そりゃ災難だったわね。春日井先生が嚙んでたにしちゃ、間抜けな話じゃないの」

川添はあくまで、歯に衣着せぬ物言いだった。対する相手に圧を与える人だが、裏表はなさそうだ。むろん、まだそう結論するわけにはいかないが。

「言葉もないわね」

聖子も淡々とした口調だった。誰にも媚びない雰囲気は、両者似通っている。いいコンビかもしれなかった。

「じゃあ、成り行きで組織に入ったわけね。ってことは、本気で独立を目指してるんじゃないのか」

「いいえ、格差解消の道が独立しかないなら、ぼくは本気で独立を目指します。貧乏を仕方ないことと受け入れていた自分は間違っていたと、今は思ってます」

言葉に力を込めた。成り行きで組織に入ったのは事実だが、現状を消極的に肯定していた過去の己を恥じる気持ちが芽生えていた。不公平は是正されなければならない。しかし平等は、誰かがもたらしてくれるものではないのだ。自力で勝ち取らなければならないと、今は考えている。

「あっ、そ。じゃああたしたちは仲間だ。あたしは貧乏を憎んでるからね」

川添はあっさりと言った。一条の言葉に満足したらしい。川添が貧困を憎む理由を、一条は聖子から聞いていた。

かつて川添は、結婚して子供もいた。だが夫と折り合いが悪く、離婚することになった。その際、子供の親権は夫に取られた。東日本出身の川添は、離婚してしまえば経済力で負けるからだ。夫は西日本人だった。

元夫は転勤で関西に帰り、川添は子供と会えなくなった。会いたくても、関西に行く旅費が捻出できなかったのだ。元夫は関西で再婚した。二年後に、後妻との間に子供が生まれた。

そして、虐待が始まった。川添の子供は、後妻はもちろんのこと、血が繋がっている元夫にも面白半分で虐待された。食事を与えられず、季節に合った衣服も着られず、些細なことで怒鳴られ、殴られ、押し入れ内の段ボール箱に押し込められた。挙げ句、真冬に風呂場で水のシャワーを一時間浴びせられて死んだ。死亡時の体重は、同年齢の子供の平均体重を六キロも下回っていたという。

川添は我が子が虐待されていることを知らなかった。連絡がとれなくなっていたからだ。電話をしても、後妻が子供に取り次いでくれなかったのである。何も知らずに、大事にされているものと思い込み、みすみす死なせてしまった。苛(いじ)めるくらいなら返してくれればよかったのにと怒り狂っても、後の祭りであった。元夫と後妻は殺人罪が確定し、現在は刑務所で服役中とのことだった。

川添は、貧困が我が子を殺したと考えている。むろん、可能なら元夫と後妻を自分の手で殺したいと思っているだろう。だが刑務所内にいる相手を殺すことはできず、川添の憎悪は貧困を生み出す社会全体に向いている。より具体的に言えば、西日本に対してだ。本当は東日本独立ではなく、西日本を潰したがっているのではないかと聖子は言った。

他人の辛い過去を勝手に知ってしまうことには気が引けるが、スパイ捜しという使命のためやむを得なかった。聞く限り、川添がスパイを務める謂われはなさそうだ。それがわかっただけでも、多少は罪悪感が薄らぐ。

「一所懸命働いたって、ろくに貯金もできないような社会はおかしい。贅沢がしたいんじゃない。人間として、ごく普通の生活がしたいだけなんだ。あんたもそうだろ。結婚もできないような給料しかもらってなかったんだろ」

川添は問いかけてくる。そのとおりなので、頷くしかない。川添の言うことには、完全に同意できた。

「あたしは難しいことはよくわからないけど、資本主義がおかしいってことはわかる。一部の金持ちと大多数の貧乏人なんて、貴族と平民がいた頃に逆戻りじゃないか。あたしたちの文明は進歩したんじゃなかったっけ。退化しちまったんなら、やり直すだけだ」

川添の口調は荒い。目つきも怖い。だが、その意見は正しいと思う。頭で考えた理屈ではなく、辛い経験が導き出した体感だからだろう。川添の言葉は、聞く者の心に真っ直ぐ届くと思えた。

少し話をしただけで相手を信用してしまうのは、お人好しが過ぎるかもしれない。しかし、もしこの怒りが演技であるなら、とうてい一条が敵う相手ではない。川添を疑うのは無駄なことだと結論するしかなかった。

「なあ、次に何をやるのか、聞いてないか。ここのところ、何もしてなくて手詰まりっぽいじゃないか。国会議事堂をぶっ壊すんでも、総理大臣を暗殺するんでも、なんでもいいよ。何かしようぜ」

川添は聖子に問いかけ、物騒なことを提案する。聖子は少し眉を顰(ひそ)め気味に、窘めた。

「馬鹿なこと言わないで。暴発したら、敵の思う壺よ。現実的に行動しないと」

「現実的ってのは、なんにもしないって意味じゃないよな」

疑い気味に、川添は目を眇めながら聖子を見た。聖子は平然と、その視線を受け流す。どうやら聖子が言う〝秘策〟とやらは、川添も知らないことらしい。聖子は同じセクションの仲間にも、心を開いていないのだと見て取った。聖子が近しい仲間は、丸山くらいか。

「独立には時間がかかる。それは川添さんもわかってるでしょ」

聖子は冷静に言い返した。川添は不満そうであったが、一応引き下がった。

「時間がかかるのはわかるけど、あたしが生きてる間に独立を果たしたいもんだね」

それが他意のない本心なのか、あるいは皮肉なのか、一条にはどちらともわからなかった。

アルバイトの仕事があるという川添は、一条たちを置いて先にアジトを出ていった。ふたりだけになると、聖子は肩を竦めた。

「見てのとおり、あの人もばりばりの武闘派。まあ、過去に起きたことを思えば、怒りの塊になっちゃうのもわかるけど」

「過去の話が嘘じゃないなら、川添さんがスパイである可能性は低いんじゃないかな」

「そうなのよ。あの人が暴発する心配はしてるけど、スパイかもしれないとは疑ってない。むしろ、少しガス抜きをしないと危ういなと思ってるくらい」

「なんか、疑わしい人がいないな」

正直な思いだった。自分に人の本音を見抜く力があるかどうかは定かでないが、とてつもない演技達者でもない限り、スパイになりそうな人は今のところ見当たらない。皆、それぞれの理由で東日本独立を望んでいるとしか思えなかった。

「おれが会ってないのは、あとひとりだよね。その人はスパイの可能性があるの？」

疑わしく思っている人が聖子にはいるのかと考えつつ、尋ねた。聖子はきっぱりと首を振る。

「ううん。まるで逆。絶対にスパイになんてなりそうにない人」

「そうなのか」

残るはあとひとりというところまで来てようやく、春日井と聖子がスパイ捜しに行き詰まった理由が理解できた。一条にとっても、これが難事であることは間違いなかった。

19

一条がまだ会っていない人物は、春日井の教え子だった。年齢は二十一歳だという。つまり一条よりかなり年下なのだが、体格では圧倒的に負けていた。肩が筋肉で盛り上がり、腕は女性の太腿ほどもある。胸板も厚く、たいていの男はこの人物と並べば貧弱に見えてしまうだろう。大学ではラグビーをやっていると聞き、さもありなんと頷いた。

場所は、水道橋（すいどうばし）のカラオケルームだった。住んでいるアパートは壁が薄く、密談に向いていないので、大学から近い水道橋にして欲しいとのことであった。一条と聖子が先に部屋を取って待っていると、学生は約束の時刻ちょうどに現れた。ただでさえ広くない部屋が、学生ひとりが入ってきただけで圧迫感を覚えるほど狭く感じられた。

「美濃部（みのべ）です。よろしくお願いします」

学生は名乗り、頭を下げた。柿崎兄弟や川添など、気性が荒い人にばかり会っていたので、尋常に挨拶をする相手に新鮮味を覚えた。ようやく話が通じる人と会えたか、と内心で考えた。

「こちらこそ、よろしくお願いします。加藤といいます」

相手が年下だからといって、横柄な口は利きたくなかった。年長者に接する際と同じように、敬語を使って話す。美濃部はそれを聞き、意外そうな表情をした。組織に入る人としては、少しタイプが違うと思ったのかもしれない。

飲み物を頼み、それが運ばれてくるまで三人とも口を噤んでいた。聞かれてはならないことを話しているときに、ドアが開くことを警戒したのだ。三分ほどして飲み物が届いてから、美濃部が言葉を発した。

「加藤さんは春日井先生の推薦で仲間になったと聞いています。でしたらおれも、加藤さんのことを信頼します」

美濃部は目をきらきらさせて、そう言った。美濃部は体格こそいいが、顔つきは年齢相応に若い。目に宿る光は、絶望よりも希望が似合っていた。

「そうですか。それはどうもありがとう」

いきなりの言葉に、戸惑わずにはいられなかった。こちらは疑うことを前提に、セクションのメンバーに会っているのである。疚しい気持ちが、胸の底でちりちりと疼(うず)いた。

美濃部は春日井を信頼しているが故に、組織に入ったと聞いている。その度合いは、信頼というより心酔といった方が実態に近いらしい。もっと言えば、盲従か。春日井の言葉を疑うことなど、思いもよらないのだそうだ。だからこその、この言葉なのだろう。

「でも正確に言うと、春日井先生の推薦ではないですよ。堀越さんがおれのことを春日井先生に推薦したんです。おれは春日井先生とは、一度しか会ったことがなかったですから」

春日井と近しい関係にあるわけではないので、誤解されないように説明しておいた。それでも美濃部は、態度を変えない。

「そうだとしても、先生がお認めになったんですよね。だったら加藤さんは、春日井先生に推薦されたも同然です」

そういう理屈になるのだろうか。推薦というより、ミスの責任を取って一条の身柄を引き受けたのが実情だと思うが、そんな細かいことをいちいち正しても仕方ない。特に訂正はしないでおいた。

「もちろん加藤さんも、春日井先生を尊敬してるんですよね」

続けて美濃部は、そんなことを訊いてきた。少し身を乗り出しただけで、体が大きいので圧を感じる。

一条は返事に困った。

尊敬していると言えるほど、一条は春日井を知らない。学者としての実績についてはまったく無知だし、〈MASAKADO〉の理論的リーダーとしても直接薫陶を受けたわけでもない。むろん、接する機会が増えれば尊敬の念が生まれる可能性は大いにあるが、現時点では特に強い感情を持っていなかった。

一条が即答せずにいると、美濃部はわずかに眉根を寄せた。不快に思ったようだ。眉間に皺を寄せたまま、さらに顔を近づけてくる。

「まさか、尊敬してないんですか。じゃあ、なんで〈MASAKADO〉に入ったんですか」

春日井に心酔しているとの事前情報どおり、尊敬していないという返事は許さないと言わんばかりだった。少し厄介に感じつつ、事を荒立てないように答える。

「いや、そんなことないよ。尊敬してます」

言い切ってしまえば嘘になるが、この際やむを得ない。話が通じる人、という第一印象は訂正する必要がありそうだった。

「ですよねぇ。そりゃそうだよなぁ。春日井先生を尊敬してない人なんて、〈MASAKADO〉にはひとりもいないですからね」

美濃部はすぐに機嫌を直し、体を戻した。つい、横目で聖子の顔を窺う。聖子は特に表情を変えていなかった。いつものことなのかもしれない。

「先生あっての〈MASAKADO〉だと、おれは思うんです。先生がいなければ、〈MASAKADO〉は空中分解してますよ。だからみんな、先生の言うとおりにしていればいいんです。先生の意向に逆らう人を、おれは許せないんですよねぇ」

にこにこしながら、美濃部は言った。まるで、春日井が〈MASAKADO〉を率いているかのような物言いだ。一条は名前も知らないが、〈MASAKADO〉のリーダーは春日井ではなく別にいるはずである。本当のリーダーを、美濃部は認めていないようだった。

「だから加藤さん、気をつけてくださいね。春日井先生を裏切ったりしたら、おれ怒っちゃいますから」

美濃部はあくまで笑顔なので、言動が少し不気味に思えてくる。先ほどの、返事をするまでの間が気に食わなかったのだろうか。剣呑（けんのん）に感じたので、言い訳をしておいた。

「裏切るなんて、そんなことするわけないよ。おれは他に、行くところがないんだから」

「そうですか。それならいいですけどね。春日井先生に従わない奴って、実はけっこういるんですよねぇ。どうしてなのか、ぜんぜんわからないけど。頭が悪い人間、多いからなぁ」

言葉だけ聞けば無邪気とも言えるが、美濃部が東大の学生であることを思えば、一種の選民思想のようにも受け取れる。共感できる言動ではなかった。

「美濃部くん、前から言ってるけど、先生を祭り上げるのはむしろご迷惑をかけることになるかもしれないのよ。先生は目立つ人なんだから、〈MASAKADO〉内では後ろに控えててもらわないと」

たまらずといった様子で、聖子が割って入った。もっともだと、こちらの意見には頷ける。だが美濃部は、不思議そうに眉を吊り上げた。

「それ、先生が言ってたことですか。先生自身が、仲間たちの後ろに隠れていたいと言ったんですか」

「そんなことは言ってないけど」

「ですよねぇ。先生がそんなこと言うわけない。変な忖度、しない方がいいですよ」

聖子は反論せず、軽く肩を竦めただけだった。なるほど、まさにこれは盲従だ。春日井が右を向いていろと言えば、美濃部はいつまでもそれに従っているのではないだろうか。まるで教祖を崇める信者のようだ、と思った。

そうであるなら、美濃部が組織を裏切るスパイである可能性はない。その点も、聖子の事前情報どおりだった。親しく付き合いたい相手ではないが、疑う必要がないのは安心できる点であった。

これ以上、言葉を交わす必要はなさそうだった。会話していて愉快な相手ではないから、そろそろ切り上げたい。そういう意味を込めて聖子に目配せすると、すぐに察してくれた。

「じゃあ、今日は顔合わせだからこの辺で。美濃部くんも、私の新しい顔を憶えたでしょ」

「ええ。顔立ち自体は変わっても、雰囲気は変わらないもんですね。堀越さんは堀越さんだ」

美濃部は的確なことを言った。それについては、一条も同意見だった。

カラオケボックスを出たところで美濃部と別れ、聖子と歩き出した。周囲には聞こえない程度の声量で、今の会談の感想を口にする。

「彼はスパイじゃないな。キミの言うとおりだった」

「でしょ。となると、スパイ候補がいなくなるのよ。スパイを捜し出せなかった理由がわかった？」

聖子は淡々と言うが、困惑しているのは間違いない。一条は自分の考えを告げた。

「まだ、候補が全員消えたわけじゃない。きちんと話をしてない人がいる」

「えっ？　ああ、そうね」

すぐに、一条が示唆することを理解したようだ。一条は頷いて、続けた。

「丸山さんと、それから館岡さんと改めて話をしてみたい。丸山さんはともかく、館岡さんとはろくに話をしてないから」

「わかった。でも、私もほとんど館岡さんと話をしたことはないよ」

「だったらよけい、館岡さんをスパイ候補から消すわけにはいかない」

「うん、そうだね」

応じて、聖子は少し考え込むように黙った。もし館岡がスパイなら、もっと仲間たちと溶け込む努力をしているはずと言いたいのかもしれない。しかし、思い込みだけで断定するのは危険だ。先入観なしにメンバーたちと接して欲しいというのは、他ならぬ春日井の希望でもあった。

丸山と館岡、ふたりのうちどちらかがスパイである可能性はあるだろうか。あくまで印象に過ぎないが、丸山はロッジに頻繁に出入りしているくらいだから、春日井の信頼も篤そうだ。そんな人物がスパイとは考えにくいが、だからこそ正体を暴かれずに来たのかもしれない。すべての人を疑わなければならない務めは、一条の心に負荷を与え続けている。

20

ロッジに帰ると、丸山が待っていた。一条たちを見て、「お帰り」と声をかけてくる。丸山の前には、開かれたノートパソコンが置かれていた。

「和将とリモートで話ができることになった。和将自身も何もわからないようだけど、話をしてみるでしょ?」

「うん、話が聞きたい」

丸山の問いかけには、聖子が答えた。もちろん一条も、詳しい状況が知りたい。報道されていることだけでは、あまりに情報が不足している。せめて、事件が〈MASAKADO〉とは無関係と確信したかった。

「夜九時に設定したから。それまで、飯を食べてよう」

丸山の提案どおり、レトルト食品を温めて夕食にした。食後は各自自由に過ごし、夜九時に再度リビングルームに集まる。ノートパソコンの正面に坐る丸山を、聖子とふたりで左右から挟んだ。

パソコンの画面に、不愉快そうな表情の和将が映った。向こうにもこちらの映像が映ったらしく、ひとつ頷く。丸山が口を開いた。

「改めて、今回のことにはお悔やみ申し上げる。ご愁傷様でした」

「ああ」

くぐもった声が、パソコンのスピーカーから聞こえた。ネット回線を通しているからくぐもっているのではなく、和将自身がそんな声を出しているようだ。弟の死にショックを受けているのか、殺した相手に腹を立てているのか、どちらともわからない。

「さっそくで申し訳ないけど、今度のことはどう思ってる？」

前置きはそこそこに、丸山はすぐ本題に入った。和将とは世間話をするような関係ではないのだろう。人がよさそうな丸山と、攻撃的な和将では、いかにも相性が悪そうだ。

「どうもこうもない。悲しいし、悔しいし、未だに信じられないよ」

和将は吐き捨てるように言う。その忌々しげな口調はいかにも和将らしいが、言葉自体は身内を亡くした者として当然と一条は思った。誰でも、似たような心持ちになるのではないか。

「殺されたと報道されてるけど、それは間違いないんだね」

丸山が念を押す。和将は顔を歪めて頷いた。

「そうだ。殺人だ」

「〈ＭＡＳＡＫＡＤＯ〉に原因があると思う？」

この質問もまた、直截（ちょくせつ）だった。和将は少し沈黙し、首を振る。

「わかんねえ」

「敏将は何か、気にかかることは言ってなかった？」

「気にかかること、って？」

質問が漠然としていたからか、和将は問い返す。丸山は言い直した。

「ふだんと違うことがあったと言っていたとか。誰かに対して怒っていたとか。逆に怯えていたとか。

ともかく、いつもと違う様子はなかったの？」

　和将は即答せず、考え込んだ。そして無念そうに首をひと振りして、また口を開いた。

「警察にもそんなようなことを訊かれたんだが、何も気づかなかった。おれが気づいてなかっただけかもしれないが」

「じゃあ、敏将が殺された理由に心当たりはないんだね」

「ない。あるわけない」

　聖子に言わせれば、敏将が殺される理由は山ほどあるそうだが、実の兄の認識は違うらしい。身内だからといって、なんでも知っているとは限らない。むしろ、友人の方が敏将の生活をよく知っているかもしれない。一条は自分の顔が映るよう、身を乗り出した。

「敏将君の友達に、知り合いはいますか」

　思いついたことがあったら、随時口を挟んでいいと事前に決めてあった。和将は視線を動かす。画面に映る一条を見たようだ。

「職場の人間とは、たまに飲んでいた。それから、付き合いがあるのは高校の同級生かな。でも、おれは特に面識がない。それがどうした」

「犯人は近いところにいるものです。敏将君の知人の中に、殺人犯がいる可能性があります」

「なんだよ、探偵気取りか」

　和将は一条の口出しが気に入らないようだった。新参者に対して、まだ心を許していないのだろう。それはお互い様なので、特に腹も立たない。

「〈ＭＡＳＡＫＡＤＯ〉とは関係がない事件だという確証が欲しいのですよ」

丸山が補足してくれる。和将は鼻から息を吐き出した。

「ふん、〈ＭＡＳＡＫＡＤＯ〉がどう関係するって言うんだ。内ゲバか？」

「そうかもしれません」

丸山は恐ろしい推測を否定しなかった。昭和の話でもあるまいし、そんなことがあるだろうか。内ゲバなんて言葉が、そもそも死語だ。一条は一応理解できるが、内紛だという意味を知らない人も今は多いだろう。もし内ゲバだとしたら、組織内のどこで発生したのか。

「なんで敏将が粛清されなきゃいけないんだよ。敏将がいったい、何をやった！」

和将は怒鳴った。それはこちらが尋ねていることなのだが、和将も答えを持っていないようだ。

「ぼくらは情報が少ない。だから兄である君からいろいろ聞けるかと思ったんだけど、君も特に何も知らないようだね」

丸山は冷静に言い返した。どうやら、それが結論となりそうだ。収穫の少ない面談だった。

和将は不満げだったが、リモートの対面はここまでとした。接続を切ってから、丸山が肩を竦める。

「予想できたことだったけど、何ひとつわからなかったね」

「和将が何も知らない、ということがわかったわよ」

ずっと言葉を発さなかった聖子が、ようやく口を開いた。丸山はそちらを見て、小刻みに頷く。

「そうだね。それはひとつの情報か」

「うん。この件に関しては、私たちが気にしても仕方ないと思う。薄情なようだけど、組織とは関わりがないと見做しておいていいんじゃない？」

「賛成だ。警察の捜査がこちらに迫ってこない限り、度外視しておこう」

丸山と聖子が出した結論に、異論はなかった。だが、釈然としないものは残る。一条が組織に入ったとたんに仲間が殺されたことを、川添は怪しんだ。もちろん、一条は自衛隊の暗殺部隊になど所属していないが、偶然と片づけていいのかどうか疑問には思っていた。自分の存在が予想もしない波紋を巻き起こしたのではないことを、一条は強く願った。

21

「丸山さん、今日はこのままここに泊まるんですよね。だったら、ちょっとお喋りに付き合ってもらえませんか」

　ノートパソコンを閉じる丸山に、一条は話しかけた。寝るにはまだ早い。丸山と腰を据えて話をするには、いい機会ではないかと考えたのだった。

「いいけど、なんで？　なんか相談でもある？」

　丸山は気さくな調子で問い返す。一条の意図を怪しんでいる様子は、まったくない。

「いえ、そういうわけじゃないんですけど、丸山さんとは何度も顔を合わせてるのにゆっくり話をしたことないから、そろそろいいかなと思って」

「ああ、そうだね。加藤君はこれまでの付き合いをすべて断って、堀越さんしか友達がいないんだもんね。親しい人がひとりだけじゃ、心細いよな。よし、少し酒でも飲もうか」

　そう言うと丸山は立ち上がり、キッチンに向かった。一条も手伝うためについていく。丸山はシンクの下から焼酎の瓶を取り出し、一条には冷凍庫の氷を用意するよう指示した。水もポットに汲み、リビングルームに戻る。

「で、どんな話をしようか。ぼくがどうして〈MASAKADO〉に入ったかを話す?」

聖子も含めて全員に酒が行き渡ってから、丸山は切り出した。まさにそれが知りたかったことなので、一条は「ぜひ」と応じる。「わかった」と頷いた丸山は、焼酎の水割りをひと口飲んでから語り始めた。

「実は、そんなに話すことはないんだけどね。資本主義を憎むことになるひどい過去があるとか、人間はみんな平等じゃなきゃならないって崇高な理念があるとか、そういうことじゃないんだ。実はぼくは、争い事が嫌いなんだよ」

「争い事が嫌い?」

いきなり、理解しにくい台詞が飛び出した。争い事が嫌いなら、なぜテロ組織にいるのか。平和主義とは対極の存在ではないか。

「うん、不思議に思うよね。でも一応、ぼくの中では筋が通ってるつもりなんだ。資本主義って、基本は競争だろ。ぼくはそれがいやなんだよ。競争があるから、争いが起きるわけで。競争がない社会を目指すなら、資本主義じゃない国を作らなきゃって考えたんだよ」

「——なるほど」

競争が進化を促すのかもしれないが、同時に格差も生み出しているはずだ。西が資本主義を採るのなら、東は別の道であってもいい。その考えには、共感できた。

「資本主義による発展って、結局ろくなことがなかったと思うんだ。貧乏人を山のように作り出して、その上地球環境を悪くして、自分の首を絞めてるだけだろ。競争がなくなって、みんながつましく生きてれば、地球を破壊する必要もない。もっともっとって発想をやめて、小さいことで満足してた方が、結局は幸せなんじゃないかな」

「確かに、そうかもしれませんね」

以前なら考えてもみなかったことだ。東西統合後の世代は、資本主義こそ正義という観念を押しつけられてきた。だが、無条件の正義こそ実は危うい。そんなことを、丸山の言葉で改めて思い出させられた。

「おれにとっては、目から鱗の話です。丸山さんはどうやってそんな認識に至ったんですか」

感銘を受けて、その思想の原点が知りたくなった。丸山は肩を竦めて、剽(ひょう)げた表情をする。

「特に大したことはないけどね。競争がいやなんて言うと、情けない奴だって思われるでしょ。それを正当化しようとして、思いついたことかな。だから本当は、テロなんてしたくないんだ。もっと穏健なやり方で、社会を変えたいと願ってる」

「それは同感です」

強く頷いた。社会がおかしいから、変えたい。その気持ちは、革命を求める思いなのかもしれない。革命には必ずしもテロは必要ではないだろう。〈ＭＡＳＡＫＡＤＯ〉は革命を目指す組織であるべきだと、一条は認識した。

「ただ、この考えには賛同者が少なくてね。加藤君が同意してくれて、嬉しいよ」

苦笑気味の表情を、丸山は浮かべた。確かに、これまで会ったメンバーの中に丸山と同調しそうな人はいない。むしろ皆、テロを起こしたくてうずうずしているような印象だった。自分は絶対、丸山の味方になりたい。そして可能なら、仲間を増やしたかった。

「館岡さんはどっちなんですか。穏健派ですか、武闘派ですか」

いい機会なので、館岡をどう思っているか尋ねてみることにした。目指すところがはっきりしているなら、丸山が体制側のスパイとは思えない。残るはもう、館岡しかいなかった。

「館岡さんは穏健派だと思うけど、正直よくわからないんだよね」

丸山もまた、聖子と同じようなことを言う。館岡は誰とも親しく接していないようだ。ならばなぜ、このロッジに出入りしているのだろう。

「わからないんですか。でも、ここに来るってことは春日井先生に信頼されてるんですよね。なら、穏健派じゃないんですか」

「うん、穏健派だと思うよ。でも、どういう理念を持ってるのか、聞いたことがないんだよな。話しかけても、聞こえないような返事しかしないから」

「なるほど。館岡さんは、春日井先生のつてで仲間になったんですか」

「そうみたいだね。館岡さんのことをよく知ってるのは、春日井先生だけかもしれない」

口が重いなら、本人に話しかけてもあまり人となりはわからないかもしれない。ならば、春日井から聞くか。館岡と話さなければならない理由は春日井が与えたのだから、こちらには質問をする権利があるだろう。

「館岡さんは組織内でどんな役割を担ってるんですか」

このロッジにいるときは、常にパソコンに向き合っているという印象がある。組織内のサイバー担当なのではないかと、漠然と見当をつけていた。

「彼はＩＴエンジニアなんだよ。主にクラッキングをやっている。といっても、ぼくにはよくわからないんだけど」

クラッキングとは、インターネット上の破壊工作だ。セキュリティーを突破して、情報を抜き出したりすることを言う。組織には必要な人材だと理解した。

しかし、役割がわかったからといって、スパイ疑惑が晴れたわけではない。丸山がスパイである可能性が低いと判明した今、館岡を知る必要性はさらに大きくなった。欠かせぬ能力の持ち主だからこそ、体制側もスパイとして送り込みやすかったとも考えられる。

「丸山さんは、ふだんのお仕事は何をしてるんですか」

館岡について尋ねても、これ以上の情報は得られそうになかった。また、丸山を知るための質問に戻る。

「ぼくはコンビニのバイトだよ。高卒だからね」

丸山は卑下したように高卒と言うが、大学を卒業しても就職できずにコンビニでアルバイトをしている人は多い。競争が嫌いだと語る丸山なら、就職活動で勝ち残れないのも仕方なかったのだろう。

「じゃあ、ご家族は?」

「もちろん、独身だよ。親は健在だけどね」

今や、結婚は恵まれた人だけが可能なことである。もちろん独身、という丸山の言葉は、東日本ではよく使われるフレーズだった。

「それでもぼくは、顔を変える必要はなかった。そのことだけでも、君たちより幸運なのかもしれないね。過去を捨てなくちゃいけなかった加藤君には、同情してるよ」

丸山は眉を八の字にして、一条と聖子の顔を交互に見た。丸山の気持ちを、ありがたく感じた。

「丸山さんみたいな人が、安定した生活を送れる社会になることを願います」

本心から言った。競争から下りる者を落伍者と見做すような、そんな冷たい社会は拒絶したい。優しい人が報われる、当たり前の世界が見たいと一条は強く望んだ。

丸山は頷き、淡く微笑んだ。

22

館岡と直接話をする機会は、なかなか訪れなかった。館岡に避けられたわけではない。突発事が出来し、それどころではなくなったのだ。

「えっ」

ノートパソコンの画面を見つめていた丸山が、頓狂な声を上げた。続けて、「嘘だろ……」と呟いている。一条は不吉な予感を覚え、丸山に近づいていった。背後から、ノートパソコンの画面を覗き込む。

《三鷹市で女性変死》

丸山が見ていたのはニュースサイトで、記事の見出しがまず目に飛び込んできた。それを見ただけで、丸山が何に驚いたのか想像がついた。思わず、「まさか」と声を発してしまった。

「川添さんだよ、これ……」

呆然とした声音で、丸山が言う。やはり、そうなのか。一条は顔を画面に近づけ、記事を読んだ。

死体となって発見されたのは、川添蓉子三十五歳と書かれている。川添のフルネームを一条は知らなかったが、この人があの川添で間違いないのだろう。アパートの自室で、紐状の物で首を絞められて殺されていたらしい。東京府警が殺人事件と見て捜査を開始した、と記事は締め括っていた。

「どういうことなんですか――」

誰も答えられないのは承知の上で、疑問を口にせずにはいられなかった。敏将に続いて川添が殺された。これがただの偶然であるはずがない。間違いなく、〈MASAKADO〉絡みの事件だったのだ。和将が口にした、〝内ゲバ〟という言葉をいやでも思い浮かべた。このふたつの殺人事件は、〈MASAKADO〉内の抗争の結果なのか。ならば、組織の内部に犯人がいるのか。

「なんでなの……」

一歩遅れて姿を見せた聖子が、同じような反応を示した。目を見開いて、画面に見入っている。丸山の説明を聞くまでもなく、事態を把握したようだ。一条はふたりに向かって、疑問をぶつけた。

「〈MASAKADO〉で何かが起きてるんですか。敏将と川添さんは、〈MASAKADO〉の一員だから殺されたんですよね。内部で対立があるんですか」

「対立なんてないよ」

答えたのは丸山だった。一条の方を振り返り、苦々しげな顔を見せる。

「そんな物騒なことを言わないでくれ。疑心暗鬼が、こんな場合は最も危険だ」

言われて、確かにそのとおりだと思った。冷静にならなければ、と反省する。

「すみません。まだ〈MASAKADO〉のことがよくわかってないので。でも、武闘派と穏健派に分かれてるんじゃないんですか。両者の間に、対立はないんですね」

謝りはしたが、不明点は明らかにしておきたかった。そうしなければ、一条自身が疑心暗鬼に駆られる。

「敏将も川添さんも、どちらかに分けるなら武闘派よ。加藤くんは、穏健派がふたりを殺したと思うの？」

問うてきたのは、聖子だった。一条は言葉に詰まる。逆ならまだしも、穏健派と見做されている人たちが相手を殺すのは考えにくい。他ならぬ聖子と丸山が、穏健派なのだ。自分はふたりに対する疑いを口にしていたのだと、いまさら気づいた。

「そうか、ごめん。混乱して、考えが足りなかった」

「ホント、そうみたいね。坐って、お茶でも飲みましょう。冷静になる必要があるわ」

聖子はソファに向けて顎をしゃくった。それに従い、腰を下ろすしかない。丸山も立ち上がり、応接セットの方へと近づいてきた。ソファに坐ったものの、難しげな顔をしたまま何も言わない。

気まずい時間が流れたが、キッチンから戻ってきた聖子がそれを少し和らげてくれた。三人分のコーヒーをテーブルに置き、自分も坐ってから、「で？」と促す。

「何が起きてると思う？　セクション内の人がふたりも殺されたのは、ただの偶然かな」

偶然のわけがない、と反射的に考えた。だが、もう軽々しく口にはしない。偶然の可能性はゼロではないのだ。偶然を完璧に否定できる材料がないなら、不用意なことは言うべきではなかった。

「敏将と川添さんは、個人的な付き合いがあったのかな」

ぼそりと、丸山が言葉を吐き出した。もちろんこれは、一条に対する問いではない。聖子は「さあ」と首を振る。

「武闘派だってこと以外、ふたりに共通点がありそうには思えないけど。仲良くしてたところは、見たことないわね」

「ぼくもだ。でも、ふたりに個人的付き合いがあったなら、〈ＭＡＳＡＫＡＤＯ〉は関係なく、そっちでの事件かもしれない」

「ああ、なるほど。それが一番望ましいわね」

聖子の口振りは、真相解明を諦めているかのようだった。丸山の言葉を聞いて、一条はひとつ仮説を思いついた。今度は慎重に、それを口にする。

「武闘派同士で連絡をとり合っていたんじゃないですかね。穏健派抜きで、何かを計画していたとか」

丸山と聖子の視線が、一条に集まった。ふたりとも、思いがけないことを指摘されたような顔をしている。自分たちが蚊帳の外に置かれていたとは、考えもしなかったようだ。

「あり得ない、とは言えないわね。敏将と川添さんの間に個人的付き合いがあったとしたら、それ以外にないかも」

「だとしたら、和将も加わってるはずだよな。和将をもう一度問い質してみるか」

一条の仮説は、ふたりに活力を与えたようだった。不安が晴れると同時に、穏健派抜きの計画があるなら把握しなければならないという使命感を覚えたのかもしれない。丸山は「春日井先生に報告するよ」と言って、ノートパソコンの前に戻った。聖子は、「さすが加藤くんね」と誉めてくれた。少しでも役に立ったなら、嬉しかった。

しかし、和将を問い質す機会は作れなかった。夕方に、和将がふたたび警察に任意同行を求められたのだ。そのことは、一条たちに衝撃を与えた。川添と和将の繋がりを、警察が把握していたことを意味するからだった。

「どういうことだ」

丸山は両手で髪を掻きむしり、うろうろと歩き回った。ふだんは表情に乏しい聖子も、さすがに不安そうに一点を見つめている。一条は状況を把握しようと、与えられたスマートフォンを操作した。

何度もあちこちのニュースサイトを見ているうちに、新情報がアップされた。三鷹市の殺人事件で、被害者の交際相手と思われる男性に事情を聴いている、と書いてある。「えっ」と驚きの声を上げてしまった。

「こんな情報が」

ふたりに対してスマートフォンを示し、内容を手短に伝えた。ふたりとも、目を丸くする。

「交際相手って、まさかそれが和将なのか」

「うそ、ぜんぜん知らなかった」

和将も川添も独身なのだから、交際することになんの支障もない。川添の方が少し年上そうだが、年齢的な釣り合いはとれていると言えるだろう。少なくとも、敏将と川添の組み合わせよりは納得できた。

「他のメンバーには内緒で付き合ってたってことか」

「そういうことになるわよね。でも、警察はふたりが付き合っていた証拠を見つけたのかしら」

「だからこそ、任意同行を求めたんじゃないのか。少なくとも、これは安心材料だ。警察は〈MASAKADO〉のことには何も気づいていないかもしれないんだから」

断定するのはまだ早いが、本当に和将と川添が交際していたなら、ふたりが〈MASAKADO〉に所属していることを警察は把握していない可能性が高くなる。確かに朗報であった。

「表面上は、敏将と川添を結びつけるのは和将ってことになるよな。警察は和将がふたりを殺したと考えているのかもしれない」

丸山が推測を展開した。警察の動きを追えば、そういうことになる。殺された人がふたりいて、その両方と深い付き合いがあった人物がいるなら、まず間違いなく容疑者候補筆頭だ。

「和将が、弟と恋人を両方殺したってことですか。でも、動機は？」

動機なんて、考えてわかることではないかもしれない。だとしても、弟と恋人を立て続けに殺す状況が思い描けなかった。それぞれ別々の理由だったのだろうか。

聖子が、丸山から一条の方に視線を転じた。一条と正面から目が合う。その瞬間、聖子が言いたいことを理解した。そうか、そういうことなのか。

敏将が殺されたとき、スパイの正体に気づいたせいではないかと春日井は推測した。あの推測が当たっていたとしたら。そして、川添もまた同じ理由で殺されたのなら、和将こそがスパイだったということになる。

導き出された結論に、一条は驚愕した。視線を逸らさない聖子は、その結論で間違いないと無言で言っているかのようだった。

「丸山さん、知っておいて欲しいことがある」

聖子はそう切り出した。丸山にスパイのことを話すのか。春日井の許可を取らなくていいのかと反射的に考えたが、それだけ丸山を信頼しているのだろう。非常事態だから、情報を共有しておくべきと考えたのかもしれない。

「春日井先生は、内部に公安か自衛隊のスパイがいることを心配してた」

「えっ、スパイ？」

丸山は愕然とした表情をした。スパイの存在はまったく疑っていなかったようだ。情報漏れは、もう少し高次のポジションにいる者しか把握していなかったのだろう。仲間のうちの誰かがスパイかもしれないなどと聞けば、それこそ疑心暗鬼状態に陥る。

「ええ。どうして春日井先生が疑いを持ったかまでは、私も聞いてない。ただ、先生からスパイを探り出してくれと頼まれただけ。私と加藤くんで」

「加藤君も知ってたのか」

聖子だけでなく、新入りの一条までスパイの存在を知らされていたことに、丸山は衝撃を受けたようだ。しばし呆然と一条の顔を見たが、やがて苦笑した。

「そうか、入ったばっかりの人ならスパイの疑いはないってことだな。そりゃそうだ。正しい判断だと思うよ」

腹を立てるでもなく、納得したようだった。一条は何も言わずにいたが、内心で安堵した。変なところで嫉妬されては敵わない。

「でね、敏将が殺されたのはスパイの正体に気づいたせいかもしれないって、先生は言ってたの。敏将はそんなに敏感じゃないから、その可能性は低いんじゃないかって思ってたけど、自分の兄貴がスパイだったら気づくかもね」

「和将が、スパイだったと言うのか」

丸山は目を見開く。スパイがいるかもしれないという疑いを聞いただけでも驚きだっただろうに、仲間のひとりが具体的に容疑者として上がってくれば、とっさに理解するのも難しいのではないか。口を開いたまま言葉を発しようとしなかったが、しばらくしてからゆっくりと頷いた。

「和将が川添さんと付き合っていたなら、殺された理由は同じか」

「という推理が成り立つ」

聖子は丸山の言葉につけ加えた。そもそも今の段階では、和将が川添と交際していたと確定したわけではない。報道されている川添の交際相手なる人物は、和将ではないかもしれないのだ。そうだとしたらなぜ和将が任意同行を求められたのかという問題が生じるから、川添の恋人は和将であって欲しいところだが。

「ともかく、和将の話が聞きたいな。本当に川添さんと付き合っていたのか。どうして任意同行を求められたのか。訊かなきゃならないことが、たくさんある」

丸山の言はもっともだったので、一条も賛意を示して頷いた。だが聖子は、ひとりだけさらに考えを推し進めていた。

「和将がそのまま拘束されなければね。もしあっさり釈放されたら、それはあいつがスパイだって証拠なんじゃないの」

今日は何度も驚きを味わったが、この聖子の指摘が最大の驚愕だった。一条はもちろんのこと、丸山も言葉をなくしている。しかし、聖子の言うとおりであることは理解できた。和将がスパイなら、逮捕されるはずがない。スパイは敵組織内にいてこそ、意味があるのだ。所轄署が何も知らずに任意同行を求めてしまったのだとしても、上からの圧力で釈放せざるを得なくなるだろう。

三人の間に沈黙が落ちた。やがて丸山が、「そうだな」とぼそりと呟く。それきり、次の言葉を発する者はいなかった。

23

果たして、和将は釈放された。当人からの連絡でそれを知り、一条たちは黙り込んだ。やはり、スパイは和将だったのか。声に出さずとも、三人の頭の中に同じ考えがよぎったのは間違いなかった。

しかし、まだ断定するわけにはいかない。ただの証拠不充分で釈放されたのかもしれないからだ。ともかく、和将本人から事情を聴く必要がある。判断はその後のことだった。

和将とは、またリモートで話をすることになった。春日井は事態を重く見たらしく、自分も参加するだけでなく、セクションの希望するメンバーは誰でも加われることにした。セクション内のふたりも殺されたら、どういうことなのか把握したくてたまらなくなるだろう。寺前と美濃部、館岡も参加を望んだ。

ロッジにいる一条たち三人がまずアクセスし、他の者たちが来るのを待った。時をおかず、次々とメンバーの顔が画面に現れる。皆、不機嫌そうな表情をしていた。実際は不機嫌なのではなく、不安なのだろう。和将が来る前に言葉を交わしても不毛だとわかっているのか、皆、挨拶だけで他には何も言わなかった。

まるでもったいをつけたかのように、最後に和将がやってきた。吊し上げ状態が気に食わないのか、仏頂面のまま口を開かない。リーダーである寺前が、最初に問いかけた。

「和将君、我々はいったい何が起きているのか、さっぱりわからずにいる。敏将君が殺されたのも疑問だらけだったが、どうして続けて川添さんが殺されたのか、そしてどうしてその件で君が任意同行を求められたのか、まるで理解できない。我々に説明できることはあるのか」

「おれだって何がなんだかわからないよ」

不満そうに、和将は吐き捨てた。だが、この場で和将だけは「わからない」では済まされないのだ。

知っている限りのことを話してもらわなければならない。

「川添さんの事件でなぜ、君が任意同行を求められたのか。まずはその点を説明してもらいたい。まさか警察は、君や川添さんが〈ＭＡＳＡＫＡＤＯ〉のメンバーだと勘づいているんじゃないだろうな」

一番心配すべきはそこだ。しかし寺前も、川添の交際相手が任意同行を求められたという報道は耳にしているはずだ。つまり、その交際相手が和将かもしれないという推測もしているに違いない。追及は寺前に任せておくべきところだった。

「そうじゃない。警察はおれと川添さんが付き合っていたって勘違いをしてるんだよ」

和将の返事は、少し意外だった。勘違いとはどういうことか。勘違いする余地などあるのだろうか。

「付き合ってなかったのか？　だったらどうして、君の名前が出てくる？」

付き合っていなかったのに警察が和将に行き着いたなら、ふたりの関係を示す物が存在したことになる。その方が〈ＭＡＳＡＫＡＤＯ〉にとっては望ましくない。川添が、和将の連絡先でも書き残していたのか。

「川添さんのスマホに、おれの名前があったらしい」

「なんだと」

和将の答えを聞いて、寺前は声を荒らげた。他のメンバーは音声をミュートにしているが、何か言っているのは表情からわかる。互いの連絡先をスマートフォンなどに登録しておくのは、禁じられているはずだ。電話番号は暗記するよう指示されていた。

「名前なのか？　違う名前で電話番号を登録していたんじゃなく、君の本名が残っていたのか」

寺前も信じられないらしく、問い質した。暗記に自信がなくて、名前を変えて登録した可能性はある。

だがそうであれば、警察は和将に行き着かないはずだ。川添はスマートフォンに、和将の名前をそのまま登録していたのか。

「どうもそうらしい」

和将自身も納得していないのか、不服そうな声を発する。一条は聖子に問いかけた。

「川添さんは、迂闊な人だったのか」

「違う。そんなことをする人じゃない。おかしいよ」

聖子は腹を立てたのか、画面をきつい目つきで睨んだ。和将が嘘をついていると思っているのか。和将や川添をよく知らない一条も、得心のいかない話だと思った。

「名前だけでどうして、警察は君と川添さんが交際していると考えたんだ?」

続けて寺前は、当然の疑問を口にする。すると和将は、さらに思いがけないことを言った。

「おれは嵌められたんだ」

「嵌められた?」

「ああ、そうだ。全部でっち上げだ」

和将が何を言い出したのか、よくわからなかった。でっち上げとは、どの部分を指して言っているのか。誰がでっち上げなどするのか。

「どういうことか、説明してくれ」

寺前は突き放すような物言いをした。そうだ、もはや和将にすべて説明してもらうしかない。この場の誰ひとり、和将の言葉を理解していないはずだった。

「川添さんのスマホにおれの名前が残っていたこと自体がおかしいだろ。それだけじゃなく、おれにしよっちゅう電話していた記録があったんだと。川添さんからおれに電話なんて、かかってきてないぞ。本当だ」

本当だ、と強調されても、鵜呑みにした者はいないのではないか。警察がそんなでっち上げをするだろうか。そもそもでっち上げるに当たっては、和将の存在を知っていなければならない。そのこと自体が問題ではないか。

「電話なのか。それとも、メッセージアプリを使ったＩＰ電話か」

寺前は細かいことを質した。一条は知識がないが、電話回線を使った通話なら記録の改竄が難しいかもしれない。それに対してＩＰ電話であれば、別人がなりすますことも可能なのだろうか。無理ではなさそうな気もする。

「知らねえ」

だが和将は、質問の重要さを理解していないかのような返事をした。いや、理解していても本当に知らないのかもしれない。

「電話だけじゃない、スマホにはおれと撮った写真も残っていたそうだ。繰り返すが、おれはそんな写真を撮った憶えはないぞ。川添さんとふたりで会ったりしてないんだから」

なおも和将は、意味の通らない説明を重ねる。言い訳だとしたらあまりに稚拙すぎるが、だからといって逆説的に真実だと認めるわけにはいかない。稚拙な言い訳しかできないのかもしれないからだ。

「どういうことだ。写真は合成だと言いたいのか」

撮った憶えがない写真なら、合成しかあり得ない。そう考えて、寺前は訊いたのだろう。しかし和将は、なおも首を傾げるだけだった。

「わからねえけど、そうなんじゃねえのか。ふたりで会ったことなんかないんだから」

「誰がそんなでっち上げをするんだ」

「だから、知らねえって。頭がいい人たちで考えてくれよ」

和将の言葉は、いささか投げやり気味になった。ただ、うまい逃げ方とも思えた。詳細を話さず、不明点をこちらに推測させれば、ボロも出にくい。スパイを務めるには、機転が利かなければならないだろう。この返答は、スパイらしいと言えなくもなかった。

「君の説明では、まったく納得できない。ともかく、情報が足りない。知っていることがまだあるなら、全部話してくれ」

寺前の声のトーンが、一段低くなった。和将の不条理な説明に、腹を立てたのかもしれない。マイクをミュートにしている他の参加者たちも、似たような思いなのだろうと表情から推察できた。

「警察は川添さんのスマホに残っていたおれの名前が、敏将の事件の関係者だと気づいた。立て続けに起きたふたつの殺人事件の両方に関わっていたなら、そりゃ怪しいと思うよな。で、おれに任意同行を求めたものの、犯人だっていう証拠なんかありゃしない。おれは川添さんはもちろん、敏将を殺したりしてないんだからな。それで、無事釈放されたというわけだ。おれを嵌めようとしやがった奴には、残念でしたと言いたいよ」

和将は勝ち誇るが、スパイであれば釈放されて当然と一条たちは考えているので、その態度は小面憎(こづら)く思える。寺前もそんな説明は鵜呑みにできないようだった。

「でっち上げだとしたら、少しお粗末じゃないか。君が殺人犯であるという、もっと動かしがたい証拠をでっち上げるべきなんじゃないかと思うが」

「おれに言うなよ。おれは嵌められた側なんだから。嵌めようとした奴の頭が足りないから、お粗末なことになったんじゃねえのか」

どうにもちぐはぐだと寺前が感じるのも当然だ。しかし一条たちは、そのちぐはぐさを解消する仮説を組み立てている。今のところ、和将スパイ説を否定する要素はなかった。

「和将君、警察は君を釈放するとき、なんと言ってた？　また事情を聴くと言ってたか」

それまで黙っていた春日井が、不意に口を開いた。和将はさすがに物腰を改める。

「はい。また呼ばれると思います。ただ、警察はおれが〈ＭＡＳＡＫＡＤＯ〉の一員とはまったく気づいていないようでした。絶対に口を割りませんから、その点は心配しないでください」

「そうか。では、今日はこれくらいにしておこう。和将君も弟を殺されたばかりだというのに、災難だった。ゆっくり休んでくれ」

「はい」

「これで解散だ」

春日井は言うと、真っ先に接続を切ってしまった。皆、納得はできていないだろうが、春日井に解散と告げられてはやむを得ない。三々五々、画面から消えていった。丸山も、退出ボタンをクリックした。

24

「どう思う？」

ノートパソコンの画面が黒くなると、丸山は振り返って一条と聖子に問うた。まずは聖子が、不満げに答える。

「不自然すぎる。でっち上げだって言うけど、誰がなんのためにでっち上げたのか。誰もメリットなんかないでしょ」

「そのとおりだな。和将の説明は、筋が通らない」

丸山の口振りも、和将の言葉を額面どおりには受け取っていないと物語っていた。不自然な点も筋が通らない話も、和将がスパイだと考えればすべて解決するのだ。違う解釈は、誰も思いつけなかった。

「まずは、和将のアリバイを調べてみたらどうでしょう？　敏将と川添さんが殺されたとき、何をしていたのか。アリバイがあれば、犯人ではないことになるわけですから」

一条は提案してみた。そんなことは警察が当然調べると考えたいところだが、もし和将が本当にスパイなら調べずに済ませる可能性もある。警察の捜査結果を鵜呑みにするわけにはいかなかった。

「アリバイか。本人に訊くしかないね」

丸山が難しげに言う。言いたくないと言われたらそれまで、と考えたのではないか。だが、言わなければ疑いは晴れない。案外、素直に答えるのではないかと一条は思った。

「メールを出してみるか」

あまり期待していない口振りで、丸山はまたノートパソコンに向き合った。キーボードを叩き、メールを送る。すると一条の予想どおり、三十分も経たずに返事が来た。どちらの事件のときも、家にひとりでいたとのことだった。

「アリバイ工作をする気もなかったみたいね」

聖子が半ば呆れたような物言いをした。確かに、犯人であるならいかにも図太い。自分は絶対に逮捕されないと確信していれば、小細工をする必要はないだろう。ともあれ、疑いが晴れないことに違いはなかった。

「さて、じゃあどうするか」

丸山が意見を求めるように、一条と聖子の顔を見た。聖子がすかさず答える。

「身辺を探りましょう。和将がスパイなら、必ず誰かと接触してるはず。すぐには動かなくても、いずれ絶対に連絡をとるはずよ。そろそろみんなに事情を話して、全員で和将を見張るべきじゃないかしら」

「そうか。監視をするとしたら、ぼくたち三人じゃ足りないな。春日井先生の許可を得て、みんなに打ち明けるか」

「そうしましょう」

あっさりと方針が決まる。こういうとき、聖子は果断だなと内心で考えた。寺前より、リーダーにふさわしいのではないか。いずれ交替するときが来るかもしれないと予想した。

春日井には、リモート会議で相談した。春日井も同じことを考えていたのか、決断するまで迷う素振りを見せなかった。

「そうだな。みんなに話すときが来たようだ」

春日井はすでに、和将がスパイで間違いないと考えているらしい。まだ証拠があるわけではないので、そんな決めつけを一条は危ういと考えたが、証拠はこれから見つかるかもしれない。そのための監視なのだった。

日を改めてリモートで集合したとき、各自の顔には先日とは違う色が見える気がした。何が起きているか教えてもらえるのではないか、という期待だ。その期待は叶えられないが、別の驚きを味わうだろう。まだ和将がスパイと決まったわけではないと考えている一条は、全員の反応をしっかり見ておこうと思っていた。和将以外の誰かがスパイなら、疑惑が他に向くことに安堵するはずである。その表情を見逃すまいと、密かに決意していたのだった。

「集まってもらったのは、みんなに聞いて欲しいことがあるからだ。由々しいことなので、これまで秘密にしていた。実は、内部に警察か自衛隊のスパイがいる疑いがあるんだ」

口火を切ったのは、春日井だった。ディスプレイに映る全員が、例外なく目を剝いた。どの反応も自然で、演技には見えない。もっとも、この程度のことで馬脚を現すようなら、とっくに正体を見破られていただろう。

「スパイって、どうしてそんなことが言えるんですか」

語気を荒げて訊き返したのは、寺前だった。リーダーであるにもかかわらず、重大事を聞かされていなかったことにプライドを傷つけられたのかもしれない。春日井はあくまで、冷静に答える。

「情報漏れが確認された。このセクションからだ。詳しいことは言えない」

突っぱねられ、寺前は不満そうだった。だが、そう言われてさらに追及するわけにはいかないのだろう。表情に気持ちを表したまま、口を閉じる。ふだんから無口な館岡と、春日井に心酔している美濃部は特に何も言わなかった。

「だが、誰がスパイなのかこれまでわからずにいた。偽の情報を流してみたりもしたが、うまくいかなかった。そこに、立て続けの殺人事件だ。敏将と川添君の間の繋がりは、〈ＭＡＳＡＫＡＤＯ〉しかない。我々の中の誰かが犯人なのは明らかだった」

「この場に和将がいないということは、和将がスパイなんですか」

先回りして、寺前が確認した。春日井は硬い表情で頷く。

「そう考えれば、筋が通る。和将と川添君は、我々には秘密で密かに付き合っていた。だがその交際の過程で、川添君は何かに気づいた。それが何かはわからないが、和将が怪しい動きをしたのかもしれない。同じ理由で、敏将も和将を怪しみだした。和将としては、ふたりを始末するしかなかった」

「それは、ただの仮説ですよね。何か証拠はあるんですか」

春日井とやり取りするのは、寺前だけだった。他のふたりは自ら口を開こうとはしないのだから、自然とそうなる。一条たち三人がスパイの存在を知らされていたことには、気づいていないようだ。

「警察から簡単に釈放されたことだ。川添君と交際していた証拠があり、もうひとりの被害者である敏将と兄弟なら、警察もそう簡単に解放するわけがない。それなのに釈放されたのは、和将がスパイだからだと考えるのが妥当だ」

春日井の説明に、寺前は唸った。特に反論する点がなかったのだろう。和将がスパイだったと言われても、驚きはあっても違和感はなさそうである。前からの知り合いである寺前がそう感じるなら、和将はスパイであってもおかしくない人物のようだ。

「ただし、決定的な証拠とは言えない。そこで、裏づけを取りたい。和将がスパイなら、必ず外部と接触するはずだ。その現場を押さえて、和将の逃げ道を塞ぐ」

この宣言に、特に目立った反応はなかった。春日井からの指示には慣れているのかもしれない。少しして、また寺前が発言する。

「外部との連絡は、メールなどで済ませているのではないでしょうか。誰かと会うとは限らないと思いますが」

「いや、必ず会う。スパイとはそういうものだ」

春日井は断言した。その根拠は不明だが、自信たっぷりに言われると反論もできない。誰も疑義を挟まず、全員で和将を監視することが決まった。

続けて、監視のローテーションを組んだ。この監視を難しくしているのは、対象に顔を知られているという点だ。さりげなく見張ろうとしても、和将は必ずこちらに気づく。見つからないように見張り続けなければならないのは、どう考えても難事だった。

しかし、その点を指摘する者はいなかった。皆、命じられれば遂行するだけなのかもしれない。一条は当然のように、聖子とコンビを組むことになった。丸山と寺前、館岡と美濃部という組み合わせで、三交代で和将を見張る。

「張り込みと尾行なんて、警察みたいよね」

自虐的に、聖子が感想を漏らす。まったくそのとおりだ。警察の手先かもしれないと疑っている人物を、警察のように追い回す。結局、どちらの側にいるかの違いだけで、やっていることは自分たちが思うほど変わらないのかもしれない。そんなことを、一条は密かに考えた。

深夜までの監視はせず、和将の活動時間帯だけに絞ることにした。朝の出勤時から追い始め、仕事中の様子を見張る。和将の仕事は配送業なので、基本的に外を回ることになる。誰かと接する機会を作ろうと思えば、難しくはないはずだった。

一条たちは監視を始めて二日目を受け持った。朝一番で和将のアパート近くに行き、出勤のために外に出てくるのを待つ。姿を捕捉したら、一条が一定の距離を保って尾行を開始。聖子は車で和将の勤め先に向かう。和将が出社し、荷物を積んだトラックとともに出発したら、聖子と合流して車で追尾する。配送業は休む暇もない忙しさのようで、監視を気にしている余裕はなさそうだ。事前に心配していたほど、勘づかれる恐れはなかった。

基本的に車の中からの監視とはいえ、一日じゅう追い続けるのはかなりの負担だった。和将がアパートに帰り着いてからは、丸山と寺前のコンビに交代する。他の者たちは仕事があるので、どうしても一条と聖子の担当時間は長くなってしまうのだ。果たしてこれを何日続けられるだろうかと、不安になった。

しかし案ずるまでもなく、成果はすぐに出た。監視を始めてから一週間のうちに、和将は二度同じ人と会った。いずれも、一条と聖子が監視を交代した後、夜十時過ぎのことだった。和将は路上でその人物と落ち合い、何かを渡していた。その現場を、寺前が赤外線カメラで撮影した。渡していた物は封筒のようで、中身はわからない。とはいえ、もはやこれは決定的と言えた。

春日井は和将を除く全員に、招集をかけた。リモートではなく、ロッジにじかに集まることになった。

25

仲間たちが一堂に集ったからといって、楽しく世間話などするわけもない。各自の顔つきは険しく、自分から口を開こうとする者はいなかった。ロッジを現在の自宅としている一条と聖子が、全員のコーヒーを淹れる。カップを配っても、せいぜい会釈をするくらいで、礼の言葉を発する人すらいない。皆、春日井がやってくるまで何も言う気はなさそうだった。

三十分ほど遅れるという連絡は受けていた。この重苦しい沈黙の中、三十分待ち続けるのは辛い。一条は意味もなくキッチンと往復し、皆のコーヒーを淹れ直した。丸山は離れたところでノートパソコンを開き、館岡は自分の定位置とばかりにリビングルームの隅で同じくノートパソコンを睨み、寺前は窓辺に立って外の景色を眺め、美濃部は太い腕を組んで目を瞑っている。聖子はずっと、自分のスマートフォンをいじっていた。

時間の流れを遅く感じていても、止まることはない。ついに車がロッジの前に停車する音がし、春日井が姿を見せた。「遅れた。すまない」と短く言って、真っ直ぐにひとりがけのソファに歩み寄る。腰を下ろすと、いきなり断定した。

「スパイは和将だった。和将を弁護する者はいるか」

応接セットを囲む一同の顔を、春日井は見回す。皆、監視の結果は当然承知している。和将がスパイだったという結論は、動かしがたいと受け止めていた。

「となれば、敏将と川添君を殺したのも和将で間違いない。この結論でいいな」

厳密に言えば、和将がスパイだったという証拠はあっても、殺人犯だと証明するものはない。しかしもはや、その結論には飛躍があるとも思えなかった。和将がスパイであったことと殺人事件の間に、因果関係がなければむしろ驚く。演繹的に考えるなら、和将はスパイであり殺人犯だ。それはもう、自明のことであった。

「このセクションに、スパイがいたんだ。これは大きな問題だぞ」

春日井は苦々しげに吐き捨てる。説明されるまでもなく、全員が危機感を覚えているだろう。何しろ、体制側に顔と名前を知られてしまったのだ。今や全員に、警察か自衛隊の監視がついているかもしれない。どう対処すればいいのか見当もつかない、大変な事態だった。

「しばらく、なりを潜めましょう」

寺前が言った。やはり、そういうことになるのか。顔と名前を知られてしまったら、もう活動を続けるのは難しい。逮捕されたくなければ、おとなしくするしかなかった。もっとも、一条だけはその例外だ。偽名を使って和将と接していた一条は、体制側に素性を摑まれていない。そのことが何かの役に立つ日が来るのだろうかと、己の心の中だけで考えた。

「残念だが、そうだな。このロッジも引き払う。堀越君と加藤君には、別の場所に移ってもらおう」

「わかりました」

春日井の言葉には、聖子が応じた。一条も無言のまま頷く。すでに自分の基盤を失っている一条である。また住み処(か)を変えざるを得なくなったところで、喪失感はなかった。

「でも、それだけで終わらせるわけにはいかないですよね。和将を放置しておいていいんですか」

発言したのは丸山だった。ふだんは温和な丸山だが、今は目に険しさが表れている。裏切られていたことに対する憤りが、胸の底に渦巻いているのが見て取れた。おそらくそれは、大なり小なり皆同じなのだろう。

「感情と戦略は切り離す必要がある。いくら腹が立っても、冷静に行動しなければならないぞ」

春日井は丸山が前のめりになっていると感じたか、窘めるようなことを言った。だが丸山は、口を閉じなかった。

「冷静に考えて、和将を放置してはおけないと思ったんです。スパイであることを見破ったと伝えて、向こう側に帰しますか？　そういうわけにはいかないでしょう」

丸山の憤りはわかる。しかし、何を示唆しているかはわからなかった。丸山はいったい、どういう落とし前をつけるつもりなのか。

「帰さないで、どうするんだ」

当然、春日井が尋ね返す。それに答えたのは、これまでほとんど声を発することがなかった館岡だった。

「始末する」

短い言葉だったが、爆弾が破裂したかのような衝撃を伴って響いた。始末とはつまり、殺すということか。そんなことはまるで考えなかった。裏切り者を殺すのでは、まさに典型的な内ゲバではないか。

春日井は眉を顰める。

「和将は警察か自衛隊と繋がってるんだぞ。そんな奴を始末すれば、我々も無事では済まない」

「跡形もなく消せば、連中もどうしようもない。あくまで和将は失踪したと見せかけるんです。スパイなんて、そう長く続けていられるものじゃない。スパイ一匹逃げたところで、警察も自衛隊も気にかけないでしょう」

館岡はかつてないほど多弁だった。喋る能力がないのではないかと思えるほど無口だったのに、今やその訥々（とつとつ）とした語り方には不気味な迫力がある。人ひとりの命を左右する話とは思えないほど感情を伴っていない点が、館岡の本気度を物語っていた。

「跡形もなく消す――」

厳しい顔で乗り込んできた春日井だったが、一転して呆然とした口調だった。そんなことまでは考えていなかったのだろう。もちろん一条も戸惑っている。他の者たちはどう思っているのかと、一同を見回した。

戸惑いを表情に出しているのは、寺前だけだった。寺前は目を見開き、緊張過多のように何度もしばたたいている。二度ほど口を開いては閉じ、そしてようやく言葉を発した。

「本気、なのか」

「もちろん」

対照的に館岡は、平然と言い切った。寺前はまるで腹を立てたかのように、全員に向けて声を荒げた。

「それでいいのか？　誰も反対しないのか。本気で和将を殺すつもりか」

「……やむを得ないんじゃないですか」

冷静な声で言ったのは、丸山だった。その反応で、丸山も最初から和将を殺すしかないと考えていたのだと知った。温和であっても、テロ組織の一員なのだ。そんな現実を、いまさら思い知った。

「やむを得ないか。本当にそうなのか。本当に他に手段はないのか」

寺前は明らかに狼狽していた。丸山と館岡の顔が見られないかのように、聖子や一条に縋る目を向けてくる。一条は発言した。

「そうですよ。他の方法を考えましょう。例えば、和将の弱みを握って沈黙を強いるとか」

一瞬前までは考えもしなかった案が、口から飛び出した。卑怯な発想だと思うが、殺してしまうよりはましだ。粛清なんて事態はどうにか避けたい、という思いでいっぱいだった。

「今後の心配をしてるんじゃない。これまでのことを問題視してるんだ」

館岡はわずかに目許を歪めた。会話の内容を理解していないのか、と言いたげだった。確かに、和将に今後沈黙を強いたところで、体制側に漏れてしまった情報を取り消せるわけではない。和将を消すのは、もう二度とスパイなど送り込んでくるなという警告なのか。それに気づいていなかった一条は、やり取りを理解していないと言われても仕方なかった。

だとしても、それでいいのか。いいはずがない。一条たちは今、人を殺す相談をしているのだ。あまりに現実感がなくて、本当は違うことを話し合っているのではないかと自分をごまかしたくなる。だが、館岡と丸山は本気で和将を殺すつもりだ。そして、その勢いに一同が呑まれそうになっている。反対しなくていいのか。流されるまま、殺人を容認していいのか。

「跡形もなく消すなんてことが、できるのか」

どのように話の流れを変えるべきかと一条が考えているところに、春日井が力ない声で尋ねた。春日井もまた、和将を殺すことに実感が持てずにいるようだ。館岡は淡々と答える。

「消す方法は、おれたちが考えることです。先生はただ、やれと命じてくれればいい」

気負いも緊張もない、感情を持つ人間が発しているとも思えない、館岡の平板な声だった。春日井はまるで催眠術にかかったかのように、言われるがまま頷いた。

26

館岡と丸山、美濃部の三人が和将を迎えに行った。事前に連絡はしていない。逃亡を恐れたためだが、それと同時に体制側へ通報されることを避けなければならないからだ。突然押しかけ、いやがっても拉致する。いくら和将が屈強でも、三人がかりなら押さえ込めると美濃部が自信ありげに言った。事は一刻を争う。和将に逃げる暇を与えてはならないと、彼らは考えていた。

三人が出発してから、聖子を摑まえて他の者たちの耳がないところに連れていった。この事態を聖子がどう思っているのか、考えを聞いておきたかったのだ。

「本当に和将を殺すのか。殺人以外に、手段はないのか」

「ないわね。和将はそれだけのことをしたのだから」

予想外にきっぱりとした物言いを、聖子はした。その返事を聞いて、聖子はすでに覚悟を固めていたのだとわかった。聖子もなのか。鈍い衝撃を受ける。聖子は一条よりもずっと早く、〈MASAKADO〉に加わっていた。それだけ肚の据わり具合が違うのか。体制側のスパイは消さなければならないという発想が、当然のことと思える精神になっていたのか。これまで一条は、聖子のことをよく知っているつもりでいた。しかしそうではなかったのではないかと、このとき初めて思った。

「じゃあ、和将を殺すことに賛成なのか。なんの疑問も持たないのか」

思わず、非難する口調になった。言葉を交わす相手を面と向かって咎めるようなことはしたくなかったが、今はそうするのが人として当たり前と思える。このまま殺人を容認するような真似は、絶対にしたくなかった。

「なんの疑問もない、ってことはないけど。ただ、やむを得ないことを避けて通るつもりもないわ」

ほんの少しだけ、言い切ることに迷いを覚えていると感じられた。やはり、聖子にもためらいはあるのだ。ならば、説得も可能かもしれない。一条は声に力を込めた。

「やむを得ないなんてことはないだろ。例えば、監禁して外に出さないようにするとか、命を奪わずに済む方法を考えよう」

「監禁って、誰が世話をするの？　それに、いつまで？　和将が死ぬまで監禁しなきゃいけないんだよ。

そんなこと不可能だし、むしろそっちの方が残酷じゃないかな」

言い返され、言葉に詰まった。どちらが残酷かと問われれば、確かに大差はないかもしれない。単に一条が、罪悪感を背負いたくないがための案だったか。

「私たちだって、喜んで和将を殺すわけじゃない。そんなこと、したくない。でも、しょうがないんだよ。私たちは闘いたくないのに、向こうがこちらを敵視してるんだから。身を守るための最低限の闘争は、覚悟しないと」

聖子を説得するつもりだったのに、逆に諭されてしまった。一条は館岡たちを糾弾したいわけではない。こういう結論になった流れは、充分に理解している。それでも、違う道を模索する時間が少なすぎないかと感じたのだ。結論を出すのが早すぎると思えたのだ。しかしそれは、一条が覚悟を決めてないからなのか。これまでに何度か肚を括る局面を経験していれば、この結論しかないと得心できたのか。

「血を流さない独立なんて不可能なんだよ、一条くん。私たちは今、そういう闘いの場に身を置いているんだ。自覚して」

聖子の口調は、また厳しくなった。一条の甘さを、聖子は苦々しく思っている。これ以上、何も言えなかった。聖子は厳しい目つきで一条を一瞥し、離れていった。聖子を引き留める言葉は、浮かんでこなかった。

夜十一時近くなって、館岡たちは帰ってきた。仏頂面の和将を伴っていた。拘束していないところからすると、抵抗したわけではないようだ。和将はただ、事情説明を求められると考えているのではないか。スパイであることを見抜かれた、と心配していないのならば、かなり図太い。それくらいの神経がなければ、スパイを務めるのは無理なのかもしれなかった。

「坐ってくれ」

待ち受けていた寺前が、ひとりがけソファに向けて顎をしゃくった。昼間の打ち合わせの際にそこに坐っていた春日井は、二階の部屋に籠っている。これから起きることに立ち会いたくないようだ。春日井には見届ける義務があるのではないかと思うが、無理矢理引きずり出すことはできなかった。許されるなら、一条もこの場にはいたくなかった。

「先生は？」

春日井がいないことを不審に思ったらしく、和将は訊いてきた。寺前が、「上にいらっしゃる」と答える。

「話が進んだら、下りてくる。まずはぼくたちだけで話す」

「そうかい」

和将は面白くもなさそうに応じ、指し示されたソファに腰を下ろした。脚を組み、苛立たしげに揺する。愉快な会合にならないことは予想しているようだ。

「実は君抜きで、先に打ち合わせをしていたんだ」

和将を連れてきた三人が席に着くのを待って、寺前は切り出した。和将は左の眉を吊り上げただけで、何も言わない。寺前は続けた。

「春日井先生は、重大なことをおっしゃった。このセクションから体制側に、情報が漏れているそうなんだ」

「情報漏れ？　なんだよ、スパイでもいるのか」

和将は動揺を見せなかった。まるで冗談でも言っているかのような口振りだ。その鉄面皮ぶりに、一条は驚く。スパイとは、ここまで内心を押し隠せるものなのか。感情と表情筋の繋がりが、完全に断ち切れているとしか思えなかった。

キッチンにいた聖子が、飲み物をトレイに載せて持ってきた。今回は坐っていていいと言われたので、聖子ひとりに任せた。聖子は各自の前に、コーヒーカップを置く。礼を言う者がいないのは、昼間と同じだ。

「スパイは君だと、ぼくらは結論した」

寺前の口調は、のんびりしていると言ってもいいほどテンポが遅かった。一語一語嚙み締めるように発さなければ、口にできなかったのかもしれない。言われた和将は、「はぁ?」と馬鹿にするような声を出した。

「どうしてそういうことになるんだよ。おれは政府をぶっ潰したいって、常々言ってるじゃねえか。聞いてなかったのか」

「口ではなんとでも言える」

言葉を挟んだのは、館岡だった。館岡が発言したことに、和将は驚いたようだった。

「なんだなんだ、喋れねえのかと思ってたら、ちゃんと日本語できるんじゃねえか。お前の声を初めて聞いた気がするよ」

「敏将と川添さんは、君がスパイだと気づいてしまったから殺された。敏将は弟として、川添さんは恋人として君と接する時間が長かったから、気づいてしまったんだ。そうだろ」

追及を寺前が引き取った。和将は鼻を鳴らす。

「なんだ、その飛躍。おれは川添さんと付き合ってねえって言ってるだろ。いくら美人でも、自分以外全員敵って思ってるような女と付き合えるか」

この反論には、誰も何も言わなかった。男女の仲はわからない。川添に女としての面があったとしても、特に不思議はないはずだった。

「この一週間、ぼくらは君を監視した。その結果、君が正体不明の人物と会っていたことがわかった。これは誰だ」

寺前は背後に置いてあった封筒を手に取り、その中からプリントした写真を抜き取ってテーブルの上を滑らせた。和将は覗き込んで、顔色を変えた。初めて、狼狽を示した。

「ちょ、ちょっと待ってくれ。誤解だ。これは違う」

「何がどう違うんだ」

「こいつは政府の使いなんかじゃない。薄汚い恐喝屋だよ」

「恐喝?」

思いがけない言葉が飛び出した。それはどういうことか。ただの言い訳なら、必ず矛盾を見つけてやる。一条だけでなく、他の者たちが揃ってそう考えたことが感じられた。

「ああ、おれはゆすられてたんだ。金をせびり取られた。少額だったから、何度も巻き上げられることになったんだよ」

「恐喝の理由は?」

寺前は当然質す。だが、和将は口籠った。

「それは、言いたくねえ」

「言いたくないで済むと思ってるのか。言わなければ、疑いは晴れないぞ」

寺前は声を荒らげたわけではないが、和将もそんなことはわかっていたのだろう。頭を垂れ、肩を怒らせ、一度歯軋りをしてから言葉を吐き出した。

「女子中学生に手を出しちまったんだよ。見た目が大人びてたから、中学生だなんて思いもしなかった。本当だぜ。二十三、四に見えた。あれで中学生なんて、とんでもないガキだ」

「は？」

寺前が発した声は、一同の気持ちを代弁していた。この期に及んで、和将は何を言い出したのか。本当だとしたら怖気をふるう話だし、とっさの言い訳ならば巧妙すぎる。どちらにしても、恐ろしかった。

「しかも、信じられないことに美人局だったんだよ。おれとしたことが、情けなくて泣きたくなるぜ。ホテルに入るところを写真に撮られてたから、向こうに言われるままに金を払うしかなかったんだ。今は警察沙汰になりたくなかったからな」

和将は自分の告白をばつが悪く感じたのか、目の前のコーヒーカップに手を伸ばし、喉を鳴らして飲んだ。カップをソーサーに置くと、「にが」と顔を顰める。そして、それ以上つけ加えることはないと言いたげに、ソファの背凭れに身を預けた。

「だから、そいつは美人局の片棒担ぎ。政府の使いなんかじゃねえよ」

テーブルの上に置かれている写真に向けて、憎々しげに顎をしゃくった。表情が歪んでいる。その歪みが、やがて徐々に大きくなった。目が見開かれ、顎が落ち、口腔内が見える。両手を上げ、自分の喉を掻きむしり始めた。

「がががが」

苦しげな、己の唾でうがいをしているような音が聞こえた。立ち上がろうとし、脚に力が入らずにソファから転げ落ちる。その弾みにテーブルに手をついたため、コーヒーカップが落ちた。和将の左半身に、黒い液体がかかる。だが和将は、そんなことを気にしている余裕もなかった。

不気味な音を喉から発しながら、床に倒れた和将は痙攣(けいれん)し始めた。目は血走っていて、瞬きはしない。一点を見つめているようだが、視線の先はただの虚空だった。一条はその姿を見続けていることができず、思わず目を逸らした。こんなことに関わっている現実が、悪夢のようだった。

「がっ」

ひときわ大きい呻き声がすると、和将の動く音が止まった。それが何を意味するか、確認しないでもわかった。一条は立ち上がり、部屋の隅に逃げた。両手と額を壁につけ、己の運命を呪う。自分はこれで殺人者になったのだ。直接手を下したわけではなくても、両手は血にまみれた。おれの人生は穢(けが)れ、もう二度と元には戻らないのだと、身を押し潰すほどの罪悪感とともに痛感した――。

第二部

I

おいおい嘘だろ、と助手席に坐っている香坂衣梨奈(こうさかえりな)が呟いた。スマートフォンで、何か信じがたい情報を見つけたらしい。辺見は前方から視線を動かさず、問いかけた。

「なんや」

しかし香坂は、辺見の声が聞こえなかったかのように反応しない。世も末だね、と続けているので、何か呆れることがあったようだ。答える気がないなら、問いを重ねても仕方ない。話す気になれば勝手に話すだろうと思い、そのまま放っておいた。

「次の総理大臣にふさわしい人は誰かってアンケートで、成瀬良一郎(なるせりょういちろう)がランクインしてやがった。八位だけどな」

案の定、三十秒ほどの沈黙の後、香坂は話しかけてきた。なるほど、そういうことか。納得して、苦笑する。香坂は成瀬良一郎のことを、以前から親の敵の如く毛嫌いしていた。

「そりゃ、腹立つな」

成瀬良一郎は、日本革命党という小政党の党首である。見た目がよく、弁舌爽やかなので、一定の人気がある。単なる人気投票なら、ランクインしても不思議ではなかった。

「腹立つなんてもんじゃないよ。ホント、日本国民は馬鹿だよな。選挙権は試験に受かった人だけに与えろっての」

香坂は本来、よけいなお喋りはしないタイプだ。だからコンビを組んでいて楽ではあるのだが、こうした場合は少し面倒だった。相手が自分をどう思っているか気にしない人間との会話は、いささか疲れる。

「別に、日本人だけに限らんやろ。ポピュリストはどこの国にもいるやんか」

やんわりと言い返した。暴言を口にする際は相手を選んでいるのだろうが、香坂の発言はどうにも過激すぎる。

成瀬良一郎は世間の雰囲気を読むのがうまい男だった。世間が望むことの半歩先のコメントを出すから、一目置かれる。最近では東西の格差ではなく、貧富の差の是正に言及することが増えていたようだった。早い話が、税金の使い道についての不満を掬い上げていたわけである。あたかも自分が貧しい者の側にいるかのような物言いだが、政治家なのだからそんなはずはない。しかし庶民は、そのことに気づいていない振りをして成瀬良一郎に拍手喝采を送っている。

「ホント、ポピュリストなんて糞だよなぁ。顔見りゃ、信頼できるかどうかわかるじゃねえかよ。あんな奴に騙される馬鹿どもが日本だけじゃなく世界じゅうにいるかと思うと、それもまた腹立つぜ」

香坂は右手にスマートフォンを持ち、左手のサンドウィッチを口許に運びながら、悪態をついている。喋るか食べるかどっちかにせえ、と辺見は内心で思うが、言っても聞くわけがないので言わない。香坂の親は、娘がこんな口汚い人間に育って悲しいだろうと想像するだけだ。

「あー、世の中どうしてこんなに馬鹿ばっかりなんだよ。馬鹿は死ねよ。消え失せろよ」

馬鹿は死ね、は香坂の口癖だった。何も考えずに生きている人間を、香坂は嫌悪している。頭使わない奴には選挙権やるな、というのも持論だ。まあ一理ある、と辺見も思わなくはない。政治家のレベルは、国民のレベルを正確に反映しているという。その理屈でいくと、日本国民のレベルはお世辞にも高いとは言えないだろう。

香坂はサンドウィッチを食べ終え、手についた卵を舌で舐め取っていた。その様が、視界の隅で見える。辺見が見ていないと思って行儀の悪いことをしているのではなく、たとえ真正面にいようと香坂は同じことをするだろう。行儀作法を生まれてこの方まったく教わらずに育ったかのようだが、実はそうではないことを辺見を始めとする自衛隊の同僚たちは知っていた。行儀を承知していてあえて無作法にしているのだから、よけい始末が悪い。

香坂は辺見の同期だった。一緒に厳しい訓練をくぐり抜けてきたから、仲間意識がある。初めて会ったとき、香坂の容姿に驚いたことは未だに記憶に残っていた。何しろ、楚々とした風情の美少女だったのだ。おそらく東日本出身で、経済的に苦しくない生活がしたくて自衛隊入隊を希望したのだろうが、すぐに脱落してしまうだろうと辺見は予想した。

ほどなく、人を見る目のなさを痛感することになった。楚々とした風情は見かけだけで、香坂の中身は粗野そのものだった。口調は汚く、動作は荒く、そして根性は据わっていた。細いくせに体力はあり、訓練でも男に後れを取ることはなかった。その見た目とのギャップに、誰もが仰天した。階段から落ちた拍子に中身が男と入れ替わったに違いないと、よくあるＳＦ的設定が囁かれた。だが、それもあながち絵空事ではないと、周囲の人間の半分以上は思っているのではないか。面白い奴であることに間違いはなかった。

香坂の瞠目すべきところは、女らしく振る舞おうとすればできてしまう点だった。女に徹すると、声はまるでアニメ声優のようにかわいらしくなり、少し上目遣いに男を見て、まさに美少女そのものになりきる。工作員として色仕掛けもできてしまうのだから、得がたい人材だった。だから、特務連隊内での香坂の渾名は〝くノ一〟だ。誰が言い出したか忘れたが、ぴったりの渾名だと思う。もっとも、服を脱ぐと異様に筋肉質なので正体がばれてしまうから、色仕掛けでも自分の体を武器にはしないらしい。辺見もタンクトップ姿を見たことがあるので、香坂の主張は嘘ではないとわかった。こんなにも戦闘的な体の女には、これまで会ったことがない。

今は張り込みの最中だった。張り込みはひとりでは難しいので、香坂に相棒になってもらっている。腹が減ったから、まずは香坂に食事を摂らせた。その間に香坂はスマートフォンを使い、成瀬良一郎の情報を得たのだった。

「食べ終わったよ。ほい、交替」

香坂はサンドウィッチを包んでいたフィルムを乱暴に袋に突っ込み、缶コーヒーを呷った。その言葉を受けて、辺見は監視対象から視線を切る。一瞬も目を逸らさずにいるために、交替で食事をしているのだ。後は香坂に任せ、安心して手許に視線を落とした。

「いまさら訊くけどさ、監視対象はガキなんでしょ。小者でしょ。そんな奴を監視するほど、切羽詰まってるわけだ」

香坂の口振りは、明らかに面白がっていた。わかっていて尋ねているのだ。同期だから仲間意識はあるが、香坂にはこういう底意地の悪いところがあると思っている。いや、意地が悪いのではなく、真の面白がりなのかもしれない。陰々滅々とした性格よりはいいと思うが、たまに少し腹立たしくなる。

「親友がテロ組織に入るなんて経験をしてみりゃ、くノ一もおれの気持ちがわかるやろ」

「誰がくノ一だ」

香坂は形ばかり抗議するが、その渾名をさほど嫌っていないのは間違いなかった。むしろ、誇らしく思っているのではないか。他にも女性隊員はいるのに、香坂だけがくノ一と呼ばれているのだから、まさしく称号なのだろう。

「まあ、同情するけどねー。居たたまれないよなぁ。そりゃ、藁にも縋るわけか」

「やかましいわ」

香坂は辺見をからかうが、こうして監視に付き合ってくれているのだから、同期思いの面もあるのだ。同情する、という言葉はおそらく口先だけではないのだろう。自衛隊員にとって、辺見の身に生じたことは悪夢だ。誰でも同情せずにはいられないはずだった。

ガキで小者、と香坂が言うとおり、監視対象はこれまで取るに足らないと思われていた人物だった。二十一歳の学生で、スマートフォンをなくして交番に取りに来た。スマートフォンは親切な人によって届けられていたが、画面に表示された通知を警察官が目に留めた。メッセージの本文最初の二行に、〈MASAKADO〉の文字があったのだ。

もちろん、単に世間話として〈MASAKADO〉を話題にしているだけかもしれない。もし〈MA

ＳＡＫＡＤＯ〉の構成員だとしたら、メッセージの通知に本文が表示されるように設定しているのは迂闊すぎる。だが、そのまま見過ごしにするわけにはいかなかった。交番警官は直ちに本部にその旨を連絡し、東京府警内の内通者によって情報が自衛隊にも伝わった。すぐに学生の周辺は洗われたが、〈ＭＡＳＡＫＡＤＯ〉との繋がりを示す証拠は見つからなかった。一ヵ月間の監視の結果、〈ＭＡＳＡＫＡＤＯ〉とは無関係、あるいはただのシンパであろうと判断された。〈ＭＡＳＡＫＡＤＯ〉の理念に共感する人は、東日本に多い。特に活動をするわけではなく、単に口だけで応援している無害な学生だと見做されたのだった。

　一度はそう結論された相手を今、辺見は監視している。〈ＭＡＳＡＫＡＤＯ〉に繋がる糸が、他にないからだ。もちろん、自衛隊が監視している対象は何人もいる。だがそれには担当が決まっていて、辺見が関わろうとすれば他者の領分を侵すことになってしまう。いらぬ摩擦を避けるためには、誰も監視していない対象を選ぶしかないのだった。

　しかし、学生を小者として切り捨てていいのか疑問に思う点も、ないわけではないのだ。もちろん、見過ごされたのではなくその点も吟味した上での判断だったのだろうが、辺見は縋るべき藁と捉えた。

　学生は、東大に通っているのだ。

　東大といえば、春日井がいる。春日井は言うことだけは威勢がいい、実行が伴わない頭でっかちの学者と見做されているものの、〈ＭＡＳＡＫＡＤＯ〉の思想に一定の影響を与えているのは間違いない。学生は春日井の教え子ではないが、感化されているのではないか。だとしたら、思わぬところで繋がっている可能性は、ゼロではないはずだった。

　学生を監視対象にするに当たって、勘は働いていない。おそらく空振りだろうと思っている。だが、何もせずにいるわけにはいかなかったのだ。幸い、監視を申請すると鳥飼は許可してくれた。上司の許可が得られたのなら、職務として全うするだけのことだった。

学生の名は、岩清水といった。府営地下鉄新宿線の東大島駅から、徒歩十五分のアパートに住んでいる。そのアパートから五十メートルほど離れた地点に車を停め、監視をしているのだった。大学から帰ってきて以降、岩清水は外に出てきていない。

「なあ、このガキをほじくって、何が出てくると思ってる？」

香坂に訊かれた。辺見はその質問に答える言葉を持っていなかった。あるのはただ、なんでもいいから出てきて欲しいという、ほとんど願望に近い希望だけだった。

2

丸一日の監視が実を結ばなかった結果を受け、辺見は決断した。悠長なことをしている暇はない。一日も早く一条を見つけ出さなければならないと、使命のように考えていた。

「盗聴する」

香坂に告げた。香坂は大袈裟に眉を吊り上げ、「ふぇーっ」と妙な声を発した。

「焦ってるねぇ。もう盗聴かよ」

盗聴は当然のことながら、警察であっても許されるわけではない。だが自衛隊は、国防のためなら盗聴も辞さないという風土がある。自衛隊には超法規的措置が適用されるという意識が、判断基準の根底に存在するのだ。もちろん、濫用はしていない。さすがに違法行為は、最後の手段だ。しかし今は、その最後の手段に頼るべきと決断した。

「いやなら下りろ」

違法行為に無理に付き合わせる気はない。他のことで手を貸してくれれば、それで充分だ。だが香坂は、面白くもない冗談を聞いたかのように鼻で嗤った。

「誰がいやだって言った？　盗聴の経験なんて、一万回くらいあるわ。お前の代わりに、あたしが盗聴器仕込んでやるよ」

一万回はもちろん誇張だとしても、二、三回程度ではなさそうだ。さすがはくノ一、と内心で感心する。とはいえ、盗聴器を仕掛けるのは自分でやるつもりだった。

岩清水が出かけた後、アパートに忍び込む。その間の尾行を、香坂に頼んだ。尾行かよ、と香坂は面白くなさそうにぼやいた。

「まあ、しっかり尾け回してやるわ。そっちもドジ踏むなよ」

お前は先輩か、とツッコミを入れたくなる。自衛隊入隊も特務連隊配属も同時なのに、なぜか香坂は先輩面をする。もしかしたら実際に、辺見より経験を積んでいるのかもしれない。特務連隊の男女比は圧倒的に男の方が多いから、女でないといけない局面に駆り出されることが多く、結果的に経験豊富になっている可能性はあった。だとしても、この監視の主導権は辺見が握っている。香坂にはあくまで補助を期待していた。

準備を整えてから東大島に向かい、まだ岩清水が在宅していることを確認した。ふたたび監視を始め、岩清水が出てくるのを待つ。午前十時半過ぎに、岩清水は姿を見せた。大学に行くのだろう。香坂は無言で、するりと車を出ていった。

岩清水と香坂がルームミラーで見えなくなってから十分待ち、辺見も車から出た。昼間だから、解錠に時間はかけられない。幸い、岩清水が住むアパートは築年数が古く、鍵はオーソドックスなシリンダー錠だった。訓練を積んでいる辺見であれば、十五秒ほどで開けられる。アパートの鍵の種類を確認した上での、この作戦だった。

ドアの前に立ち、特殊な工具を鍵穴にあてがった。訓練どおり、十五秒でロックが外れる。左右を確認し、内部に体を滑り込ませた。

六畳ひと間の、狭い部屋だった。だが独身の学生なら、さほど劣悪な住環境というわけではない。押し入れがあるので、収納スペースも充分だろう。右側の壁にコンセントがあるのを見て取り、すぐに作業に取りかかった。

電池式の盗聴器では、盗聴できる時間が限られる。電源は部屋の中に求めた方がいい。コンセントカバーを外し、内側に盗聴器を仕込んだ。用心深ければ気づくかもしれないが、普通の生活をしている人間は盗聴の心配などしない。もし盗聴を悟られたなら、それは岩清水に疚(やま)しいところがある証拠だった。

アパートの廊下に出て、玄関ドアに鍵をかけた。解錠に取りかかってから、十分もかかっていない。香坂の方が経験は多いかもしれないが、自分も迅速に作業を終えられたと自己評価する。車に戻り、〈終わった〉とだけ香坂にメッセージを送った。

香坂からの返事は、特になかった。返事がないということは、まだしばらく岩清水は帰ってこないのだ。ならば今のうちにと、車で近くのファミリーレストランに行き、昼食を摂った。ゆっくり食後のコーヒーを飲む余裕まであり、尾行を継続している香坂に申し訳ないなと思った。香坂が尾行に難色を示したのも、こういうことになるからだった。しかしそれがわかっていても、今回のことで違法行為を香坂にやってもらうわけにはいかない。

午後二時過ぎに、〈まだ学校にいるよ〉と香坂からのメッセージが届いたので、辺見もそちらに向かうことにした。授業中なら目を離さざるを得ないので、トイレに行く余裕はあるだろうが、基本的にひとりでの尾行は辛い。交代要員は、どんなときでも必要だった。車は東大島駅付近のコインパーキングに停め、電車で東大を目指した。

香坂と合流し、尾行を交替した。香坂はどこかに姿を消し、岩清水が大学を出る前にまた現れた。電車移動する岩清水をふたりで追い、真っ直ぐ東大島に帰ったので、辺見は車を取りに行った。そしてまた、アパートの近くに車を停め、受信機のスイッチを入れた。

監視対象がひとりでいるときは、盗聴もあまり意味がない。電話でもしてくれればいいのだが、昨今の若者は電話をしない。だから盗聴を開始しても、ほとんど生活音しか聞こえなかった。

「――友達がテロ組織に走るって、どんな気分？」

退屈したのか、前を見たまま香坂が話しかけてきた。好奇心もあるだろうが、同期に対する気遣いも感じられる。辺見は少し考え、答えた。

「信じられへん、ちゅうのが正直な気持ちやな」

「テロ組織に入るようなタイプじゃなかった、ってこと？」

「そうや。未だに、何かの間違いなんやないかって気ぃしてる」

その可能性はゼロだと、わかってはいる。しかし、感情は理屈でねじ伏せられない。一条にふたたび会うことがあったら、まず第一声は「なんで？」だろう。なんで、〈ＭＡＳＡＫＡＤＯ〉なんかに入ったのか？

「他人のことなんて、わかったつもりでもぜんぜんわかってないもんだからな」

香坂は冷めた口調で言った。そんな達観ぶりは、今は少し腹立たしい。

「そういうお前こそ、わかったふうなこと言うやないか」

「あたしは他人に何も期待してないからな」

香坂の口振りは平板で、特に思いは感じられなかった。だから、過去の経験がそう言わせるのかといった推測はしなかった。

「賢いな」

皮肉を込めて、言ってやった。他人に期待する辺見は甘い、と香坂は考えているのだろう。甘いかもしれないが、誰のことも信用しないよりはずっとましだと思う。少なくともおれはお前を信用してるし、期待もしてる。そう心の中では言ったが、口には出さなかった。

「賢いんじゃなくて、馬鹿なんじゃないの。他人に何も期待できないような奴は、心が貧しいんだろ」

意外にも、香坂は自己卑下をした。驚いて、つい横目で表情を窺ってしまう。香坂の整った横顔に、表情は浮かんでいなかった。

「友達のことを信じてるなら、別にそれでいいんじゃね？　何かやむにやまれぬ事情があって、〈MASAKADO〉に加わらざるを得なかったのかもしれないし。お前がそう信じてるなら、あたしは否定しないよ」

言われて、改めて考えた。おれはそこまで、一条を信じてるのか。やむにやまれぬ事情とは、いったい何か。単に、一条に向かって「馬鹿野郎」と言ってやりたいだけのような気もする。一条に対する気持ちは複雑で、自分自身ですらよくわからなかった。

「臭いこと言うてええか？」

「ああ、臭い」

「まだ何も言うてへんやろ。あんな、おれのことは信用してくれてかまへんで。おれは絶対、香坂のことを裏切らんから」

「はっ、自分のこと信用しろって言う奴ほど、信用できない奴はいないわ」

「確かに」

辺見は大声で笑った。香坂も「へっ」と呆れた声を出しながらも、笑っていた。

3

動きがあったのは、その翌々日のことだった。岩清水が人を伴って、大学から出てきたのだ。最寄り駅で別れるかと思いきや、そのままずっと道中をともにする。東大島駅まで一緒に行き、下車したから、どうやらこのままアパートに呼ぶらしい。

「会話が聞けるな」

そうは言ったが、さほど期待はしていなかった。学生同士のくだらない会話を聞かされる可能性の方が高い。それでも、変化がないよりましだった。

聞こえてきたのは、ふたりの会話ではなかった。ネット動画を再生しているらしく、元気のいいナレーションばかりが受信機に届く。一緒にネット動画を見るのが、今日の目的なのか。東日本の学生は飲み会などやらないから、遊ぶならこういう形になるのかもしれなかった。

「つまんねー」

頭の後ろに両手を回した香坂が、投げやりに言った。同感だが、だからといって聞き耳を立てないわけにはいかない。視線を前方に向けたまま、耳は受信機から聞こえる音に集中していた。

注意をアパートから逸らしたのは、駅の方からこちらに向かって歩いてくるふたり組が視界に入ったときだった。ふたり組はそのまま、アパートに入っていく。年格好が学生っぽいのでもしかしたらと思っていたら、案の定岩清水の部屋の呼び鈴を押した。部屋に招いた友人は、ひとりだけではなかったようだ。

「みんなで楽しく動画鑑賞か？」

うんざりした調子で、香坂が鼻を鳴らした。先ほどからさんざん、うるさいだけの動画の音声を聞かされて辟易（へきえき）しているのだろう。もしかしたら、そうなるかもしれない。だが、違うかもしれない。もともと、岩清水を探って〈ＭＡＳＡＫＡＤＯ〉に行き着ける可能性は低いと見積もっていた。期待は小さくても、ゼロよりはましだった。

ふたり組を迎える岩清水の声が聞こえた。しばらくは四人での挨拶が続く。だが、動画の音声は止まらなかった。香坂が危惧したとおり、このまま動画を見続けるのかもしれない。せっかく友人同士で集まってもつまらないことしかしないのだなと思うが、それは西日本人の優越感ではないかとも自戒する。

四人での会話が、まったくないわけではなかった。だが動画の音声が邪魔で、聞き取りにくい。会話がしづらくないのかと不思議だったが、ふと別のことに思い至った。これは、盗聴を警戒しているのではないか。

「なあ、連中、警戒してるんちゃうか？」

「あたしもそう思った」

香坂も気づいていたようだ。アパートから視線を外せるなら、目を見合わせているところだ。身を乗り出し、受信機から聞こえる声に耳をそばだてた。

動画を流している上に、四人ともぼそぼそと喋るので、ほとんどまともに聞き取れない。ますます、おかしいと感じる。盗聴器の存在に気づいていなくても、万が一の可能性を想定しているとしか思えなかった。こうなれば、何がなんでも会話を聞き取ってやると意気込んだ。

「今、煽動って言わなかったか」

香坂が硬い声を発した。確かにそう聞こえた。「ああ」とだけ応じる。煽動などという単語が、日常会話で出るだろうか。岩清水を小者だと断じたのは、間違った評価だったのかもしれない。

煽動は今、自衛隊が一番警戒していることとも言えた。テロだけで、東日本独立など叶うわけもない。独立は、民衆の支持あってこそなのだ。独立の気運が高まることを、自衛隊は恐れている。だから、ポピュリストがでかい顔をしていることを苦々しく思っているのだった。

学生たちに何ができるか、と侮(あなど)ってしまいそうになる。だが、小さい炎がＳＮＳを通じて大火になるのは珍しいことではない。現にアラブの春と呼ばれる民衆運動は、ＳＮＳが炎を広げた。どんなにちっぽけな火種であっても、放置してはならないのであった。

〈愚民は……だ〉

受信機から、そんな言葉が聞こえた。愚民とはまた、いかにも煽動者が口にしそうな単語だ。この言葉を録音してネットに流せば、誰も煽動されたりはしないだろう。そうできないのが、残念だった。

「愚民だと？　やな奴らだねぇ」

香坂が呟く。それを聞いて辺見は、お前が言うかと内心で考えた。馬鹿は死ね、が口癖の香坂は、この連中と同類と見做されても仕方ないだろう。だが辺見は、香坂の言葉は笑って流せるが、学生たちの口振りには嫌悪を覚えた。自分でも、ただの贔屓だと思う。

その後、一時間以上も盗聴を続けたが、聞き捨てならない言葉は「決起」だけだった。しかし、充分である。もはやこれは、ただの学生の世間話とは言えない。全力でマークするに足る相手だった。

岩清水とともに大学からやってきた男の顔写真は、すでに撮ってある。後から来たふたりも、撮影しておかなければならない。赤外線カメラを持ってきているので、部屋から出てきたらすぐにふたりの顔を撮る。その上で尾行をして岩清水以外の三人の氏名を特定する必要があるが、こちらの人員が足りないのが残念だった。もっとも、顔写真さえあれば後日見つけ出すのも難しくはないだろう。

男たちがこのまま岩清水の部屋に泊まる可能性もあった。だが、午後十時過ぎに三人が外に出てきた。男たちの顔を撮影してから、香坂と同時に車を出る。三人で喋りながら歩く男たちは、とうていテロリストには見えなかった。辺見と香坂は、距離をおいて男たちを追尾した。

4

その夜のうちに、香坂と手分けして男ふたりの住居は特定した。住所と顔写真から、氏名もすぐに割り出せた。ふたりとも、東大の学生だった。そして岩清水も含めた大学内の交友関係を調べると、残るひとりもあっさりと見つけられた。問題は、四人の他に仲間がいるかどうかだった。

このことを鳥飼に報告したが、人員の補充は許されなかった。もう少し香坂とふたりで調べろ、というのが鳥飼の指示だった。まだ確たる証拠を摑んだわけではないのだから、当然の判断である。香坂も、その指示に異を唱えなかった。

しかし、監視をふたりでやるとなると対象を絞らなければならない。結局、集まる場所を提供した岩清水をマークすべきだろうと結論した。もしあれが一回切りのことで、次は別の場所を使うにしても、岩清水から監視の目を外さなければ問題はない。四人以外のメンバーはいるのか、そして誰がリーダーなのか、〈MASAKADO〉との繋がりはあるのか、そうした点を確かめなければならなかった。

監視を一週間続けたが、目立った動きはなかった。辺見は焦りを覚えた。現代社会では、相談事は何も顔を突き合わせて行う必要はない。声すら発さなくていい。すべてネットを介してのやり取りであったら、監視や盗聴では何もわからないのだ。収穫のない一週間を過ごし、辺見は再度の強硬手段を決意した。

「岩清水のパソコンを覗く」

宣言すると、香坂は呑気そうな口振りで問い返した。

「どうやって?」

岩清水がノートパソコンを常に持ち歩いていることは、監視によってわかっていた。ノートパソコンのロック解除に、指紋認証を使っていることも把握している。だから岩清水の留守中に部屋に忍び込んでも意味はないし、なんらかの手段でノートパソコンを奪い取ってもロックを解除できない。そうなると、採れる手段は限られていた。

「岩清水を眠らせて、ノートパソコンを開く」

手短に言うと、香坂は「あははは」と笑った。

「すげぇ強引。あたしもそこまでのことはやったことないぜ」

「いやか」

「やるやる。やるよ。そういうの、嫌いじゃないからな」

「言葉どおり、声にも面白がっている響きがあった。「そう言うと思った」と応じると、

「あたしのことわかってきたじゃん」と返された。

計画は単純だった。岩清水がいない間に部屋に侵入し、冷蔵庫内の飲み物に睡眠薬を仕込む。そしてその夜にもう一度忍び込んで、寝ている岩清水の指を使ってパソコンのロックを解除するのだ。

次の日、香坂に岩清水の尾行を任せ、留守の部屋に忍び入った。冷蔵庫の中に飲み物が何もなかったらこの計画は頓挫してしまうが、幸いにも作り置きの麦茶があった。麦茶であれば、帰宅して一度は飲むだろう。好都合だと考え、粉末状の睡眠薬を入れた。蓋をしてよく振ると、特に色が変わりもせず、何かが仕込まれたと見抜くことは不可能になった。元どおり冷蔵庫に戻し、部屋を出た。

大学で監視を継続中の香坂と交代し、以後も見張り続けた。岩清水の生活に、変化はなかった。テロを計画しているとはとても見えないが、ＳＮＳでの煽動なら暴力に訴える必要はない。そして、自衛隊にとってもその方がより厄介なのだった。

帰宅した岩清水の監視を続け、適度に香坂と交替で休憩を取りながら、岩清水が寝入るのを待った。岩清水の部屋の照明は、なかなか消えなかった。しかしそれは、よい徴候の可能性もある。睡眠薬が効き、照明を消す余裕もなく眠ってしまったかもしれないからだ。もちろん逆に、睡眠薬入りの麦茶を飲まずにいつまでも起きているのかもしれない。だから、深夜一時までは様子を見ることにしていた。

そして、一時を回った。盗聴器の受信機からは、寝息のような音がずっと聞こえていた。おそらく寝

ているとは思ったが、それでも安全を期してこの時刻まで待っていたのだ。目を見交わすこともなく、香坂と同時に車を出た。

周囲に注意を払いながら、岩清水の部屋のドアを解錠した。どうしても音がするので、気づいたら中で身構えているだろう。ゆっくりとドアを開け、身を屈めて内側の様子を窺う。人が動く気配はない。屈んだまま、中に入った。

いきなり襲われたりはしなかった。三和土まで、寝息が聞こえる。予想どおり、岩清水は床に寝そべっていた。しっかりと睡眠薬が効いたようだ。

身を起こし、靴を脱いで中に上がった。机の上にノートパソコンがあることは、一瞥して視認していた。歩み寄り、パソコンを開く。指紋認証を求められたので、そのまま岩清水に近づけた。香坂が寝ている岩清水の右手を持ち上げ、人差し指を突き出させる。電源ボタンに指先を触れさせると、あっさりロックが解除された。

さすがにこのときばかりは、香坂とアイコンタクトした。よし、と頷く。岩清水は放置し、玄関の方へと移動した。だが外には出ず、床に腰を下ろす。何度も部屋を出入りするのは第三者に見咎められる危険性があるので、パソコン内部を探るのはここで行うのだった。

ＵＳＢメモリを差し込んだ。コピーできるファイルは、できるだけ持ち出すことにする。だが本命は、ＳＮＳのやり取りだろう。デスクトップ画面には、いくつかのメッセージアプリのアイコンがある。そのうちのひとつを開くと、少なくない数の友達が表示された。しかし、本当に親しいのはこの中の一部だろう。友達一覧のうち、上位に並んでいる友人とのやり取りを見るだけで充分のはずだった。

だが、それらは大学生のたわいない内容でしかなかった。授業時間の確認や待ち合わせ、どうでもいい挨拶ばかりだ。煽動の相談に、このアプリは使っていないのかもしれない。アプリを離れ、別のSNSを見た。

DM欄には、同じように多数の友達が表示された。上のやり取りから順に見ていく。すると三番目のグループDMが、辺見の勘に触れた。一見して意味不明のやり取りをしていたのだ。

〈f画像が必要だよな。動画ならなおいいけど〉

〈f動画はハードル高いよ。そんなもの、作れる技術ある?〉

〈動画だと、道義的問題が発生するよな。どうして止めないで見てたんだ、ってことになるから〉

fとはなんだ。作るために技術がいるf。数秒考え、答えに行き着いた。

「fって、フェイクか」

香坂の方が先に呟いた。そうだ、フェイクだ。岩清水たちは、何かのフェイク画像を作ろうとしている。それはいったい、なんだ。フェイク画像で、民衆を煽動しようとしているのか。

「物騒じゃないかよ、おい」

香坂がそう続ける。その口調は、明らかに面白がっていた。敵が手強いほど、喜びを覚えるタイプなのだろう。だが辺見は、とても面白がってなどいられなかった。岩清水たちの計画は、予想以上にたちが悪そうだった。

少し遡(さかのぼ)ってみた。彼らの狙いを摑まなければならない。一応警戒しているのか、そのものズバリの単語を使うことはなかった。残せないDMは、消しているのかもしれない。それほど遡れず、グループDMは終わった。

しかし、目を見開いてしまう単語を見つけた。単体だけでは、どうということもない。だがこれが民衆煽動計画のやり取りだと思えば、見過ごしにはできなかった。

横田（よこた）、という地名があったのだ。

横田には米軍と自衛隊の基地がある。東西に分断されていたときにはソ連軍の基地だったのだが、統合の際にソ連軍は撤収し、そのまま米軍の管理下に置かれたのだ。横田といえば基地であり、それ以外にめぼしいものはない。岩清水たちは、そんな横田で何をしようと考えているのか。

「これは丸ごとコピーした方がよさそうやな」

短時間で解析が済むことではないと判断した。時間はかかるが、パソコンの中身をそっくりそのままコピーして持ち帰る。時間がかかるといっても、明け方までには終了するだろう。内容の分析は、改めてじっくり行うべきだった。

「なんちゅうことを考えてやがるんや」

思わず、寝ている岩清水の顔を睨（にら）んだ。岩清水は口を半開きにし、邪気のない寝顔を晒（さら）していた。

5

パソコンを解析した結果、恐ろしいことが判明した。岩清水たちは、横田基地所属の米兵に日本人少女が暴行されたというフェイクニュースを流そうとしていたのだ。

沖縄で類似の事件があり、それが普天間（ふてんま）基地返還にまで発展したことは、軍関係者なら誰でも承知している。岩清水たちは、あの動きを東日本でも再現しようとしていたのだ。

沖縄はもともと、第二次世界大戦で多くの犠牲者を出した土地であるし、米軍基地も多く、住民の不満は溜まっていた。一方東日本は、それまで正しいと信じていた政治体制が崩壊して、すっかり腑抜け状態となっている。沖縄のように、住民の不満が爆発することにはならないだろう。とはいえ、眠っている獅子を起こすひとつのきっかけにはなるかもしれない。

かつて沖縄では、コザ騒動と呼ばれる民衆蜂起があった。米軍の圧政に耐えかね、ついに民衆が暴動を起こしたのだ。暴動自体は、しょせん蟷螂の斧ですぐに鎮圧された。しかし、従順と言われる日本人も立ち上がることがあるのだと、アメリカだけでなく日本政府にも気概を示した事件であった。

もし東日本人の怒りに火を点けたら。その場合の騒動は、沖縄の比ではないだろう。対処を誤れば、国を二分する内乱となる恐れすらある。そんな危険性がある限り、どんな些細な芽でも早期に摘み取る必要があった。

日頃ほとんど顔色を変えない鳥飼も、この報告にはさすがに眉根を寄せた。「冗談やないな」と呟いた鳥飼の目には、めったに見ない険があった。

「人員を回すから、こいつらを徹底的に洗え。指揮はお前が執るんや。仲間全員、根こそぎ逮捕しろ」

「はっ」

命じられ、身裡に興奮が駆け巡った。ひとつの作戦の指揮を命じられたのは、初めてだ。成果にほとんど期待が持てない状態から始めた監視であったが、まさかこんな大捕物に発展するとは思わなかった。ついている、とほくそ笑まずにはいられなかった。

辺見と香坂も入れて、総勢九人のチームが編成された。先輩士官も、何人もいる。そうした人を差し置いて自分が陣頭指揮を執ることは、快感以外の何物でもなかった。それだけに、失敗は絶対に許されなかった。

二名ずつのペアを四つ作り、それぞれに学生たちをマークさせた。残るひとりは、連絡係として市ヶ谷の自衛隊駐屯地に待機する。岩清水以外の学生をマークするペアにも、パソコン内を探らせた。そうして得た情報を総合し、仲間はこの四人だけと結論した。

「〈MASAKADO〉とは関係ないのかね」

全員が集まっている場で、香坂が発言した。学生たちが民衆の煽動を画策しているのは間違いないが、それが〈MASAKADO〉の指示であることを示す証拠は見つからなかったのだ。四人が〈MASAKADO〉のメンバーかどうかすら、判然としない。むろん、〈MASAKADO〉との繋がりを示すいっさいの痕跡を消し去っている可能性はあるが、いろいろな点での脇の甘さを思えば、〈MASAKADO〉とは無関係の学生たちが仲間内だけで計画したことと考えるのが妥当だった。

「捕まえてみりゃわかる」

ひとりの士官が、短く言い切った。香坂は眉を吊り上げ、「それもそうか」と応じた。確かに、そのとおりだ。今や、悠長なことはしていられない。少しでも早く岩清水たちを拘束し、フェイクニュースを流されるのを阻止しなければならなかった。

「行こう」

辺見は宣言した。岩清水たちの罪状は、騒乱罪である。証拠は違法に収拾したものばかりだが、いくらでもでっち上げられる。まずは拘束、その上で自白を迫り、一方で証拠作りをする。自衛隊の存在意義は、平和維持にある。社会の平和を乱す者は、どんな手を使っても排除するべきなのだった。

手分けし、連絡をとり合って、同時に四人を逮捕した。辺見は岩清水の逮捕を受け持ち、アパートの部屋を出てきたところで声をかけた。岩清水は自宅そばで声をかけられたことに驚いたのか、きょとんとした顔をしていた。これはテロリストの顔ではない、と辺見は思った。

「岩清水正道さんですね。私は自衛隊の者です。騒乱罪の嫌疑がかけられています。ご同行願えますか」

「そ、騒乱罪」

岩清水は慌てはしたが、騒乱罪という罪状を思いがけないことと捉えている気振りはなかった。身に憶えがあるのだ。手錠で拘束しようとしても、抵抗はしない。身体的に闘う覚悟はなく、瞬時に諦めたようだった。

香坂の運転する車で、岩清水を市ヶ谷まで連行した。取調室に入れ、専門の士官が対応する。辺見たちは尋問の訓練を受けていないので、残念ながら専門家に任せるしかないのだ。しかし彼らなら、訊くべきことをすべて訊き出してくれるはずであった。

丸一日の尋問と家宅捜索の結果、四人の学生たちは〈ＭＡＳＡＫＡＤＯ〉と無関係と断定された。そもそも最初に岩清水が目をつけられることになったスマートフォンの通知は、単に〈ＭＡＳＡＫＡＤＯ〉みたいなことをしようという仲間内の戯れ言だったらしい。それが学生のいたずらでは済まないレベルにまでエスカレートしていたのだから、辺見の捜査は無駄ではなかったわけだが、しかし当初の目的は達せられなかった。辺見は〈ＭＡＳＡＫＡＤＯ〉の尻尾を掴み、一条の現在の居所を知りたかったのだ。

「まあ、お前はよくやったと思うよ」

落ち込んでいる素振りなど見せていないつもりなのに、何を思ったか缶コーヒーを二本手にして、香坂が近づいてきた。無言で缶コーヒーを突き出すので、礼を言って受け取る。辺見の好みとは違い、がっつりと甘いコーヒーだった。こいつの味覚は子供か、との感想は腹の底に呑み込み、缶を口に運んだ。

「なんで上から目線やねん」

最後まで偉そうだなと思いながら、言い返してやった。すると香坂は、少し困惑したように眉を八の字にした。

「どう言えばいいんだ」

どうやらこんな言い方でも、本気で慰めてくれているらしい。申し訳なかったと反省し、「悪かった。ありがと」と答えた。香坂はわずかに頷いた。

「一念岩をも通す、って好きな言葉なんだよね」

手にしている缶コーヒーの口を覗き込みながら、香坂はぼそりと言った。辺見は黙って、続きを待った。

「ホントにそうだなぁって思うんだよ。成し遂げられなかったら、自分の気持ちが足りないせい。わかりやすくて、いいじゃん。誰のせいにもしなくて」

「そうやな」

一条とふたたび会うと強く念じ続ければ、いつか行き着ける。香坂はそう言いたいのだろう。単純馬鹿の香坂にしては、なかなかうまい慰め方じゃないか。こちらも上から目線でそう評価したが、口には出さなかった。

「念じ続けるよ。また、手を借りることもあるかもしれへん」

「おう」

香坂は任せろとばかりに、顎をしゃくった。コーヒーを再度口に含んだが、やはり甘ったるくて辟易した。

逮捕した学生たち全員の調書を携え、鳥飼に事の次第を報告した。聞き終えた鳥飼は「ようやった」と誉めてくれた。一応のところ、報われた思いを味わう。しかし、消化不良の感がどうしても残っている。それを聞いてもらう相手は、鳥飼しかいなかった。

「もともとは〈MASAKADO〉に繋がる手がかりを得たくて、始めた監視でした。しかし奴らは、〈MASAKADO〉とは関係がなかった。春日井にも行き着かへんかった。私は残念でなりません。物証がなければ、春日井を捕まえられへんのでしょうか」

なぜ春日井を野放しにしているのか、という疑問は以前から抱いていた。おそらく、その疑問を覚えているのは辺見だけではないだろう。春日井と〈MASAKADO〉の繋がりは、公然の秘密と言えた。上層部に考えがあるのは間違いないとしても、その考えとはいったいどういうものなのか、見当がつかずにもどかしいのだった。

「春日井はトカゲの尻尾や」

鳥飼は淡々と言った。どういう意味なのかと、訝(いぶか)しく思う。春日井は〈MASAKADO〉の理論的リーダーではないのか。

「トカゲの尻尾は、派手にちらちら動く。だが、それに釣られて押さえつけると、尻尾を切り離して本体は逃げる。春日井が目立っているのは、あれが小者やからや。我々は、本当の頭を見つけて叩かなあかん」

「本当の頭」

春日井が〈MASAKADO〉全体のリーダーとは、目(もく)されていなかった。リーダーであれば、鳥飼が言うように動きが派手すぎる。あれは囮（おとり）なのか。春日井の陰で、真のリーダーは東日本独立を画策しているのか。

「地下に潜伏してるテロリストは、厄介や。今回みたいな当てずっぽうが、意外と効果的かもしれへん。期待してるで」

鳥飼は言うと、行ってよしと目で背後のドアを示した。「はっ」と答えて敬礼し、踵（きびす）を返す。一条までの道のりは、遥かに遠いと感じられた。

6

リモートで話がしたい、と春日井から聖子に連絡があった。同じくリモートで、丸山も参加するという。同席してもかまわないとのことだったので、一条も話に加わることにした。

「何かあったの？」

聖子に尋ねたが、「どうだろう」と曖昧な返事だった。

「別に珍しいことじゃないけど、なんとなく緊急事態っぽい感じもする。話を聞いてみないとわからないな」

「そうか」

一条としては、やり取りに加わりたい気持ちが半分、関わりたくない気分半分といったところだった。関わりたくないと望むのはもちろん、和将の死を目の当たりにしてしまったからだ。自分は今、人殺しの集団の中にいる。テロ活動をしている組織なのだから当たり前なのだが、これまで実感がなかった。

人ひとりが死ぬところを見てようやく、大学のサークル活動の類とはまったく違うのだと肌で理解した。わかっているつもりでまるでわかっていないことは、世の中にたくさんある。テロ組織に加わることの意味も、まさにそうだった。

その一方、だからこそ話を聞いておきたいという考えもあった。自分が何かの歯止めになれるとは思えない。しかし、知らないところでまた物騒なことが決まっていたりするのはいやだった。人道に悖ることをするなら、最初から関わっていたい。そんな覚悟も、一条の中にはあるのだった。

一条と聖子はロッジを捨て、立川市郊外のマンションに移った。2LDKの間取りなので、互いに個室を使っている。ロッジにいた頃とは違い、一条は自分の部屋に籠り気味だった。聖子の顔を見ると、和将の最期を思い出してしまう。できるだけひとりでいるようにしていた。

夜八時に、春日井と回線を繋いだ。ディスプレイに春日井と丸山の顔が表示される。春日井はわずかに眉根を寄せ、難しげな表情をしていた。

「困ったことになりそうだ」

開口一番、春日井はそう言った。やはり厄介事か。聖子の横からディスプレイを覗き込みながら、一条は内心で考える。聖子が先を促した。

「どうしましたか」

「大規模テロの計画がある」

春日井は吐き捨てるように、「大規模テロ」という言葉を発した。テロ組織にいながら、テロを嫌っている人。春日井や聖子を始めとする仲間たちがいなければ、一条はこの日本に居場所がなかった。テロを嫌う春日井を、一条は信頼していた。

「どんな？」

　聖子の問い返しは短い。春日井は小さく首を振った。

「まだ未定だ。しかし、警察か自衛隊を狙うことになる。武力闘争こそ独立に繋がる、と考えている一派が息巻いているんだ」

「今闘っても、勝てません。そんなこともわからない連中が、中枢を牛耳ってるんですか」

　聖子は憤ったようだった。身を乗り出し、ディスプレイに顔を近づける。春日井は逆に、その勢いに気圧されたように身を遠ざけた。

「今が駄目なら、いつなら可能なのかという声があった。そんなことを言ってたら、永久に独立なんて不可能だ、と。それに賛同する人は多かったよ」

「冷静に彼我の戦力差を把握すべきです。我々はもう少し、戦力を貯える必要があります」

「相手の戦力を削ぐのも、戦力差を縮めることになる、というのが彼らの主張だ。情けないが、私は的確な反論ができなかったよ」

「そんな――」

　聖子は不満そうに語尾を呑み込んだ。聖子自身も、うまい反論を思いつかないのかもしれない。血気に逸った人を、言葉で説得するのは難しいのだろう。その場にいたわけではない一条も、春日井が味わったであろう徒労感は想像できた。

「それで、どうするんですか」

　まだ発言していなかった丸山が、ようやく口を挟んだ。春日井は「うん」と力なく頷く。

「君たちの意見が聞きたい。どうするべきだと思う？」

そのための、リモート会議だったのか。一条はわずかに驚いた。ここに、セクションリーダーである寺前が加わっていないからだ。つまり春日井は、寺前よりも聖子と丸山を頼りにしているのである。春日井の本音を見て取った。

「大規模というからには、死傷者がたくさん出るようなテロを考えているんでしょうね」

聖子が確認した。春日井は、今度は大きく頷いた。

「だろうな。警察や自衛隊相手に、そんなことが可能なのかどうか疑問だが」

「自衛隊はともかく、警察ならやってやれないことはないでしょう。警察署にいる警察官は、基本的に武装してないですから」

丸山が指摘した。今思いついたのではなく、前々から気づいていたことのように聞こえた。

「警察署なら、一般市民もいますよ。免許の更新とか、落とし物を受け取りにとか、普通の人もたくさん出入りします。そういう人たちも巻き込むつもりですか」

「連中なら、多少の犠牲はやむを得ないと考えるかもしれない」

「駄目ですよ、それじゃ！　一般市民を敵に回したら、独立なんて絶対に実現しない」

聖子は声を荒らげた。一条も同意見だった。警察官ならいいというわけではないが、一般市民を巻き込むテロは悪手だ。そんなことをしたら最後、独立は三十年は遅れるだろう。

「しかし、私の主張は少数意見だ。多数決では、必ず負ける。話し合いで連中を止めることはできない」

春日井は悔しげに顔を歪めた。少数派の無力さを、一条も我がこととして感じる。

「阻止、しましょう」

思い詰めたように、聖子がぽつりと言った。自分の言葉が背中を押したのか、聖子は今度は声に力を込めた。

「阻止しましょう。話が通じない相手なら、実力を行使するしかない」

「阻止。武闘派を敵に回すのか」

春日井は懐疑的な顔だった。仲間割れは望んでいないのだろう。しかし、聖子の決意は固かった。

「私たちだとは知られないように阻止するのです。幸か不幸か、私たちのセクションには武闘派がいなくなった。今なら、セクションがひとつになれる。私たちで計画を阻止しましょう」

言われて、いまさらながら気づいた。和将敏将兄弟と川添がいなくなった今、テロを辞さない考えの者はセクション内に存在しないのだ。寺前だけはどっちつかずだったが、だからこそ穏健派に引き込むことは可能だろう。聖子の言うとおり、セクションは一枚岩になれるのである。

こんな偶然があるのか、と心の中で考えた。ずいぶん都合がいい偶然だ。しかし、現実はそんなふうに動いていくのだろう。物事の流れというものを、目に見える形で認識した心地だった。

「我々だと知られないようにって、そんなことできるか」

「テロがどんな計画なのかわからないうちは、なんとも言えません。先生は計画の全容を摑んでください」

丸山が冷静に指摘した。春日井は二度頷く。

「ああ、そうだな。テロ計画を把握しないことには、何もできない。うん、また連絡するよ」

忙(せわ)しげに言って、春日井は退出した。丸山も「そういうことで」とだけ言い残して、消える。聖子がノートパソコンを閉じた。

「よかったよ。キミや丸山さんがそういう考えで」

真っ先に一条は言った。聖子は険しい表情を崩していない。

「武闘派の馬鹿さ加減にはうんざり。独立には長期的な展望が欠かせないのに、あいつらは一年先すら見えてないいんだわ」

「もっと仲間を増やしたいね」

それが一条の結論だった。〈MASAKADO〉内で、賛同者を増やす。それこそが、テロ組織に身を置く意義だと考えていた。

「そう思う。だから、一条くんに仲間に加わってもらったのよ」

聖子は一条に同意したが、その返事には少し引っかかりを覚えた。一条はあくまで、成り行きで〈MASAKADO〉に加わったつもりだった。聖子の意思は関係ないはずだ。それとも、〈MASAKADO〉内には一条を見捨てようという意見もあったのだろうか。聖子が仲間に加えることを主張してくれたからこそ、一条は居場所を得られたのかもしれない。ならば、聖子に感謝しなければならなかった。

「戦力になれるよう、がんばるよ」

一条は応じた。引き返せない道に踏み込んでしまったからには、この道を前に進むしかないのだった。

7

春日井の情報収集は、はかばかしくないようだった。次の会議の日程が、なかなか決まらないのだという。

「もしかしたら、私を外して相談しているのかもしれない」

春日井はそんな疑念を口にした。確かに、テロ実行に大方の意見が傾いていたにもかかわらず、その後なんの相談もしないのはおかしい。春日井が強硬に反対しすぎて、計画から外された可能性は高かった。

「探りを入れても、みんな口を揃えて『まだ未定』と言うんだ。最初は額面どおり受け取っていたが、少しのんびりしすぎている。長期戦に焦れたからこそ短絡的な行動に出ようと考えたのだから、いつまでも何も決めないのは妙だ。むしろ、計画は固まりつつあるのかもしれない」

「それは、よくない成り行きですね」

画面上の丸山が、憂慮を示した。最悪の事態は、このセクションが力ずくでもテロを止めようとしていると気取られることだが、その点はどうなのだろうか。

「私たちの決意を勘づかれた、というわけではないですよね」

聖子も同じ不安を抱いたらしく、確認する。春日井は首を左右に振った。

「それはないと思う。単に、私が目障りになっただけだろう」

ならばまだましだが、情報が取れないのは困る。寺前はセクションリーダーでも、そうした全体の会議に出席できる立場ではない。まして聖子や丸山は、言ってみれば末端の構成員でしかないのだ。春日井が中枢から弾き出されてしまえば、もはやどうにもならないのではないか。

「館岡さんの出番ですかね」

丸山が名前を出したが、それがなんの解決策になっているのか一条にはわからなかった。丸山は思いがけない言葉を続ける。

「こんなときのために、館岡さんは時間をかけて幹部たちのパソコンにウィルスを仕込んでいました。手製のウィルスなので、セキュリティーソフトにも引っかかりません。ふだんは動かないウィルスらしいですから、誰も気づいていないでしょう」

その説明には驚かされた。まだロッジにいた頃、館岡はたまにやってくると、一条たちと会話をしようともせずにひたすらパソコンに向き合っていた。何をしているのか知らなかったが、まさか仲間に対してそんな工作を仕掛けていたとは。用意周到ではあるが、少し恐ろしくも感じる。

「そうなのか」

意外なことに、春日井も初耳だったようだ。つまり、春日井の指示というわけでもなく館岡はウィルスを仕込んでいたことになる。もちろん、寺前も把握していないのだろう。ならばそれは、末端の構成員の暴走ではないのか。〈ＭＡＳＡＫＡＤＯ〉の組織系統が、一条はわからなくなった。

「テロ計画のことは、館岡さんの耳にも入れてあります。ひょっとすると、こちらが頼まなくてもすでに情報を手に入れているかもしれませんよ」

「だといいんだが」

そのやり取りを最後に、リモート会議を終えた。ノートパソコンを閉じた聖子に、一条は話しかける。

「館岡さんは、誰かの命令でウィルスを仕込んだんじゃないんだよな」

「うん。趣味なんじゃないの」

「趣味」

他人のパソコンにウィルスを仕込むのが、趣味だというのか。異常な話だが、館岡ならあり得そうだと思ってしまう。

「このパソコンにも、きっと入ってるよ。だから私、プライベートなやり取りは絶対自分のスマホでやるもん。って、このスマホにはウィルスが仕込まれてないって保証はないけど」

不気味なことを、聖子は平然と言う。このパソコンは共用物だからもちろん私的なやり取りのために使いはしないが、だからといってウィルスが仕込まれていれば気分はよくない。なぜ聖子は平気なのか、理解に苦しんだ。

「それでいいの？　なんとも思わないのか」

「気持ち悪いよ。だから私、あの人とろくに口も利かないでしょ。気持ち悪いもん。でも、戦力になるのは間違いないからさ。関わり合いにはなりたくないけど、いて欲しい人材なのよね」

「……まあ、そうか」

気分の問題は別にして、館岡がいなければ手詰まりになっていたのは事実だ。有用であることは、一条も理解できた。

「気持ち悪いの我慢して付き合ってるんだから、こういうときに役に立ってくれないとね」

なかなか残酷なことを、聖子は顔を顰めて言う。一条もそれには同感だった。

すぐに丸山が連絡をとったらしく、翌日には館岡からの最初の報告があった。丸山の予想どおり、何もせずにいたわけではなかったようだ。

「計画は春日井先生抜きで進んでる」

ぼそぼそと、館岡は喋った。感度のいいマイクを使っているらしく、きちんと言葉が伝わってくるが、むしろ直接顔を合わせていたら聞き取れなかったかもしれない。聖子が呆れたように訊き返す。

「それ、知ってたの？　だったら、もっと早く教えてよ」

館岡がどう答えるかと見守っていたら、なんと無反応だった。言い訳する気もないようだ。なるほど、聖子ならずとも付き合いづらい人だと思う。自分が摑んだ情報の意味を理解できないわけでもないだろうに、どう考えていたのか。

「中枢は、今回は本気だ。必ずテロを実行する」

「丸山さんから聞いてるでしょ。私たちで止めるわよ。そのためにも、何をやるつもりなのか摑んで」

「狙うのは警察だ」

館岡は断言した。そこまで決まっているのか。警察相手ならやってやれなくはない、という丸山の言葉は、正鵠(せいこく)を射ていたことになる。果たして、警察にどんなテロを仕掛けるのだろう。

「警察相手に、何をするの?」

「それはまだわからない。でもたぶん、爆弾テロだ」

「爆弾」

警察署に爆弾を投げ込もうとでもいうのか。しかし、そんなテロが果たして成功するだろうか。仮に爆弾は投げ込めたとしても、実行犯はすぐに捕まるに違いない。逮捕前提の、捨て身の計画か。

「勝算はあるのかしら。もしかして、やけくそ?」

「そうは思わない。きっと、何かしらの計画があるはずだ」

答えたのは館岡ではなく、丸山だった。このリモート会議には、一条を含めた四人が出席している。春日井はいなかった。

「じゃあ、それを摑まないとね。爆弾を作るつもりなら、製作の段階で邪魔できるかも」

「ぼくもそう思う。材料はどこでも簡単に手に入るってわけじゃないからな」

丸山は応じてから、館岡に対して「引き続き、頼みます」と言った。館岡は頷いたのかどうなのかわからない微妙な動きをしてから、挨拶もなく退出する。丸山はまるで気にしていない様子で、「館岡さんは頼りになるね」と明るい口調で言った。頼りになるのは確かだが、不気味なことに変わりはなかった。

「爆弾テロって、これまでにもありましたよね」

画面に映っている丸山に、一条は問いかけた。〈ＭＡＳＡＫＡＤＯ〉が起こすテロと言えば、爆弾によるものというイメージがある。今回は、これまでのテロとは違うのだろうか。

「あったけど、組織の総意というわけじゃないんだ。これまでの爆弾テロは、一部の強硬派が散発的にやってたんだよ。だから、そんなに意味があったわけじゃないだろ」

「確かに」

たまにどこかで爆弾テロがあり、〈ＭＡＳＡＫＡＤＯ〉が犯行声明を出しても、世論が大きく動くことはなかった。警察と自衛隊の警備が厳しいからなのか、効果的な場所や人を狙えずにいたせいだった。だから人々は、東日本独立を掲げるテロ組織の存在に慣れてしまった。ヤクザと同様に、望ましくないけどどこかにいるんだよね、という認識になっているのだった。

おそらく〈ＭＡＳＡＫＡＤＯ〉中枢は、そんな世間の空気を感じ取っていたのだろう。事を起こすなら、大規模でなければならないと結論したに違いない。ならば、このテロは組織の存亡を賭けたものになるのではないか。阻止するのは、簡単ではないはずだった。

「今回の計画は、よくも悪くも〈ＭＡＳＡＫＡＤＯ〉の趨勢（すうせい）を左右すると思う。阻止できたら、〈ＭＡＳＡＫＡＤＯ〉が穏健な組織に生まれ変わらないかと期待しているんだ」

丸山は希望を込めた物言いをした。組織の存亡を賭けたテロに失敗したなら、武闘派は一気に脱落するかもしれない。丸山はそれを期待しているのだろう。そうであればなおさら、テロは未然に防ぐ必要があった。一条も同じく、生まれ変わった〈MASAKADO〉を夢想した。

8

回線が繋がると、館岡は前置きもせず「概略が摑めた」と言った。春日井が不審を口にしてから、三日後のことである。その早さに一条は驚くとともに、計画が密かに固まりつつあったことに冷や汗をかく思いを味わった。もう少し遅ければ、テロは実行されているところだったのかもしれない。

「どんな計画ですか」

丸山が促した。今日は春日井と美濃部、それから寺前も参加している。寺前と美濃部には、すでに事情を説明してあった。自分が与り知らないところでテロ阻止の方針が決まっていたことに、美濃部はもちろん寺前も不満を示さなかった。和将の粛清以後、寺前は覇気をなくしている。今や、リーダーとしての存在感はなかった。

「爆弾をできるだけたくさん作り、それを落とし物としてあちこちの警察署に保管させるつもりだ。で、同時に各署でどかんというわけだな」

館岡はいつもどおり感情を交えずに淡々と説明するが、聞く側は衝撃を受けた。そんな計画なのか。まるで予想していなかったので、計画が実現可能かどうかとっさに判断がつかない。

「落とし物って、検査されないんですかね」

冷静に質問したのは、丸山だった。なるほど、それもそうだ。こういうテロがあるかもしれないと、想定していないのだろうか。

「いちいちやってない。もちろん、中に時計が入っててカチカチ音がするなんて古いタイプの爆弾は作らない。菓子折の体裁で、きちんと包装しておけば、わざわざ開けて中身を確認したりはしないだろうとの読みだ」

おそらく今は、携帯電話が起爆装置として使われるのではないか。そこに電話をかけると、爆発する。だから時計を仕込む必要はないし、爆破させる時間も自由に調整できる。遠隔操作で爆破できるので、仕掛けられる側にとってはかなり厄介な代物だった。

「それは、うまくいきそうだな」

春日井が呻くように言った。予想以上に、成功の可能性が高い計画だ。このセクションが阻止に動かなくても失敗するのではという淡い期待があったが、どうやら甘かったようだ。一条たちが手を拱いていれば、テロは起きてしまうだろう。差し迫った脅威と認識するべきだった。

「なんとしても止めなければなりませんね」

聖子が硬い声で、ぽつりと呟いた。それに頷いたのは、丸山だけだった。春日井と寺前は呆然とした面もちで、美濃部は逆に話を聞いていなかったかのように平然としている。むろん、館岡自身は無表情だった。

「決行の日はいつ？」

肝心な点を、聖子は質した。館岡はほとんど首を動かさず、唇をわずかに開くだけで答えた。

「まだ決まってない。爆弾の材料を調達する目処が立ってからだ」

「爆弾の材料って、何が必要なんですか」

これは丸山だ。館岡は無言で、箇条書きのテキストファイルを全員に共有した。

材料名が書かれていた。知らない材料はないが、問題はそれをどのように手に入れるかだ。さらに大事なのは、どこで爆弾を作るかだろう。

「爆弾を作る場所は決まってるんですか」

聖子の横から、口を挟んだ。一条が訊かなくても聖子が確認しただろうが、黙っていられなかったのだ。

「いくつか候補があるが、まだ確定していない。材料次第だろう」

「これらの材料の入手先は、わかりますか」

ふたたび丸山が質問する。館岡は初めて、悔しげに目許を歪めた。

「手分けするらしく、情報が一元化されてない。探り出すには、もう少し時間が必要だ」

その言葉を最後に、やり取りが途切れた。本来ならリーダーである寺前が今後の方針を示すべきだが、発言しそうにない。代わって口を開いたのは、聖子だった。

「それなら、いくつかの事態を想定しましょう。材料の調達を妨害する。運搬途中を襲撃して、材料を奪う。爆弾の運び出しを阻止する。あるいは、警察に爆弾テロを忠告する」

「最後のはいただけないな。テロが未遂に終わっても、警察は一斉捜査に動く。我々は〈MASAKADO〉を潰したいわけではないんだ」

春日井が指摘した。一条も同感だし、おそらく聖子もわかっていて言ったのだろう。単に、寺前が果たそうとしない役割を務めただけなのだ。今後、リーダーは交替するべきではないのかと一条は内心で考えた。

「ともかく、材料の入手方法と爆弾を作る場所が判明しないことには、動きようがない。悪いが、館岡君にもうひとがんばりしてもらうしかないな」

「はい」

春日井の言葉には、館岡も素直に答えた。結局、寺前と美濃部はひと言も発言せずに終わった。

「ちょっと、もう一度さっきの材料リストを表示して」

パソコンの前にいる聖子に頼んだ。大学での専攻は理系だったとはいえ生化学だったので、馴染みがあるわけではない。それでも、わかることはあった。

「硝酸カリウムって、簡単には手に入らないんじゃないかな」

「ああ、そういう話は聞いたことある」

さすがにテロ組織に身を置いているだけあって、硝酸カリウムがどういうものであるか知っているようだ。一条は画面を見たまま、続ける。

「黒色火薬の材料だからね。個人で買うのは、たぶん難しいと思う。今はネットで手に入るんだろうけど、そんな足がつく経路で買うわけにはいかないもんな。どこかに盗みに入るのかな」

「火薬の材料なら、花火工場とか?」

「けっこう身近なものだから、他にもいろいろだよ。例えば、食品添加物としてハムとかソーセージにも入ってる。歯磨き粉にも入ってるんじゃなかったかな」

「それじゃあ、武闘派がどこから手に入れるか予想できないね」

「うん。館岡さんのハッキングだけが頼りだな」

そもそも一条が〈MASAKADO〉に入らざるを得なくなったきっかけのテロも、爆弾テロだった。だがあれは圧力鍋を使った威力の小さい爆弾で、花火を大量に買い込んでも作れる。これまでの〈MASAKADO〉の爆弾闘争がどんな規模だったか一条は知らないが、それほど大事件でなかったところからすると、まとめて硝酸カリウムを入手しようとしたことはなかったのではないか。つまり、今回はかつてないほど本気だということだ。

他の材料は木炭と硫黄、硝酸アンモニウムと軽油だった。硝酸アンモニウムは肥料に含まれている。木炭と硫黄と軽油は、入手が難しいものではない。やはり硝酸カリウムがネックとなりそうだった。

三日後に、〈硝酸カリウムの入手方法がわかった〉との館岡からのメールが届いた。また、全員でリモート会議をする。皆が揃うと、館岡が発言した。

「千葉の野田市にある花火工場に、盗みに入るようだ」

花火工場か。一条は心の中でひとりごちた。食品工場よりも侵入しやすそうだと、イメージから考える。もちろん、実際は知らないが。

「その日時を警察に匿名で通報して警備させる、ってのは、単に盗みに入る日をずらされるだけだから駄目か」

丸山がわざわざ口に出して言う。議論のための確認だろう。警察が目立たないように警備していたとしても、盗みに入る側が勘づく可能性は否定できない。そして、永久に警察に警備させることはできないのだ。警察には、盗難を防ぐことは無理だった。

「ということは、盗みを妨害するのは無理ね。盗み自体は、やらせるしかない」

聖子が言い切った。丸山が頷く。

「そうだね。連中が盗みを成功させて、硝酸カリウムを持ち帰るところを襲撃して奪い取ろう」

そういうことにならざるを得ない。何者が計画阻止に動いたか、武闘派は訝るだろう。〈MASAKADO〉内の穏健派がやったことだと、憶測で真相に辿り着く者もいるかもしれない。だとしても、決行するしかなかった。疑いをかけられても、白を切りとおす以外に手はない。

「盗みに入るのは何人だ」

春日井が確認した。館岡は短く答える。

「三人です」

「三人だけか」

春日井は驚いたように目を見開いたが、人数が多ければ成功するというものでもないのだろう。むしろ不法侵入など、少人数の方がうまくいくのではないか。こちらにとっては、好都合だった。三人であれば、制圧できる。

成功のイメージが共有できたところで、具体的な作戦立案に入った。春日井を抜きにしても、こちらは六人である。現実的に考えて、失敗の可能性は低かった。

一条にとっては、〈MASAKADO〉に入って初めての具体的な行動である。我知らず、武者震いを覚えた。

9

しかし、事は思惑どおりに進まなかった。武闘派の方が一枚上手であったことを、ほどなく思い知らされた。

その情報に気づいたのは、聖子だった。スマートフォンを見ていた聖子が突然、「えっ、なんで」と声を上げた。ただごとでない響きに、一条は不吉な予感を覚えた。手にしていた自分のスマートフォンを置き、尋ねた。

「どうかした?」

「えっ?　ああ、やられたわ」

聖子はスマートフォンをこちらに向け、差し出した。聖子が見ていたのは、ニュースサイトのようだ。見出しに目をやり、眉根を寄せる。そこには《千葉県の花火工場で盗難》と書かれていた。

「どういうこと?」

すぐには理解できず、疑問を口にした。盗難計画は、明日のはずだ。そのために今日は各自自宅待機で、英気を養うことになっていた。なぜ同じような盗難事件が起きたのか、わからない。別口のテロリストか、とすら考えた。

「館岡さん、騙されてたみたいね。クラッキングに気づいてたのか、念のためなのか」

聖子が忌々しげに言う。そういうことか。改めて、愕然（がくぜん）とする。館岡が偽の情報を摑まされていたのだ。

武闘派はそれほど穏健派を疑っていたのか。内部対立は、一条の認識よりずっと激しいようだ。春日井は単に武闘派から煙たがられているだけでなく、信が置けないと思われていたらしい。一条たちのセクションと春日井との繋がりも当然把握されているだろうから、警戒の目はこちらにも向いていると考えるべきだ。爆弾の材料強奪なんてことをすれば、真っ先に疑われるに違いない。

「連絡とってみる」

聖子は短く言って、スマートフォンで館岡を呼び出した。繋がってからスピーカーフォンに切り替え、テーブルの上に置く。

「騙されてたわよ。もう連中は、花火工場に押し入った」

「なんだと」

いつも感情を覗かせない館岡も、さすがに驚いたようだった。沈黙の代わりに、パソコンのキーを叩く音が聞こえる。続けて、唸り声がした。

「畜生。馬鹿にされたもんだな」

何が起きたか、理解したようだ。聖子は身を乗り出して、語りかける。

「ねえ、ウィルスを仕込んだことがばれてたの？」

「いや、そうは思わない。ばれてたんだとしたら、やり取りが無防備すぎる。安全を期して、ダミー情報を流したんだろう」

「じゃあ、私たちが疑われてるってわけじゃないのね」

「断言はできないが」

館岡は慎重な物言いをした。もちろん、どんなことにも可能性はある。だが他の重大情報はそのまま流していたなら、ダミー情報は警戒心の表れと見做してもいいのかもしれない。ならば、このセクションとして動きようがあるか。

身内に対してもダミー情報を流すほどなら、今回の爆弾テロ遂行には相当慎重になっていると見るべきだろう。阻止は難事であることを、改めて思い知らされた。

だとしても、爆弾テロなど許してはならない。一条は心の中で強く思う。確かに東日本は、実質的には西日本の属国となっている。同じ国に住みながら、持てる者と持たざる者の格差は階級社会と言っていいほど隔たってしまった。資本主義とは、搾取する者と搾取される者によって成り立つと、今の日本は証明していた。搾取される側は、死ぬまで這い上がれずに社会の下部で生きるしかない。

こんな社会は間違っていると、大きな声で訴えたかった。皆が同じように幸せになれるシステムを、人間は作れるはずだと信じたかった。だがそれが不可能なら、袂（たもと）を分かつしかない。分離が最も穏当な道だと思うから、そう望むのだ。それなのに、人の命を奪う暴力に訴えていいはずがない。爆弾テロなど、下策中の下策だ。人命を犠牲にしなければならないような事態は、もう二度とごめんだと一条は考えている。絶命する和将の姿は、今も夢に見るほど脳裏にこびりついていた。血にまみれてしまった手は、さらなる流血を食い止めることにしか使いたくない。

「では、どうしますか。もう武闘派は、硝酸カリウムを手に入れてしまった。どうやって爆弾製造を阻止しますか」

我知らず、語気を強めていた。騙されてしまったことを、今から悔しがっても仕方ない。諦めるという選択肢がないなら、次の手を考えるべきだった。

「みんなを集めて、善後策を練ろう」

ぶっきらぼうに、館岡が提案した。悠長に思えるが、やむを得ない。今夜の集合を決めて、一度通話を切った。

「なんとしても、爆弾テロは阻止する。できなかったら、〈MASAKADO〉に入った意味がない」

思いを口に出した。聖子に対する宣言か、あるいは己自身への誓いか、自分でも判然としない。聖子は一条の物腰に驚いたかのようにこちらを見ながら、「そうだね」と応じた。

全員の都合が合うのは、深夜一時だった。それまで少し寝ておくかと思ったが、脳が興奮しているのか寝つけなかった。ベッドの上でごろごろした末に、諦めて起きる。いても立ってもいられず、腕立て伏せをして気持ちの猛りを抑えた。

一時になる少し前に、リビングルームに行った。すでに聖子が、ノートパソコンを開いている。画面上に次々に、セクションの者たちの顔が現れた。

「みんな、何が起きたかわかってるわよね」

最初に口を開いたのは、聖子だった。もう仕切り役を寺前に任せるつもりはないらしい。皆揃って頷き、丸山が声に出して応じた。

「驚いたね。そこまでするとは」

「他の重要な情報は普通にやり取りしてるから、クラッキングがばれてるわけじゃないって館岡さんは考えてる。つまり連中は、私たちを警戒してるんじゃないってこと。それを前提に、次に打つ手を考えましょう」

聖子が状況を簡潔に整理した。だが、すぐに発言する者はいない。ならばと、一条は提案した。

「爆弾を作る場所を特定して、そこを襲撃しましょう」

「襲撃？」

一条らしくない乱暴な案に、春日井が眉を顰(ひそ)めた。一条はこれまでずっと受け身でいただけだから、意外に感じるのは当然だ。しかしもう、言われるがままに動くだけなのは終わりだ。人死にを容認するような方向に話が向かうなら、喧嘩をしてでも押しとどめる決意がある。

「現実的じゃないよ、加藤君。そんなことをしたら、双方に怪我人が出る。下手をしたら、死人が出るかもしれない」

春日井は冷静に指摘した。一条は押し黙る。大勢の死者を出さないためにひとりふたりの犠牲はやむを得ないという発想では、和将を粛清したときと同じだ。提案は引っ込めざるを得ない。

「材料の保管場所に、盗みに入れないですかね」

次の案を出したのは、寺前だった。盗んで手に入れた物を、また盗むというわけか。それは痛快だったが、またしても春日井が首を振る。

「同じだよ。ダミー情報を流すくらい警戒しているなら、見張りがいないわけがない。盗むなら、力ずくになってしまう」

「だったら、運び出すときに妨害すればいいんじゃないですか」

一条はさらに新しい提案をした。爆弾を仕掛けるために、いずれは製造場所から運び出す。そのときに、爆弾を奪うのだ。同時多発テロを考えているなら、運搬は手分けをせざるを得ない。つまり、少人数のグループに分かれるのである。個別に襲うなら、流血なしに制圧するのも不可能ではないはずだった。

「なるほど。でも、そのためには運び出す日を特定しなければならない」

春日井は頷いたが、現実的な問題を指摘した。館岡のクラッキングだけを頼るわけにはいかないと判明した今、運搬の日をどうやって知ればいいのか。

「ともかく、爆弾を作る場所を見つけましょう。次の策を練るのは、それからでいい」

何かをせずにはいられない気持ちに押され、一条は強く言った。場所もわからずに、こうしてオンラインで相談しているだけでは埒が明かない。現場に行けば、いい知恵も浮かぶはずと期待した。

「そうね。状況がはっきりしないことには、対処のしようもないわね」

聖子が賛同してくれた。各自の顔が並列する画面上のことではあるが、注目が館岡に集まったと感じた。館岡は表情を変えないまま、小刻みに頷く。

「わかったよ。やっぱりおれ次第ってわけだな。次はしくじらない」

くぐもった声で、宣言した。今度こそ期待を裏切らないでくれと、一条は声に出さずに念じた。

10

館岡は爆弾の製造場所を探り出した。つくば市だそうだ。東京府から遠くなく、野田市にも近い。あり得る場所に思えた。

まずは数人で行ってみることになった。一条は自ら志願した。他に丸山と美濃部が立候補し、総勢三名となった。

一条がアジトからバンを運転し、ふたりを途中で拾った。道中、二回休憩をとり、そのたびに運転を替わった。車内で会話はほとんどなかった。口が重そうな美濃部はもちろんのこと、丸山もあまり喋らなかったのだ。大規模テロ阻止という使命の重さに、軽口を叩く余裕がないのかもしれない。それは一条も同じなので、気持ちはよくわかった。

常磐自動車道を谷田部インターチェンジで下り、一般道で二十分ほど走った。民家が間隔を空けて建っている。東京では見られない、贅沢な土地の使い方だ。これならば、複数人が家に出入りしていても不審に思われないかもしれない。テロ組織がアジトを構えていてもおかしくない地域だと見て取った。

館岡は古いメールを掘り出していた。そこに、アジトの住所が書いてあったのだ。捨てたつもりで、うっかりアーカイブしてしまったのだろうと館岡は言った。場所を特定できる情報はそれだけだったので、かなり幸運に恵まれたと言える。

とはいえ、古い情報なのでそこがアジトであるのは間違いないとしても、爆弾作りに使われているかどうかは確実でない。やり取りは常に曖昧で、「例の場所」や「あの家」といった呼び方をしていたからだ。その中にかろうじて、「茨城」という地名が出てきたので、つくば市のアジトだろうと推測できたのである。今日は、そこが間違いなく爆弾作りに使われているかどうかを確かめなければならないのだった。

「そこを右」

今は美濃部がハンドルを握り、丸山が助手席、一条が後部座席に坐っていた。助手席の丸山がスマートフォンの地図アプリを使い、道案内をしている。アプリによると、あと数分で到着するはずだった。

「たぶん、あれかな。前方右手に見える家」

丸山が説明した。一条は窓に顔を寄せ、前方を見た。なんの変哲もない、二階建ての民家。雨戸は閉まっていないが、カーテンが閉じられていて中は見えない。駐車スペースに車はない。外観には、不自然なところはいっさいなかった。

「そのまま通り過ぎて」

民家の前で車を停めるわけにはいかないので、丸山はそう指示した。「目で家を追わないように」と、続けて注意する。中から外を見る者がいたら、不自然に視線を向けてくる男三人組にすぐ気づいてしまうだろうからだ。横目で見ることすらこらえ、ただ前に視線を据えたまま民家の横を通った。

「中に人がいるかどうかもわからなかったな」

丸山が淡々と言った。確かに、カーテンが揺れるといったことはなかった。昼間からカーテンを閉め切っているのが怪しいとも言えるが、留守ならそれも当然なのかもしれない。では、どうすればいいのか。

「いったん国道に出て、車を停められる場所を探そう」

丸山は提案した。このまま引き返してもう一度民家のそばを通るわけにはいかないのだから、それが現実的な判断だ。丸山はふたたび地図アプリを使い、すぐ近くにファミリーレストランがあるのを見つけた。そこに車を停め、三人で中に入った。

昼食には早かったが、ここで食事を摂ることにした。それぞれ、好きに注文をする。一条は肉が食べたかったので、ハンバーグにした。だがセットにすると高いので、小盛りのライスだけをつけた。そもそも、ファミリーレストラン自体が東日本の庶民感覚では贅沢な場所である。以前に入ったのはいつだったか、一条は思い出せなかった。

美濃部は大盛りラーメン、丸山はドリアを頼んでいた。これで、しばらくここにいられる。さっそく、この後の相談をした。

「まず、ぼくが歩いて見に行く。君たちはここで待機してて」

顔を寄せ、丸山が囁いた。無難な案なので、異論はない。もし丸山が無収穫で帰ってきたら、次は自分が行こうと考えた。

車中と同様、ほとんど言葉を交わさずに食事をした。丸山は少し急いだらしく、一番最初に食べ終えて席を立つ。気負いもなく「じゃあ、行ってくる」と言い残して、何食わぬ顔で歩いていった。一条は「お願いします」と応じたが、美濃部は食べることに没頭していて目で見送りすらしなかった。

美濃部とふたりきりになると、話すことがなく少し気まずく感じた。だが向こうも会話など望んでいないだろうと思えたので、無理に話題を探したりはしなかった。ハンバーグを食べ終えた後は、水を飲みながらスマートフォンで情報収集をした。そのうち食器を下げられたので、ドリンクバーを追加してコーヒーを飲んだ。

「加藤さん」

不意に呼びかけられて、驚いた。加藤という偽名には、未だ慣れない。目の前で呼ばれたから自分のことだと気づいたが、背後から呼び止められたら聞き流していただろう。元の顔を捨てたように、いっそ一条という名前も捨てるべきなのかもしれなかった。

「何？」

尋ね返すと、美濃部は真顔で訊いた。

「加藤さんは、頭いいんですか」

「えっ、どうして？」

どんな意図がある質問かわからなかった。揶揄（やゆ）する調子ではなく、本当に素朴な疑問といった様子だから、なおさら真意が摑めない。

「だって、闘争要員には見えないから。だとしたら、頭で貢献するのかなと思って」

かく言う美濃部自身は、東大の学生だから頭がいいのだろうし、体格も立派だ。文武どちらでも有為な人材なのは間違いなく、引け目すら感じた。

「いや、そういうわけじゃなく、成り行きで仲間になったんだよ。頭はたぶん、君の方がいい」

「そうなんですか」

美濃部は意外そうに眉を吊り上げると、それで納得したのか手にしているスマートフォンに視線を落とした。素直と言えば素直だが、普通は謙遜と受け取りそうな言葉を丸呑みする幼さに苦笑したくなった。美濃部は春日井に心酔しているとのことだから、この素直な性格はかなり役に立つのだろうなと少し皮肉交じりに考えた。

一時間近く経って、丸山が戻ってきた。丸山は店員を摑まえ、ドリンクバーを頼む。そして腰を下ろすと、また顔を寄せてきた。

「わからなかった。でも、硝酸カリウムが盗み出されたんだから、誰もいないはずはないよな」

具体的な単語を口にしたからか、丸山はいっそう声を潜めた。一条も、かろうじて他のふたりに聞こえる程度に声量を絞る。

「まだ作り始めてなくても、少なくとも見張りはいるはずですよね。次はおれが行ってきます」

「お願い」

その言葉に送り出され、ファミリーレストランを後にした。自分のスマートフォンで地図アプリを開き、一時間前に通り過ぎてきた民家を目指す。車だとさほど離れた気がしなかったが、徒歩では十分ほどかかった。

視界に民家が入ってきても、できるだけ凝視はしないようにした。ただ前方を見ている振りをし、ちらちらと目を向けて観察する。丸山が言っていたとおり、人がいる気配はない。それでも、食料の買い出しに出たり、あるいは仲間がやってきたりするはずだ。ちょうどその場面に出くわせばいいとわずかに期待していたが、そううまくはいかなかった。

通り過ぎるしかなかった。なかなか手強いとの感想を抱く。しかし、考えてみればそれも当然なのだ。何しろダミー情報を仲間内に流してまで、硝酸カリウム盗難を成功させたのである。保管に慎重にならないわけがなかった。

しばらく周辺を歩いてから、来た道を逆に辿ってファミリーレストランを目指した。その途中、民家の横を通る。依然として、動きはなかった。悔しさを押し殺して、ファミレスに帰るしかなかった。

「駄目でした」

丸山と美濃部がいる席に戻り、報告した。ふたりは特に失望を見せない。こうなることも、出発前には見越していたからだ。次の手も、準備してあった。

「そろそろ、ここを出ようか」

丸山は顎をしゃくって、店の外を示した。ランチタイムに突入し、店内は少し混んでいる。会計を済ませて、停めてあった車に乗り込んだ。今度は丸山がハンドルを握った。

「ちょうどいい場所はあった？」

運転席の丸山が、質問の言葉を発した。問いかけている相手は自分だとわかったので、一条は応じた。

「隣家の庭にある木がいいんじゃないかと思いました」

「うん、そうだね。ぼくもそう思った。そこしかないね」

「ええ」

監視用のスマートフォンを設置する場所について、話し合っているのだった。隣家の庭の木にスマートフォンを置き、レンズをアジトの玄関に向ける。その映像を遠隔で受信し、人の出入りを監視する。

スマートフォンには大きめのモバイルバッテリーを繋いでおくから、長時間の駆動が可能だった。もちろん、モバイルバッテリーは大型でも丸一日は保たないので、こまめに交換しなければならない。そのために一条たちはこの地域に滞在し、スマートフォンの管理をする。いつ帰れるかわからない、過酷な任務だった。

国道から逸れたところで車を停め、仮眠をとった。時間を潰し、夕食はコンビニエンスストアで買ったもので済ませて、夜が更けるのを待つ。午前一時過ぎに、丸山と美濃部が車を出ていった。スマートフォン設置はふたりに任せ、一条は車内で留守番なのだった。

三十分もかからず、ふたりは戻ってきた。「ばっちり」と丸山は成果を誇った。

11

無人のようにも見えたアジトには、やはり人が出入りしていた。深夜のことだったので、スマートフォンによる間断ない監視でなければわからなかった。食料を持ってきたとおぼしき男ふたりが、周囲に目を配りながらアジトに入っていく。その挙動だけで、男たちがこれからホームパーティーを開こうとしているわけではないとわかる。〈ＭＡＳＡＫＡＤＯ〉に身を置いてまだ日が浅い一条ではあるが、男たちが組織の人間であることは見抜けた。

「ここが爆弾の製造場所で間違いなかったようです」

翌朝になって、映像を再生しながら美濃部が言った。三人で起きている必要はないので、監視は美濃部に任せて一条と丸山は車中で寝ていたのだ。起きたらすぐに、人の出入りがあったと美濃部に教えられた。自分たちの苦労が無駄ではなくてよかったと、一条は安堵した。丸山も美濃部も、思いは同じだろう。

「だったら、運び出されるところを見逃さないようにしないとね。館岡さんには、今度こそ決行の日をちゃんと特定してもらわないと」

丸山は口ではそう言うが、また裏をかかれることを警戒しているからこその監視なのである。館岡を信頼していないわけではない。今度は絶対に失敗できないから、二重の策を講じているのだった。

次に特定すべきは、アジトに出入りしている者たちの人数だった。あまり人数が多ければ、一条たちのセクションだけでは対応できないかもしれない。穏健派は〈ＭＡＳＡＫＡＤＯ〉内で非主流派なのだ。味方の少なさを、心許なく感じた。

それから三日かけて、アジトに出入りする者たちの人数を確定させた。監視を始めてから四日の間、一条たちは交代で銭湯に行き、ときにはネットカフェで睡眠をとり、車中生活を凌いだ。あまり長引くようであれば他のメンバーと代わってもらわなければならないかもしれないと考えていたが、どうにか耐え抜いた。出入りしている者は四人。他にアジトから一歩も出ていない者がいるかもしれないが、持ち込む食べ物の量からして、その人数はさほど多いとは思えない。アジトの中にいるのは、せいぜいふたりか三人だろう。ならば、全部で七人ほどか。普通乗用車一台に全員は乗れないから、アジトに残る者がいないなら車二台に分乗することになる。すると、一台には三、四人しか乗らないと予想できる。セクション全員で対応すれば、制圧できない人数ではなかった。

アジトに来る車は、一台だけだった。もしかしたら、爆弾を持ち出す際には五人以下で行動するのかもしれない。逆に言えば、もし二台目が来たらいよいよ行動開始と見做せる。対応するに当たっては、セクションの他のメンバーは仕事を休む必要がある。決行の日が事前にわかるなら、それに越したことはないのだった。

「おっ、館岡さんが探り出してくれた。どうやらあさってらしい」

着信したメッセージを読んで、丸山がそう言った。あさってか。休みを取らなければならない他のメンバーにとってはもう少し早く知りたい情報だったろうが、監視をしている一条たちにはようやくと思える。平らなところで寝たいという気持ちが強いので、あさってですら待ち遠しかった。

その日の夜に、二台目の車がやってきた。やはり、決行の日が近いという情報は間違っていないようだ。早く解放されたいと思いつつも、緊張感を覚え始める。一条たちがやろうとしていることは、爆弾の強奪なのだ。しかも、相手に素性を知られてはならないのである。簡単ではないし、思うとおりに進まなければ流血沙汰になる可能性もある。緊張しているくらいでちょうどいいのかもしれなかった。

「じゃあ、ぼくはネットカフェに行かせてもらおうかな。今のうちに寝ておかないといけないからね」

後部座席に坐っている丸山が、のんびりとした口調で言った。緊張を感じさせない口振りだが、あえてそうしているのではないかと一条は考えた。今からピリピリしていても仕方ない。経験が浅い一条や美濃部に、そのことを言外に伝えているのだと受け取った。

明け方に丸山が帰ってきたので美濃部が休息を取りに行き、一条はその後の昼過ぎにネットカフェで体を休めた。気が高ぶるかと思っていたが、体の疲れの方が勝ってすぐに寝られた。夕方六時過ぎに、スマートフォンのアラームで目覚めた。寝ている間に連絡がなかったということは、まだ状況は変わっていないのだ。やはり、動き出すのは夜間と思われた。

コンビニで三人分の食べ物を買い、車に戻った。アジトに人の出入りはなく、駐車スペースには二台の車が停まったままだという。東京で待機しているメンバーにも、こちらの状況は逐一報告しているとのことだった。そうしたことを聞きながら、腹ごしらえを終えた。

夜十一時過ぎ、ついにアジトの玄関ドアが開いた。連れ立って人が外に出てくる。数えると、人数は四人だった。それだけか。全員が、ボストンバッグを手にしていた。車の後部トランクを開け、四つのボストンバッグを入れる。そして、四人とも同じ車に乗り込んだ。車は一台しか使わないようだ。尾行しやすくていいが、時間差でもう一台も出発するのかもしれない。もともと監視用のスマートフォンを回収する時間はなかったが、まだ見張り続けなければならないならかえって好都合だった。ともかく、今は出発する車を追わなければならない。ハンドルを握る美濃部が、サイドブレーキを解除してゆっくりと車を発進させた。

セクションの他のメンバーとは、東京近くで合流することになっていた。テロの標的は東京の警察署と思われるからだ。可能なら東京に入る前、埼玉辺りで襲撃したいが、常磐自動車道をどこで下りるかわからない。臨機応変に対応できるよう、こちらの位置情報は他のメンバーと共有していた。

アジトの近くで待機していたので、出発した車にすぐ追いついた。百メートルほど距離をおき、追尾を開始する。住宅街なのでこの時刻は静まり返っていて、通り抜ける車も歩いている人も見られない。追尾に気づかれることを警戒しなければならないが、ほどなく国道に出るはずだ。国道に出たら、深夜でもそれなりに交通量がある。追尾もしやすくなるはずだった。

「あ、二台目も出発した」

スマートフォンを見ていた丸山が、声を発した。やはり、間をおいて出発したのか。難しい状況だ。こうなることを見越して車種とナンバーは他のメンバーに知らせておいたから、東京に近づいてから手分けして追尾するしかない。二台目も東京を目指すなら、コースは途中まで一緒のはずだった。

異変が起きたのは、次の瞬間だった。前方を見ていた美濃部が、「やべ」と呟いた。助手席に坐っていた一条は体を捻(ひね)って後部座席の丸山に顔を向けていたが、その言葉を聞いてとっさに前に向き直った。

前を行く車が停まった。それも、普通ではない停まり方だ。道路を塞ぐように、こちらに側面を見せて停止したのだった。

「まずい、美濃部君。気づかれた」

丸山が鋭い声で警告した。ほぼ同時に、美濃部はブレーキを踏む。一条は再度振り返り、後方を確認した。すると、別の車のヘッドライトが近づいてきつつあった。

「挟まれる！」

後方から来た車は、アジトを出発した二台目の車だろう。追尾に勘づき、二台で尾行車を挟み込むためにアジトを出たのだ。向こうは前後の車を合わせ、少なくとも六人はいるはずである。対してこちらは、三人だ。捕まろうものなら、どんな目に遭わされるかわからなかった。なぜ気づかれたんだ……、突然の危機的状況に混乱しながらも、一条はそんな疑問を覚えた。

「ちっ」

美濃部は舌打ちすると、すぐにギアを入れ直した。上半身を捻り、後方を見ながらアクセルを踏む。そのまま躊躇(ちゅうちょ)せず、バックで発進した。

後方から近づいていた車は、こちらのそんな動きを予測していなかったようだ。前方の車のようにすぐには妨害できず、停まってしまう。その横に空いている空間に、美濃部は車を突っ込ませた。ガリガリ、と激しい音がした。横っ腹を停まった車の側面に擦(こす)ったようだ。サイドミラー同士がぶつかり合い、吹き飛んだ。一瞬後には、車の横をすり抜けていた。

「そのまま進め！　前は見てる！」

一条は指示を出した。取り残された車は判断に迷っているのか、同じようにバックでこちらを追おうとはしなかった。道路に横向きになった前方の車も、すぐには追ってこられない。美濃部は民家の空いている駐車スペースに車の尻を突っ込むと、そこで切り返して前方から道路に出た。後は、車二台を置き去りにして逃げ去るだけだった。

二度左折をして、国道に出た。車の流れを縫うようにして、前へ前へと急ぐ。一条と丸山はその間、ずっと後方に視線を向けていたが、追ってくる車はなかった。それでも、かなり離れるまで美濃部はスピードを落とさなかった。

「……やられたな」

力なく丸山が呟いたのは、十分ほどひたすら走り続けた後だった。一条は相槌の言葉すら見つけられなかった。

12

「東京に報告するよ」

呆然としている場合ではなかった。丸山は宣言すると、スマートフォンで電話をかけた。一条や美濃部にも聞こえるよう、スピーカー通話にしている。応じたのは、聖子の声だった。丸山は淡々と告げる。

「失敗した。どうしてか、追跡に気づかれた。挟み撃ちにされそうになって、逃げるしかなかった。もう、見失ったから車を追えない」

「えっ」

聖子は驚きの声を発したきり、絶句したようだった。失敗で済む話ではないのだ。しかし、現に失敗してしまった。もはや、テロを防ぐことはできない。その現実に、聖子は言葉を失ったのだろう。

「ひとまず、東京に帰る。これからどうすべきか考えるけど、いい知恵はない。他のみんなにも、善後策はないか訊いておいてくれないかな」

「――わかった」

やり取りはそれで終わった。丸山が小さいため息をつく。いい知恵はない、との言葉が一条の耳に残った。

「匿名で、警察に警告すべきではないでしょうか」

思いつけることを口にした。警察を利する行為に抵抗があるのはわかるが、今はそんなことを言っている場合ではない。無駄な血を流させないためには、警察に知らせるべきだと一条は考えた。

「どうかな。賛成する人は少ないと思うよ」

案の定、丸山は否定的なことを言った。穏健派を自任する丸山でさえ、こうなのか。美濃部はなんの迷いもない口調で、意思表明した。

「おれは反対です」

「いや、美濃部君。爆弾テロなんて起こしたら、人が大勢死ぬんだぞ。世間は〈MASAKADO〉を敵視する。そうなったら、東日本独立が遠のくじゃないか」

「そうですかね。おれは難しいことはわからないんで、春日井先生の意見に従います」

結局、考えることを放棄するような物言いをした。春日井が賛成すれば、美濃部も意見を変える。ならば、ここで説得しようとしても無駄だ。一条は丸山にだけ話しかけた。

「丸山さん、そう思いませんか。世間に嫌われるのは得策じゃありませんよ。独立を考えるなら、テロは絶対に阻止しないと」

「わかってる。でも、ぼくらにとって警察は敵なんだよ。長い間ずっと、警察にはひどい目に遭わされてきたんだ。君はそれを知らないから、そんなことが言えるんだよ」

確かに新参者の一条は、これまでの闘いを知らない。世間で報じられていたことはごく一部で、水面下での暗闘が繰り広げられてきたのだろう。それが警察への敵意となって残っているなら、警察を助けようという案は受け入れられないかもしれない。無力感に襲われ、一条は歯噛(はが)みした。何もできないでいる自分が、ただもどかしかった。

「東京に向かいますよ。布団で寝てぇ」

美濃部は事態の深刻さがまるでわかっていないかのような声を発した。しかし、布団で寝たいのは同感だった。たとえ布団に入っても、とても寝られそうになかったが。

運転を交替しながら、東京に着いた。立川のアジトまで戻っては事態の変化に即応できないので、赤羽(あかばね)のカラオケ店に入る。大きい部屋を借りて、そこに皆が集まることになっていた。一条たちが一番最後で、春日井も含めた七人が揃った。

「監視に気づかれてたのか」

第一声で、寺前が一条たちに質問を向けてきた。どうなのだろう。一条も東京に向かう道中ずっと考えていたが、何かミスをしたとは思えなかった。それでも向こうがこちらを迎え撃とうとしたのは、単に相手が一枚上だったということか。あるいは——。

「わからないです。もちろん、気づかれてないと思ってましたけど、ちょっとアジトの周りをうろうろしすぎたかも」

丸山が答えた。そうなのかもしれない。寺前は小さく頷いた。

「まあ、気づかれてたんだろうな。君たちが捕まらなくてよかった」

寺前は失敗を咎めるのではなく、一条たちの身の安全を喜んでくれた。さすがはリーダーだ。和将を粛清した後は気が塞いでいたようだったが、今はリーダーらしい振る舞いをしている。この危急の折に、頼もしかった。

「これから、どうしますか。おれは警察に警告をするべきだと思うんです」

焦りが一条の口を開かせた。性急すぎるかもしれないが、一分一秒が惜しい。武闘派たちはすでに、東京府内に爆弾を配り始めている頃なのだ。

「そう、それが加藤君の考えなんだ。ぼくは賛成できないんだけど」

丸山が一条の言葉を受けて、発言した。一条は全員の反応を見渡す。特に表情を変える者はなく、無反応だ。この反応のなさは、いったいどういう意味なのか。

「警察が敵なのはわかります。皆さんの中には、警察を憎んでいる人もいるのかもしれません。でも、爆弾テロでは一般市民も巻き添えを食います。そんなことをしたら、〈ＭＡＳＡＫＡＤＯ〉は一般市民の支持を失います。普通の市井(しせい)の人たちから見限られたら、終わりですよ。爆弾テロなんて、絶対に避けるべきです」

力説した。この説明が通じない人たちではないはずだった。何しろこのセクションは、自ら穏健派と名乗っているのだ。寺前はどっちつかずだったが、信条が武闘派に近いとは思えない。心理的抵抗があったとしても、全員が一条に賛成してくれると信じていた。

「落とし物として、爆弾が警察に届くようにするんだろ。だったら、爆弾は保管室に置かれるわけだから、一般市民は巻き添えを食わないんじゃないか」

丸山が楽観的なことを言う。一条は丸山の方に身を捻って、反論した。

「爆弾が落とし物として届けられずに、持ち帰られてしまうかもしれないじゃないですか。そうしたら、爆発の被害に遭うのは警察官じゃなく一般の人ですよ」

「落とし物を自分のものにしちゃうような人なら、自業自得だろ」

「その家族はどうですか。家族まで自業自得なんですか」

「仮定の話でしょ。持ち帰るような人はいないよ」

「わからないじゃないですか。どうしてそう言い切れるんですか」

強く言い返した。だが、一条に味方してくれる人はいない。皆、沈黙していて、どちらの意見に近いのかわからなかった。この淀んだ雰囲気は、いったいなんだ。もしかして、自分の主張は浮いているのか。そんな危惧を抱いた。

「丸山君の言うことにも、一理あると思う」

ようやく声を発したのは、春日井だった。一条は驚いて、そちらに目を向ける。春日井は一条にだけ視線を向け、語りかけてきた。

「もし万一、爆弾を持ち帰った人が被害に遭っても、非難の矛先は〈MASAKADO〉には向かわないんじゃないかな。落とし物を持ち帰る人が悪い、ってことになるよ。だとしたら、〈MASAKAD

O〉の名前に傷はつかない。市民を敵に回す心配はしなくていいことになる」

「でも、落とし物として回収されずに、町中にあるうちに爆発するかもしれないですよ。そうしたら、市民は巻き込まれる」

「だとしても、どうやって回収するんだ。警察に警告してあっても、被害を防げないだろう」

冷静な春日井の指摘に、一条は反論の言葉を見つけられなかった。そうだ、アジトから爆弾が運び出されるのを防げなかった時点で、もう一条たちは負けているのだ。警察に事前警告をしても、テロは防げないかもしれない。ならば、被害に遭うのが警察官だけになる可能性に賭けるべきか。

いや、人命が懸かっているのに賭けなど許されない。それに、警察官なら死んでもいいという理屈は受け入れられない。テロを防ぐために、できるだけのことをするべきではないのか。いろいろ理屈をつけて、何もせずに見過ごすなんてことが許されるのか。テロを容認して、何が穏健派か。

「なあ、それでいいのか。テロを許すのか。我々は武闘派とは違うんじゃなかったのか」

聖子に向けて、訴えた。少なくとも聖子は、一条に味方してくれるはずと確信していた。

しかし、聖子は表情を変えなかった。顔の筋ひとつ動かさないまま、口を開く。

「多数決を採ったらどう?」

そうか、そうなるのか。思わず一同の顔を見回した。一条に賛成してくれる人はいるか。美濃部はここに来る前に言っていたとおり、春日井の意見に従うだけだろう。丸山は明確に反対だ。館岡は何を考えているかわからないが、自分のミスの尻拭いとして賛成してくれるかもしれない。寺前はどうか。無気力状態を脱した今、積極的にテロ阻止に動く可能性はある。むろん、聖子は賛成だ。となると、多数決でも勝てることになる。

「多数決は好ましくないが、加藤君を納得させるためには仕方ないだろう。いいよな、加藤君」

春日井に確認を求められた。頷かざるを得なかった。

「はい、けっこうです」

「では、決を採ろう。加藤君に賛成の人」

春日井が呼びかけた。当然、一条は手を挙げる。次の瞬間、愕然とした。続いて手を挙げる者は、ひとりとしていなかったのだ。

「では、反対の人」

今度は、一条を除く全員が手を挙げた。一条は一瞬、眩暈を覚えた。

13

「こういうことになったよ、加藤君。納得してくれ」

春日井に言われた。納得などできるわけがなかったが、すぐには言葉が出てこなかった。前々から心にチクチクと引っかかっていた疑問が、無視できないほど大きくなりつつある。それは、〝〈MASAKADO〉を信用していいのか〟だった。テロは最初から問題外だった。だから自分がテロ組織に入るなんて事態は、想像すらしたことがなかった。それでも、〈MASAKADO〉内の穏健派の存在を心の拠り所とした。穏健派ならば、同じ方向を向けるのではないかと期待したのだ。合流してからこちら、まったく疑問を覚えなかったわけではない。とりわけ、和将を殺したことはとても賛同できない。だがあの時点ではまだ、やむを得なかったと自分をごまかした。本来そんなことは許されないのに、〈MA

SAKADO〉を抜けたら生きていく場所がない一条は、自分をごまかすしかなかった。あのときの愚かな判断が今、目に見える形で現れたのではないか。何もかも、すべて間違えていたのではないのか。

「警察に警告しないと決まったからには、加藤君にはおとなしくしていてもらわなければならない。勝手にひとりで通報できないように、スマホは預からせてもらうよ」

「えっ」

予想もしなかったことを春日井に告げられ、戸惑った。一条に比べて他の者たちの反応は早く、丸山が立ち上がって手を伸ばしてくる。身構えようとしたら、両側から腕を押さえられた。押さえているのは館岡と美濃部だ。信じられない思いで、目を瞠(みは)ることしかできなかった。丸山は一条のジーンズのポケットから、スマートフォンを抜き取った。

「それから、テロが起きるまで立川のアジトにとどまっていてもらう。自由に行動させては、公衆電話から通報する可能性もあるからね。我慢してくれ」

「そこまで、するんですか」

呆然とした思いで、問い返した。春日井は軽く頷く。

「やむを得ないよ。みんなで決めたことだから。加藤君も多数決は尊重するだろう」

受け答えは春日井に任せたつもりか、他には誰ひとり口を開かなかった。助けを求めて、聖子を見つめた。聖子は目を逸らさず、視線が絡み合う。だがその視線からは、なんの感情も読み取れなかった。まるでただの物体を見ているかのような目だ、と感じた。

「では、移動してくれ。後は任せた」

春日井が誰に「任せた」と言ったのかは、不明だった。本来ならリーダーである寺前のはずだが、そうは思えなかった。寺前は手を出しかねている様子で、ただ静観しているだけだったからだ。実際、両側を館岡と美濃部に固められたまま、一条は車に押し込まれ、他に乗ったのは丸山と聖子だった。春日井はさっさと姿を消し、寺前だけを残して車は発進した。

ハンドルを握っているのは、聖子だった。丸山と美濃部は長い監視生活で疲れているだろう、という配慮か。丸山は助手席で、すぐに舟を漕ぎ始めた。しかし左横に坐る美濃部は、寝そうにない。仮に寝たとしても、美濃部を越えて車の外に飛び出すことなどできないのだが。

聖子に話しかける気にはなれなかった。もはや、聖子が何を考えているのかわからない。いや、本当は前からわかっていなかったのだ。そのことにうすうす気づいていながら、同じ気持ちでいるはずと思い込んでいた。まさに、ただの現実逃避だ。結果として、この状況になっている。すべて、自分が招いたことであった。

考えるべきは、これからどうするかだった。考え、覚悟を固めなければならない。一条は言葉を発さず、ただ前を見据えた。道の先を凝視し、己の思考に深く沈潜していった……。

車中では丸山が寝ていたこともあり、ほとんど誰も言葉を発さなかった。聖子、館岡、美濃部と、無口な者が揃っていたからだ。丸山と一条が口を開かなければ、車の中は静まり返っているだけで、その沈黙を重いと感じる人もいないようだった。

一時間弱で、アジトに着いた。アジト内に入ると、丸山がいつもの軽い口調で言った。

「悪いけど、自分の部屋には行かないでくれるかな。窓から逃げられても面倒だからね。必ず誰かとリビングにいてもらう。トイレは窓がないから、ひとりで行ってくれていいけど」

そこまで徹底するのか。テロが起きるまで、自由な時間は与えられないらしい。抵抗する気はなかった。言われたとおりソファに坐り、瞑目(めいもく)して体を休めた。

何もせずにいる時間は、長く感じられる。まして今は、テロが起きるのをひたすら待っているのだ。たったの一分が三分にも五分にも感じられ、苦痛だった。無為に耐えかね、心がふらふらと揺れる。例えば、実は水面下でテロ阻止のために動くグループがあるのではないか、と妄想したりした。横の繋がりがないだけで、〈MASAKADO〉内に他にも穏健派が存在しているかもしれない。一条たちは阻止に失敗したが、テロを食い止めてくれる人たちが他にいるのではないか。そんな、あり得ない期待に縋ってしまいそうになる。

あるいは、警察が気づくかもしれない。〈MASAKADO〉が把握していなかっただけで、署内に持ち込まれる物はすべて検査されているかもしれないではないか。警察が自分たちを対象としたテロを、やすやすと許すわけがない。だからこそ、敵として手強いのではなかったのか。

いや、冷静に考えて、それは過大評価なのだろう。あからさまに不審な物は警戒するだろうが、爆弾は菓子折を装うという。デパートの包装紙に包まれていたら、中身を確認しようとはしないのではないか。おそらく、落とし物は日々大量に届くのだ。その中に紛れてしまえば、警戒をすり抜けてしまう可能性は高い。

せめて、人的被害が出ないことだけを祈りたかった。落とし物保管室は、人の出入りが多くないと思いたい。無人のときに爆発すれば、それが理想的だ。爆弾は警察署全体を吹き飛ばすほどの威力はないだろう。被害は室内にあった物だけにとどまるのではないか。〈MASAKADO〉が日本全体を敵に回すつもりでないなら、必ず爆弾の威力を抑えるはずだった。

見たところ、アジト内の他の者たちはテロが起きることをまるで気に病んでいないようだった。寛いだ態度で、スマートフォンをいじったりテレビを見たりしている。彼らの本心を垣間見たように思った。ただひとり、聖子だけは苛立っていた。ずっと坐っていられないらしく、立ってリビングをうろうろ歩いたり、あるいは外の景色をじっと見つめたりしている。そんな様に、少し救われる気がした。

風呂に入ることは許された。ただし、脱衣所の外に監視が立った。窓はない。かまわず、ゆっくり湯船に浸かった。武闘派の動向を窺っている間、銭湯に行ってはいたが毎日ではなかった。銭湯は料金が高く、入浴は贅沢な行為だったからだ。心は緊張しているが、湯に浸かったことで少なくとも体だけは弛緩できた。

夜は、リビングのソファで寝るよう強いられた。館岡と美濃部は、床に布団を敷いて交替で寝るらしい。逃げたりしないのにご苦労なことだ、と内心で思ったが、口には出さなかった。もはや、彼らとコミュニケーションをとるつもりはなかった。

翌日の午後二時のことだった。スマートフォンを見ていた美濃部が、「あ」と声を発した。リビングには他に、丸山がいた。美濃部は丸山と一条、両方に向けてスマートフォンの画面を示した。

「起きた」

何が起きたか、確認するまでもなかった。一条は強く目を瞑り、奥歯を嚙み締めた。

14

丸山の呼びかけで、聖子が部屋から出てきた。全員で、テレビを見る。テレビにはまず速報のテロップが出て、ほどなく緊急番組に切り替わった。アナウンサーは手許に差し出される紙に目を通しながら、ニュースを読み上げた。

最初は五月雨式に爆発の報が読まれるだけで、アナウンサーも何が起きているのかわかっていない様子だった。そのうち、これが誤報や情報の錯綜ではなく、本当にいくつも爆発が起きているのだと認識された。スタジオではなく報道フロアから放送されているので、慌ただしい気配がそのまま伝わってくる。警察から正式な発表がないまま、情報の取りまとめにスタッフが奔走しているようだった。

やがて、爆発があった場所はすべて警察署だと判明した。被害のほどはわからない。死傷者は出たのか、一般人は巻き込まれたのか。一条が知りたいことは、なかなか報じられなかった。

ほどなく、新たな動きがあった。〈ＭＡＳＡＫＡＤＯ〉が犯行声明を出したのだ。そのことには、アジトにいる者たちも大きく反応した。一条だけでなく誰も犯行声明を出すとは知らなかったらしく、「おお」とか「えっ」といった声が上がった。アナウンサーが、声明を読み上げた。

「『我々は東日本独立を望む組織〈ＭＡＳＡＫＡＤＯ〉である。穏便な独立を目指しているのに暗愚な日本政府がそれを妨げるので、実力を行使することにした。〈ＭＡＳＡＫＡＤＯ〉のメンバーを犯罪者として逮捕する警察は、東日本の敵である。故に、鉄槌を下した。非は日本政府にあると、東日本の人々には認識してもらいたい。東日本人の誇りを守る組織〈ＭＡＳＡＫＡＤＯ〉』以上です」

当然のことながら、〈ＭＡＳＡＫＡＤＯ〉中枢も民衆を敵に回してはまずいとわかっていたようだ。短い声明の中に、行為を正当化し民衆の味方であることを強調するフレーズが入っている。果たして、これがどのように受け取られるのか。被害の程度によっては、〈ＭＡＳＡＫＡＤＯ〉を支持する人もいるのかもしれない。〝東日本人の誇り〟という一節には、民衆の気を惹くためだけでなく、〈ＭＡＳＡＫＡＤＯ〉の信念が込められているようにも感じられた。

声明に対して、反応する者はいなかった。テロには反対だったが、いざ声明が出されてみると共感できる、といったところではないかと推察した。一条も気持ちはわかる。東西統一後に固定された格差は、人々から希望を奪った。〈MASAKADO〉は、希望を持てない人たちの希望になろうとしたのだ。こうして改めて声明を聞くと、初心を思い出すのではないか。テロを阻止しなくてよかったと、考えを改めている者もいるかもしれない。

しかし、それでは駄目なのだ。どんな崇高な理念も、行動によって本当の姿が現れる。テロは、暴力は、問答無用で否定されなければならない。美辞麗句に酔わされ、流されてはいけないのだ。その前提を、心の中で強く再確認した。

時間が経つにつれ、人的被害も明らかになってきた。やはり、死傷者は出た。爆発があった警察署は六ヵ所だった。これを多いと見るか少ないと受け取るかは意見が分かれるだろうが、一条は多いと感じた。六つの警察署が、爆発物に気づかず署内に持ち込んでしまった。公安とは違い、地方の一警察署に過ぎない所轄署では、テロに対する警戒心が薄かったとしか思えない。結果として、警察官四人と一般人ふたりが死亡、重軽傷者は十人以上に及んだ。重軽傷者の数は、今後もっと増えるかもしれないという。

死者が六人も出てしまった。その一事を以てしても、〈MASAKADO〉の行為は許されざるものだった。もし被害が警察官だけだったらわからなかったが、一般人も死亡したことによって民意が〈MASAKADO〉から離れることは間違いなかった。民衆の支持を失った〈MASAKADO〉に、先はない。そして一条の気持ちも、すでに固まっていた。

「もう、部屋に戻ってもいいかな」

これ以上、一条をとどめておく必要はないはずだった。誰にともなく許可を求めると、丸山が驚いたようにこちらを見て、「ああ、いいよ」と答えた。それに対してただ頷き、リビングを後にした。他の者たちと同じ空間にいたくなかった。

自分用として使っていた部屋に入り、ベッドに身を投げ出した。天井を見上げながら、人生がねじ曲がってしまった経緯を回想する。それまでも大した人生ではなかったが、こんなにもひどいものになるとは想像もしなかった。以前は貧乏な肉体労働者のひとりだったのに、今や犯罪者でありテロリストだ。どこかで野垂れ死ぬのが似合いだと思えば、諦めもついた。

三十分ほどした頃に部屋を出ると、リビングにいたのは美濃部だけだった。退屈そうに、スマートフォンをいじっている。声をかけて、取り上げられたスマートフォンを返して欲しいと頼んだ。預かっているのは聖子だと言われたので、部屋を訪ねる。ちょうどいい機会だと思った。

「ちょっといいかな」

ドアをノックして、呼びかけた。すぐにドアが開き、聖子が顔を見せた。

「何?」

「スマートフォンを返して欲しい。それと、話があるんだ。中に入っていいか」

「ああ、そう。いいけど」

聖子は一歩下がって、「どうぞ」と促す。一条は低頭してから、部屋の中に入った。

一条が使っている部屋と同じく仮住まいだから、聖子の私物は少ない。もともと置いてあった机と椅子、ベッドだけが家具だ。その他には、ここに来てから買った服がクローゼットにあるくらいだろう。いかにも殺風景だが、聖子には似合っているとも言えた。

「はい、これ」

聖子はスマートフォンを差し出してきた。受け取ったが、電源は入れない。ポケットにねじ込み、立ったまま告げた。

「おれ、〈MASAKADO〉を抜ける。これ以上、君たちに付き合っていられない」

テロを否定するなら、テロ組織にはいられない。誰にでもわかる、単純な結論だった。一条だけがわからずにいた。しかしもう、迷いは晴れた。〈MASAKADO〉を抜けても、元の生活には戻れない。だとしても、このまま〈MASAKADO〉に残る選択肢はなかった。

「そう言うと思った。顔を見てればわかったよ」

聖子は特に驚きもせず、淡々と応じた。ならば話は早い。あっさり抜けさせてくれるかと期待した。

「抜けてどうする気？　まさか、普通の社会人として生きていけるなんて甘いことを考えてるんじゃないよね」

聖子は厳しい言葉を発した。むろん、一条も現実を直視している。

「普通ってなんだ？　まともな職に就けなくてその日暮らしになっても、前の生活と大差ないんじゃないか。おれたちはもともと、下層民だったんだからな。今後も下層民として生きていくだけだ」

「抵抗はやめたってわけ？」

「下層民の抵抗なんて、しょせんは蟷螂の斧だよ。こうやって派手なテロを起こしたところで、きっと何も変わらない。警察や自衛隊が本気になって、〈MASAKADO〉は潰されて終わりだ」

〈MASAKADO〉の構成員が何人いるのか、一条は把握していない。仮に何十万人といたところで、それでも蟷螂の斧であることに変わりはないだろう。警察や自衛隊の力は絶大だ。そんな巨大権力を直接攻撃し、怒らせてしまった。彼らが目の色を変えて〈MASAKADO〉を潰しにかかるのは、もう間違いのないことだった。幹部たちはほどなく、全員炙り出されてしまうに決まっていた。

「ずいぶん諦めがいいのね。でも、それって美徳でもなんでもないよ。抵抗をやめたら、ただの豚だよ」

聖子は辛辣だった。さすがにその形容にはカチンと来る。

「威勢だけがよくても、どうにもならないぞ。行動を伴わない理念なんて、豚の餌にもならない」

売り言葉に買い言葉だったが、聖子は気分を害したようでもなかった。「坐ったら」と椅子に向けて顎をしゃくる。自分はベッドに腰を下ろした。

頭に血が上ったのは自覚したので、気を落ち着かせるために着席した。聖子は正面からこちらを見る。いつもの聖子の態度だったが、久しぶりに正面から直視されたと感じた。

「行動を伴わない理念じゃないよ。前に、秘策があるって言ったのは憶えてる?」

「ああ、憶えてるけど」

忘れてはいない。しかし、もう期待はしていなかった。東西統合から三十余年が経ち、状況は固定された。この状況を劇的に変えられる秘策など、あるわけがなかった。

「一条くんに秘策を教えていいって許可は出てない。でも、私の一存で話す。これを聞けば、一条くんは〈MASAKADO〉にとどまってくれると思うから。私たちの本当の狙い、私たちが本当に目指している社会について、聞いて」

聖子たちが目指している社会。聖子たちは単に、東日本独立を願っているだけではなかったのか。その先に、目指す地点があったのか。思いがけないことを言われ、気勢を削がれた。真っ直ぐにこちらを見る聖子の目に、魅入られた心地がする。聖子は語り始めた。

15

テロが起きたとき、辺見は自分のデスクでパソコンに向き合っていた。岩清水逮捕に貢献したのは間違いなく辺見だから、それに伴って書類仕事が発生している。面倒ではあるが省略できることではなく、さっさと終わらせてしまおうと己を鼓舞して作業に取りかかっていた。しかしすぐに、スマートフォンの通知に気を惹かれた。

ニュースアプリの通知は、〝テロ〟というワードを含んだニュースのときだけ来るように設定してある。点灯した画面にちらりと目をやると通知はニュースアプリのものだったので、驚いてスマートフォンを取り上げた。

東京府警月島(つきしま)警察署で原因不明の爆発発生、テロも疑われている。そういった内容だった。書類仕事どころではなくなった。すぐにノートパソコンを閉じ、立ち上がった。室内にいた同僚も、同じニュースを受け取ったようだ。アイコンタクトをし、皆で同じ方へと動き出した。向かうのは、鳥飼がいる中隊長室だった。

ドアをノックしようとしたら、内側から開かれた。鳥飼が出てくる。顎をしゃくり、「第三会議室に集まれ」と言った。辺見は同僚たちとともに踵を返した。第三会議室は十人ほど入れる。今、この場にいるのは三人だけだが、おそらく他の者たちも集まってくるだろう。会議室の照明を点け、椅子に坐って待った。

スマートフォンで情報を集めようとしたら、立て続けに通知が来た。爆発は月島警察署だけでなく、他の警察署でも起きていたのだ。一ヵ所だけならガス管の破裂など、事故の可能性もあったが、同時に何ヵ所もではテロに決まっている。「やりやがったな」という同僚の声が聞こえた。

これは〈MASAKADO〉の犯行なのだろうか。真っ先に辺見が考えたのは、そのことだった。テロ組織の存在は自衛隊もいくつか把握しているが、複数の警察署を同時に爆破するような真似は〈MASAKADO〉にしかできないだろう。ならば、この犯行に一条は関わっているのか。あの一条が、ついにテロに加担したのか。

通知は止まらなかった。かなり広範囲で爆発は起きたようだ。爆発の原因は、爆弾か。いったいどうやって、複数の警察署に爆弾を仕掛けたのだろう。外から投げ込んだのか。あるいは、まさかとは思うが自爆テロか。日本ではまだ、自爆テロは一度も起きていない。しかしそれは、今後も起きないという保証ではない。日本人が、同じ日本人相手にテロを行う。やはりそれは、悲劇的なことと辺見には思えた。もっとも、テロリストたちは同じ日本人とは考えていないのかもしれない。日本がひとつの国であった時間と、ふたつに分かれていた時間では、前者の方が圧倒的に長い。にもかかわらず、分断の経験はいつまでも尾を引いている。一度分かれた者たちがもう一度やり直すのは、想像以上に難しいことなのかもしれないと改めて感じた。

三々五々、特務連隊の同僚たちが戻ってきた。顔を合わせても世間話をするような関係ではないから、目礼だけで着席する。そして情報収集のためにスマートフォンをいじり始めるのは、皆同じだ。人が増えても、会議室内は静まり返っていた。

ようやく鳥飼が現れた。鳥飼は前置きもなく、いきなり言った。

「六ヵ所や。六つの警察署で爆発が起きた。爆弾のようや」

歩きながら話し、会議室の一番奥の席に坐る。全員がそちらに体を向けた。

「どうやら爆弾は、落とし物として警察署に届けられていたらしい。すべての警察署で確認がとれたわけやないが、わかっているところではいずれも遺失物保管室が爆発発生地点になってる」

なるほど。そういうことだったのか。敵も考えたものだ。自爆テロでなかったことに、ほんの少しだけ安堵する。自爆テロであったら、あまりに陰惨すぎる。

「今のところ、警察官が三名死んだと判明してる。この数は、今後増えそうや。怪我人の人数は、まだ判明してない」

死亡者が出ているのか。ならば、それなりに殺傷能力の高い爆弾だったことになる。花火を買い集めて作ったような、おもちゃレベルのものではなかったということだ。火薬はインターネットで買えるが、そんな足がつく手段は用いていないだろう。ネットを使わなければ、入手ルートは限られる。そこから、実行犯に辿り着けるのではないかと考えた。

「で、これはまだマスコミも報じてないことや。〈MASAKADO〉と自称する者の犯行声明が届いとる」

この言葉には、一同が反応した。口々に、「〈MASAKADO〉?」「犯行声明」と呟いている。やはり〈MASAKADO〉なのか。〈MASAKADO〉はついに、日本政府との全面闘争に入ることにしたのか。

鳥飼が犯行声明を読み上げた。声明はメールで、各テレビ局と新聞社に届いたらしい。ことがことだけにすぐさま報じる社はなく、ひとまず東京府警が発表のタイミングを見計らう形になったそうだ。しかし、こうしたことはすぐに漏れる。数時間以内に発表されるだろうとのことだった。

「一応、手を回して情報を仕入れてみたが、現場も混乱しててよくわからへんところもある。やから、爆発があった六つの警察署に手分けして向かってもらいたい。どんな状況か、じかに確かめてこい」

鳥飼は指示を出すと、隊員たちを六ヵ所に割り振った。辺見は三軒茶屋（さんげんぢゃや）警察署に向かうことになった。同行する隊員は、香坂だった。先日まで一緒に行動していたことが勘案されたのかもしれない。辺見に異存はなかった。

全員で会議室を出て、地下の駐車場に下りた。香坂は車に取りつくと、「あたしが運転する」と宣言した。かまわないので、素直に助手席に収まった。香坂はなにやら目を輝かせていた。

「やってくれるよなぁ、〈MASAKADO〉。やる気ないのかと思ってたけど、骨のある奴もいたみたいだな」

まるでテロを歓迎しているかのような口振りである。おれにならいいけど、他の人がいるところでそんなこと言うなよと、つい苦笑した。

「冗談やないぞ。死亡者も出てる爆弾テロなんて、しゃれにならんわ」

「しゃれじゃないだろ。西日本人と違って、東日本人は真面目なんだぞ」

「おっ、それは偏見や。西日本人かて真面目なんやで。照れ隠しで不真面目そうにしてるだけで」

「辺見は冗談が通じないタイプだから、西日本人っぽくないよな」

「ほっとけ」

冗談が通じないタイプと言われてしまった。香坂の最初の言葉が冗談だということくらい、わかっている。ただ、物騒な冗談に乗れないだけだ。それを指して、冗談が通じないと思われているのかもしれないが。

「辺見が何を心配してるか、わかってるぜ。でも、そのなんとかって友達は生化学専攻だったんだろ。生化学じゃ、爆弾作りには役に立たないから安心すれば？　〈ＭＡＳＡＫＡＤＯ〉に加わったばっかりで、こんな大がかりな作戦にゃ関わらせてもらえないよ」

香坂は的確なことを言う。確かに、そのとおりだろう。心配しすぎだと、自分でも思う。ただ、本当に客観的な判断ができているか自信がなかったのだ。香坂にも関係ないと言ってもらえれば、安心できた。

「そうであることを願うわ」

短く答えた。一条がこのテロに関わっていないなら、話題を掘り下げる必要はない。以後は、香坂の鼻歌を聞くだけで特に言葉を交わさなかった。香坂はなにやら、やたら上機嫌だった。

三軒茶屋に近づいたところで駐車場を見つけ、車を停めた。そこから徒歩で警察署に向かうと、人だかりに行き合った。規制線が張られ、人々は足止めされているようだ。野次馬の頭越しに、消防車が見える。爆発があっても火災は抑えられたのか、警察署は燃えていなかった。

「はい、ちょっとすいませんね。ごめんなさい」

調子のいい言葉を発しながら、香坂は野次馬の間に強引に割り込んでいった。辺見はおとなしくその後ろに従う。香坂は最前列に出ると、堂々と規制線をくぐった。当然、人々を押し戻していた制服警官に咎められる。辺見が身分証を示すと、制服警官は目を丸くした。辺見はともかく、人目を惹く美女の香坂が自衛官であることに驚いたのだろう。

「あれ？　思ったほど壊れてないね。大した爆弾じゃなかったのかな」

香坂の言うとおり、警察署は形を保っていた。建物内部で爆発が起きても、崩壊するほどではなかったようだ。テロは基本的に、示威行動である。複数の警察署を標的にすること自体が大事だったのだろう。

表側からでは、被害の程度がわからなかった。正面入り口の段差を上って、身分証を翳しながら署内に入る。すると、「おい」と鋭い声で呼び止められた。声のする方に目をやると、見憶えのある顔があった。

先日、丸の内の東京国際フォーラムでの爆弾テロ現場で言葉を交わした公安刑事だった。確か、名前は田端といったか。田端は険しい目つきで、こちらを睨んでいた。

「おう、あんた。よくまあ、しゃあしゃあとおれの前に現れたな。約束破りやがって、これだから自衛隊の連中は信用できねえんだよ」

田端は明らかに怒っていた。まずい人に会ってしまったと、内心で首を竦める。田端が流してくれた指紋データの照合結果を、知らせていなかったのだ。指紋の主は一条だったのだから、教えられるわけもなかったのだが、事情を知らない田端が腹を立てるのは当然であった。

「これは田端さん。不義理をして申し訳ありませんでした」

ひとまず、頭を下げた。こんなときに開き直っても、いいことは何ひとつない。だが、その程度の詫びで田端の腹立ちは収まらなかった。

「謝って済みゃ、警察はいらないんだよ。あんたらは警察なんていらないと思ってるのかもしれないがな」

「そんなことは思ってません」

火に油を注ぐような相槌は打てるわけもなく、実際、警察が不必要だなどと思ってはいない。警察と自衛隊は、明確に役割が違う。

「すんませんでした、田端さん。不義理には理由があるんです。それも、個人的理由です。ですから、私ひとりが悪いんです」

田端の顔を見た瞬間、腹を括っていた。機嫌を損ねたままで、得なことはない。むしろすべて正直に打ち明けて味方につけた方が、よっぽど有益だった。

「個人的理由？　うっかり忘れてたとでも言うのか」

田端の口調は刺々しいが、こちらとのやり取りを拒絶する気はないようだ。ひとまず壁際に田端を誘導し、改めて向き合った。香坂は興味なさそうに、ひとりで警察署の奥へと入っていく。

「実はあの指紋、私の友人のものやったんです」

「はぁ？」

田端は頓狂な声を上げた。こちらの事情をあれこれ想像してはいても、まさかそんな事態とは予想できなかったのだろう。指紋の主が幼馴染みであること、行方を晦ましていること、友人の行動に少なからず動揺していたことを、包み隠さず話す。田端は終始、仏頂面を変えず、辺見に視線を据えていた。

「そういう次第で、田端さんにご報告する勇気がなかったんです。でも、気持ちの整理はつきました。以後、こんなことがないように気をつけますんで、どうかお怒りを収めていただけませんでしょうか」

おそらく他の自衛隊員が聞いていたら思いきり顔を顰めそうなほど、下手に出た。悪いのはこちらという自覚があるから、ごまかす気はない。頭を下げて味方を増やせるなら、低頭することになんら抵抗はなかった。

「ああ、そうか。わかったよ。いや、あんたが混乱したのは理解できなくもないぜ。おれたちにも、そういうことはたまに起きるからな。そんなふうに素直に謝ってくれるなら、こっちもいつまでも腹を立てるつもりはない。あんた、自衛隊員にしちゃ珍しいタイプだな」

渋い顔のままではあるが、口調からは刺々しさが消えた。むしろ、かえって好印象を与えたという手応えがある。やはり下手に出たのは正しかった、と内心で思った。

「で、あんたの友人の行方はまだわかってないのか」

「はい、残念ながら」

苦渋の表情を浮かべたのは腹を割って話していることを示すためだが、必ずしも演技ではなかった。

田端は重ねて問う。

「足取りはまるで摑めてないのか」

「ええ。私もなんとか捜し出そうとしてるんですが」

「そうか」

ひとつ頷くと、田端は少し語気を強めて「よし」と言った。顔を近づけてきて、囁く。

「だったら、改めて同盟だ。あんたもおれも、今後摑んだ情報は隠さずに教える。おそらく情報は、警察の方が摑めるだろう。だがテロリストを追い詰めるのは、あんたらの方がやりやすいはずだ。そういう協力関係で、どうだ。約束するか?」

「はい、約束します」

即答した。もとより、そのつもりだったのだ。

「よっしゃ。いい約束ができた。じゃ、さっそく爆発現場を見に行くか」

田端は顎をしゃくって、歩き出した。辺見はその後に従った。

廊下の奥に、破壊の跡が見えた。ドアが吹き飛び、倒れている。火が出たとしてもすでに鎮火したようだが、物が燃える臭いがした。それと、火薬の臭い。爆弾による爆発であることは、臭いからも明らかであった。

「当然のことながら、何が爆発したのかはまだわかってない。でも、爆発物であることは間違いないな。忘れ物として、ここに届けられることを狙ったんだろう。今どきの爆弾はカチコチ言ってくれないから、綺麗に包装されると見た目じゃわからないんだよな。まあ、警察の側も間抜けだったかもしれないが」

同じ警察といっても、刑事や地域と公安はまるで別組織だと聞く。田端の物言いには、公安以外の警察を侮る響きがあった。

「現場にゃ入るなよ。あんた、爆発物のエキスパートってわけじゃないだろ。いろんなものがぶっ飛んでぐちゃぐちゃになってるだけだから、見ても何もわからないぜ。鑑識の結果待ちだな」

そんな会話を交わしながら歩くうちに、爆発現場の正面に来た。香坂は廊下にとどまり、白けた顔で室内を見ている。おそらく、内部に入ることを禁止されたのだろう。珍しく素直に従っているのは、中に入っても仕方ないと判断したからか。なるほど、どこから手をつければいいかわからないほどの惨状だった。黒く焼け焦げた中心と、雑多な物がひっくり返っている周辺。スチールラックが、ものの見事に左右に倒れて歪んでいた。これは、田端の言うとおり警察の鑑識に任せた方がよさそうだった。この中からなんらかの手がかりを捜し出せと言われても、知識や技術がない自分には無理だという気持ちが先に立つ。

「香坂、こちらは公安の田端さんや。協力関係を結ぶことにした。田端さん、こっちは同僚の香坂です。

こんな見かけですが戦闘能力はかなり高いんで、ごつい男やと思って扱ったってください」

両者を引き合わせた。田端は紹介内容と香坂の外見のギャップに、怪訝そうな顔をした。

「は？　ああ、そうか、わかった。お嬢ちゃんとか呼んだ瞬間に、投げ飛ばされてるってやつか」

「金玉蹴り上げる」

香坂がぼそっと答えた。辺見は苦笑を抑えなかった。田端はそのひと言で香坂の性格を理解したらしく、「気をつけるよ」と面白くもなさそうに言った。

「どうする？　もっとここを眺めてるか。それとも、情報交換といくか」

「情報交換しましょ」

すぐに話に乗ったが、こちらが提供できる情報は多くない。ここには警察から情報を引き出すために来たのだ。願ってもない申し出だった。

「香坂、お前も来いや」

声をかけると、素直についてきた。ここに来た目的を忘れてはいなかったようだ。

田端は制服警官を呼び止め、部屋を貸してくれと頼んだ。案内された小会議室に入る。席に着いて、「さて」と田端は言った。

「あんたら、なんか事前情報を摑んでたか」

いきなり核心を衝く質問を向けてきた。しかしこの問いに対する答えは、お互いに「知らない」のはずだ。知っていて何も手を打たなかったなどとは、口が裂けても言えない。幸か不幸か、本当に何も摑んでいなかったので嘘をつく必要はなかった。

「いえ、残念ながら。そちらは？」

「あるわけない。狙われたのは仲間だぞ。いくら公安でも、同じ警察官が狙われてて黙ってるはずがないだろう」

「そうですよね」

自衛隊が独自に情報源を持っているように、公安もなんらかの方法で〈MASAKADO〉に食い入っているはずだ。その双方が、今回のテロに関してなんら情報を入手できなかった。それはつまり、組織を挙げての犯行ではなかったからか。一部の過激なメンバーが勝手に行ったこととも考えられる。

「手繰るとしたら、火薬やと思います」

辺見は自分の考えを披露した。手札を披露したという意識はない。警察も当然、そう考えているはずだからだ。

「だな。馬鹿正直にネットで買うほど阿呆じゃないだろうし。闇サイトでも使ってくれてた方が、こっちは楽なんだが」

闇サイトなら尻尾を摑まれないアンダーグラウンドの取引が可能と思われがちだが、サイトの存在を知る人がひとりやふたりでは商売にならない。どうしてもアクセス方法を知る人が一定数必要であり、そうであれば情報は必ず漏れる。むしろ闇サイトに出入りできる人が少数であれば、特定しやすいとも言えた。

「火薬、あるいは硝酸カリウムをどこかから盗んだんかもしれません。そんな事件がなかったか、田端さんの方で調べられませんか」

「可能だぜ。で、盗難事件があったとあんたらに教えたら、動けるか」

「もちろん」

なぜそんな当然の質問をするのかと怪訝に思いながら頷くと、田端は渋い顔をした。逡巡があるようだ。

「というのもな、火薬を盗み出すような事件はきっと東京じゃない場所だろうと思うんだ。東京以外なら、おれは関われない。おれは東京府警の人間だからな。むろん、そこの管轄の奴に手渡すべきなんだろうが、どこの誰ともわからない野郎に丸投げするよりは、あんたらに向かってもらって情報を共有した方がいいと考えたわけだ。あくまであんたらが正直になんでも話してくれるなら、だが」

「約束します」

話せる範囲で、と内心でつけ加えた。それを辺見は、小ずるいとは思わない。国防という大義名分の前で、個人間の約束は些細なことでしかないからだ。同じ認識でいる香坂も、勝手にそんな約束をするなとは言わない。田端だけが自衛隊員の思考を理解せず、満足そうに笑った。

16

いったん、特務連隊オフィスに戻った。田端も桜田門にある東京府警本部に行き、条件に該当する盗難事件を調べるという。鳥飼に爆破事件の概要を説明してから、連絡待ちのために待機した。田端から電話がかかってきたのは、夕方のことだった。

「千葉の野田市にある花火工場から、硝酸カリウムが盗まれてた。三週間前の話だ。間違いなく、これだろう」

田端の声の背後からは、車の往来の音がする。府警本部庁舎内ではなく、外から電話をかけてきているようだ。田端のしていることは、見方によっては情報漏洩とも受け取られかねない。庁舎内から堂々とかけられる電話ではなかったのだろう。

「現地に行ってみます。住所を教えてください」

「ああ、言うぞ」

田端はメールではなく、口頭で住所を読み上げた。辺見は書き留め、確認のため繰り返す。野田市であれば、さほど遠くない。今から行ってみようと考えた。

「まったく、硝酸カリウム盗難なんて物騒なことがあれば、すぐ公安に知らせろってんだ。硝酸カリウムがなんなのかも、所轄署の連中は知らなかったんだろうな。お粗末な話で、自衛隊さんには笑われちまうぜ」

田端は愚痴を垂れるが、それは愚痴というより言い訳なのだろう。警察組織内の連携不足を、恥ずかしく思っているようだ。確かにお粗末だと思ったが、そんな相槌は打たなかった。現地に行ったら連絡すると約束して、電話を切った。

「野田市に行く。お前はどうする？」

暇そうにスマートフォンをいじっていた香坂に、声をかけた。香坂は顔も上げず、「行くよ」と応じる。断らないだろうとは予想していた。

駐車場で車に乗り込む際、香坂は昼間のように自分が運転するとは言わなかった。野田市は遠くないとはいえ、一時間以上はかかる。それだけの距離の運転は面倒だと思ったか。帰りは交替してもらうからなと内心で呟きつつ、辺見がハンドルを握った。

途中でコンビニエンスストアに寄り、夕食を調達して、車内で食べた。ここのところ香坂とは行動をともにすることが多いので、特に話すこともない。黙ったままの道中だったが、そんなことを気まずく思う感性は互いに持ち合わせていなかった。一時間半ほどで、盗難被害に遭った花火工場に着いた。

「意外に小さいな。工場って言うから、もっとでかいものを想像してたよ」

車から降り、工場の建物を見て香坂が感想を漏らした。確かに、建物は工場というより工房だ。おもちゃ屋やスーパーマーケットで売っている家庭用花火を量産する工場ではなく、打ち上げ花火を作る工房なのだろう。佇（たたず）まいは、下町の小さい工場といったところだ。広さは、せいぜい六十坪ほどだろうか。危険物を扱うので、周辺に他の建物はない。孤立しているため、盗みには入りやすそうだった。

「防犯カメラは、特になさそうやな。盗みに入られる心配をしてなかったってことやから、まさに平和ボケそのものや」

戦争によって分断されていたにもかかわらず、日本人は戦後の平安に慣れてしまった。平和はごく普通に存在するものと思い込んでいる。民衆のそうした意識は、自衛隊員にとってときに苛立たしかった。

「じゃあ、テロリストに感謝しないとな。連中のお蔭で、みんな目が覚めるだろ」

こちらをからかっているのか本気なのか、よくわからないことを香坂は言った。指摘自体はそのとおりで、今後は火薬を扱う場所は防犯を心がけるようになるだろう。国防のために日夜努力している者たちがいることを、民衆は知るべきだった。

周囲をぐるりと一周してわかったのは、ここが狙われるべくして狙われたということであった。身許を知られずに硝酸カリウムを入手したい者にとって、この工場は絶好の場所だ。当然、下調べを入念にしていたのだろうし、足がつくような何かを残しているはずもない。そんなものがあったら、とっくに警察が把握しているだろう。もちろん辺見も、それは承知していた。無駄足になるとわかっていても、現地を見てみたかったのである。

「さて、どうする？　この辺に〈ＭＡＳＡＫＡＤＯ〉のアジトはあったたっけ？　急襲してみるか」

香坂はそんなことを言う。これは冗談である。仮にアジトを急襲したところで爆破事件に繋がる証拠があるとは思えないし、そもそも思いつきで勝手な行動はできない。だからまともには答えず、この爆弾テロが起きてから疑問に感じていたことを問うてみた。

「〈ＭＡＳＡＫＡＤＯ〉は本当に、爆弾テロなんかで東日本独立が果たせると思ってるんやろか」

「は？　何をいまさら。テロだろうとデモだろうと、東日本独立なんて無理だろ」

「〈ＭＡＳＡＫＡＤＯ〉はそれがわかってないんか。おれは、違う気ぃする」

「そうだろうね。連中の中にだって、頭がいい奴はいるだろう。情勢が見えてたら、爆弾テロなんてやるだけ無駄ってわかってるはずだ」

「それでもやったんは、一部の考えなしが暴走したからか。そうかもしれへんけど、おれはテロ自体が目的化してるんやないかと思うんや」

「っていうと？」

香坂が辺見の考えを理解できないとは思えない。それでも問い返すのは、辺見に語らせるためだ。香坂の意図を汲み取り、辺見は推測を口にした。

「どう足掻いても、東日本独立なんてできるわけがない。自分たちが目標として掲げていたことが不可能だとわかったら、人はどうなる？　絶望するやろ。絶望した人間は、自暴自棄になる。この爆弾テロは、きっと自暴自棄になった者たちがしでかしたことなんや」

「ふん、なるほど。自殺願望みたいなもんか。〈ＭＡＳＡＫＡＤＯ〉は自滅したいのかね」

「自分たちの組織を潰すだけなら、勝手にやってくれってなもんや。でも連中は、一般市民を巻き込む。目的を失って自暴自棄になったテロリストほど、厄介なものはないぞ」

「まあ、そうだな。絶対に止めないと」

「ああ。だからもう、手段を選んでる場合やないとおれは思う」

特に言葉に力を込めず、淡々と言った。だが香坂は、「おっ」と声を上げて反応する。

「いいねぇ、手段を選ばない、か。辺見が腹を括ったら面白そうだと思ってたよ」

辺見はどちらかというと、特務連隊の中では慎重派だ。香坂とコンビを組めば、自然にブレーキ役を務めることになる。だがその辺見が、もうブレーキは踏まないと宣言した。香坂が喜ぶのは、宣言する前からわかっていた。

「で？　何をするつもりなんだ」

「上に繋がってそうな奴を叩く。下から順に手繰って、首謀者を炙り出したる」

「どうやって、そんな奴見つけるんだ。それができりゃ、話は早いけどもよ」

香坂は懐疑的な声を出した。こんな重大テロの計画を事前に知っていたなら、〈ＭＡＳＡＫＡＤＯ〉内でもポジションが高い人物であろう。泳がせている末端の者ならともかく、それなりの地位にいる人物を今から見つけ出すのは簡単ではなかった。

「これまでとは状況が違う。警察にデータを提供してもらって、こっちのデータと突き合わせれば、何かわかるかもしれへん」

「はっ、本気で言ってる？　公安がそんなデータを『はい、どうぞ』って出すと思うか？」

「一応、頼んでみよう」

駄目でもともとのつもりだった。辺見とて、田端が全面的に協力してくれるとは期待していない。だが狐と狸の化かし合いだとしても、何かを持ちかけないことには騙し合いも始まらないのだ。電話をするという約束だったから、取りあえずかけてみることにした。

「辺見です。現地にいます。今、よろしいですか」

確認をとると、五分後にかけ直すと言われた。きっちり五分後にスマートフォンが振動したので、折り返しの電話をスピーカーモードで受けた。

「ここが盗みに入る絶好の場所だとわかったこと以外、収穫はありません。写真を撮って送りましょうか」

「ああ、そうだな。あんたがそう言うなら役には立たないだろうが、一応送ってくれ」

「では、後で送ります」

そんなやり取りをしてから、すぐ本題に入る。向こうも悠長な電話をしている時間はないはずだった。

「〈MASAKADO〉は今後も暴走するかもしれません。それを止めるために、〈MASAKADO〉の上の方の人物を捕まえたい。田端さんの側で目をつけている人物のリストを見せてもらえませんか」

「おいおい、ずいぶん大胆なことを言うな。そんなもん、門外不出に決まってるだろ」

門外不出どころか、同じ東京府警内の刑事部門にも見せていないのだろう。それを承知の上での打診だった。

「今は非常時です。決断してください。こちらのデータと照らし合わせれば、新しいことがわかるかもしれません」

「簡単に言ってくれるな。でも、協力するってのはそういうことか。すまん、時間をくれ」

「けっこうです。では、我々は東京に戻ります」

断って、電話を切った。あえて説得しようとはせず、判断を任せる形にした。果たしてこれが、吉と出るか。

「あの公安のおっさん、手柄が欲しいのか」

やり取りを聞いていた香坂が、不思議そうに言った。辺見は少し考えて、返事をする。

「いや、そうやないやろ。たぶん、純粋な正義感やないかな。〈MASAKADO〉を壊滅させるためなら、なんだってすると思っとるように感じる」

もちろん、公安刑事が海千山千であることは承知している。田端も、そう単純な人物ではないだろう。それでも、他の公安刑事のような門前払いの雰囲気はない。こちらの話を聞く耳があるなら、協力関係は結べると辺見は考えていた。

「辺見くんは意外とおじさんキラーなのかね」

香坂は片頬を歪めるような笑い方をした。明らかに、こちらをからかっている。だから、言い返してやった。

「お前がおじさんキラーっぷりを発揮しないからや」

「へっ、冗談じゃないよ」

色仕掛けもやればできるというだけで、本人の性格からして好きではないはずだ。いかにもいやそうに顔を顰めたので、辺見は大笑した。

17

その日のうちに田端からの返答はなかったので、帰宅して寝た。さすがに軽々しく決められることではないから、迷っているのだろう。じっくり考えてくれと、心の中で語りかけた。

しかし、翌日には連絡があった。直接会って話したいと言う。拒否する理由はないので、落ち合う場所を決めた。田端は十条（じゅうじょう）にある雑居ビルの屋上を指定してきた。なんとしても人目を避けたいのだろう。ならばと、こちらは香坂を伴わずにひとりで行くことにした。

約束の時刻は午後二時だったが、三十分前には十条に行って周囲を見て回った。交通手段も、十条駅は使わずに赤羽駅から歩いた。そこまで警戒する必要はないと思うが、念のためだ。慎重であって問題が生じる局面ではない。

雑居ビルを見張っている人はいないと判断し、中に入った。五階建ての雑居ビルは古く、エレベーターもない。日頃鍛えている辺見は五階分を階段で上るくらいはどうということもないが、そうでない人にとってはかなりの負担のはずだ。実際、五階の部屋は入居者がいないようだった。

屋上に出るドアの鍵は、閉まっていなかった。ドアを開けると、フェンスにもたれかかっている田端がいた。辺見が周辺を確認していることは、上から見ていたのだろう。こちらも、視線こそ感じなかったが、見られていることは意識していた。

「ずいぶん慎重なことだな。まあ、不用意な奴と手を組むわけにはいかないから、その方がいいが」

「そう評価してくれると思ってました」

互いにジャブのような言葉を交わした。田端は表情を変えず、続ける。

「あのかわいいお嬢ちゃんは、今日は来ないのか。あんな人材もいるんだから、自衛隊はすごいな」

「あいつは変わり種ですよ。さすがにうちにも、あんなんが何人もいるわけじゃない」

「そりゃ、そうか。でも、一兵卒としてじゃなく、特務連隊で使ってるってのが怖いところだな」

「特務は自由ですからね。あいつは性に合っとるようです」

公安も、公（おおやけ）にできないことは山ほどやっているはずだが、そこを指摘はしなかった。これはあくまで、前置きだ。本題に入る前に、話題を広げても仕方ない。

「こうやって呼び出したってことは、いい返事を期待していいって意味ですよね」

水を向けた。田端はこの期に及んで一瞬ためらってから、「ああ」と応じる。

「今回のテロは、とても許せない。身内が狙われたからじゃなく、規模が大きいからだ。奴らが本気で牙を剝（む）くなら、こっちも手段を選んでいられない」

「私もそう思いますよ。こんなことをしでかしたらどんな報いがあるか、きちんとわからせる必要があります」

本音をぶつけ合っている実感があった。これは駆け引きではない。田端の憤りは、辺見のものでもあった。

「リストは、持ち出すわけにはいかない」

ぼそりと田端は言った。だが、続けてこめかみを右手の人差し指でつついた。

「だから、頭に入れてきた。もちろん、こんな親父の頭だから、限界がある。かろうじて、名前だけ暗記してきた」

「わかります。では、こちらのリストをお見せしますので、知っている名前があったら教えてください」

「えっ」

田端は驚きの声を発した。こちらのやり方も同じようなものと予想していたのだろう。まさかリストを持ってきて、それを田端に見せるとは思いもしなかったようだ。辺見としては、驚いてくれて満足だった。先方が驚くほど胸襟を開いてみせれば、今後の付き合いは円滑になるはずだった。

「いいのか。リストを持ち出したのか」

似たような立場だけに、辺見の大胆な提案に不安を覚えたらしい。辺見は微笑んで、小さく首を振った。

「いえ、ちゃんと上司の許可を取ってます。うちは所帯が小さい分、柔軟なんですよ」

「そうなのか。羨ましいな」

本気で言っているようだった。自分が警察側なら、同じように感じたはずだろうと辺見は考えた。

「ちょっと、坐りますか」

貯水槽の周りに、腰を下ろせる場所があった。横並びに坐って、辺見は持ってきたノートパソコンを開く。すでに表示されているリストを、田端から見えるようにした。田端は少し目を細め、ディスプレイに視線を据えた。

じっくりと名前を確認しているようだった。名前を暗記されてもかまわない。警察と手柄争いをしている意識は、自衛隊側にはなかった。警察がこれらの人物を〈ＭＡＳＡＫＡＤＯ〉の構成員として検挙するなら、それを妨げるつもりはないのだった。

「いいか」

田端は断って、ノートパソコンのタッチパッドに手を伸ばしてきた。最初に表示された氏名の中に、記憶している名前はなかったようだ。リストをスクロールさせ、またディスプレイを睨む。

リストはそう長いものではなかった。せいぜい、三ページ分くらいだ。次にスクロールさせれば、全部見終えることになる。せめてひとりは、自衛隊と警察双方がマークしている人物がいることを願った。

無言のまま、田端は次のページを表示させた。リストの最後が見える。その画面を二分ほど見ていた田端は、ようやく言葉を発した。

「何人か、いた」

「そうですか」

引っかかった名前があったのに無反応だったのは、さすが食えない公安刑事だ。空振りだったかと落胆しかけていた。

「もちろん、この名前全員が同じくらいグレーってことはないよな。濃淡はあるんだろ」

「ありますね」

「こっちもだ。で、おれが一番怪しいと思うのは、こいつだよ」

田端はページを前に戻し、ひとつの名前を指差した。その名を確認し、辺見はなるほどと思う。

大山義澄（おおやまよしずみ）。辺見の記憶では、蒲田（かまた）で町工場を経営している男だった。中小企業ではあるが、金属加工の特許を持っているらしく、経営は大企業並みに安定している。東日本では数少ない、成功者と言ってよかった。

その安定した財力を、〈MASAKADO〉の資金援助に充てている疑惑があった。大山は公言こそしていないが、親の代からの共産主義者だとの噂がある。自分は成功しているが、それはたまたまだと考えているのか、資本主義に否定的とのことだった。慈善活動にも熱心らしいので、テロ組織への資金援助とは矛盾しそうだが、競争社会の否定が根底にあると考えれば筋は通る。

「なるほど、わかりました。ではこいつを、少し叩いてみます」

辺見が淡々と言うと、田端は首を捻ってこちらの顔をまともに見た。

「叩くって、何をする気だ」

「聞きたいですか」

視線を受け止めて問い返すと、田端は目を逸らした。

「いや、聞かない方がいいな。それができるのが、うちとあんたらの違いだと思ってるよ。やるなら、必ず吐かせてくれ」

「もちろんです。何人も叩くわけにはいかないので、田端さんに協力を求めたんです」

「あんた、好青年ふうだけど、実はずいぶん怖い人だな。国防が何よりも優先ってことか」

「自衛官ですからね」

当然のことを口にしているだけのつもりだったが、田端はなぜか、たじろいだようにわずかに身を遠ざけた。「結果は教えてくれ」と言い残して立ち上がると、そそくさと屋上の出入り口に消える。辺見は軽く肩を竦め、ノートパソコンを閉じた。

18

収穫を香坂に話した。鳥飼には報告しない。鳥飼は知らないでいた方が、彼にとって都合がいいからだ。いくら特務連隊が自由だといっても、上司がすべて許可しているという体は望ましくない。末端の自衛官が勝手にやった、という形にしておくことは必要だった。

「おっ、いいねぇ。こいつ、前々から気に食わないと思ってたんだよ。いつか叩いてみたかったんだ」

香坂は大山の名を聞くと、さも嬉しそうに掌を擦り合わせた。以前に何か、詰め切れなかったことがあったのかもしれない。尻尾を摑めずに悔しい思いをしていたなら、今回を好都合と考えるのは理解できた。

「叩けば埃が出てきそうか」

闇雲に叩いて、空振りだったという結果は最も避けたい。特務連隊と公安がともに怪しいと見做しているなら何かあるのは確実だが、香坂がさらに疑惑を補強してくれるなら聞いておきたかった。

「見た目がいい人そうなんだよ」

香坂は鼻の頭に皺を寄せた。まるで、そのこと自体に嫌悪を覚えているかのようだ。

「そんな奴、裏で悪いことしてるに決まってるだろ」

言葉を額面どおり受け取ればあまりに乱暴に響くが、おそらくそうではなく、なんらかの直感が働いているのだろう。自分のものも含め、そうした直感を疎かにしない方がいいと経験上学んでいる。香坂が大山に対して胡散臭い雰囲気を感じているなら、信じてもいいと思った。

「よっしゃ、じゃあやるか」

気合いを入れる意味で、音を立てて手を合わせた。香坂は軽い乗りで、「やろうやろう」と応じた。

まずは、大山の人相風体を確認することにした。香坂は本人を目にしているようだが、辺見は写真でしか知らない。実際に動いているところを見ておくのは、必要なことだった。

姿を見るだけならば、難しいことではない。住まいや勤め先はわかっている。生活範囲を見張っていれば、確実に現れるだろう。

だが、やるべきことはそれだけではない。辺見たちは大山を拉致しようと考えているのだった。目撃されずに拉致するとなると、とたんに難易度が上がる。そのためには、大山の生活習慣を把握しておかなければならなかった。

大山は住まいも蒲田だった。駅から徒歩五分ほどの分譲マンションに、家族四人で住んでいる。子供はふたりとも小学生で、地元の学校に通っていた。

大山は自宅から工場まで、自転車で通っている。成功者にしてはつましいが、工場の駐車場を自分の車で埋めたくないのだろう。自転車で通える距離なのだから、わざわざ駐車場を借りたりもしていないと思われる。東日本では、成功者といえどもこれくらいの生活レベルだった。

工場の操業時間は午後六時までだが、残業は多い。納期に間に合わせるため、町工場はどうしても定時で終わらせられないのだろう。もちろん深夜まで工場を動かすわけにはいかないので、遅くとも午後八時には終わる。

しかし、大山は仕事を終えて真っ直ぐ帰宅しないことも多かった。慰労のためか従業員を連れて酒を飲みに行くことが月に一度はあるし、取引先の接待も珍しくない。つまり、帰宅時間が遅い男なのだった。狙うとしたら、そのときであった。

以上のことは、特務連隊がすでに調査済みの事項だった。それらの資料を読み込み、その上で大山をマークする。実際の大山は町工場の経営者というより、伸び盛りの中小企業の社長といった雰囲気だった。やり手ビジネスマン特有の、誠実さと胡散臭さを両方併せ持つような気配がある。香坂が鼻の頭に皺を寄せて「いい人そうに見える」と言った意味が理解できた。

マーク初日は工場を閉めてそのまま帰宅したが、二日目には川崎に飲みに行った。相手は従業員でも取引先の人間でもなく、個人的な友人のようだった。接待で酒を飲まなければならないことがあるだろうに、プライベートでも飲みに出るとは、そもそも酒好きのようだ。辺見と香坂は同じ居酒屋に客として入り、離れたところから大山の様子を見守っている。大山はいいペースで酒を飲み、上機嫌のようだった。

張り込みの期間があまり長くなるのは望ましくない。チャンスがあれば、即座に拉致を実行しようと決めている。この後タクシーで帰られたら諦めるしかないが、電車を使うなら隙が生まれるだろう。アルコールは口にせず、料理を適度につまみながら、「やれそうやな」と香坂に言った。香坂は愉快そうに、「ああ」と応じて片頬を歪める笑みを浮かべた。

午後十時を過ぎて、大山たちのグループに動きが見られた。それぞれが財布を開き、飲み代の精算を始めたのだ。辺見と香坂はすぐに席を立ち、先に会計を済ませた。ビルの外に出て、大山が現れるのを待つ。香坂は先に蒲田へ向かった。

大山たちのグループは、のんびりと駅の方へと歩き出した。駅前ロータリーをそのまま通り過ぎる。どうやらタクシーは使わないようだ。耳に入れているワイヤレスイヤフォンを使い、香坂に電話した。

「電車や」とだけ告げると、「了解」と返事がある。やり取りはそれで充分だった。

大山はJR京浜東北線に乗り、蒲田駅で下車した。大山の連れは降りなかった。同じ車両に乗っていた辺見は、大山の後を追う。大山が真っ直ぐ帰宅するなら、道順はわかっていた。

大山の自宅は、駅から近い。つまりそれだけ、襲う機会が少ないことになる。だが、皆無ではない。すでに目星はつけてあり、そこに車を配置してあった。

大山は帰宅途中、時間貸しの駐車場の前を通る。そのときが最大のチャンスだった。ひと足先に蒲田に着いている香坂は、車の中で待機している。後は、襲う際に人が通りかからないことを願うだけであった。

大山の足取りは、幾分不確かだった。酔っているようだ。こちらにとっては、好都合である。辺見は三十メートルほど距離をとって、大山の背中を追っていた。常に道の前後には気を配っている。駅に近いエリアではあるが時刻が遅いため、人通りはなかった。

大山が駐車場の前に差しかかろうとしていた。辺見は足を速めて、大山に追いつく。何も言わず、後ろから首を羽交い締めにした。腕で頸動脈を強く圧迫すると、人は数秒で意識を失う。大山の体から力が抜けた頃に、香坂がそばにやってきた。

言葉を交わさず、ふたりがかりで大山を車に担ぎ込んだ。手足を素早く縛り、口には猿轡(さるぐつわ)を噛ませ、目隠しをする。辺見と香坂は、念のために口許をマスクで覆った。後部座席で大山を見張る辺見は、さらにサングラスもかけた。

大山を監禁する場所は、用意してある。川崎の臨海工業地帯にある、廃工場だ。廃工場といっても、持ち主は自衛隊のダミー会社である。工場の一角には、防音設備が整った部屋を造ってあった。その中であれば、どんな大声を上げても周囲にはまったく聞こえない。最初から、こうしたケースを想定して造った部屋だった。

運ぶ途中で大山は目覚め、呻き声を発して暴れたが、顎に横からパンチを入れて黙らせた。薬品を使って意識を失わせると、こちらの都合のいいタイミングで目覚めてくれなくなる。暴力的だが、古典的な方法で気絶させる方がいいのだった。

廃工場では、またふたりがかりで大山を運んだ。パイプ椅子に坐らせ、手足を縛りつける。目隠しはそのままにして、猿轡は取った。辺見は大山の正面に椅子を持ってきて坐り、香坂は背後に立つ。辺見たちはマスクを外して、代わりに目出し帽を被った。それだけでいかにも凶悪そうな雰囲気になるが、目隠しをされている大山からはどうせ見えない。万が一にも目隠しがずれた場合に備えて、目出し帽を被ったのだった。

辺見が頷きかけると、香坂が大山の両肩を摑んだ。くっと力を入れると、うなだれていた大山の首が持ち上がる。意識が戻ったのだ。だが目隠しをされているので、何も見えない。驚いて体を動かそうにも、手足は縛りつけられている。大山は今、大いに戸惑っているはずだった。

辺見は手にしている物を口にあてがい、息を吸った。その上で、「大山さん」と呼びかける。声は滑稽なほど高く、威圧感は皆無だった。声を変える玩具のダックスボイスを使っているのだった。

「聞こえてますよね、大山さん。聞こえてたら、声に出して返事をしてください」

大山は見えもしないのに、首を左右に振った。自分の身に起きたことが理解できないと、人は無意味な仕種をする。拉致されて尋問されているという状況が頭に染み透るまで、辺見は辛抱強く同じことを繰り返すつもりだった。

「大山さん、あなたは今、我々の手の内にあるんですよ。よけいなことは考えんと、こちらの指示に従ごうてください」

優しく話しかけているのに、大山の耳には届いていないようだった。返事をせずに、首を忙しく動かして立ち上がろうとする。そんな大山の頬に、香坂が拳を叩き込んだ。手を痛めないように手袋を嵌めているが、ボクシンググローブのようなものではない。ほとんど素手で殴られたも同然に痛いはずだった。

「ぎゃっ」

ようやく大山は、悲鳴を上げた。驚きのあまり、声も出なかったようだ。よくあることである。頬を一発殴ればむしろ落ち着くことも、辺見と香坂は経験上知っていた。

「大山さん、話を聞いてください。こちらの言葉が理解できたら、声に出して返事をしてください」

「はい」

大山は応じた。その声は掠れ、震えていた。テロ組織に資金援助する度胸はあっても、直接的暴力に抗する気概はないのかもしれない。もっとも、ここから粘る者もいるから、舐めてかかるのは禁物だった。

19

「大山さん、事態を理解してますか。あなたは拉致され、監禁されてるんです。おとなしくこちらの要求に応えれば何もしませんが、そうやない場合は暴力も厭いません。よろしいですか」

声を発する前には必ず、ダックスボイスのヘリウムガスを吸い込む。地声を聞かせるわけにはいかないからだ。滑稽なキンキラ声だが、この状況ではかえって怖いかもしれない。現に大山は、怯えたように身を縮こまらせていた。

「よろしいですか。こちらが質問したら、必ず答えてください。答えていただけない場合は、答えてもらえるよう努力することになります。いいですか」

「は、はい」

大山はがくがくと頷く。この調子なら、簡単に知りたい情報を引き出せそうだった。もっとも、こんな意気地なしが重要情報を持っているのかどうか、むしろこちらが不安になってきたが。

「先日、〈MASAKADO〉によるテロが発生しました。ご存じですね」

さっさと本題に入った。大山はまた慌てたように首を縦に振る。

「はい、はい」

「なんでご存じなんですか」

「そ、それは大々的に報道されてましたから。テレビのニュースでも、ネットでも」

ようやく、長いセンテンスで大山は答えた。動揺していても、喋れなくなるほどではないようだ。いい徴候だった。

「本当ですか。あなたはテロが起きることを事前に知ってたんやないんですか」

「ど、どうして。そんなこと、私が知っているわけがないでしょ」

「本当ですか」

辺見が繰り返した直後に、香坂が動いた。ふたたび、大山の頬を右のフックで殴る。大山の首は九十度曲がり、口からは呻き声が漏れた。視界を閉ざされているから、殴られる予兆を感じ取れない。だから歯を食いしばれず、香坂の右フックはことのほか応えたはずだ。口腔内を切ったらしく、口の端から血が流れた。

「再度お尋ねします。あなたはテロが起きることを事前に知ってたんやないんですか」

「暴力はやめてください！」

悲鳴にも似た声を、大山は発した。目隠しをされ手足を縛られているのに、殴られもせずに帰してもらえると思っていたのだろうか。この程度は、まだ序の口なのだが。大山の反応を奇異に感じつつ、言葉を向ける。

「最初に、こちらの要求に応えてもらえない場合は暴力も厭わないと申し上げましたよね。それに対してあなたは、『はい』とおっしゃった。暴力を振るわれることを容認したんやないんですか」

「そ、そんなつもりじゃなかったんです。そもそも、なんで私がこんな目に遭うんだ。私はただの善良な市民でしかないのに。〈MASAKADO〉のことなんて、知りませんよ」

口から血混じりの唾を飛び出させ、大山は主張した。ほう、そう出るのか。先ほどまでの怯えた様子から、抵抗はしないだろうと踏んでいたのだが、見込み違いだった。これならば、〈MASAKADO〉の高度な情報を握っている可能性もある。大山の抵抗に、辺見は安堵した。

三たび、香坂が右フックを叩き込んだ。大山が「ぎゃっ」と悲鳴を上げる。手加減はしているはずだが、きっちり腰を入れたパンチなのでかなり痛いのは間違いない。これでもまだ、白を切るか。

「〈MASAKADO〉を知らない？　私たちの情報では、あなたが〈MASAKADO〉に資金援助をしてるとのことでしたが、間違いでしょうか」

「知らない。そんなことは知らない。な、殴らないでくれ！　本当に知らないんだ！」

大山は首を左右にぶんぶんと振って、喚いた。なかなかの演技達者だ。罪もない人を捕まえてしまったかと、錯覚しそうになる。しかし、辺見も香坂もこの程度の演技に騙されはしなかった。

「困りましたね。こうまでするからには、私たちもそれなりの確証があるわけです。それなのにとぼけられては、面倒やと感じます。どうですか、お互いのために面倒は省きませんか」

駆け引きではなく、本心だった。香坂は喜んで殴っているのかもしれないが、辺見は好きでこんなことをしているわけではない。簡単に喋ってくれるなら、それに越したことはないのだ。よけいな根性は見せないでくれよと、内心で語りかける。

「あんたらは何者なんだ。いくらなんでも、警察じゃないよな。だったらなんだ。〈MASAKADO〉の対抗組織か」

大山に辺見の願いは届かなかった。あくまで無意味なことを言い募る。うんざりして、目を細めた。香坂が今度は三発、左右からフックを叩き込んだ。

「顔を殴ると、意識が飛びます。ここに来る途中でも、あなたは一度目を覚ましましたよね。憶えてますか。しかしすぐに、また気絶した。あのときは私があなたの顎を殴ったんです。つまり私たちは、あなたが気絶するほど殴ることも可能なのに、今はそうしてへんというわけです。私たちが暴力に精通してることを、この説明でご理解いただけましたか」

凄むより、淡々と話しかける方が相手の恐怖を煽ることを辺見は知っていた。こうした話し方で、ふだんの自分の口調を隠せるという利点もある。ただ、その効果が大山に及んでいるかどうかは怪しかった。

「……いくら殴られても、知らないことは知らない」

うなだれながらも、大山は言い張った。なるほど、この粘りは一般市民のものではない。ますます、〈ＭＡＳＡＫＡＤＯ〉と高い次元で繋がりがあると確信した。金持ちの道楽でテロ組織を援助しているわけではないようだ。

「今の日本に不満がありますか。ロシアの属国の方がよかったですか。自由って、実は大変なんですよね。人間は指示されたり、命令されたりする方が楽なんです。自分で判断するのは、面倒ですから。あなたも自由は面倒やと感じてるんですか」

「なんの話をしているのか、わからない。私は暴力沙汰とは無縁の、ごく普通の一般人なんだ。あんたらもテロ組織なのか。テロなんて知らないよ。関わりないよ」

こちらの言葉に正面から答えず、あたかも混乱しているかのような物言いを大山はする。だが、辺見は目を眇めた。ただ怯えているように見せかけて、かなり巧妙な発言とも受け取れるからだ。大山は、自分を拉致したのはテロ組織だと考えているようなことを言う。警察ではなく、ヤクザなどの反社会的組織でもないなら、そのように考えるのは普通だ。しかし、もし大山が〈ＭＡＳＡＫＡＤＯ〉の上層部と繋がっているなら、自衛隊に対テロ組織部門があることを知っていてもおかしくない。自分がその部門に尋問されていると、すぐにわかるのではないか。

にもかかわらず、気づいていないかのようなことを言うのは、とぼけ方があまりにうまい。こうした事態を事前に想定し、どう答えるべきかをシミュレートしていたのだろう。ならば、あまり乗り気になれないが尋問手法のランクを上げなければならない。香坂とアイコンタクトすると、向こうも同じ判断をしたことが理解できた。辺見は諦めて、問いかける。

「私たちは、〈MASAKADO〉がこのような犯行に及んだことを大変憂えています。今後も〈MASAKADO〉が同じようなテロを起こす可能性があるんやったら、なんとしても阻止しなければならない。そのためには、テロを指示してる人物を逮捕する必要がある。あなたはその人物をご存じですか」

「だから、テロなんて知ら――」

大山の返事は、途中で悲鳴に変わった。突然の激痛に、体が反応したのだ。大山の手の甲に、香坂が何かを握るような形で拳をつけている。大山の四本の指は見えるが、小指だけが消えていた。大山の小指は、香坂の拳の中に握り込まれているのだった。

香坂が大山の小指を逆方向に曲げ、骨を折ったのだ。小気味よい音がしたので、骨折したのは間違いない。しかし、これはまだ序の口である。この程度のことで大山が口を割るとは、辺見も考えていない。手の指はあと九本あるし、そもそも骨折では大山に与える恐怖が足りないかもしれない。その場合は、さらにもう一ランク上の尋問方法に切り替えるだけだった。

「私たちがどれくらい本気で、あなたの情報を欲してるかおわかりいただけましたか。もしわかっていただけないんなら、残念ながらご理解いただけるまで指を折るしかありません。両手の指全部骨折すると、なかなか不便ですよ。経験ないですよね」

この語りかけに、大山は反応を示さなかった。うなだれ、肩で息をしている。激痛に耐えているのだろう。どうやってこの場を切り抜けるかと、頭を働かせているのかもしれない。だが、情報を提供する以外にここを出ていく方法はない。早く諦めた方が、大山自身のためだった。こちらは何も、命まで取ろうとは思っていないのだ。

「あなたは〈MASAKADO〉の一員ですか？」

簡潔に尋ねた。返事はない。大山は指を折られまいと、強く拳を握っている。香坂はその手首を摑み、少し持ち上げた。すると、大山が顔を歪めた。握られた拳が、徐々に開いていく。香坂はすかさず右手で大山の左薬指を摑み、折り曲げた。またしても、小気味よい音が室内に響いた。

「私たちは躊躇しませんよ。即答していただけなければ、指を折ります。全部の指を折ってしまったら、次は切断します。切断は、根元からではありません。指の先から、少しずつ切っていきます。せやから小指だけでも、根元まで達するには時間がかかります。そうですね、五回くらいに分けて切ることになります。念のため申し上げますが、脅しやないですよ。指十本の骨折に耐えてみたらわかることです」

脅しではない、という言葉自体が脅しなので、効果を上げて欲しかった。むろん、指の切断などやりたくないからだ。とはいえ、そこまで大山が白を切りとおすなら、必ず実行する。国防のためには、どんな手も使う。多数の命を救うためであれば、ひとりの犠牲は充分許容範囲だった。

「やめてくれ！　やめてくれ！　正直に言う！　言うからやめてくれ！」

ついに大山が叫んだ。辺見は拍子抜けした。こちらは指の輪切りまで覚悟していたのである。存外簡単に落ちたのは、しょせんはただの資金提供者に過ぎないからか。買い被りすぎだったと、自分の見込み違いに密かに苦笑した。

20

「それは賢明な判断です。では、もう一度訊きましょう。あなたは〈MASAKADO〉の一員ですか」

　改めて、質問し直した。ここでまだごまかしを口にするようなら、もう容赦はしない。辺見が決断しなくても、香坂が間髪を容れずに指を切り落とすだろう。

「自分の立場をどう説明すればいいのか、わからない。私は金を出してるだけで、活動しているわけじゃないからだ。本当だぞ。本当にテロになんて関わってない。嘘じゃない」

　大山はすっかり血の気が失せた顔で、震えながら訴えた。本当かどうかは、指を一本切ってみればわかる。この様子では、指を切られてまで白を切る根性はなさそうだ。しかし、辺見も好きこのんで乱暴なことがしたいわけではない。大山は真実を語っていると見做していいかと考えた。

　香坂とアイコンタクトをした。意見を求めたのだ。香坂はつまらなさそうに、目を細めた。大山がテロに関わっていないのは事実だと、香坂も考えているのだと理解する。了解した旨を視線で伝え、大山に話しかけた。

「でしたら、あなたは誰を通じて資金提供してるんですか。その人物のことを教えていただきましょう」

「喋ったら、殺される。私だけじゃない。家族も殺されるんだ」

「ご懸念は理解します。決してあなたには累が及ばんようにしましょう。もしあなたがその人物の名前を口にしなければ、全部の指を何回も輪切りにされた上に死ぬことになります。正直に話して生き延びれる可能性を採るか、ここで悲惨な死に方を選ぶか。どちらがいいですか」

　辺見の問い詰めに大山は黙り込んだが、すでに気持ちは固まっているはずだ。この沈黙は、自分の中で何か言い訳を捻り出しているのだろう。拷問で秘密を告白してしまうとき、人は己を正当化する必要がある。それは人間として当然のことだと、辺見は肯定していた。

「どうしますか？　今喋ってしまった方が、お互いにとって利益が大きいと思うのですが」

大山はビジネスマンだ。損得勘定に訴えた方が、心を動かせると予想している。果たして、大山はふと肩を落とした。諦めたのだ。これで喋る、とわずかな動きから見て取った。

「イタクラカズナリという男だ。少なくとも、私はそう認識している。本名かどうかは知らない」

「どういう知り合いですか」

「最初はネットだった。私が東日本独立に肯定的なことを書いたら、接触してきた。何度もやり取りした末に、〈MASAKADO〉に勧誘された」

「あなたは〈MASAKADO〉の一員として活動しているわけではなく、単に資金提供してるだけやと言いましたね。ネットで知り合っただけの人に金を渡すんは、不安がありませんでしたか」

「イタクラは、自分が〈MASAKADO〉の人間であることを証明したんだ。だから、信用した」

「どうやって証明したんです？」

「テロの事前予告をしたんだよ。イタクラの言葉どおりの場所、時刻でテロが起きた。それで信用した。たまに、これはなんのためのテロなんだと不思議になる小さいテロが起きるだろ。あれはたぶん、そうやって勧誘相手を信用させるためのテロなんだ」

「なるほど」

小規模テロの目的は、予想されてはいたものの、実際に証言が取れたのは初めてだ。これだけで充分、成果と言える。

一条の名前が浮上した、東京国際フォーラムでのテロを否応なく思い出す。あれもまた、そうした目的のテロだったのだろう。

「イタクラカズナリの名前は、どういう漢字を書きます？」

「板きれの板に、倉庫の倉。平和の和に就職の就だ」

板倉和就と書くようだ。質問を重ねた。

「板倉との連絡方法は？」

「ネットだ。〈ＭＡＳＡＫＡＤＯ〉は専用のメッセージアプリを作っている。それを使ってやり取りしている」

「ほう」

この情報は初耳だ。おそらく、これまで逮捕されたような末端の者には存在すら知らせていないアプリなのだろう。〈ＭＡＳＡＫＡＤＯ〉は自前のサーバも持っているのか。いや、やり取りする人数が限られていれば、レンタルサーバでも運用できるのかもしれない。海外のレンタルサーバなら、借り主を特定するのはかなり難しいと思われる。

「あなたのスマホに、やり取りが残ってるんですか」

「残ってない。すぐに消える仕様だから」

そうだろうと思った。そんなことで手がかりを残すほど、連中は馬鹿ではなかろう。

「そのアプリで、送金もできるんですか」

「それは無理だ。既存のアプリで、金を送ってる」

ならば、その線で手繰れるだろうか。見込みは薄いが、やってみる価値はあるだろう。

「スマホのロックを解除するＰＩＮコードを教えてもらえますか」

辺見が言うと、大山はいやそうな顔をしたが、正直に六桁の数字を口にした。取り上げてあったスマートフォンに、香坂がその数字を入力する。ロック解除できたようで、香坂はこちらに頷きかけた。大山のスマートフォンは、自衛隊の解析担当に回すことになる。何かわかると期待するしかなかった。

「板倉和就と直接会ったことはないんですか」

「一回だけある。四十代くらいの、特に特徴のない男だったよ」

「特徴がなくても、言えることはあるはずです。身長や体格、顔つき、喋り方について、もっと具体的に教えてもらいましょう」

他者の風貌について言葉で描写するのは、慣れていないと意外と難しい。辺見がいちいち質問をした結果、こんな見た目だと判明した。

身長は百七十センチそこそこ、痩せ型、目はどちらかというと吊っていて、唇は薄い。鼻は高くも低くもなく、輪郭は面長。東京弁で喋り、声は低く、穏やかな口振り。印象としてはインテリタイプに思えた、とのことだった。

確かに特徴らしい特徴はない。大勢の中に紛れてしまえば、まったく目立たない容姿だろう。そういう相手の方が、特定するのは厄介だった。

「他に、板倉和就について知ってることはありますか。やり取りする過程で、相手の住んでる場所に察しがついたとか」

「いや、ない。個人情報をうっかりこちらに与えるような人ではなかった。だから最初に、本名かどうかはわからないと言ったんだ」

「ふん」

大山がとぼけているとは思わない。板倉某(なにがし)がそれくらい慎重であっても、むしろ当然だからだ。そんな慎重な相手を、どうやって炙り出すか。

「会ったときは、どんな用件やったんですか」

「単なる顔合わせだよ。会ったこともない相手に、金は渡せないからな」

「では、あなたから板倉和就を呼び出すことは不可能ですか」

「少なくとも、怪しまれるだろうね」

では、どうするか。ここは少し、考えてみるべきだった。

「連絡手段は、その専用アプリだけなんですか。何か予備の手段はないんですか」

「ない。電話番号もメールアドレスも知らない」

「だったら、もしあなたがスマートフォンをなくしたらどうなるんです?」

「……さあ。考えたことなかったな。どうなるんだろう」

虚を衝かれたように、大山は呆けた顔になった。自分で言うとおり、そんな事態はまったく想定していなかったようだ。ならば、ここにこそつけ込む隙があるか。

「最初にネットで知り合ったときのアカウントで、連絡はつかへんのですか」

「向こうはアカウントを消した。こっちから連絡をとる手段は、専用アプリ以外にないんだ」

「あなたは消してないんですか」

「残ってる。だから、こっちからは無理でも、向こうからは連絡できるだろうな」

「では、専用アプリで返事が来なくなれば、別の手段で接触してくると思いますか」

「たぶん。あるいは、それきり二度と連絡してこないか」

二度と連絡してこない可能性も、低くはない。だが、これまでの大山の金銭的貢献度次第では、そう簡単に金づるを放棄しないかもしれない。単にスマートフォンをなくしただけなのかもしれないのだから。どんな形であれ、何が起きたか確認に来るはずと予想した。

「ではここで、あなたにまた選択肢を与えましょう。我々は板倉和就を捕まえたい。そのために、あなたに餌になっていただく。あなたが見事に餌役を務めてくれたなら、〈ＭＡＳＡＫＡＤＯ〉に資金提供していた件は目こぼしします。逆に、協力していただけないならこのままここで死んでもらいます。かわいそうですが、あなたの家族も後を追っていただくことになります。さあ、どっちがいいですか」

「あ、あんたらはやっぱり警察じゃないんだな」

「警察やったら、ただの脅しやと高を括れますもんね。でも残念ながら、我々は警察ではありません。我々が何者か、知りたいですか？」

「いや、いい。知りたくない」

大山は顔を歪めて、首を振った。顔を歪めたのは指が痛いからか、それとも状況に絶望したためか、判然としなかった。両方かもしれない。

「どちらを選びますか」

再度尋ねると、大山は腹立たしげに言い返した。

「選ぶ余地なんかあるか！　餌になればいいいんだろ」

「けっこうです」

つい、声に満足げな響きが籠ってしまった。実際、辺見は満足だった。

21

「辺見、意外と頭いいんだな。あたしはスマホをなくしたらなんて、ぜんぜん思いつかなかったよ」

防音室を出ると、香坂はそんなことを言った。意外と、とは心外だが、これでも誉めているつもりなのは伝わってくるので反応しないでおく。軽口を叩いている場合ではなく、これから決めなければならないことはたくさんあった。

「大山はちゃんと餌役を務めると思うか」

「やるんじゃない？　お前、怖かったからなぁ」

これもからかう口調だが、冗談で済ませていい返事ではないので本当なのだろう。自分が怖かったかどうか、自己評価は難しかった。

「時間がない。やるべきことを整理しよう」

椅子に坐って、今後の策を考えた。まずやるべきは、板倉和就の似顔絵作りだった。どんな顔かわからないことには、捕捉できない。似顔絵を得意とする者の手を借りる必要がある。

次に、大山の家や職場周辺の監視だ。これは辺見と香坂ふたりだけでできることではない。交代要員も含め、少なくとも八人は欲しいというのが辺見と香坂の一致した意見だった。

以上のことを、鳥飼に電話で報告した。鳥飼は黙ってすべてを聞いた末に、「わかった」と感情の見えない声で言った。

「すぐに手配をする。お前たちはそのまま待機や」

「はい」

大山の監禁が長引けば、板倉和就は異変を察して姿を消す。大山を解放するのは、できるだけ早い方がいい。鳥飼が「すぐに手配をする」と言ったからには、さほど待つ必要はないだろう。

この間に、これまでの経緯を田端に電話で伝えておいた。板倉和就の名前を引き出したことに対し、田端は「やるな」と感想を口にした。公安の情報を漏らした判断が正しかったかどうか迷っていたとしても、これで自分を正当化できるのではないか。

「板倉和就を捕捉したら、またご連絡します」

「ああ、期待してる」

田端はそんなことを言った。単なる社交辞令ではなさそうだった。

ほどなく、似顔絵の手配がついた。描き手がここに来るわけではなく、遠隔での作業だ。辺見が耳に装着したイヤフォンで描き手の質問を聞いて、大山に尋ねる。大山の答えは、そのまま描き手に伝わる。描き手の手許だけを映した映像を、大山に見せる。大山の目隠しを取る必要があるため、辺見は目出し帽を被る。その上で大山の背後に立ち、描き手の手許の映像が映ったタブレットだけを見せるのだ。そんな工程で、三十分ほどで似顔絵はできあがった。

その頃には、大山の家の監視態勢も整った。知らせを受け、辺見は大山に改めて因果を含めた。

「では大山さん、お付き合いいただきありがとうございました。これでご自宅に帰っていただくことになりますが、二、三、注意点があります。どれも言わずもがなのことやと思いますけど」

辺見がそう告げても、大山の顔に喜色は浮かばなかった。こちらの言葉を鵜呑(うの)みにしていいものかどうか、判断できずにいるのだろう。かまわず、続けた。

「今日のことは、〈MASAKADO〉に報告せんといてください。もし〈MASAKADO〉に妙な動きが見られたら、あなたたち一家には天国に旅立っていただくことになります」

大山は反応を示さない。頷くのもいやなのかもしれない。こちらだってこんなことを言うのはいやなのだ、と辺見も主張したかったが、仮に口にしたところで大山はまったく信じないに違いない。

「それだけやなく、特別な行動は控えてください。今日この後から、ごく普通の生活をしていただくのが望ましいです。一応つけ加えますと、あなたの家は現在、完全に我々の盗聴下に置かれています。もちろん、あなた自身にも二十四時間の監視がつきます。家の中でも外でも、我々の目が光っていない瞬間はないと思ってください」

依然として、大山は無言だった。せめてもの抵抗なのか。やむを得ず、駄目押しをしておいた。

「もしかして、まだ脅しやないかと疑ってますか。では、あなたのご家族の写真をお見せしましょうか。我々が撮影した写真が、何十枚もあります。これをご覧になれば、脅しではないとご理解いただけるはずですが」

「わかった！　わかった！　疑ってないよ。言われたとおりにすればいいんだろ。じゃあこっちも確認するが、言われたとおりにすればおれも家族も大丈夫なんだな？　おれが警察に捕まったり、あるいは〈MASAKADO〉に粛清されたりする心配はないんだな」

「保証します。すべてはあなた次第です」

「……わかったよ」

観念したのか、大山は声のトーンを落として同意した。これでいいだろうと、辺見は手応えを感じた。大山は裏切らない。完全にこちらの手駒になったと、確信できた。

「ＳＮＳはどれも、更新しないでください。スマホをなくしてしまい、バックアップからデータを復活させようにもパスワードが思い出せない。これが、今の大山さんの状態です。いいですね。あなたのスマホはこちらで預かります。あなたがパソコンや他の端末から何かを発信したら、すぐわかりますからね。しつこいようですが、よけいなことはせんように」

念を押しても、大山はおとなしく頷くだけだった。従順になった大山を、目隠し状態で車に乗せる。辺見が運転し、川崎競馬場のそばで降ろした。この辺りから帰るのであれば、空白の時間に何をしていたかの言い訳がしやすい。競馬でも風俗でも、大山が好きな言い訳をすればいいだろう。もちろん、大山自身にはＧＰＳトラッカーをつけてある。今この瞬間から、大山は特務連隊の完全監視下に入ったのだった。

解放された大山は、ここがどこなのか確かめるようにしばし左右を見回していた。気配で大通りの方角を察したのか、そちらに向けて歩き出す。もう終電も出てしまった時刻だから、タクシーで帰るしかない。タクシーを拾いやすい場所で降ろしてやったのは、親切のつもりだった。大山はそうとは受け取らないだろうが。

国道４０９号線はそれなりの交通量があるので、大山はさほど待たずにタクシーを拾えた。離れたところでその様子を見守っていた辺見は、タクシーの後を追い始める。タクシーは右折して国道15号線に入り、そのまま北上した。向かう先がわかっている相手の追尾なので、至って簡単だった。

運転しながら、大山が自宅に向かっている旨を鳥飼に報告する。鳥飼の返事はまた、「わかった」だった。

「そのまま監視班に加われ」

「はい」

タクシーはどこにも寄らずに、大山の自宅前に到着した。大山が下車してエントランスに入っていくのを見届けてから、辺見も車を降りる。香坂も車の外に出て回り込み、運転席側に来た。「お疲れ」と声をかけると、「おう」とだけ答えて運転席に坐り、車を発進させた。香坂はここでいったん休憩に入り、明日の朝からまた監視に加わる予定だった。

徒歩で、大山の住むマンションの斜め前に向かった。そこにある低層マンションの屋上が、辺見の持ち場だった。監視態勢は四人ずつの二班を編成し、十二時間ごとに交替することになっている。四人はさらにふた組に分かれ、二ヵ所からマンションを見張る。今は三人がマンションに張りついているので、辺見はひとりだけの方に合流する手はずだった。

先に到着していた同僚に挨拶をすると、「ご苦労やった」と返される。同僚はカメラを三脚で固定し、望遠レンズを斜め前方のマンションに向けていた。カメラを覗くと、エントランスの中まで見える。部屋を呼び出すためのテンキーもはっきり視認できるので、絶好のポジションと言えた。これで、エントランスに入った人がどこの部屋を訪ねるのかわかる。

「うまい場所がありましたね。これはいい」

正直に感想を口にしたが、同僚は得意がるわけでもなかった。

「たまたまや。役に立てばいいけどな」

同僚が言いたいことは、辺見も理解できる。〈MASAKADO〉の上層部に繋がる者が、のこのこと訪ねてくるとは思えないと考えているのだろう。それはそうなのだが、代理の者を送るなりして、なんらかの接触をしてくる可能性が高いと踏んでいた。ともかく、突破口になり得る端緒をせっかく摑んだのだから、あっさり手放すわけにはいかなかった。

　大山と連絡がつかないと知って板倉和就が動き出すには、まだもう少し時間がかかるだろう。監視を始めているのは、念のためだ。だから今は、休ませてもらうことにした。断って、アスファルトにそのまま横になる。自衛官だから、どんな場所でも仮眠を取れる。横たわってすぐ、眠りに落ちた。

　一時間ごとに監視を交替したが、結局その夜に動きはなかった。翌朝九時に、別の班に引き継いで帰宅する。今度こそ、前後を忘れて深く寝た。よく寝ることも仕事のうちだった。

　動きが見られたのは、三日後のことだった。それは少し、予想と違った。辺見が取り上げてあった大山のスマートフォンが鳴ったのだ。表示された電話番号は、大山の自宅のものだった。大山がかけてきたのだと察し、電話に出た。

「どうしましたか」

「手紙が来ました。板倉からの手紙です」

　大山はぶっきらぼうに告げた。

22

　そんなはずはない、と反射的に考えた。大山の家に届く郵便物はすべて、勝手に開封して中を検（あらた）めている。もちろん、問題がなければまた封をして郵便受けに戻している。だから大山の家族は、郵便物が何者かにチェックされているとは気づいていないはずだ。そこまでしているのだから、監視の目をくぐり抜けて大山に手紙を送るのは不可能だった。

「どうやって届いたんですか」

「宅配便の箱の中に入っていました」

そうだったか。辺見は歯噛みした。その方法も想定していたが、郵便受けから手紙を取り出すのとは違い、宅配便の箱の中身を検めるわけにはいかなかった。配達業者を引き留めて荷物をいったん奪うような真似は、いくら違法行為を辞さない特務連隊でもできないことだ。黙って見送らざるを得ず、相手がその方法を思いつかないでくれと念じるしかなかったのだった。

「なんと書いてありますか」

悔しさをこらえて、尋ねた。大山はこちらの気持ちも知らず、淡々と答える。

「連絡がつかなくなったが、どうしたのか、と。もしなんらかのやむを得ない事情でアプリが使えないなら、メールで返事をしろとのことです。送り先のメールアドレスも書いてあります」

「アドレスを読み上げてください」

メモに書き取った。ドメインはフリーメールのものだった。どうせここから手繰っても、どこにも辿り着かないだろう。ならば、手がかりにはならない。

「ひとまず、返事はしないでおいてください。また連絡します」

「ああ、そうですか」

不服そうに大山は応じて、電話を切った。これで解放されると、期待していたのかもしれない。

辺見は落胆していた。自分の敗北だと悟った。宅配便というアナログな手段を相手が思いついた時点で、勝負がついていた。駆け引きは、何手先まで読めるかで勝敗が決まる。相手の見落としを期待していた辺見は、板倉和就に読み負けしたのだった。

鳥飼に電話で報告した。鳥飼もすぐに手詰まりを理解したようだ。珍しく悔しげに、「やられたな」と声を漏らす。

「手紙を無視すれば、相手は間違いなく逃げる。メールなら、スマホをなくしたという言い訳は通用せんからな。パソコンから送ればいいだけなんやから。大山の方からメールを送れば、また専用アプリのダウンロード方法を指示してくるだろう。板倉和就本人を呼び出す方法は、もうないってことや」

「そうですね」

「だが、大山を解放してやるわけにはいかん。返事の内容を指示して、その後もきっちり首根っこを摑んどけ」

「わかりました」

応じて、通話を終える。横で聞いていた同僚も事態を悟り、「そう簡単に尻尾は摑めないか」と肩を竦めた。まさにそのとおりで、〈MASAKADO〉の上層部へ至る壁は厚かった。

しかし、まったく無収穫というわけではない。板倉和就の似顔絵が作れたのは、小さくない一歩と言えた。ただ残念ながら、その顔に見憶えのある者は特務連隊内にいなかった。板倉和就は、こちらの網に一度も引っかかっていない人物だったようだ。いつかこの似顔絵が役に立つときが来ると信じるしかなかった。

一時間ほどして、撤収命令が出た。これ以上、大山を監視しても無駄ということだ。敗北感とともに、その場を後にした。引き揚げる際の車中では、同僚と言葉を交わす気にもなれなかった。

事の顛末を報告するために、田端と会うことにした。夜十時なら会えると言うので、今度は代官山の公園で待ち合わせた。板倉和就から手紙が来たと説明すると、田端は「そう来たか」と顔を歪めた。

「手紙なんて、じじいの発想だな。けっこう年寄りなんじゃないか。おれだって、手紙を書いたことは数えるほどしかないぞ」

「宅配便は今でも機能してるんですから、それを思いつかれたこちらの負けです。〈ＭＡＳＡＫＡＤＯ〉が潰されずに来たわけを、改めて実感させられましたよ」

「でも、完全に空振りじゃないだろ。その似顔絵を見せてくれ」

　求められ、折り畳んである紙を開いた。受け取った田端はじっと見入ったが、悔しげに首を振った。

「知らない顔だが、これはもらえるよな。うちの連中にも見せてみる」

「頼みます。ここまで用心深いなら、それが板倉和就本人かどうかも怪しいですが」

「だとしても、〈ＭＡＳＡＫＡＤＯ〉の構成員には違いない。顔が割れたのは、大きいぞ」

「そうだといいですけど」

　この似顔絵の男が大山とやり取りをしている人物だとは、もはや考えていなかった。こいつは自らの顔を晒すような、そんな危ない橋は渡らない。まず間違いなく、代理の者を大山に会いに行かせたのだろう。ならば、小者の可能性が高い。特務連隊の情報網に引っかかっていなかったことも、似顔絵の男が取るに足らない存在でしかないと証明しているかのようだった。

「また連絡する」

　田端は似顔絵を折り畳み、スーツの内ポケットに入れて立ち上がった。辺見はまるで期待せず、去っていく田端を見送った。

　田端から電話があったのは、翌々日のことだった。会話できる場所に移動してから応じると、田端はいきなり妙なことを訊いてきた。

「あんたらは、日本革命党をマークしてるか」

日本革命党は、現在衆議院にひとり、参議院にひとり党員を送り込んでいるだけの小政党だ。その名のとおり極左政党で、主張は過激というより幼稚である。天皇制を廃して日本を共和制にしよう、ベーシックインカムを実現させて働きたい人だけ働く社会にしよう、安楽死を認めて老人には退場願おう、国家主催の見合いを制度化して結婚したい人は必ずできるようにしよう、などと、本気で立案したとは思えない政策ばかりを掲げている。良識ある人なら取り合う気にもなれない泡沫政党かと思いきや、存外に支持を受けて当選者を出していた。しかし、わざわざマークするほど危険な集団とは見做されていなかった。

「してませんが、それが何か?」

本当にマークしていないから正直に答えたが、もしマークしていたとしても「していない」と答えるだけだ。田端はこちらの返事の裏を読もうともせず、「だろうな」と応じる。

「こっちもそれほど本気で目をつけてるわけじゃない。ただ、革命党なんて物騒な名前をつけられちゃ、まったく見過ごしにすることもできないんだよ。で、越生藤一(おごせとういち)のオフィスをたまに見張ってたわけだ」

越生藤一は、日本革命党ただひとりの衆議院議員である。党内では副党首という立場だった。

「あんたにもらった似顔絵、見憶えがあると言う奴がいた。越生藤一のオフィスに出入りする清掃業者のひとりだって言うんだ」

「清掃業者」

思いがけない話だった。とっさには、どう解釈すべきかわからない。だから、田端の考えを質した。

「どういうことだと思いますか」

「この似顔絵の男の表の顔が清掃業者で、単に仕事として越生藤一のオフィスを掃除していた。あるいは、日本革命党と〈MASAKADO〉が繫がっている」

そのどちらかということになるだろう。だが〈MASAKADO〉と日本革命党の間に繫がりがあるとは、想像しにくかった。日本革命党はできもしない政策を唱えて世間の受けを狙っているだけの集団でしかない一方、〈MASAKADO〉は本気で東日本独立を目指している。そもそも日本革命党は党首も越生藤一も西日本出身で、東日本に対する思い入れはまるで表明していない。越生藤一は東京が地盤ではあるが、おそらく西日本より票が集めやすいとの考えで選んだに過ぎないのだろう。〈MASAKADO〉との繫がりを疑ってみたこともなかった。

「さて、どっちだと思う?」

改めて尋ねられても、辺見は答えられなかった。切れかけたと思った糸が、想像もしなかったところに繫がっていく。大きなうねりが、すぐそこに迫っているのかもしれなかった。

23

「東日本独立を望む人がたくさんいるのはどうしてか、考えてみたことある?」

聖子はそう問いかけてきた。あまりに基本的な疑問に、一条はうんざりする。そんなところから始めるつもりか。これは何かの時間稼ぎなのか。

「東西の格差があるからだろ。東も西もなく平等なら、誰も独立なんか望まなかったんだ」

苛立ちを隠さず、答えた。打ち明けることがあるなら、さっさと本題に入って欲しかった。

「なんで格差があるんだと思う？　平等にできない理由は何？」

　これも当たり前の疑問に思えるが、簡単には答えられなかった。格差が存在する理由は何か。いくつか思いつくので、順を追って挙げた。

「まず、そもそもひとりひとりの人間は同じじゃないからか。容姿や性格、能力に違いがあるから、完全な平等は不可能だ。それでも制度として平等を実現できるはずなのにそうしないのは、人には上に立ちたい欲があるからなんじゃないか」

「うん」

　聖子は大きく頷いた。どうやら、一条の答えは聖子を満足させたらしい。聖子は表情こそ変えないが、目の輝きが増したように見えた。

「私もそう思う。人には上に立ちたい欲があるのよね。だから、自分より下の存在が必要なんだよ。見下せる相手、優越感を与えてくれる階級、最上位でなくても中位でいるための下層。どんな綺麗事で取り繕っても、人は自尊心を保つために誰かを見下さずにはいられないんだ。それが、人間の本質だと思う」

　聖子の言葉に、自分の無意識を無理矢理見せられた気がした。言語化したくないから、目を逸らしていた本音。差別意識などないつもりでいても、では誰からも見下される最下層に属せるかと訊かれたら、やはり否定する。見下すこと自体がよくないのだと主張したところで、真の平等が実現するとは信じていない。見下し、見下される関係を人間社会から一掃するのは無理だと、脊髄反射で考えてしまう。上に立とうとする欲は、煎じ詰めれば生きることと不可分の欲なのだ。

「すごくいやだと思わない？　誰かを見下すことが人間の本質だなんて。どうしてそんな進化をしちゃったんだろう。人間は間違った進化の道を選んじゃったんだよ」

聖子が口にすることに、異を唱えるつもりはない。だが、話がどこに向かっているのかわからなくなった。人間の進化の方向を変えるのは不可能だ。そんなことは、一条が反論するまでもなく聖子も承知しているはずだった。

「いやだけど、どうしようもない。人間はこういう生物なんだと諦めるところから始めるしかないだろ」

「どうして諦めるの？　すぐ諦めるよね。諦めるのは、限界まで努力してからにすべきだよ。努力もしないで諦めるのは、奴隷根性が体に染みついてるからだ」

手厳しい言葉を投げつけられた。奴隷根性とは、東日本人が最も言われたくない言葉だ。あまりに的を射た言葉は、耳が痛いのを通り越して不愉快になる。それが当たっていると、言われた当人もわかっているからだ。

「だから、何をするつもりなんだ！」

怒気を込め、改めて問うた。そこまで相手をなじるなら、限界までの努力とやらを示して欲しかった。

「私たちは、人間の闘争本能こそが諸悪の根源だと考えてる。闘争本能が見下し見下される関係を生み出し、争いが絶えない社会を作ったんだ。人間から闘争本能がなくなれば、他人を見下すこともなくなるし、争ったりもしなくなる。私たちは、人間から闘争本能を取り除くことを目標としている」

聖子は明瞭に言い切った。にもかかわらず、一条は理解が追いつかず当惑した。人間から闘争本能を取り除く？　どうやってそんなことを実現するのか。

「……何を言ってるんだ。荒唐無稽すぎるだろ」

「そうは思わない。脳科学が日々進化してるのは、私なんかが言うまでもないよね。生物の闘争本能が何に由来するのか、現在はかなり解明できてるでしょ。解明できてるなら、抑制も可能よ」

「ちょっと待ってくれ。可能だとして、そんなことをしていいのか。闘争本能は、生物として必要なんじゃないのか」

少し考える時間をくれという意味を込めて、右手を突き出した。聖子の主張を吟味してみる。反射的に、それはまずいのではないかと考えたのだ。

すぐに思いつくのは、強者生存の論理だ。生物は弱い者が死に、強い者が生き残る。それは自然の理であり、その法則を残酷と受け取るのは人間の感覚でしかない。強い個体が生き残るからこそ、生物は進化してきたのだ。そして、個体の強弱を分けるのは闘争本能ではないのか。闘争本能がなければ、自然界では滅ぶだけである。

「人間が自然界で生きる生物ならね。でも、もう人間は自然の摂理から離れてしまった。闘争本能がなくても、猛獣に襲われる心配はしなくていい。少なくとも都市部では、熊や虎に襲われる可能性は想定する必要ないでしょ」

「それはそうだけど――」

「人間が闘争本能をなくしたら、雀や鼠に襲われちゃう？　いくらなんでも、そんなことないよね。闘争本能をなくしても、都市に住む動物には負けないよ」

「でも、人間が闘う相手は動物だけじゃない。自然災害とも闘わなくちゃならないだろ」

「自然災害と闘うのに、闘争本能は必要？　その場合の〝闘う〟はあくまで比喩的表現で、本当の闘争ではないでしょ。むしろ必要なのは、探究心じゃない？　災害を防ぐ、あるいは被害を小さくするための研究に、闘争本能はいらないよ」

反論され、一瞬言葉に窮した。なるほど、強者生存の論理はあくまで自然界の中での話であり、もはやそこに属さない人間には意味がないのかもしれない。しかし、探究心と闘争本能は本当に別個のものだろうか。その疑問を、聖子にぶつけた。

「人が何かを学ぼうとするとき、闘争本能は関わっていないのか。少なくとも、試験による順位づけや合否判定に闘争本能が無関係とは言えないはずだ。試験がなければ勉強しない人は、むしろ多数派だと思う。競争がなければ、向上もないいんじゃないか」

「そうかな。知的好奇心と順位づけは、関係ないよ。試験がなくたって、勉強する人はする。画期的な発見とか、目覚ましいブレイクスルーって、そういう人が成し遂げるものでしょ。試験がないと勉強しない人は、科学の進歩にそんなに貢献してないと思うよ」

悔しいが、違うとは言い切れなかった。自分を基準に考えてはいけない。試験がなくても勉強する人が科学を進歩させると言われたら、そのとおりと認めざるを得なかった。

「だとしても、闘争本能がなくなって無防備になるのは危険じゃないか。そうだ、自然界の危険に晒されなくても、人間社会の危険はどうしたって残る。例えば暴漢に襲われたりしたら――」

言いかけて、そんな仮定は無意味だと気づいた。暴漢になる人がいるのもまた、闘争本能のせいということになるからだ。全員がいっせいに闘争本能を失えば、犯罪も激減する。聖子はそう考えているのだろう。

「そういうこと。闘争本能がなくなれば、暴漢もいなくなる。自分の身を守る必要はなくなるのよ。他人を攻撃する人は、もういないんだから。危険がない、本当の意味で平和な社会が実現することになる」

「どんな方法で闘争本能を抑制しようとしてるのかわからないけど、でもそれは日本だけのことだろ。世界全体で実行するなんて、いくらなんでも絵空事だ。だったら、日本だけが闘争本能を失った国になる。そんな状態が、本当に安全と言えるのか」

戦争を放棄した国がたちまち攻め込まれるとは思わない。現に今の日本も、憲法で戦争放棄を謳って いる。しかし、永久の平和を保障しているわけでもない。戦争とは相手があって起こるものであり、相手はこちらの事情を斟酌しない。闘争本能を捨てるのは、武器を持っている人たちの中に裸で分け入っていくようなものではないのか。

「実は、その点が私たちの間でも意見が分かれたところなの。でも、一応のところ合意ができている。日本は世界の先頭に立つべきだ、って」

「世界の先頭？」

まだ意味がわからない。説明の続きを待った。

「日本が闘争本能を失ったことは、諸外国に対して隠すんじゃなくて、むしろ積極的に喧伝すべきだと思う。闘争本能を捨てて、本当に平和な社会を作り上げた、と。そうしたら必ず、自分たちもと追随する国が出てくる。大国は簡単には動かないとしても、西側の小国は日本を羨ましがるはず。日本は真の平和を実現したモデルケースになるのよ」

「君が言うとおり、大国は簡単には動かないだろう。だったら、闘争本能を捨てた国が危険であることに変わりない」

「そこが、人類の未来の分岐点よ。闘争本能を捨てた真の平和が、世界全体に広がるか。それとも、平和な国が戦闘的な国に滅ぼされてしまうか。もし平和な国が滅ぶようなら、人類は存続する意味がない。もう滅亡してしまえばいい。生物として、今後も生きていく価値はないから」

あまりに大胆な考えだった。そこまで突き詰めて考えているとは、想像できなかった。人類が存続する意味。確かに、人間同士で闘い続ける未来に意味があるとは思えない。平和こそが、人類全体の願いだと信じたい。闘争本能を捨て、人が人を見下さなくなる世界。非現実的すぎて思い描けないが、もし実現するなら見てみたい。実現するなら、だが。

「賭けに出るというのか。日本人全員の命を賭けた、大博打（おおばくち）に」

「日本人の半分が見下されるようないびつな社会なら、一か八かの勝負に出てもかまわないと思う。負ければいびつな社会が消えるわけだし、勝ったら得られるものがすごく大きい。賭ける価値はあるわ」

「でもそれは、君たちの考えでしかない。日本人全員の総意ではない」

「私たちは民主主義社会で虐（しいた）げられているのよ。多数決には意味がない。行動し、結果を出す。その結果は、みんなにとって嬉しいものだと確信している」

テロリストの理屈だ、と思った。聖子はまごうことなきテロリストなのだ。しかし、聖子たちが穏健派と自称する意味もわかった。彼女らは本気で闘いをなくそうとしている。テロによって実現する、戦闘のない世界。その大きな矛盾を、一条は受け止めきれずにいた。

24

「具体的に、どうやって闘争本能を抑制するんだ。そんなことが可能なのか」

聖子たちの理念については理解した。だが果たして、本当に人間から闘争本能を取り去ることができるのか。どんな勝算があるのか、見当がつかない。

「まだ実現はしていない。ただ、テストステロンがキーだと聞いてる。それに関しては、一条くんの方が詳しいでしょ」

「テストステロン」

テストステロンは男性ホルモンの一種だ。俗に、男らしさを高めるホルモンと言われている。テストステロンの分泌量が多いと体格がよくなり、体毛が濃くなる。エネルギッシュで社会的に成功している人は、テストステロンの分泌量が多いという研究結果もある。ラットによる実験でも、テストステロンを大量に注入したオスの周りにメスが群がったという結果が出ている。いわゆる、もてホルモンと言われる所以(ゆえん)だ。

その一方、攻撃性と連動しているホルモンでもある。テストステロンが多いと、生物は攻撃的になる。反社会的な行動をとる人は、その瞬間に爆発的にテストステロンが分泌されているという。つまり、闘争本能と密接に関わっているホルモンであることは間違いなかった。

「でも、テストステロンの分泌を抑制なんてしていいのか。テストステロンは生殖にも影響を与えるホルモンだぞ。それを抑制したら、種としての人間が増えにくくなってしまう」

「かまわない。もともと人間は増えすぎたのよ。食糧危機も地球温暖化もエネルギー危機も、すべて人口増が原因でしょ。だったら、人間は数を減らすべき。適正な数になれば、人類の未来も明るくなるわ」

「また、賭けなのか。人口減による国力の低下で、日本は縮小するだろう。先進国でいられなくなり、人々は貧しくなる。それが、目指している社会なのか」

「私たちはすでに貧しいでしょ。日本は先進国だっていう認識が、もう間違っているのよ。縮小するなら、相応の国を作ればいい。人々は何ヵ所かに固まって暮らし、空いた土地で作物を作り、太陽光や風力、地熱で発電し、破壊されなくなった自然を売りに海外から観光客を呼び込む。国が小さくなればそれだけ、生きていくことが難しくなくなる。たくさんの人口を維持しようとするから、自然エネルギーだけじゃ足りなくて原発を動かしたり、石油や天然ガスを輸入しなきゃいけないんでしょ。食糧だって、自給力が極端に低くなった。社会インフラの老朽化にも、対応しきれなくなった。全部、人口が減れば解決されるのよ。私たちは多くを望んでいるわけじゃない。慎ましく、小さな幸せを噛み締めながら生きていける国を作りたいの。少なくとも東日本の人は、みんな賛同してくれると信じてる」

慎ましく、小さな幸せを噛み締めながら生きていける国。それは一条が望む国の姿でもあった。その意味で、聖子の計画には全面的に賛同してもいいはずである。しかしどこか、間違っている気がする。そんな違和感があるが、具体的におかしな点を今は指摘できない。何人もが長い時間をかけて練り上げた理念を、一条ひとりが直感だけで論破するのは難しかった。

「闘争本能の抑制は、テストステロンの分泌量を抑えれば可能なんて単純なことじゃないと思うぞ。他にも要因はたくさんある」

理念ではなく、実行方法についての疑問点を挙げた。もしかしたら聖子たちは、机上の空論を組み立てているだけではないかと疑ったのだ。

「もちろん、わかっている。簡単に考えてるわけじゃない。私たちは捨て石になるって話をしたの、憶えてる？　私たちの世代ではなく、次の世代か、さらにその次か、いつか人間が闘争本能を捨て去る日が来ればいいと考えてるのよ。歴史はそう簡単には動かない。でも、まったく動かないなんてあり得ない。巨大な岩が動くまで、私たちは諦めずに押し続ける」

東日本独立は、それ自体が遠大な目標だと思っていた。しかし聖子たち一派が見据える未来は、もっと途方もなかった。東日本という一地域だけにとどまらず、地球全体の未来を考えていたのだ。目的のためなら、日本という国が衰えようと、滅ぼうと、かまわないと腹を括っている。いきなり視野が広がったかのようで、一条は全体を見渡すこともできなかった。

「研究チームがあるのか。闘争本能抑制を実現させるための研究をしているチームが」

テロには否定的でも、世界から闘いをなくすためならば手を貸す研究者は、少なくないかもしれない。東日本人だけでなく、西日本にも協力者がいてもおかしくなかった。

「チームはある。でも、人員は充分じゃない。簡単な研究じゃないし、私たちの理念に賛同してくれる人しか誘えないから。一条くんに打ち明けるのが遅くなったのは、そのせい。一条くんに理解してもらうには、時間をかけるべきだと考えたの」

「えっ」

不意に自分の話になり、戸惑った。研究チームの話がなぜ、一条が理念を理解するかどうかに繋がるのか。まさか、一条が研究に貢献できるとでも考えていたのか。だとしたら、それは買い被りでしかない。聖子たちは、何を期待しているのか。

「おれが大学で生化学を専攻してたからか？　でも、何度も言ってるようにおれは平凡な学生に過ぎなかったんだ。人間の闘争本能を抑制するなんて、そんな研究は手に負えない。専門外の人にはわからないんだろうけど、素人と大して変わらないんだよ」

謙遜ではなく、事実だった。テストステロンと言われればそれがどういうホルモンかすぐにわかるが、その程度のことでしかない。まして、大学卒業後は研究の現場から離れてしまった。自分の知識が役に立つはずがなかった。

「一条くんは自分の価値に気づいていないのよ。でも、認めている人はいる。私たちは、どうしても一条くんの協力が必要だったの」

「おれの協力？　何を言ってるんだ。おれは成り行きで〈ＭＡＳＡＫＡＤＯ〉に入ることになったんだぞ。違うのか。まさか――」

言葉に出すより早く、理解が訪れた。すべて、計画的だったのか。一条が春日井の家に呼ばれ、カレーをよそうために圧力鍋に触ったこと。その圧力鍋が爆弾に転用されたこと。鍋に一条の指紋が残っていたせいで警察に追われる羽目になったこと。それらは不幸な偶然と失敗が重なった結果だと思っていたが、そうではないのか。一条を仲間に引き込むための計画だったのか。

「ごめんなさい。謝っても、許してもらえないかもしれない。だとしても、私たちは後悔しない。それくらい、なんとしても一条くんの力が必要だったから。一条くんは、私たちの計画に欠かせないピースなの」

今日何度目の衝撃だろうか。見えている世界を一変させるレベルの情報が怒濤の如く押し寄せ、もはや頭が飽和していた。脳の回路すべてを理解することに費やしているため、感情が動かない。怒るべきところなのだろうが、気持ちはまったく凪いでいた。適切な言葉すら、思い浮かばなかった。

「だから、〈ＭＡＳＡＫＡＤＯ〉を抜けるなんて言わないで。同時爆破テロには、一条くんも憤っているんでしょ。あれは、人間の闘争本能が最悪の形で現れたのよ。あんな悲劇は、もう起きないようにしなきゃいけない。私たちの目指していることが正しいって、あのテロが証明してるはず。そうでしょ」

畳みかけられたが、肯定も否定もできなかった。大波に呑み込まれた人間は、もがく以外に何ができるだろう。一条はただ、浮上して息をしたかった。これからどうするかを考えるより先に、呼吸を整えるべきだった。どこかに摑まりたい。このまま流され続けるのは怖い。そう、一条が唯一覚えている感情は〝恐怖〟だった。

呆然と立ち上がり、小さく首を振った。なんのために首を振ったのか、自分でもよくわからない。そのまま言葉を残さず、聖子の部屋を出た。聖子は呼び止めようとしなかった。自分に割り当てられた部屋に戻り、立ち尽くした。坐ることも横になることもせず、部屋の真ん中でじっと立ち尽くした。そうすることが、精神の平衡を保つただひとつの方法だと思えた。

25

しばらくひとりで考えてみたが、何が正しいのか、もはや判断がつかなかった。価値基準を揺るがされ、正邪を見極められない。聖子たちの計画には〝正しくない匂い〟を感じるのに、悪だと断ずることにもためらいを覚える。周囲を底なし沼に取り囲まれ、どちらの方向にも足を踏み出せない状態のようだと思った。

ともかく、もっと話を聞くしかない、と結論した。なぜ彼らが一条を必要としたのか、それがまだわからない。過剰な期待を抱いているとしか思えないが、どうしてそんな思い込みをしたのか聞いてみたい。身の振り方は、すべてを知ってから決めたかった。

部屋を出て、もう一度聖子に声をかけた。自分をスカウトした理由を問う。だが聖子は、即答しなかった。

「正直、私はうまく答えられない。理解してないから。一条くんに説明できる人に引き合わせる。だから、しばらく待って」

おそらく、生化学の領域の話になるからだろう。聖子たちの計画のための研究チームが存在すると言っていた。一条はそのチームの人と引き合わされるようだ。確かに、そうした方が詳細な説明を受けられそうだった。

さほど待たされることはなかった。翌日には予定が確保できたらしく、聖子とともにアジトを出発した。ハンドルを握るのは運転手ではなく、聖子だった。今日はふたりでの行動となるらしい。

向かったのは南大沢（みなみおおさわ）だった。駅前が少しだけ開発されていて、大型スーパーといくつかの店がある。そうした中の一軒であるカラオケボックスに、聖子は入っていった。密談をするなら、やはりカラオケボックスなのだろう。

「説明をしてくれる人は、少し遅くなるかもって言ってた。待ってる間、歌でも歌ってる？」

聖子は呑気なことを言うが、一条の張り詰めた気配を察していないわけがない。雰囲気をほぐそうとでも考えたか。もちろん、歌など歌う気にはなれないので断る。聖子もそれは予想していたらしく、気分を害した様子もなかった。

注文した飲み物だけを口にし、ただ重い沈黙の中で時間を過ごした。一条は意図的に黙っているのだが、聖子も特に沈黙を苦痛に感じてはいないようだ。いかにも聖子らしいが、そんな聖子が小面憎（こづら）くもある。睨んだところで、いささかも痛痒（つうよう）を感じないだろう。

遅れること三十分、ようやく相手が姿を見せた。「やあやあ、お待たせしました」と陽気な口振りで言いながら部屋に入ってきたのは、五十絡みの小太りな男だった。額に汗をかいているから、本当に急いだのだろう。あらかじめ遅れるかもしれないと言われていたので、苛立ちはしなかった。

「河上(かわかみ)です。君が一条君ですね」

小太りの男は確認してきた。一条の本名を知っているようだ。一条は頷き、名乗る。自己紹介といきたかったが、名前以外に話せることが何もなかった。

「ええと、ぼくについては名前しか言えないんだ。今のところね。でも、研究者だとだけは言っておこう。君と同じく、生化学を研究しているよ」

おそらく、どこかの大学の教授か准教授なのだろう。しかし、身分は伏せておくように言われているようだ。聖子たちのグループは、まだ一条を完全に信用したわけではないらしい。慎重なことだ、と皮肉を込めて思う。

「河上さんは、〈MASAKADO〉の一員なんですか」

河上という名も本名かどうかわかったものではない、と考えつつ、尋ねた。河上は「うーん」と言って、顎を擦(さす)る。

「どうなのかな。入会の儀式みたいなものはあるの？　そういうのはやってないから、自分では単なる協力者のつもりだけど、〈MASAKADO〉には一員と見做されてるかも」

「別に入会の儀式なんてないですよ。秘密結社じゃないんですから」

笑いを含んだ声で、聖子が口を挟む。どうやら、ふたりだけで冗談を交わしたらしい。それが通じない一条は、もちろん笑うことなどできない。

「おれに目をつけたのは、河上さんですか」

苛立ちが、核心を衝く質問をさせた。この男が、おれの人生を狂わせたのか。恨むなら、この男なのか。

「いや、そういうわけじゃない。ぼくは他の人から、君の名前を聞いた。ぼくが君のスカウトを進言したんじゃないから、恨まないでくれよ」

目つきが鋭くなっていたのかもしれない。河上は一条の内心を正確に把握し、そんな責任回避をした。しかし、その言葉自体も本当かどうかわからない。もはや、誰のことも信じられなかった。

「おれの名前は、どうして出てきたんですか。聞きましたが、テストステロンの分泌を制限しようと考えているんでしょ。でもおれは、テストステロンの研究なんてやってなかったですよ。おれがなんの役に立つのか、未だにわからないんです」

「うん、うん、そうだろうね。君の疑問はもっともだ。ただ、テストステロンの分泌量さえ減らせばいってもんじゃないのはわかるだろ。ぼくたちはもっと、多角的に可能性を探ってるんだよ」

河上の説明を聞いて、わずかに安堵した。できもしないことを計画しているのではないかという疑いが、念頭にはあったのだ。人間の闘争本能の抑制が不可能とは思わない。現在の科学力をもってすれば、いずれは実現できるかもしれない。ただしその方法が、テストステロンの分泌量の制限などという単純なことでないのは確かだ。

テストステロンは、人間の闘争本能や性衝動に影響を与えているだけではない。その働きはもっと多岐に亘(わた)っている。骨や筋肉を作り、行動する上でのやる気を覚えさせる。テストステロンの分泌が減ると、糖尿病や肥満、動脈硬化、鬱病などを発症する可能性が高くなる。男性にも更年期障害があることは認知されてきているが、それはテストステロンの減少が原因と考えられる。狩猟採集社会で必要だった闘争本能こそ現代社会では過剰なものとなりつつあるが、他の働きは今なお人間にとって必要なのだ。だからテストステロンの分泌量が減れば、おそらく人類という種は緩やかに絶滅に向かう。テストステロンは種の存続のために必要なホルモンなのである。

「君の卒業論文を読んだ。なかなか興味深い研究だったよ。あれをもっと掘り下げてみる気はないかな」

「えっ」

自分が卒業論文で何をテーマに取り上げたかは、もちろん憶えている。だが、あれが人間の闘争本能の抑制に役立つとはまったく考えなかった。一条がテーマにしたのは、骨で分泌されるホルモンだった。

「オステオカルシン。目のつけ所がいいと思う。まだ不明点が多いからね」

河上は満足そうに言う。だが、一条は大いに反論したかった。

「オステオカルシンなら、逆効果じゃないですか。だって、テストステロンの分泌を促す働きがありますよ」

「でも、テストステロンの減少を補う効果もある。筋肉量を増やす、免疫力を上げる、認知機能を改善する。どれも、テストステロンが減少した場合に案じられることばかりだ。テストステロンの分泌さえ促さなければ、ぼくたちの計画にとって都合がいいホルモンじゃないか」

「いや、しかし——」

オステオカルシンは、まだ発見されてから日が浅いホルモンである。充分な研究がされているとは言いがたく、未知の部分の方が大きい。だからこそ、正解があるわけではないので自由に論考でき、卒業論文で取り上げるには楽だったのだ。当然、何か目覚ましい発見があったのでも、第一人者になれるほどの論を打ち立てたわけでもない。詳しくないとは言わないが、あの卒業論文ひとつだけで有望な研究者扱いされるのには違和感があった。

「オステオカルシンは経口投与で高い血中濃度を保つ、と君自身も実験で証明していたよね。日本国民全員に服ませるには、その点も都合がいいんだ。ただ知ってのとおり、まだサプリメント化はされていない。経口投与より、運動の方が分泌量を促せるくらいだからな。そこで君には、経口投与の効率化を研究して欲しいのさ。それなら、学生時代の研究の延長上だろ。もちろん、テストステロンの分泌を促す効果を切り離す方法も模索して欲しい。そこが一番肝心だからね」

　河上の説明を聞いているうちに、なぜ自分が〈ＭＡＳＡＫＡＤＯ〉に引き入れられたのか、漠然とながら見当がついてきた。おそらく〈ＭＡＳＡＫＡＤＯ〉の研究者の誰かがオステオカルシンに着目し、資料を集めたのだ。その過程で、一条の卒業論文に行き当たった。もしかしたら、一条が在籍していた大学に〈ＭＡＳＡＫＡＤＯ〉の協力者がいたのかもしれない。研究チーム内で、一条の名前が認知された。その一条が、たまたま聖子の職場の同僚だった。これが、一条にとっては不幸な偶然だったのだ。聖子が一条に接触できると知った〈ＭＡＳＡＫＡＤＯ〉は、仲間に引き入れることにした。一条が特別だったわけではなく、聖子の同僚だったから目をつけられたのである。巡り合わせの悪さ、ただそれだけが一条の人生をねじ曲げたのだった。

　聖子に恨みをぶつける気にはなれなかった。自分の運命があらかじめ決まっていたかのように思え、全身から力が抜けていく諦念に呑み込まれた。

26

「オステオカルシンの経口投与と言いましたね。つまり、日本人の闘争本能を抑制するために、何かを服ませようと考えているわけですか。そんなこと、可能なんですか」

自分の役割はわかった。だが、計画の実現性の面ではまだ疑問がある。サプリメントを一度服ませればそれで完了、などという話ではないはずだ。おそらく長期間、継続的に何かを服用させる必要がある。その点をどう考えているのか。

「私たちの目的に納得がいった？　納得したならその先の説明をするけど、まだ納得してないなら言えない」

聖子はあくまでリアリストだ。一条に何もかも打ち明ける気になったわけではなかったらしい。こうした慎重さが、これまで〈ＭＡＳＡＫＡＤＯ〉を存続させてきたのか。警察や自衛隊に追われながらも、活動を続けてきた理由の一端を見たと思った。

「納得したことを、どうやって証明すればいい？　口で納得したと言うだけじゃ、信用しないだろ」

どうにも不快感が拭えず、皮肉な物言いになった。聖子はこちらにじっと視線を据える。もともと聖子は相手の目を直視して話をするタイプだったが、今この状況ではさらに圧を感じた。視線を逸らしたくなるのを、なんとか意志力でこらえなければならなかった。

「研究に着手してもらう。その上でなら、計画の次の段階を話す」

なるほど、そうなるか。ここは思案が必要だが、それにかける時間はあるのか。なんとなく流されてアジトでの生活に戻るのは、気が進まなかった。

「研究をすることになっても、今のアジトから通うのか」

「ううん、それだと時間のロスだから、別の場所に移ってもらう」

「そうか。その方がいい」

頷くと、聖子はすかさず言葉尻を捉えた。

「ということは、研究チームに加わってくれるのね。〈MASAKADO〉を抜けるのはやめた、と解釈していいのね」

そう念を押す。一条は本音を言う気になれない。

「一応は。研究チームに入ってみたい」

「わかった。ありがとう。心強いわ。研究チームの人材の発掘は、私たちの喫緊の課題なの」

そうだろう。誰でもできることではない。だから一条程度の知識の者でも、ここまでの手間をかけて引き込んだのだ。一条がスカウトされたこと自体が、チームの人材難を物語っていた。

「めでたしめでたし、かな。ぼくは自分の役目を果たせたようだね。じゃあ、これで失礼しよう。一条君とはまたすぐに会うことになるようだけど」

河上は微笑み、一条に握手を求めてきた。やむを得ず応じると、河上は手をひと振りして部屋を出ていった。聖子は「一条くんの住むところを手配する」と断り、スマートフォンを操作し始める。それが終わるのを、一条はただ待った。

「たぶん、すぐに一条くんの新しい家を用意できる。でもいったんアジトに帰って、荷物をまとめないとね」

「君はまだ、あのアジト住まいか」

聖子と一緒に引っ越したいわけではないが、気になったので確認した。聖子は「そうね」とわずかに首を傾げる。

「一条くんの世話をしなくてよくなるなら、私ももうちょっと交通の便がいいところに移るかも。あそこじゃ、移動がいちいち面倒だから」

「そうか」

そんなやり取りをしてから、カラオケボックスを出た。また聖子の運転で、アジトに戻る。帰路は、往路ほど沈黙が続いたわけではなかった。聖子が話しかけてきたからだ。一条を引き留めることができて、安堵したようだ。

荷物をまとめるといっても、もともと何も持ち出せなかった。新たに与えられた着替えと、わずかな身の回りの物だけだ。アジトに到着してから、それらの物を段ボール箱に詰めた。小さい箱ひとつに収まってしまった。

翌日、聖子とともにアジトを発った。アジトには他に誰もいなかったので、別れを告げる相手もいない。ただの仮住まいを後にすることに、なんの心残りもなかった。むしろ、早く状況を変えたかった。

「行く先は、どうせ訊いても教えてくれないんだろ」

ハンドルを握る聖子に、無駄を承知で尋ねた。だが聖子は、軽く肩を竦めるとあっさり答えた。

「警戒されたものね。向こうに着いたら普通の生活を送ってもらうんだから、秘密にしておく意味がないわ。一条くんが住むのは田端。私たちの秘密の研究施設は駒込にあるから、歩いて通える」

研究員として戦力になるなら、自由が与えられるのか。それは朗報だった。アジトでの閉じ籠った生活には、もはや倦(う)んでいた。

田端や駒込には、まったく土地勘がない。つまり、これまで行く用がなかった町だということだ。駒込には確か六義園(りくぎえん)があったが、田端にはなんのイメージもない。そういう町の方が、潜伏には向いているのかもしれない。

高速道路を使い、一時間強で田端に着いた。車をコインパーキングに停めてから、聖子はなぜか近くの寺に向かった。「何をするんだ」と尋ねると、鍵を受け取るのだと言う。仲間とこの寺で待ち合わせているようだ。

寺の境内には、誰もいなかった。だが一条たちに遅れて、学生っぽい風体の男が現れた。聖子は素知らぬ顔で本堂の前に立ち、賽銭(さいせん)を上げる。十円玉を渡されたので、一条もそれを賽銭箱に投げ入れ、手を合わせた。学生っぽい男は、順番待ちをするように後ろに立っていた。

お祈りを終え、賽銭箱の前を離れた。入れ替わりに学生風の男が前に進み出てくる。すれ違いざま、ほんの一瞬で鍵の授受が果たされた。事前に聞いていなければ見逃してしまいそうなほどの早業だった。聖子と男は、目を合わせることすらなかった。

境内には他に人はいないのに、それでも警戒は怠らないのだ。こちらが気づいていないだけで、誰かが見ているかもしれないと案じているのだろう。一条も今後行動の自由が与えられても、同じように警戒し続けなければならないのかもしれない。日陰の世界を生きているのだと、改めて実感した。

寺を出てから、五分ほど歩いたところにアパートはあった。なんの特徴もない、以前に一条が住んでいたアパートと似たような佇まいだ。東日本には、しゃれた住まいなどほとんどない。雰囲気が似ているのは、当然のことだった。

受け取った鍵を使って、聖子は一階の一室のドアを開けた。中は六畳の畳敷きひと間だった。家具やカーテンなどはひととおり揃っている。聖子は靴を脱ぎ、中に入ってカーテンを開けた。

「日当たりがよさそうだから、悪くないわね。布団もあるし」

押し入れを開け、布団があることを確認した。テレビもあり、部屋の隅に見える小さい電子機器はＷｉ-Ｆｉルーターのようだ。そこまで揃えてくれているなら、なんの文句もなかった。

持ってきた段ボール箱を畳に置き、満足したという意味を込めて聖子に頷きかけた。聖子は窓の外に、ちらりと視線を向ける。

「このまま、研究施設に行く？　直線距離なら近いけど、わざとぐるぐる回るコースを取るから二十分くらいかな」

「いいよ、行こう」

車を運転していたわけではないので、疲れてはいない。聖子がかまわないなら、休む必要はなかった。聖子は部屋を出る前に、スマートフォンの地図アプリで道を確認した。それだけで頭に入ったのか、外ではアプリを使おうとはしなかった。歩きながら、「言うまでもないと思うけど」と一条に釘を刺す。

「今から行くところを、スマートフォンに登録したりしないでね。あくまで、自分の足で場所を憶えて」

鍵の受け渡しひとつでもあれだけ警戒したのだから、当然だろう。土地勘がないから一発で憶えられる自信はなかったが、頷いておいた。以後はひたすら、周囲の光景を記憶に刻みつけることに専念した。

聖子の言葉どおり、二十分ほど歩いてオフィスビルに到着した。小さい事務所や会社が入居しているような、灰色の五階建てのビルである。エレベーターはあるが、「二階だから」と言って聖子は階段を使った。各階ワンフロアらしく、玄関ドアはひとつしかなかった。

ドア脇のインターフォンのボタンを、聖子はまず長めに一回、次に短く二回、最後にもう一度かなり長く一回押した。すると、人が近づいてきた気配はなかったが、ドアが内側から開いた。顔を覗かせたのは、眼鏡をかけて化粧気のない女性だった。化粧をしていないせいか、年齢の見当がつかない。聖子は挨拶もせず、内側にするりと身を滑り込ませる。一条も後に続いた。

外観とはまるで違い、内部はちょっとしたラボだった。中央に大きな実験台があり、窓際にはドラフトチャンバーが設置されている。いくつかあるユニットは、薬品保管や廃棄のための物だろう。他にも冷却水循環装置や恒温器もあるに違いない。実験や研究に必要な物は、大半揃っているようだった。

室内にいるのは、一条たちを出迎えた女性の他、三十代くらいの男性がひとりだった。ふたりとも白衣を着ていて、自分の作業に没頭しているのかこちらには目もくれない。聖子が苦笑気味に声をかけ、一条のことを紹介したが、ちらりと見ただけでまた作業に戻ってしまった。

「こういう人たちだから、一条くんも人間関係とか気にせずに自分の研究に専念して」

排他的なのか警戒しているのか、あるいは本当に研究以外に興味がない人が集まっているのか。追い追いわかるのかもしれないが、どうでもよかった。

「河上先生が来たら、設備の使い方とか教えてくれると思う。もうわかっただろうけど、河上先生は研究チームの中では親切な人なのよ」

そうなのだろう。だから説明役だったのか。しかし、〈MASAKADO〉内で誰かを頼る気は、もうない。

咎められないので、勝手にざっと見て回り、引き揚げた。また徒歩で田端を目指し、聖子とは途中で別れた。道に迷ったがなんとかアパートに辿り着いて、部屋の中央で畳に寝そべった。見上げた天井には、染みがいくつもできていた。

27

河上から直接メッセージが届き、駒込のラボで会うことになった。ラボの使い方をざっと教わったが、すぐに研究に取りかかれるわけではない。大学を卒業してから数年のブランクがあるので、勉強が必要だった。ＰＤＦになっている資料や本をもらい、家で読み込んだ。

まず最初に頼まれたのは、オステオカルシンを経口投与した場合の効率化だった。それならば、大学時代の研究の延長なので、まったく歯が立たないということはない。そんなことは一条でなくてもできそうに思うが、人間の闘争本能を低下させるための研究は多角的に行っていると河上が言っていたから、チームの各人はそれぞれに課題を持っているのだろう。オステオカルシンに関しては、一条の分担と理解した。

研究に専念している姿勢を見せた。研究をしている振り、ではなく、本気で勉強した。仲間を粛清するような連中の中にいるより、ひとりで黙々と勉強する方が遥かにいい。勉強だけをしていればいい生活は、テロリストたちとの日々よりましなのはもちろんのこと、引っ越し業者として働いていた頃より性に合っていると言えた。

しかし、自分の研究が引き起こす結果については、どうしても考えざるを得なかった。人間の闘争本能を抑制する。果たして、そんなことをしていいのか。

人間は長い間、狩猟採集生活を続けてきた。現在のような文明の生活は、二十万年にも亘る人間の歴史の中でほんの一瞬に過ぎない。だから当然、人間の脳は狩猟採集生活に適応している。他者の命を奪い、その死体から栄養を摂取するために進化した脳。そうした生活では、闘争本能は絶対に必要だった。常に敵がいて、闘いがあり、闘争に勝つことだけが生き残る手段だった生活。人間は闘争本能を研ぎ澄まし、武器を使うことを覚え、それを発達させてきた。肥大した闘争本能は、獲物にだけ向けられるのではなく、同じ人間同士の争いをも生み出した。もしかしたら文明は、人間から仲間を守るために発生したのかもしれない。文明によって自然界から切り離され、野生動物と闘う必要がなくなっても、脳は急には変わらない。もはや不必要となった闘争本能は維持され、人間同士の争いだけが残った。

言ってみれば、文明の発展に脳の適応が追いついていないのだ。現代文明において、人間の闘争本能は不必要というだけでなく、有害ですらあるかもしれない。ならば、現代文明に人間の脳を適応させればいい。その発想は、魅力的にも思える。

反面、闘争本能が文明を発達させたという考え方もある。競い、他者に勝とうと望むこと、それが新たな発見や発明をもたらした。もっと快適な生活を送りたいという欲がなければ、人間の文明は初歩の段階でとどまっていただろう。戦争が科学を発展させるという、認めたくはない現実もある。だから闘争本能を抑制すれば、間違いなく文明の進歩は止まる。

問題は、それが悪いことなのか、だ。競い、闘うことで発展してきた文明は、そもそも最初の一歩から間違っていたのではないか。人間以外の生物は、足ることを知っている。必要な栄養を摂取すれば、それ以上の殺生は試みない。必要以上に他者の命を奪うのは、人間だけなのだ。なぜ人間だけがそうなってしまったのかと考えると、やはり過剰な闘争本能が原因という結論になる。

人間の闘争本能は過剰だ。人間だけが別の種を絶滅に追い込み、同じ種で殺し合い、それでも増殖を続けている。そんな文明は正しい姿と言えるのか。闘争本能を抑制した、もっと穏やかな文明もあり得たのではないか。あまりに隔たりすぎてイメージすることもできないが、経済発展や人口増が絶対の目標ではない、自然の法則と融和的な文明は不可能ではないように思う。

ならば、穏健派が目指す地点は一条にとっても望ましいことになる。争わず、増えすぎず、自然を破壊しない文明。もはや異星の文明にも等しいが、それが実現可能なら、目指すべきなのかもしれない。そのためには、闘争本能の抑制が不可欠だ。

自分がその考えに惹かれていることを、一条は自覚していた。夢物語だとわかっている。だが、そんな夢物語を現実のものとするための努力ができる立場なら、力を注ぎたい。気持ちは傾きかける。

その一方で、聖子たち穏健派の考えを全肯定することもできなかった。うまく言葉にできないが、どうしても引っかかりを覚える。相反する思いが、一条の中でせめぎ合っている状態だった。だから結論は急がず、今は情報が欲しかった。聖子は未だ、すべてを語っていない。彼女らの信頼を得るためにも、おとなしく研究に専念しているのだった。

大学卒業後のブランクを埋め、最先端の研究によって判明した知識を頭に入れたところで、ラボに顔を出すようにした。家に籠っているだけでは、一条が何をしているのか知ってもらえない。与えられた課題に関して成果を出す努力を示すことで、聖子は計画の次の段階を語ってくれるだろう。そのときまで、本気で研究に没頭するつもりだった。

とはいえ、聖子が様子を見に来ることもなかった。引っ越しをした日以降、連絡もとり合っていない。もしかしたら、一条をラボに送り込んだ時点で聖子の仕事は終わり、また別のことに携わっているのかもしれない。一条の研究態度がきちんと評価されているのか、心許なかった。

しかし、一ヵ月ほど経った頃に、ようやくメッセージが来た。まるでそれは、恋しい相手からの待ち侘びていた連絡のようにも感じられた。自分の心理状態を皮肉に思う暇すらなく、すぐにメッセージを開く。文面は、ふだんの聖子と同じくぶっきらぼうだった。

〈真面目に研究しているそうね。久しぶりに会う?〉

〈うん。まだ教えてもらってないことがあるからな〉

率直な返事を書いた。向こうが認めてくれるまではと、こちらから連絡をとるのを我慢していたのだ。メッセージを送ってきたということは、一条の研究態度に満足したに違いない。この機会を逃すことはできなかった。

〈じゃあ、ラボで会いましょう〉

聖子はそう答え、日時を指定した。ラボには休憩するための部屋もある。そこで話をするのだろう。

二日後、ラボの休憩室で聖子と向き合った。聖子は以前とまるで変わらない調子で、「新しい生活には慣れた?」と訊いてくる。長々と世間話をする気はないので、「ああ」とだけ答えて本題に入った。

「そろそろ、計画の全容を話してくれないか。人間の闘争本能を抑制することが可能として、どうやって実現させるつもりなんだ」

経口投与と言っていたから、ある程度の手段は想像できる。だが、疑問はたくさんある。いくつも予想できる難題をどう乗り越えるのか、聞かせて欲しかった。

「久しぶりに会ったのに、せっかちね」

焦らすつもりか、聖子はそんなことを言った。正直、かつては聖子に会うのが楽しいこともあった。

恋愛感情だったとまでは言えないが、異性として好意を持っていたのは事実だ。だが、それを利用されたとも思っている。今は以前のような好意など、持ちようがなかった。

「あっ、怖い顔してる。わかったわよ、話すけど、実はそちら次第って面があるの」

「こっち次第？」

「研究結果によって、計画が変わるって意味。ただ私たちが考えているのは、ホルモン分泌を抑える薬を日本人に継続的に服ませられないかってこと。理想は、水道水に混ぜたい」

「水道水、だと。そんなことが可能なのか」

予想の範囲内の答えではあったが、実現できるとは思えなかった。日本の水源は一ヵ所ではないし、水道水として使うに当たっては水質チェックもしているはずだ。広域に、かつ継続的に水道水に何かを混入させることなど、現実的ではなかった。

「だから、そちらの研究次第。水質チェックは項目が決まってるでしょ。それをすり抜けるような抑制剤を開発して欲しいのよ」

ただでさえ人間の闘争本能の抑制が簡単ではないのに、さらに水質チェックまですり抜けないといけないなら、そんな抑制剤が完成するのはかなり先のことになるだろう。自分たちの世代で成し遂げられるとは思っていない、と聖子が言っていた意味がよく理解できた。

やはり絵空事なのか、と失望した。顔には思いを出していないつもりだったが、聖子は鋭敏だった。

「がっかりした？　そんなの無理だって、顔に書いてあるよ。でもね、無理だとは思っていない人たちもいる。ラボの他の人たちと、実現可能性について話し合ってみた？　無理だと諦めた瞬間に終わるんだから、簡単に決めつけないで」

28

　聖子はあくまで前向きだった。そうか、テロリストとはそもそも夢想家なのだな、と納得した。理想の国、理想の社会を夢想するからこそ、暴力に訴えてでもそれを実現させようとする。出発点が現実的かどうかなど、気にしない。聖子たち穏健派がなぜ〈ＭＡＳＡＫＡＤＯ〉と袂を分かたないのかと不思議だったが、結局は同類なのだ。そのことが、痛感できた。

「もちろん、日本の水源が各地にたくさんあることもわかってる。でも、無限にあるわけじゃない。仲間が手分けして各水源を巡って、継続的に抑制剤を投与するのは可能だと思ってる。一応疑問に答えたけど、手段に関してはこちらに任せておいて。一条くんは、抑制剤開発に専念して欲しい」

　任せろと言うが、要は口を出すなということか。一条はあくまで、オステオカルシンの研究のためにスカウトされたのである。優秀なテロリストになることを期待されていたわけではないから、自分の役割だけを考えていればいいようだ。

「納得してくれた？　個人的なことを言うと、私は一条くんが仲間になってくれて嬉しいんだよ。一条くんなら、理想を共有できると思ったから。そうじゃなきゃ、一緒に顔を変えたりしないよ。いろいろ秘密にしてたから今は腹が立っている面もあるだろうけど、これが一条くんにとっても正しい道だと思うから、がんばろう。みんなで、争いのない世界を作ろう」

　聖子は身を乗り出し、顔を近づけてきた。以前の聖子とは、似て非なる顔。引っ越し業者でともに働いていた頃の聖子は、もういないのだ。そのことを、思い知らされた。

午前二時に、アパートを後にした。あてがわれた家に過ぎないから、なんの感慨もない。持ち出す荷物もないので、ホテルをチェックアウトするのと変わらない。一条は一度も振り返ることなく、アパートから離れた。

電車が動いている時刻ではないから、できる限り歩いて遠ざかろうと考えていた。疲れたら、公園を見つけて休む。ただし、一ヵ所にとどまって夜を明かそうとしたら、不審者として通報される恐れがある。休憩程度にして、先を急がなければならなかった。

大きい道は避けた。細い路地を、勘に従って進んでいく。スマートフォンを持ち歩くわけにはいかないので、アパートに置いてきた。だから地図アプリで現在位置を確かめることはできず、太陽の向きで方角を知ることもできないから、当てずっぽうで行く先を決めている。せめて、同じ場所をぐるぐると回るようなことだけは避けたかった。

後方から、バイクの走行音が聞こえた。まさか、と思いつつ、脇によける。振り返ると、ヘッドライトが近づいてきた。ポケットに手を突っ込み、中の物に触れた。

バイクは一条の目の前で停まった。バイクに乗っている人はふたりいた。タンデムシートに乗っていた人が、ヘルメットを取る。案の定、聖子だった。

「こんな夜中に、どこに行くの?」

聖子はバイクを降りた。変わったことなど何もないかのような、落ち着き払った口調だった。その白々しさに嫌悪を覚える自分に、一条は驚く。こんなにも聖子が嫌いになっていたのか、と改めて自覚した。

「おれの荷物に、GPSを仕込んでたのか」

追いついてくるからには、そうとしか思えなかった。念入りに確認したつもりだったが、まだ甘かったようだ。追いつかれたことで、結局信用されていなかったのだなとも知った。聖子たちの疑いは、正しかったのだが。

「逃げておいて、文句言わないでよね。一条くんが逃げる可能性がないなら、そんなことをする必要なかったんだから」

聖子は開き直る。一条もまた、逃げたわけじゃないなどという言い訳はしなかった。もはや、化かし合いは無意味だからだ。

「前に言ったよな。おれは抜ける。もう関わらないでくれ」

バイクを運転していた人も、ヘルメットを脱いだ。運転手は美濃部だった。ヘルメットを取らなくても、逞(たくま)しい体軀で見当がついていた。美濃部はヘルメットを右手に持ち、だらりと垂らしている。何かあれば、ヘルメットを武器として使うつもりなのだろう。

「私は全部話したのよ。いまさら抜けるなんて言われても、困るわ」

聖子は眉根を寄せる。しかし、それが作った表情であることが、今の一条にはわかった。聖子は困ってなどいない。言葉とは裏腹に、単に一条を従えようとしているだけだ。

「どうしても抜けると言ったら?」

「そういうときのために、おれも来たんですよ。手荒な真似はしたくありませんけどね」

ニヤニヤしながら、美濃部が口を挟んだ。それもまた、説明されなくてもわかっていることだった。

一条は美濃部を無視した。

「おれもいったんは、君たちの考えを受け入れかけた。人間の闘争本能が、もはや有害だという考え方は理解できる。人間は間違った進化をしてしまったんだろう。ただ、君たちがそれを正すなんて許されるのか」

隙を窺うためだけでなく、一度は聖子に問うておきたくて口にした疑問だった。彼女たちの考えを変えられるとは思わないが、それでも尋ねずにはいられなかった。

「私たちには資格がないと言うの？　じゃあ、誰なら資格があるの？　そんな資格がある人は、この世にいないでしょ。それなら、資格なんて気にしても意味ないわ」

「闘争本能を捨てるかどうかは、人間ひとりひとりが判断すべきことだ。知らない間に抑制剤を服まされて、勝手に闘争本能を奪われるなんて、そんなことは許されない」

「ひとりひとりが判断？　それ、本気で言ってるの？　全員がいっせいに闘争本能を捨てなきゃ、意味ないのよ。闘争本能を維持してる人となくした人が混在してたら、闘争本能がない人はたちまち淘汰されちゃうわ」

「強制的に闘争本能を奪うのは、テロでしかない。おれはテロを容認しない」

これが、一条の結論だった。人間の自由意志を踏みにじるような真似は、誰であろうと、どんな政治体制であろうと、許されない。そんなことをしてしまえば、それはただの恐怖政治だ。従順になった羊たちを、〈ＭＡＳＡＫＡＤＯ〉の穏健派が支配する構図ができあがる。目指す理念に共感できても、結果が超独裁であるならば、やはり絶対に受け入れられなかった。

「ねえねえ、堀越さん。こいつ、もう駄目じゃないですか。めんどくさいから、始末しちゃいましょうよ」

美濃部が割り込んできた。その言葉に、一条は衝撃を受ける。始末、だと？　そのひと言で、収まりが悪かったパズルのピースがぴったり嵌った気がした。

「――これまでもそうやって、邪魔者を排除してきたのか。川添さんや敏将を殺したのは、お前たちだったのか」

スパイ騒動については、あれでよかったのかという思いがいつまでも残っていた。粛清など論外だが、そもそも和将がスパイだったという結論には違和感があった。しかし状況証拠は揃っていたし、一条の違和感を裏づける具体的な何かがあったわけでもない。疑問を口にできないまま、今日まで過ごしてしまった。

しかしやはり、あの騒動は根本から偽りだったのだ。スパイなど存在せず、セクションを穏健派で固めるために邪魔な武闘派を排除したのが真相だ。一条にスパイの洗い出しを命じたのは、抜き差しならない状況に追い込むためだろう。組織内の粛清に立ち会ってしまえば、一条は〈ＭＡＳＡＫＡＤＯ〉の中で生きるしかなくなる。邪魔者の排除と一条の取り込み、その一石二鳥を狙ったのが、あの騒動だったのだ。

「美濃部くんは考えが単純すぎる。話がややこしくなるから、黙ってて」

「へいへい」

不愉快そうに叱責する聖子に、美濃部はおざなりな返事をした。だがそう言いつつも、手にしているヘルメットをわざとらしく揺らす。いつでもこれで殴れますよ、と誇示しているのだろう。美濃部には初めて会ったときからどこか剣呑な気配を感じていたが、その洞察は正しかったのだ。

「美濃部くんは偽悪的なのよ。本当は悪人じゃないのに、悪人ぶるのが好きなの。もちろん、邪魔者を排除なんてしてないわ。誤解しないで」

聖子は取り繕うが、それが通用するとは信じていないだろう。一条も、聖子の言い訳を信じる振りをするような無駄は省いた。

「それでも抜けると言ったら、殺すのか。おれは知りすぎたからな」

ここは住宅街の真ん中で、夜中だから周辺の民家は寝静まっている。住人を起こさないよう、やり取りは小声で交わしていた。だが、それもそろそろ限界かもしれない。大声を上げなければ、美濃部に一撃で昏倒させられてしまうのだろう。

「一条くんとは理解し合えると信じてる。誤解されちゃったみたいだけど、ちゃんと話し合えばわかるわ。だから、いったん帰ろう。こんなところで話してても、埒が明かないわ」

帰ったら監禁されて洗脳されるか、あるいは殺されて人知れず死体を葬られるだけだ。聖子の言葉には、もはや一片の真実も見いだせなかった。

「君みたいな女と知り合ってしまったことが、運の尽きだったんだな。ひとりの女に人生を狂わされることが実際にあるなんて、本当にびっくりだ。会いたくなかったよ」

心の底から込み上げてくる思いだった。失われたかつての生活が、恋しくてならない。聖子を、〈MASAKADO〉を、己の悲運を、一条は憎んだ。

「冷たいことを言うのね。傷ついたわ。ホントよ」

聖子は感情を交えない声で言う。だから本音かどうかは、まるでわからなかった。本音ではないと判断した。

ポケットの中の物を摑み、美濃部の顔面にぶつけた。「ぐわっ」と美濃部が呻き声を発する。続けて、聖子の顔にもぶつけた。「きゃっ」と、こればかりは女らしい悲鳴を聖子は上げた。

バイクを蹴り倒した。大きい音が、夜の巷に響いた。同時に、「助けてください！　殺される！」と叫んだ。叫ばなければ、命を落とす。命がかかった、本気の叫びだった。

バイクを飛び越え、走り出した。走りながらも、「助けて」と叫んだ。聖子と美濃部が追ってくる気配はなかった。周辺の民家に、明かりが灯り始めたからだ。ここで追走劇を始めたら、警察がやってくる。聖子たちはむしろ、この場から離れて身を隠さなければならないだろう。

聖子と美濃部の顔にぶつけたのは、小麦粉だった。近くのスーパーマーケットで小麦粉とサランラップを買い、直径五センチ大の玉を作っておいた。投げつけても破裂しなければ効果がないので、ラップにはパンパンになるまで小麦粉を詰めた。投げつけてきちんと中の小麦粉が飛び出すかどうか、アパートの部屋で何度も実験した。あくまで念のための用意だったが、役に立った。聖子も美濃部も、頭から真っ白になっていた。あの姿のままうろうろしていたら、間違いなく不審尋問される。誤算は、ふたりがヘルメットを被ってバイクに乗ってきたことだった。ヘルメットなら、白くなった頭を隠せる。通報を恐れて姿を消すのではなく、一条を追走してくる可能性もあった。

道をジグザグに走り続けた。荷物のどこかにＧＰＳが仕込まれているなら、すぐにも外さなければならない。しかし今は、走るしかなかった。行く当てもなく、ただ死に物狂いで走り続ける。夜の闇は、一条の未来そのものだった。

第三部

I

〈MASAKADO〉に持たされたスマートフォンは、危険なのでアパートに置いてきた。もしかしたらSIMカードだけを捨て、本体はリセットすれば使えたかもしれないが、何が仕込まれているかわかったものではない。安全のためには、捨てるしかなかった。

しかし、現代社会でスマートフォンがないのは不便極まりない。だから一条は、まず真っ先に上野（うえの）の家電量販店に行って、SIMフリーのスマートフォンとプリペイドSIMを買った。プリペイドSIMを買う際には、身分証明書の提示は求められなかった。

会計を終えて店を出ようとしたときのことだった。目の端で捉えたものに、驚きを覚えた。一瞬、意味がわからずに立ち竦（すく）む。視線をそこに奪われ、逸らせなくなった。

家電量販店の店頭には、テレビがディスプレイされていた。デモ用だから、放送中のテレビ番組が映っている。流されていたのは、ニュース番組だった。男性アナウンサーが何かを読み上げているが、音声はミュート状態で聞こえない。一条が目を奪われたのは男性アナウンサーではなく、その背後だった。

アナウンサーの背後には、一条の写真が表示されていたのだ。

しかも、整形後の顔だ。なかなか見慣れなかったが、さすがにもう一瞥しただけで自分だとわかる。自分のものとは思えない、自分の顔。それがテレビに映っている違和感は、あまりに強烈だった。

顔写真の下には、「MASAKADOの内ゲバ」「三名を殺害」と二行に亘って文字が並んでいた。どういうことなのか。自分の顔が報道されていること自体が驚愕なのに、その上意味不明の説明までつけられている。かろうじて頭に浮かんだのは、このままここに立ち尽くしていては駄目だということだった。あまりに驚きを露わにして呆然としていては、画面に映っている当人だと気づかれてしまう。直そうと思っていた癖が出て、顔の前で掌を広げたが、むしろ顔を隠すのは正しい振る舞いだった。我に返って顔を伏せ、足早に家電量販店を後にした。今にも背後から声をかけられるのではないかという気がして、走り出したくなる。だがこの瞬間は、ともかく目立つことをするべきではないと己を抑えた。

顔を剝き出しにしているのが、不安でならなくなった。この顔を隠さなければならない。前方にコンビニエンスストアがあったので、すぐに飛び込んだ。マスクを摑み、セルフレジで会計する。今日ほど、店員と向き合って会計をしなくていいセルフレジのシステムをありがたいと思ったことはなかった。急いでコンビニを出て、破るように開封してマスクで顔半分を覆った。

ひとまず、安堵の息をついた。こんな不織布一枚が自分に安心感を与えてくれる日が来るとは、想像もしなかった。しかし、顔の下半分を隠した効果は絶大のはずだった。さすがに目しか露出していなければ、それがテレビで報道されている人物だと確信できる人はいないだろう。できれば髪型を変えるか帽子を被りたかったが、髪型はそう簡単に変えられない。帽子を被れば、かえって怪しげになりそうだ。マスクをしている人は珍しくないのだから、むしろ堂々としていた方がいいかもしれない。だとしても、交番の前を通り過ぎる勇気はなかったが。

気持ちを落ち着かせて考えるために、上野公園に入った。ベンチではなく、植え込みの柵に腰を下ろす。たとえマスクをしていても、顔を上げておく気にはなれなかった。俯いて、周りから顔が見えないようにする。その姿勢で、何が起きたかを推測した。

「内ゲバ」「三名殺害」というワードを添えて顔写真が映っていたなら、殺人事件の被害者か指名手配犯のどちらかしかあり得ない。現に自分は死んでいないのだから、あれは被害者としての報道ではないだろう。一条は内ゲバの末に三人の被害者を殺した殺人犯として、指名手配されたのだ。信じがたい話だが、現に報道をテレビで目にしたのだからそう結論するしかなかった。

改めて呆然とした。自分の知らないところで、おかしなことが起きている。おかしさの度合いが甚だしすぎて、現実のこととは思えない。馬鹿馬鹿しい作り話を聞かされ、どう反応していいかわからないような心地だった。

しかし、これは現実なのだ。馬鹿馬鹿しい作り話と受け取るのは、ただの逃避でしかない。何が起きているのか、冷静に考えるべきだった。

濡れ衣を着せられたのだ。まず、それだけはわかった。三名とは、和将敏将兄弟と川添のことだろう。川添と敏将殺しだけでなく、和将殺害もなぜか明るみに出たようだった。どうして、そんなことになったのか。

和将の死体は、山の中に埋めた。それが発見されたのか。だとしても、三人殺害が〈ＭＡＳＡＫＡＤ

O〉の内ゲバと断定できるはずがない。警察はなんらかの情報を摑んでいて、そこに和将の死体発見が合致したのだろうか。警察が摑んでいる情報とは何か。

三人の殺害は、一条が属していた小さいセクションの中で起きたことである。特に、和将殺害を知っている人は限られる。セクションの中の誰かが、警察と通じていたのだろうか。セクション内にスパイがいるという春日井の疑いは、実は正しかったのか。

その可能性は否定できないが、あまりしっくりこなかった。寺前セクションから武闘派を一掃した聖子たち穏健派は、スパイの存在を見逃すほど間が抜けているとは思えないからだ。むしろ、一条を取り込んだ手口からして、用意周到という印象がある。聖子たちであれば逆に、警察内にスパイを送り込んでいてもおかしくない。実際、自衛隊に内通者がいると聖子は以前に言っていた。ならば、警察にいても不思議ではなかった。

そうだ、そういう人物の存在を仮定すれば、いろいろ説明がつく。一条が与えられたアパートを後にしたら、聖子たちはすぐに追いついてきた。最初から、一条が穏健派に従わない可能性を考慮していたとしか思えなかった。ならば、一条が仲間にならなかった場合の措置も用意してあったと考えるべきである。この事態が、それなのではないか。

今になって、ようやく納得する。一条が〈MASAKADO〉での最初の仕事として言い渡されたのは、セクションのメンバーひとりひとりに会うことだった。スパイ捜しという口実はあったが、真の目的はそうではなく、一条が仲間にならなかったときに殺人の罪を着せるためだったのだ。接点がなければ、殺意は芽生えようがない。しかし一度でも意見交換をしていれば、その相違によって内ゲバに発展したという体裁を整えられる。一条が素直に穏健派に従えば、それでよし。逆らうなら、殺人を利用して一条を追い詰める。そうした両面の構えで、最初から計画していたのだろう。どちらに転んでも、損にはならないように仕組まれていたのだった。

だが、それだけでは説明のつかない点もある。なぜ和将の殺害が公になったのか。仮に死体が見つかったのだとしても、〈ＭＡＳＡＫＡＤＯ〉の内ゲバという報道にはならないだろう。警察がそこまで摑んでいるのは、不審だ。穏健派が意図的に情報を流したとしか思えなかった。

情報を流す、と言葉で言うのは簡単だが、実際に実行するのは難しいはずだ。匿名で電話をしても信じてもらえるとは思えないし、そもそも死体が埋まっている場所を教えたら藪蛇で穏健派に捜査の手が及ぶ危険性がある。ならば、穏健派はどうやって情報を警察に伝えたのか。

そうした疑問は、警察内に協力者が存在すれば解消される。そうでもなければ、一条が〈ＭＡＳＡＫＡＤＯ〉のメンバーとして指名手配されるような事態は起こり得ない。寺前セクションの中で粛清があり、それが一条の仕業だったと断ずるには、よほど内部事情に精通している必要がある。だが、警察のスパイがセクション内にいたなら、そもそも粛清など許すはずがない。いくらテロ組織壊滅のためとはいえ、目の前で殺人が行われるのに手を拱いているとは思えない。やはり警察のスパイがいたとは考えられず、逆に穏健派が情報を流したと推理する方が妥当だった。

警察内部に穏健派の協力者がいる。その推測は、一条にとって衝撃だった。というのも、いざとなれば警察に頼ることも念頭にあったからだ。警察に出頭すれば、なんらかの罪に問われるだろうが、少なくとも穏健派の追っ手からは逃れられる。人知れず始末されてしまうより、法の下できちんと裁かれた方がずっとましだ。そう考えたからこそ、〈ＭＡＳＡＫＡＤＯ〉を抜ける決心がついたのだ。

しかし警察内部に協力者がいるなら、出頭するのは危険だと判断すべきだった。協力者はどこの警察署にいるかわからないし、そもそもひとりだけとは限らない。聖子が語った穏健派の最終目標に賛同する人は、警察内にも存在するかもしれないのだ。いや、日頃人間の負の面ばかりを見ている警察官だからこそ、闘争本能を消し去るべきと考えてもおかしくなかった。だとしたら、賛同者はひとりやふたりではない可能性もある。一警察署丸ごと、は大袈裟としても、ひとつの課に所属する全員が賛同者という事態なら、あり得そうで怖かった。

　駄目だ、警察は頼れない。頼るどころか、敵と考えた方がいい。出頭すれば一条は、間違いなく留置場に入れられるだろう。そこが安全という保証はまるでなく、賛同者が一条の命を奪いに来るかもしれない。妄想が逞しすぎるとは思わない。現に、留置場で虐待を受けた被疑者の話は聞く。ひどい扱いを受けて、死亡に至った事例まであった。一条が同じ目に遭わないと言い切ることはできず、むしろその危険性は決して低くないと考えるべきだ。

　まったくの計算違いだった。まさか、警察に追われる立場になるとは思わなかった。テロ組織に入らざるを得なくなり、だがその行動倫理についていけずに逃げ、挙げ句の果てに指名手配犯として警察に追われる。こんな悪夢が現実になるなどと、いくら悲観的な人でも想像できるだろうか。底知れない恐怖に、足が地面についている感覚がなくなる。黒い大きな穴に呑み込まれ、どこまでも落ちていくような錯覚があった。手を伸ばしても、声を上げても、誰も助けてくれない。今の一条には、助けてくれる人の心当たりがまるでなかった。

　もともとは、盛岡にいる祖母を訪ねていくつもりだった。いつか穏健派が追いついてくるとしても、数日は腰を落ち着けていられるだろう。そのように考えていたのだが、警察に追われているなら祖母の許に行くわけにはいかない。むしろ、知人や血縁者を頼るべきではなかった。

どうすればいいのか。あまりに絶望的な状況に、思考が麻痺した。頭を抱え、ただ目を見開く。活路などどこにも見いだせず、生きていくことすら不可能としか思えなかった。

いっそ自殺した方が楽なのか、という考えが頭をよぎった。このまま日本国内で逃げ続けるのは難しい。かといって、外国に逃亡するのも無理だ。指名手配された今、正当な方法では海外に行けないし、密出国を助けてくれる人に当てなどない。どちらを向いても道は閉ざされていて、予想できるのは己の死だけだった。ならば、自殺する方がまだ自分で運命を選び取った気になれると思えた。

だがそれは、一条の本来の考え方とはほど遠い選択だった。聖子たち穏健派に一矢報いるなら、別の方法を採りたい。一条が自殺しても、聖子たちにとっては単に殺す手間が省けるだけだ。連中に都合のいい死は、屈辱でしかない。屈辱にまみれて死ぬくらいであれば、屈辱に首まで浸かったまま生き続けてやる。一条が生きていること自体が、聖子たちには不安材料なのだ。連中の心に刺さった棘になるためには、生きるしかなかった。最後の最後まで足掻き、ぎりぎりまで生きろ。己を、そう叱咤した。

できることは何か。遠くの目標を探すのではなく、まず足許の一歩だ。そう考え直し、買ったスマートフォンを使えるようにしようと我に返る。地道だが、大きい一歩ではないか。スマートフォンがあれば、できることが格段に増える。情報を得れば、活路が見いだせるかもしれなかった。

プリペイドＳＩＭを取り出し、説明書を読んだ。有効化の手順を目で追い、思わず呻き声を上げそうになった。そこに書かれていることは、一条にとってとてつもなく難問だった。普通の人にはどうということのない作業であっても、一条には門前払いを食わされたも同然だった。

ＳＩＭカードを有効化するには、プロバイダーに電話をしなければならなかったのだ。しかも、それは公衆電話では駄目だった。どうやら、そうした身分証明書不要で買えたらしい。

最初の一歩目から躓いてしまった。一条には、公衆電話以外から電話をかける手段がないのだ。自分のスマートフォンはなく、知り合いには頼れない。家がないから、当然固定電話もない。つまり、自分の身許を示すための通信手段を持ち合わせていないことになる。名前を捨てた弊害はこうしたところにあるのかと、改めて実感した。こんなことなら、偽の身分証明書はあるのだから店頭確認で済ませて欲しかった。

希望がどこにも見えなかった。生きろと己を叱咤したのに、生きるための手段が見つからない。手持ちの金がなくなれば、寝る場所どころか食べるものにも困ってしまう。スマートフォンをフリーＷｉ－Ｆｉに繋いで使おうにも、アクティベートできてないので使えない。ネットニュースも見られないから、自分が現在どんな状況に置かれているのかを正確に把握することもできない。逃げるにしても、どこに向かえばいいのか。この公園から出るべきか、あるいはとどまるべきか。その程度のことすら、今の一条には判断できなかった。

両親の顔を、そして親友の顔を思い浮かべた。彼らに迷惑はかかっていないだろうか。父も辺見も、幸い警察官ではなく自衛官である。息子や友人が指名手配犯になっても、立場が悪くなりはしないだろう。それでも、心配はかけているはずだ。なぜこんなことになったのか、事情もわからず心身を磨り減らしているに違いない。できるなら、おれは殺人犯などではないと伝えたい。謂われもなく追われているから助けてほしいと縋りたい。しかし、連絡をとれば両親や辺見を巻き込む。彼らの生活を乱してしまう。そもそももう、元の顔すら失っているのだ。両親とも辺見とも、訣別して生きていかなければならないのである。そのことが今になって、心の底が抜けるほど悲しく感じられた。

真の絶望が、身を侵食する。お前が生きていける場所などどこにもないと、世界のすべてが告げているかのようだった。

2

ひとつところにとどまっていては危険なことだけは、判断がついた。ともかく、ここに坐っていては駄目だ。公園内を移動するにしても、外に出るにしても、動かなければならない。立ち上がって、当てもなく歩き出した。

上野に来たのは、新幹線で盛岡に行くためだった。だが祖母の家に行けなくなったからには、逆に西に向かった方がいいのかもしれない。〈MASAKADO〉の活動範囲は、主に東日本だ。西日本でテロを起こすこともあるが、拠点が東にあるのは間違いないだろう。ならば、〈MASAKADO〉から逃げるためにも西に向かうべきと考える。

すぐに西ではなく、まずは南を目指した。東京を横断しても、八王子方面に行くことになる。そちらには、長く滞在していたロッジがあるのだ。もちろんロッジに近づかなければいいのだが、心情的にあちらには行きたくない。東海道を西に進む要領で、品川(しながわ)を通って横浜(よこはま)に出る経路を思い描いた。

元引っ越し業者だから、東京の地理には詳しい。スマートフォンが使えなくても、頭の中で地図を広げられた。上野公園を出て秋葉原(あきはばら)に行き、大手町(おおてまち)を通過し、有楽町(ゆうらくちょう)、新橋(しんばし)と南下するルートを採ることにする。電車に乗ることは考えなかった。駅には必ず、防犯カメラがあるはずだからだ。できるだけ大きい道は通らず、コンビニエンスストアにも寄らず、歩き続けなければならない。

一歩を踏み出した。西に行けばどうにかなるという当てがあるわけではないが、目的ができたこと自体が力を与えてくれた。人間は目的もなく生きるのが苦痛なのだと、改めて感じる。かつての生活は、まさに目的のない人生だった。日々をどうにか生きていくことだけが目的の人生。それが人としての生と言えるのか。東日本に生きる人の大半は、そうした人生を送っている。東西が統合したせいだと考える人も多いが、おそらく違うと今なら思う。東西統合は、単に格差を露わにしただけなのだ。東は以前から、生きていくだけで精一杯の人たちで構成されていた。東西統合でそんな状態が変わるかと期待したが、叶えられなかった。人間はどんな国なら幸せに生きていけるのだろう。人々が幸せに生きている国は、この世のどこかにあるのか。

力仕事をしていたから、体力には自信がある。おそらく六、七キロメートルくらいなら、休みなしに歩けると思う。そんな予想で歩を進め、一時間半ほどで浜松町辺りまでやってきた。さすがに疲れたから、芝公園に入って休憩を取る。自動販売機でウーロン茶を買い、木の根元に坐り込んで飲んだ。先のことを考えると絶望に苛まれるので、あえて意識を逸らした。木々の合間に見える空を見上げ、呆けた。今はただ、呆けていられることが幸せに感じられる。なんとちっぽけな幸せかと、自嘲した。

体感では、六キロほど歩いた。意外と早く移動できた。この調子なら、ずいぶん先まで行けるだろう。しかし、夜はどうすればいいのか。野宿をするには少し寒いが、選択の余地はなさそうだ。一日二日ならまだしも、野宿にどこまで耐えられるか心許なかった。

気を取り直して、また歩き出した。休憩前より、少し足が重い。疲れが溜まっているのを自覚する。それでも、また六キロくらいは歩けるだろう。ここから六キロだと、どの辺りまで行けるか。品川を越え、大井町の手前辺りと見当をつける。

賑やかなエリアでは、顔を伏せて歩いた。周囲の人が皆、自分を見ているような気がした。むろんそんなことはなく、一条は大勢の人の中のひとりに過ぎない。周りに人がいれば警戒はするが、同時に安心もする。人の中に交じって生きるべきか、それとも孤立を選ぶべきか。矛盾した気持ちを抱えているので、答えは出ない。

黙々と歩いていると、周りの景色はどんどん変わっていく。品川を過ぎると、賑やかさも落ち着いてきた。第一京浜に沿って、ひたすら南に向かう。京浜急行線の青物横丁駅のそばまで来た辺りで公園があったので、ここで再度の休憩を取ることにした。

子供用の遊具がふたつあるだけの、小さい公園だった。時間帯のせいか、誰もいない。だからこそ、ひと休みすることにしたのだ。ベンチに坐り、芝公園で買ったウーロン茶を口に含んだ。金を稼ぐ手段がない今、無駄遣いはできない。このウーロン茶も、少しずつ飲むつもりだった。

うなだれて地面を見つめていたら、その視野に入ってくる影があった。猫だった。猫の方から近づいてきたことに驚き、よく観察する。詳しくないので品種はわからないが、間違いなく雑種ではなかった。ふわふわの白い毛で、首輪をしている。ただし、外に長くいるのか少し薄汚れていた。どこかの飼い猫が外に出てきてしまったようだ。

そう推察し、ここに来るまでに目にしたものを思い出した。電柱に、探し猫の貼り紙があったのだ。貼り紙の写真は、まさにこの猫だったのではないか。自分から近づいてきたところからすると、猫も野良生活がしたいわけではなく、飼い主の許に帰りたがっているように思えた。

「お前は帰れるところがあっていいな」

つい、話しかけた。猫はこちらを見上げたまま、特に反応しない。しかし逃げもしないので、やはり飼い主の許に連れていって欲しいのだと理解した。仕方ない。先を急いでいるわけではないので、手助けしてやることにした。こんな境遇でも、他者に頼られるのは嬉しかった。

「自分の家に帰りたいか」

問うと、聞こえるか聞こえないかの微かな声で「みー」と答えた気がした。よし、と頷き、手を伸ばす。抱き上げても、猫は抵抗しなかった。そのまま立ち上がり、貼り紙を見かけたところまで戻ることにした。

記憶が確かではないので、しばし電柱を探してしまった。だがようやく見つけ、改めて貼り紙の写真と猫を見比べる。間違いなく、この猫のようだ。写真の下に書いてある住所は、遠くなかった。貼り紙を写真に撮り、住所を頼りに猫の飼い主の家を探した。

十五分ほど歩いて、おそらくこの辺りと見当をつけた地域に来た。スマートフォンで写真を表示し、住所の番地を確認する。家を探すことには慣れているので不安はなかったが、住人が在宅しているかが心配だった。貼り紙には電話番号も書いてあったけれど、スマートフォンの回線は開通していない。いざとなれば公衆電話からかけるしかないが、今どきそう簡単に見つからない。現にこの辺りを歩いていて、公衆電話は一度も見かけなかった。さて、飼い主は家にいるだろうか。

番地を頼りに、東日本ではあまり見ないファンシーな外観のアパートに行き着いた。しかし築年が古いのか、薄いピンクの外壁は汚れていた。ここの102号室が、貼り紙に書いてあった住所だった。敷地内に入り、102の呼び鈴を押した。

中で微かにブザー音がしたが、人が出てくる気配はなかった。平日の午後だから、勤めに出ているのかもしれない。これは困った、と頭を抱えたくなった。飼い主が帰宅するまで、この猫とともに待たなければならないのか。できるなら、早く東京から離れたいのだが。

「おい、お前の飼い主さん、留守だぞ。どうする？」

猫に話しかけても、妙案は授けてくれなかった。濡れたように光る目で、こちらを見上げるだけである。こんな目で見られたら、いまさら見捨てるわけにはいかない。やむを得ない、乗りかかった船だ。飼い主の帰りを待つことにした。幸い、この地域は防犯カメラがたくさん設置されているようなところではない。ずっと公園のベンチに坐っていたりしたら怪しまれるだろうが、歩いている分には見咎（みとが）められないと思う。

時刻は午後四時を回っていた。早ければ、六時くらいには帰ってくるかもしれない。それまで、このアパートを中心に辺りを歩くことにした。先が見えない不安は、猫を抱いていたらずいぶんと収まった。そのことに感謝を覚えると、ますます見捨てるわけにはいかないという気持ちになった。

住宅街を歩き出した。三十分くらいしたら、一度戻ってくるつもりだった。上野を発（た）ったときのような早足ではなく、のんびりと歩を進める。そうすると、心持ちも穏やかになった気がした。事態は何も変わっていないので、錯覚にしか過ぎないのだが。

アパートの前の道を真っ直ぐ歩いているときだった。前方からやってきた女性が、突然走り出した。ぎくりとして、立ち止まる。〈MASAKADO〉の追っ手かと、ひやりとした。

だが女性は、手に買い物袋を提（さ）げていた。刺客にしては牧歌的だ。女性の視線が向かう先にも気づく。女性は一条が抱いている猫を真っ直ぐに見ていた。

「きなこ」

女性は唐突に妙なことを口走った。一拍遅れて、それがこの猫の名前かと察した。猫は名前を呼ばれても、例によって目立った反応は示さない。感動の再会じゃないのかよと、八方塞がりの苦境にあっても苦笑したくなった。

「きなこ。あ、あの、これ、私の猫なんです」

女性は一条の前までやってくると、息を切らせながら言った。もちろん一条は女性が飼い主であることは疑ってなく、むしろ時間を潰す必要がなかったことに安堵した。

「はい。電柱の貼り紙を見て、届けに来ました。お留守だったので、どうしようかと思ってました。すれ違わずによかったです」

女性の片手は買い物袋で塞がっていたが、もう片方の手で抱きたそうだったので渡した。猫はおとなしく、女性の腕の中に収まる。女性は「きなこ、心配したんだよ」と言いながら、猫に頬擦りした。そして改めて、一条に向き合った。

「ずっと捜してたんです。本当にありがとうございます。なんとお礼を申し上げればいいか」

女性の目は潤んでいた。それほど、猫がいなくなってしまったことを気に病んでいたのだ。無事に飼い主の許に帰せてよかったと、単純に嬉しくなる。自然と口許に笑みが浮かんだ。

「たまたま、公園で見つけたんです。家に帰りたがっているようだったから、連れてきました。よかったよかった。では、ぼくはこれで」

そのまま立ち去ろうとした。だが、女性は慌てて一条を引き留めた。

「お待ちください。あの、貼り紙にも書きましたけど、お礼をしたいと思います。ほんの少しで、申し訳ないですけど」

そういえば、見つけてくれたら薄謝と貼り紙には書いてあった。それを期待していたわけではないから断ろうかと思ったが、今はわずかな金額でもありがたい。遠慮せず受け取ろうかと考え、違うアイデイアが浮かんだ。

「ああ、それは恐縮です。でも、もしお礼を考えてくださるなら、お願いしたいことがあります」

そう頼むと、女性はわずかに表情を変えた。警戒されたようだ。無理もないので、慌てて頼みの内容を伝える。

「いや、あの、無理なお願いではないと思います。ちょっと電話を一本かけて欲しいんです」

「電話？」

女性は怪訝そうに首を傾げた。一条はバッグからプリペイドＳＩＭの説明書を取り出した。

「これ、プリペイドＳＩＭなんです。使おうと思ったんですが、電話をしないと回線が使えるようにならないんですよ。ただ、電話は公衆電話じゃ駄目なんです。今すぐ使いたいのに使えなくて、困ってたんです」

「ああ」

理解してくれたのか、女性は表情を緩めた。説明書を覗き込もうとするので、示す。開通プロセスの、電話をかけるところを指差した。

「ここに電話をすればいいだけみたいなんですけど、お願いできないですか」

「わかりました。電話くらいはぜんぜん簡単にできますけど、それだけでいいんですか？」

女性は少し不思議そうだ。確かに、迷い猫を見つけてくれた人への礼としては、奇妙だろう。しかし一条にとっては、何よりも大きい助力だ。お願いします、と再度頼むと、女性は自分のスマートフォンを取り出そうとする。買い物袋が邪魔そうなので、持ってましょうと申し出た。すみませんと女性は応じ、一条に買い物袋を渡してから、スマートフォンをスピーカーモードにして電話をかけた。

無機質な声のガイダンスが聞こえ、ＳＩＭの台紙に書いてある番号を打ち込めと言われた。女性が番号を入力すると、それだけで手続きは終わった。ガイダンスによると、五分ほどで使えるようになるという。女性が見ていなければ、ガッツポーズをとりたいところだった。

「ありがとうございます。本当に助かります。これで電話が使えるようになります」

心底、感謝した。それに対し女性は、「いえ、こちらこそ」と首を振った。

「私、この子だけが生きていく上での心の支えなんです。見てのとおり私は地味な見た目なので特に恋人もいなくて、勤めは単調で誰でもできるようなことで、毎日同じような生活をしてたらいつの間にか若くもなくなっちゃって、この子がいなければ本当に何ひとつ楽しいことも笑えることもないんです。だから、この子がいなくなっちゃって絶望して死のうかとすら思ってました。見つけてくださり、本当にありがとうございます。あなたは私の命の恩人です。大袈裟に聞こえるでしょうけど」

突然の吐露に、正直に言えば面食らった。だが、気持ちはよくわかった。この女性はまったく特別ではない。こんな思いで生きている人は、今の東日本にたくさんいるだろう。皆、小さい喜びを求めて日々を過ごしているのだ。

「大袈裟とは思いませんよ。それならなおさら、猫をお届けできてよかったです。ぼくにとっても、電話が使えるようになったのはすごく大きなことです。きっと、あなたの感謝とぼくの感謝は釣り合ってますよ」

「そうなんですか。でしたら、私も嬉しいです」

女性は顔を綻（ほころ）ばせた。確かに女性は目を惹く美人というわけではなく、大勢の中に紛れてしまえばまるで目立たない地味な容姿である。だがこうして嬉しそうに微笑（ほほえ）む姿は、一条に力を与えてくれた。まだもう少し、足掻いて生きてみようと思えた。

3

「結論から言うと、板倉和就には逃げられた」

忌々しげに、田端は言った。予想はしていたので、失望はない。もたもたして捕まるような連中が相手なら、ここまで〈MASAKADO〉をのさばらせる事態にはならなかった。〈MASAKADO〉を見くびる気持ちは、辺見には一片たりともなかった。

衆議院議員の越生藤一の事務所に出入りしている清掃会社は、公安が把握していた。業者の許には別件で刑事を行かせ、板倉和就の所在を突き止めようとした。だが、〝板倉和就〟という姓名の人物は働いていなかった。似顔絵を見せると社内では別の名前で認識されていて、しかもすでに退社していた。在籍時の住所を教えてもらったが、該当する場所にその人物は住んでいなかった。会社にはでたらめの住所を伝えていたようだ。社内に親しく付き合っていた人はおらず、無口なので自分のことをまったく語らなかったらしく、人物特定の手がかりが何ひとつない。名前も住所も嘘ならば、もう追跡しようがなかった。

「――というわけだ。敵ながら、あっぱれな逃げっぷりだよ」

田端は辺見の目の前に報告書らしき紙片を投げ出したが、わざわざ目を通すまでもなかった。田端が嘘をついているとは思わない。公安が追い切れないなら、こちらが引き取っても結果は同じだろう。ならばやはり、手繰(たぐ)るべき線は越生藤一だった。

ここは越生藤一の事務所を見張れる部屋だった。公安が構え、二十四時間態勢で監視している。田端に呼ばれたので、辺見はやってきた。田端の相棒らしき刑事が、窓際で外に視線を向けている。頑なにこちらを見ようとしなかった。自衛隊との協力を、面白く思っていないようだ。わかりやすいので、こちらも無理に話しかけはしない。

「仕方ないですね。越生の方には、何か妙な動きが見られますか」

辺見はすでに、板倉から越生へと関心を移している。越生が本当に〈MASAKADO〉と関わっているのか、その点こそが重要だった。

「それが、まったくないんだ」

田端は顔を顰めて、首を振った。公安はこれまで、日本革命党を単なる泡沫政党と捉えていた。〈MASAKADO〉に繋がるような危険性は、まるで見られなかったのだ。

だから、板倉和就がふだんの顔として清掃会社に勤めていて、その通常業務で越生藤一の事務所を掃除していたのだという可能性が捨て切れていない。越生を監視していても、ただの徒労に過ぎないかもしれないのだ。田端が顔を顰めるのは、努力が空振りに終わるかもしれないという思いがあるからだろう。もっとも、空振りを恐れていては何も得られないのは、公安も特務連隊も同じはずだった。

「田端さんの感触としては、どうですか。越生の線には、何かありそうですか」

それなりに接触回数が増えてきたので、こんなことを訊ける程度には親しくなっている。もちろん、お互いに腹を割った会話ができるわけもないのだが、相手が話す内容から読み取れることもあった。言葉にせずに伝える、という芸当が今はできると思っていた。

「あると思いたい、というのが正直なところだな。これまでの日本革命党の動きを見ていたら、東日本独立を企てているとはとうてい思えないんだが」

田端の気持ちは理解できた。ようやく〈MASAKADO〉中枢に繋がる線を摑んだかと思ったのに、越生が無関係ならその線が切れてしまうのだ。繋がっていてくれ、と願うのは辺見も同じだった。

「希望的観測で言えば、〈MASAKADO〉と繋がっている気配がまるでなかったんは、その手強さがいかにも〈MASAKADO〉的ですけどね」

つい、トートロジーめいたことを言ってしまう。自分でも無意味な言葉だと思った。行き詰まりを認めたくない気持ちの表れかもしれなかった。

「ものも言いようだな」

田端も半笑いを浮かべた。こんな表情になるのは当然だな、と内心で苦笑した。

「こちらでも監視を続けます。また連絡します」

断って、監視場所を後にした。特務連隊では、マンションの一室を借りて監視するようなことまではしていない。公安が見張っているのだから、こちらは不必要と鳥飼が判断した。公安が何か摑めばこちらにも教えてくれるはずと、辺見が田端と築いた関係を評価したのだった。

越生藤一の事務所は、五階建ての雑居ビルの一階に入居していた。道幅が広い道路に面している。時間制限駐車区間だったので、パーキングメーターに金を入れて車を停めてあった。その車に戻り、助手席に坐る。シートを倒して寝ていた香坂が、起き上がりもせずにぼそりと話しかけてきた。

「無収穫?」

「ああ」

香坂も、公安の報告内容を予想していたようだ。特に興味もなさそうに、目を閉じたまま「ふうん」

と応じる。目を閉じていては監視をしていることにならないが、そもそもこの場所にいるのは監視というより待機のためだった。何かがあった場合に即応できるよう、待機しているのである。

「ところでさ、警察が面白い発表してるぞ。落ち着いてるところからすると、まだその発表を見てないだろ」

唐突に、香坂がそんなことを言った。なんのことかと怪訝に思うが、香坂は教えてくれる気がなさそうだ。仕方なく、スマートフォンを取り出してニュースサイトに飛んだ。すぐに、「内ゲバ」という単語が目に入る。そのニュースをタッチして、愕然(がくぜん)とした。

〈MASAKADO〉の内ゲバで三人が殺され、その容疑者として一条が手配されたというのだ。

思考が停止するという状態を、初めて経験した。心底驚くと、考えは停まってしまうのだ。正確に言うと、いくつかの思いが頭に浮かんだものの、そのいずれも受け入れられずに当惑したのである。瞬時に思い描いた可能性を、自分の心がすべて拒絶していた。

言葉も出てこなかった。嘘だろ、と言いたいが、嘘とも言い切れないと自己否定する。そもそも一条が〈MASAKADO〉に走ったこと自体、嘘としか思えないのだ。前提条件があり得ないのだから、何が起きてもすべて非現実に見えた。

「見つけた?」

シートを起こしながら、香坂が問いかけてきた。辺見はスマートフォンに見入ったまま、「ああ」と答える。だが、香坂の言葉が脳内で理解されたわけではなく、単に神経の反射で答えたようなものだった。思考は依然として、凍りついたように固着していた。

「それ、何? 親友ってそういうタイプの人だったの?」

事件の重大さに対して、香坂の質問は間が抜けているほど普通の会話のようだった。ようやく意識が香坂に向き、辺見は自分の意思で答えた。

「わからん。何が起きたのか、さっぱりわからん」

「あ、そう。つまり、報道されてることが事実かもしれないって思うわけ？」

「だから、何もわからん。こんなことあり得へんと思いたいが……」

歯切れの悪い返事しかできなかった。そういうタイプとは、三人もの命を奪いそうな人だったかという意味か。であれば、違うと言い切れる。そんなタイプの人間がどこにいるのか。虫も殺さない、という慣用句が、一条には似合っていた。

「世の中、思いがけないことが起きるよねぇ。内ゲバなんてそもそも、内部の連中にとっても思いがけないことなんだろうからさ。内ゲバが起きるようなら、〈ＭＡＳＡＫＡＤＯ〉も内部崩壊し始めてるのかもね」

香坂はまったく同情する気振りもなかった。その客観的な物言いが、かえってありがたい。香坂を基準として、自分も冷静になれそうだった。

「内部崩壊——」

確かに、そうなのかもしれなかった。一条がやったことにせよ違うにせよ、〈ＭＡＳＡＫＡＤＯ〉内で殺人が起きたことは事実のようだ。詳しいことが知りたいと、強く思う。一条はこれまでどこにいて、何をしていたのか。今はどこにいるのか。この先、どうやって生きていくつもりなのか。

「向こうさんに動きがあるのは、こっちにとってはチャンスじゃないか。ようやく隙を見せてくれたのかもしれないし」

なあ、と香坂はこちらに顔を向ける。その顔には、いかにも楽しげな笑みが浮かんでいた。一条が大変なことに巻き込まれていても、香坂にとっては笑みがこぼれるほどのチャンスに思えるのだ。ここ最近一緒に行動することで息が合ってきたと感じていた相棒に、初めて漠とした怒りを覚えた。しかし、腹を立てる辺見の方が間違っているのだ。日本の治安を守るべき自衛隊員としては、香坂の方が正しい。私情を捨て去らなければならないと、己を戒（いまし）めた。

「せっかく公安のおっちゃんと仲良くしてるんだから、詳しいことを聞いてきたら？　教えてくれるかどうか、わかんないけど」

香坂は視線を後方に向けるようにして、公安の監視場所を示した。辺見は「そうやな」と応じて、車を出た。アスファルトの路面に足を下ろしても、まるで雲の上に下り立ったかのように覚束なかった。

4

報道されている事件について尋ねても、田端は「よく知らない」と答えるだけだった。そんなはずはないだろう、と思わず気色ばみそうになる。〈ＭＡＳＡＫＡＤＯ〉絡みの殺人なら、刑事部門ではなく公安が引き取ったはずだ。ならば、公安所属である田端が何も知らないということはあり得ない。詳細を聞いているのに、言わないのだ。言えないのかもしれないが、これまで培ってきた信頼関係を裏切られたように感じる。しょせん公安と自衛隊は相容（あいい）れないのか、と心が冷えた。

「あの被疑者が、あんたの友達なのか。とんでもないことになったな。詳しいことがわかったら、教えてやるよ」

田端は口ではそう言ったが、辺見と一条の関係を把握してないわけがなかった。要は、どこまで教えていいかまだ判断がついていない、ということなのだ。上に諮って、教えてもかまわない範囲だけこちらに伝えるつもりなのだろう。きっとろくな情報は出てこないに違いないと、内心で毒づいた。

「お願いします」

怒りを抑えて頭を下げたのは、田端にはまだ利用価値があるからだった。公安との協力関係があったから、捜査が進展した。互いにそのことは理解しているので、決定的な手切れは望んでいないはずだ。いっときの感情で怒りをぶちまけるのは、浅慮でしかなかった。

特務連隊はテロ組織の壊滅を目指しているが、今回の事件のような殺人の捜査はしない。自衛隊内の一連隊に過ぎない特務連隊と警察では、組織力が違う。だからこの事件に特務連隊は関われないし、情報も降ってこない。マスコミ報道以上の情報は、特務連隊であっても得られないのだった。

煩悶しても何も変わらないなら、目の前のことに集中すべきだ。公安の監視場所を出て、意識を切り替えようとした。なかなかそう簡単に割り切れないが、自分のすべきことははっきりする。香坂が乗っている車に戻り、助手席に収まった。

「何かわかった?」

香坂は問いかけてくる。辺見は短く応じた。

「いや」

「あ、そ」

香坂の返事はそれだけだった。この話題を掘り下げようとしないのは、もしかしたら気遣いなのかもしれなかった。〈MASAKADO〉絡みのことなのだから、関心がないわけがない。香坂も気を使えるのかと、わずかに感心した。

「あのさあ、ちょっと退屈じゃない？」

続けて香坂は、そんなことを言った。退屈とは、状況が膠着（こうちゃく）しているという意味だ。それは間違いないので、辺見もそろそろ何か手を打ちたいと思っていた。香坂は何をしようと考えているのか。

「退屈やな」

「じゃあさ、公安さんがやれないことをやろうぜ。そうじゃなきゃ、うちの存在意義がないだろ」

公安と違って、特務連隊は存在が公にされていない部門である。公にされていないメリットは、自由であることだ。存在していないはずの者たちに、法は適用されない。

「何をする気や」

「越生が誰かと会話してたら、聞きたくない？」

かつて、公安が盗聴をしていて、それが発覚して大問題になったことがある。以後、公安はそうした非合法な捜査をしていない。少なくとも、建前上はしていないことになっている。おそらく、今回もやっていないだろう。

「事務所内に盗聴マイクは仕込まれへん。忍び込めへんからな。となると――」

「集音マイクだね」

辺見の言葉を途中で引き取り、香坂は簡単に言った。そう、それしかない。特務連隊には、指向性の高い集音マイクがある。とはいえ、建物内の会話が聞き取れるほどではない。せいぜい、車の中の音くらいだ。越生が車に乗ったら、その後ろにピタッと張りつき、マイクを向ける。それでなんとか聞き取れるはずだった。

「やるか」

応じると、香坂は「おっし」と嬉しげに手を叩いた。

「じゃあ、あたしがマイク取ってくるわ。暇すぎて、少し動きたかった」

言うなり、辺見の返事も待たずにさっさと車を降りてしまった。気を紛らわすために辺見こそ動いていたかったが、提案者である香坂に先んじられたらやむを得ない。替わって運転席に移動し、ルームミラーを一心に見つめた。越生の事務所に意識を向けている限り、よけいなことは考えずに済んだ。

香坂が戻ってくる前に、越生は外に出てきてしまった。事務所の職員が運転する車で、移動を始める。やむを得ず、その後を追った。香坂には追尾をしていることを伝え、可能ならどこかで落ち合うことにした。

越生は後援者への挨拶回りをしているようだった。追いついてきた香坂と合流し、越生が車に乗っている間は集音マイクを向ける。この盗聴で問題なのは、対象者の車のすぐ後ろに張りつかなければならないことだ。だから気づかれる危険性が高く、そう長くは続けられない。信号に引っかかったところで諦め、越生の車が遠ざかっていくのを見送った。

「ちっ、うまくいかないな」

香坂は舌打ちをした。いきなり初日から成果が出るとは期待していない。香坂もわかっているはずなのに、口では短気なことを言う。これまでであればからかいの言葉のひとつも向けるところだが、今日はそんな気分になれなかった。

車種を憶えられる可能性があるので、一日ごとに乗る車を変える必要があった。特務連隊には数台の車があるが、もちろんその数は限られている。車種が一巡してしまう前に、なんらかの結果が出ることが望ましかった。そもそも何日も繰り返せる手法ではないから、ある程度のところで諦めることも覚悟していた。

しかし集音マイクを向け始めて三日目に、越生が車内で電話を始めた。香坂が嬉しげに、「おっ」と声を発する。さすがに相手の言葉までは聞こえないが、越生の声は鮮明に捉えていた。

〈お疲れさんです。今、こっちは車の中です〉

かかってきた電話だった。越生は相手の名を呼ばなかったので、誰かはまだわからない。慎重なわけではなく、単に発信者の名前が電話に表示されるから名を呼ばなかっただけだろう。追尾に気づいている様子はなかった。

〈ええ、びっくりしましたよ。もちろん、すぐに辞めてもらいました〉

続いた言葉を聞いて、瞬時に意識が集中した。すぐに辞めてもらった、とは板倉和就のことではないか。

〈どうでっしゃろ。あちらさんの動きは速かったから、大丈夫やと思いますけど〉

相手は誰なのか。「あちらさん」が〈MASAKADO〉のことで、辞めてもらったのが板倉和就なら、相手は〈MASAKADO〉との繋がりを知っている人物になる。名前を呼べ、と心の中で念じた。

〈えーっ、考えすぎやないですか。そんなことあれへんでしょ〉

どうやら越生は、事態を楽観的に捉えているらしい。こちらにとっては、好都合だ。それだけ油断が生まれることになる。

〈いや、もちろん定期的にチェックしてますよ。盗聴器なんて見つかってません〉

明らかに、政治家の発言から逸脱し始めた。政治家は普通、盗聴を心配しないだろう。しかも、定期的にと越生は言った。そんな警戒をするのは、疚しいところがあるからに決まっていた。

〈そこまでやりますかねぇ。見つけたら、厳重抗議しますよ〉

そう言った直後に、越生は後ろを振り向いた。思わず顔を背けそうになり、なんとか踏みとどまる。妙な動きをしたら、尾行を認めたようなものだ。視野の隅に映る助手席の香坂も、集音マイクこそ下げたものの、顔は動かさなかった。

〈まあ、そうですね。巻き添えは食いたないですね〉

越生は同意する。〈ＭＡＳＡＫＡＤＯ〉と距離をおけ、といったことを相手が言ったのだろうか。ならば相手は、越生に指示する立場か。

〈ええ、気ぃつけますが、そもそもこっちは後ろに手ぇが回るようなことはしてないですからね。議員にそう簡単に手ぇを出せないことは、警察もわかっとるでしょ〉

そのひと言で、越生の警戒対象が警察だけだと判明した。つまり、集音マイクを使った盗聴など想像外だということだ。初めて、相手の裏をかいているという実感があった。

〈おっしゃるとおり、しばらくおとなしくしてますよ。そちらも気ぃつけてください。はい、はい、ほな〉

それを最後に、越生は通話を終えた。結局、相手の名は口にしなかった。しかし、こんな会話をする相手はかなり限定される。香坂にも意見を求めた。

「今の相手、誰やと思う？」

「成瀬良一郎」

香坂は即答した。辺見も同意見だった。

成瀬良一郎は、日本革命党の党首である。ネットの使い方がうまく、ＳＮＳや動画でまめに発信をしている。そのお蔭で若年層に支持者が多く、かつ若い頃はモデルをやっていたという容姿も相まって、女性にも人気がある。越生が衆議院議員に当選したのも、ひとえに成瀬人気の賜物（たまもの）だった。

「やっぱり、党ぐるみで〈ＭＡＳＡＫＡＤＯ〉に関与してやがったか」

まだ断定はできない。可能性を言うなら、成瀬と越生だけが〈ＭＡＳＡＫＡＤＯ〉と繋がっているとも考えられる。だが党のナンバー１とナンバー２が繋がっていれば、それはもう党自体が繋がっているも同然だ。日本革命党から目を離すわけにはいかない。そのことは、もはや確定した。

「面白くなってきたじゃないの」

助手席の香坂が、声を弾ませた。そちらに目をやらなくても、口角を吊り上げるように笑みを浮かべているのが想像できた。

5

使えるようになったスマートフォンで、まず自分のことを調べた。正確には、三人殺害事件についてである。だが、新聞社や通信社が配信するネットニュースでは、詳しいことがよくわからなかった。警察の発表をそのまま流しているだけなのか、テレビでちらりと見た情報以上のことはどこも書いていない。事件がどのように発覚したのか、なぜ一条が指名手配されているのか、詳述している記事はひとつもなかった。

だからこそ、怪しいとも言えた。発表できないことがあるから、発表しないのだ。〈ＭＡＳＡＫＡＤ

O〉内部からのリークだとは、口が裂けても言えないだろう。たとえそれが捜査のためであっても、テロ組織との馴れ合いを世間は認めないはずだ。であれば、発表が曖昧になるのも当然である。自分の推測が的を射ていることを、一条は残念な思いとともに認識した。

噂レベルの話であればいくらでも出てくるだろうが、そんなものは読んでも意味がない。スマートフォンのバッテリー残量を気にしなければならない今、無駄な文章を読んでいる場合ではなかった。充電自体は、乾電池で充電できるバッテリーケースを使えばいいが、次々に乾電池を買えるわけではない。持ち金が限られていることを思えば、スマートフォンもそう頻繁には使えなかった。

調べるべきは世間の動向と、行く先に関することだろう。まだ季節的に野宿が可能とはいえ、何日も続けるのは辛い。三日に一度くらいは、室内で寝たい。そのためには、身分証明書なしで入れるネットカフェを見つけなければならなかった。あるいは夜間もやっているサウナ、安いカプセルホテルなどか。カプセルホテルには、指名手配犯として顔写真が出回っているかもしれない。ネットカフェやサウナの方が無難かと考えた。

京浜急行線大森海岸駅の近くで、チェーン店でないスーパーマーケットを見つけた。防犯カメラくらいはあるかもしれないが、大手スーパーやコンビニを利用するよりましだろう。そう判断し、そこで夕食を買った。惣菜が豊富だったので、迷った末に中華丼にした。店の電子レンジで温め、公園を見つけてそこで食べる。肉と野菜、炭水化物がいっぺんに摂れて満足だった。

ずっと歩き続けてきたので、足が痛くなった。足の裏がじんじんする。今日はここまでにすべきと、先を見越して決断した。今日だけのことならまだ無理はできるが、終わりがない逃避行なのだ。初日から足を痛めてしまっては、致命的な問題になり得る。先を急ぎたい気持ちはあるものの、ここまで逃げれば安全というゴールがあるわけではない。小さい公園で誰にも迷惑をかけそうにないから、今夜はここで寝ることにした。

アパートを抜け出すときに、身の回りの品は持ち出した。歯ブラシがあるので、公園の水飲み場で歯を磨いた。幸い、公園のベンチは横になれるタイプだった。最近はホームレスが居着くことをいやがってか、ひとり分ずつの仕切りがあるベンチもある。あまり気にしていなかったが、自分が外で寝なければならなくなってみると、行政の薄情さの象徴に思えた。

手持ち無沙汰だとついスマートフォンをいじりたくなるが、ぐっとこらえた。横になったり坐ったり、あるいは立ち上がって少し歩いたりして時間を過ごした。夜十一時を過ぎると通行人もほとんどいなくなったので、ベンチに横になって目を瞑った。明日はできれば夜明けとともに動き出したいと考えた。

寝られるか危ぶんでいたが、いつの間にか眠りに落ちていた。自分が寝ていることに気づいたのは、不意に目の前が明るくなって覚醒したからだ。「もしもし」と声をかけられ、瞬時に目を覚ました。光を浴びせられ、開けた瞼を慌てて閉じた。

「あなた、ここで寝る気ですか。不審な人がいて怖いと、通報があったのですが」

頭上から声が降ってくる。手で光を遮りながら、身を起こした。相手の言葉は、きちんと聞き取れた。内容からして、警察官だと察する。懐中電灯の光を、こちらの顔にまともに向けているのだ。だが、好都合ではあった。眩しがっている態度で、顔を隠せるからだ。

「ああ、すみません。つい寝ちゃいました」

ともかく、この場は詫びて移動すべきだった。通報されることもあるのか、と内心で舌打ちしたくなった。どんな神経質な人かと思うが、近隣住民にしてみれば当たり前かもしれない。こんなことがあるなら、野宿できる場所の候補は一気に狭まりそうだった。

「ちょっと待って」

立ち上がろうとしたら、引き留められた。いやな予感がした。寝ている間も、マスクはしたままだった。だから人相で気づかれるとは思わなかったが、警察官の識別能力を低く見積もっていたかもしれない。

「すみませんが、マスクを取ってもらえますか」

やはり、怪しんでいる。目許だけで似ていると判断し、マスクをしたまま寝ていることで疑念を深めたか。ともあれ、素直に従うわけにはいかない。一瞬で心を決めた。

立ち上がると見せかけ、そのまま警察官の腹に頭突きを入れた。予想をしていなかったのか、警察官は「うっ」と呻いて身を折る。その隙に、バッグを摑んで駆け出した。「待て」という声が追ってきたが、もちろん立ち止まりはしなかった。

公園を出て、右に向かった。こちらが南だ。しかし、すぐに角を曲がった。ひたすらジグザグに進路を取ることにする。相手は警察官だ。そう簡単に追跡をかわせるとは思わなかった。

まずい、という恐怖で頭がいっぱいだった。指名手配のニュースを見たのが今日の午前中で、その日のうちに警察官に追われることになるとは、現実は甘くなかった。警察官が応援を呼べば、この一帯は包囲されてしまうかもしれない。いったいどうすればいいのか。

いや、迷っている場合ではない。警察が人数を動員するにしても、時間がかかるはずだ。包囲される前に、遠くまで逃げればいい。ともかく今は、追ってくる警察官を振り切ることだけに専念すべきだった。

公園を出たところに、警察官の自転車があった。おそらく徒歩ではなく、自転車に乗っているだろう。こちらがジグザグに走っているから距離を詰められずにいるが、直線の道路に出たらあっという間に追いつかれる。どこかに隠れて、いったんやり過ごすしかない。だが、どこに隠れればいいのか。

前方に、十階建てほどのマンションが見えた。そうだ。その黒いシルエットが目に入った瞬間、閃きが訪れた。このタイプのマンションには、仕事で何度も出入りした。たいてい、共同のゴミ捨て場がある。ゴミを捨てられる時間を限定しているマンションもあるが、最近は住民の利便性を考えて二十四時間開いているところが増えた。カードキーなどで出入りするマンションの場合、ゴミ捨て場もそのキーがなければ入れない可能性が高いものの、一瞥して築年数がそこそこ古いと判断した。ならば、賭けてみる価値があった。

長年の経験から、ゴミ捨て場の位置に見当をつけた。エントランスの横に、鉄柵の扉がある。あそこに違いない。取りついて、錠の有無を確認した。ない。単に閂で閉まっているだけだ。閂を横に動かし、中に飛び込んだ。音がすることを恐れ、内側から閂は閉めなかった。

鉄柵を開けた瞬間、照明が自動的に点いた。慌てたが、消す手段がない。自動的に点いたのなら自動的に消えると考え、ゴミ捨て場の奥に進んだ。ゴミ捨て場は六畳ほどの広さで、ポリバケツが五つ置いてある。生ゴミが入っているらしく、臭い。だが悪臭くらい、いくらでも耐えられる。しゃがんで、ポリバケツの間に身を隠した。

ここに入ったところを警察官に見られていたら、万事休すだ。まだ距離があったと思うが、振り返っている余裕はなかった。走っていたので、息が上がっている。それでも静かにするために、呼吸を止めた。たちまち酸欠になり、苦しくなった。頭の中で、数を数えた。せめて一分間、息を止めていようと考えた。

六十まで数えて、ゆっくりと息を吸った。悪臭すらも、心地よく思えた。今度は音がしないよう、こらえながら吐き出す。ちょうど照明も消えた。

自転車が通り過ぎる音が聞こえた気がした。だが、それが警察官だという確信はない。ふたたび数を数え始めた。三分間待って、外に出ようと決めた。三分間でいいのか、もっと待つべきではないのか、迷いが生じる。己の運を信じるしかなかった。

三分経った。立ち上がり、鉄柵まで移動した。ゆっくりと開け、道路の左右を見回す。人影はない。耳を澄ませても、誰かがいる気配は感じられない。撒(ま)けたのか。安心するのは早いが、少なくとも警察官をやり過ごすことはできたようだ。

ゴミ捨て場を出た。南を目指そう。逃げ続けることで、何かが変わるかもしれない。希望とも言えないそんな夢想だけが、今の一条の支えだった。

6

外に出てすぐ、あのままゴミ捨て場にとどまるべきだったかという迷いが生じた。夜の住宅街をさまようのは目立つ。また警察官にばったり出くわしてしまうかもしれない。しかし、ゴミ捨て場でひと晩過ごすのは精神的に辛かった。己を惨めに感じるし、横にもなれない。それに、朝まで過ごせば状況はさらに悪化するかもしれない。やはり今のうちに、遠くに逃げた方がいい。

迷いを打ち消し、足音を立てないようにしながら早足で進んだ。できることなら、今夜じゅうに川崎まで行きたい。多摩川を越えれば神奈川県に入るので、警察の管轄も変わる。そうなれば、一条らしき人物を見かけたという情報も伝わりにくいかもしれないと期待した。

だが、歩いているうちに目に入ったものがあり、気が変わった。数秒考え、足を止める。警戒しながら敷地内に入り、幌(ほろ)を捲(まく)った。幌の中は空だった。

砂利敷きの露天の駐車場に、軽トラックを見つけたのだ。荷台は幌で覆われていた。車体が赤いので、間違いなく軽貨物運送業の軽トラックである。名前はよく知られているが企業ではなく、個人事業主が集まった協同組合だ。おそらくこの近くに、軽トラックの持ち主が住んでいるのだろう。幌の中にいる限り、朝まで警察官には見つからないと判断した。

迷うことなく、荷台に乗った。荷台の床は木製で、ベンチで寝るより快適そうだ。幌で四方を囲まれているから、風に晒(さら)されることもない。今夜の寝床として、こんなにありがたいところはなかった。

早朝、日の出前に起きて動き出そうと考えた。そのために、スマートフォンのアラームをセットする。無音にして、バイブレーションを設定した。緊張感があるから、振動だけでも目を覚ますだろう。これで不安なく寝られると思うと、どっと疲れが押し寄せてきた。横になったら、瞬時に眠りに落ちた。

目を覚ましたのは、大きい声で呼びかけられたからだった。「おい！」と近くで声がし、一瞬で覚醒した。反射的に、顔の前で掌を広げる。警察官か、と半身を起こして身構えた。

人工の光を向けられた。いきなりだったので、眩しくて目を眇(すが)める。だが光源は小さく、懐中電灯ではなさそうだ。おそらく、スマートフォンのライトだろう。だから逆光にはならず、荷台の外から幌を捲っているのが警察官でないことは識別できた。ならば、この軽トラックの持ち主か。見つかる前に立ち去るつもりだったのに、ずいぶん早起きな人だったようだ。

「なんだ、あんた。なんなんだ。ここで寝てたのかよ」

声の主は四十歳くらいだろうか。肩幅があり、がっちりした体格に見える。声が太く、言葉は詰問調で、優しそうな人という印象とはほど遠い。まずいことになるか、と覚悟した。

「はあ、すみません。すぐ出ます」

身を屈めて、外に出ようとした。言い争いになる前に逃げるつもりだった。

「待てよ、あんた、待て待て。人の車で勝手に寝ておいて、すみませんだけで帰るつもりか。そりゃねえだろ」

簡単には解放してくれないのか。まさか、金を取る気か。それには応じられない。また走って逃げるしかなかった。

「ごめんなさい。行くところがなくて」

中腰で、隙を窺った。こちらは荷台に乗ったまま、相手は幌の外に立ち塞がっている。逃げるのは難しい状況だ。言葉を交わしながら、なんとか荷台から降りなければならない。

「なんだよ、あんた、若いのにホームレスか。働けよ。みんな汗水流して働いて、わずかな金を稼いで精一杯生きてるんだよ。あんたはそうしないのかよ」

一条の返事に納得がいかないかのように、男は言葉を重ねた。一条だって、普通に働いて生きていけたならどんなによかったか。そうできなかったから、こんなふうに他人の軽トラックの荷台で寝る羽目になったのだ。何も知らないで偉そうなことを言うな、と言い返したかった。

「おれだって働きたいんですが……」

しかし、口にしたのはそれだけだった。男を怒らせて、いいことは何もない。ともかく今は、どうにかしてこの場を立ち去るべきだ。平謝りするしか、事態を打開する方法はなさそうだった。

「えっ、あんた、無職か。畜生、無職か」

何が「畜生」なのかよくわからないが、男は不快そうに顔を歪めた。そして突然、平手で荷台の床をバンと叩いた。大きい音に、心臓が跳ね上がる。男を怒らせてしまったのか、と冷や汗をかいた。

「おれはな、おれの車で勝手に寝てる奴を見て、腹を立てたんだ。そりゃそうだろ。誰だって腹立つだろ。でもな、おれは腹なんか立てたくないんだよ。毎日笑って過ごしたいんだよ。みんなが腹なんか立てなければ、世の中平和だろ。腹が立ったって、こらえりゃいいんだよ。そうすりゃ、喧嘩も戦争もなくなるんだからさ」

男はそう言いながらも、なんとか自分を宥めようとしているかに見えた。腹を立てるな、腹を立てるなと、己に言い聞かせているのだ。自問自答だと思ったので、口を挟まずにいた。男はなおも、明らかに立腹口調で続けた。

「若い奴が無職だからって、そいつのせいじゃないってわかってるよ。働きたくても働き口がないんだろ。自己責任じゃなくって、世の中が悪いんだろ。おれだってわかってるんだよ。だから、あんたを怒鳴りたいけど怒鳴らねえんだよ。すぐ出てけって言いたいけど、ぐっとこらえてるんだよ」

男は生来怒りっぽいのだろうが、そんな気性で損をしてきて、なんとかアンガーコントロールをしようとしているのではないか。癇癪を爆発させないでくれるならありがたいが、と男の気持ちが落ち着くのを待った。

「あんた、働き口がないのかよ。寝る場所すらなくて、ホームレスかよ。だったら、バイトするか。今日の引っ越しの手伝いをしろ」

「えっ」

いきなりの提案に、驚きの声を発した。警察に通報されることすら案じていたのに、予想もしない申し出だ。引っ越しだったら勝手がわかる。手伝って報酬がもらえるなら、願ってもないことだった。

「バイトって、いくらで?」

男の逆鱗（げきりん）に触れないことを祈りつつ、尋ねた。男は顎を擦（さす）り、「そうだなぁ」と言った。

「今日はけっこう大変そうなんだよ。日給五千円と言いたいところだけど、六千円でどうだ」

八時間労働として、時給七百五十円か。足許を見られているが、拒否したらどうなるかわからない。

それに、六千円でも今は欲しい。安く使われる代わりに、ひとつ条件をつけることにした。

「最後は川崎辺りで降ろしてもらえますか。それならやります」

「おっし、決まりだ。あんた、優男（やさおとこ）っぽいけど、肉体労働は辛いぞ。耐えられるか」

「おれは実は、もともと引っ越し業者で働いてたんですよ」

「えっ、そうなのか。なんだ、そりゃ好都合だな」

むすっとしていた男は、ようやく破顔した。無精髭が生えた厳（いか）つい顔だが、笑うとそこはかとなく愛嬌がある。相手が軟化してくれて、安堵した。

「作業着なんて、しゃれたものはないぞ。着替えがあるなら、汚れてもいい服にしておけ。それと、出発にはまだ早い。ここで寝たいなら、もう少し寝てろ」

「はい」

男は言うと、幌を閉じた。また周囲が暗くなる。男がなぜ、まだ日が出ないうちからトラックの荷台を覗いたのかわからないが、話がついてよかった。金をもらって川崎まで送ってもらえるなら、好都合である。働いていれば、警察も逃亡中の指名手配犯とは思わないだろう。これから十数時間の安全が確保できたのは、何よりだった。言われたとおり、横になって目を閉じた。

しかし、一度緊張してしまったせいか、なかなか眠れなかった。眠れずにいると、どうしてもあれこれ考えてしまう。一条の思考に引っかかっているのは、先ほどの男の言葉だった。

腹を立てたくない、と男は言った。みんなが腹を立てなければ、喧嘩も戦争もない、と。

まったくそのとおりだ。ひとりひとりがこらえれば、この世から諍いは消える。争わず、互いを尊重した人々が生きる世界。それは誰もが望む世界ではないのか。

現実は、そうなっていない。人々が怒りを抑えられないからだ。怒りをコントロールするのは難しい。怒らないでいる方が楽しいとわかっていても、腹が立つときは立つ。人間は自分の感情すら、意のままにならないのだ。それが、感情というものだ。

もし、腹を立てずに生きる方法があったら。そんな発想の下に動いているのが、聖子たち〈MASAKADO〉の穏健派ではないか。人間から闘争本能を消し去れば、他者と争わなくなる。他者と争わないのは、腹を立てないからだ。ならば、聖子たちが目指す世界は人々が望む理想の世界なのか。聖子たちに背を向けるのは、理想の実現を妨げる行為なのか。

いや、そんなことはないはずだ。腹を立てたくない人が、自ら闘争本能を捨て去るならいい。だが聖子たちは、日本人全員から強制的に闘争本能を奪い取ろうとしている。目指すところが正しくても、手段が間違っていたら受け入れられない。一度はそう結論したではないか。男の言葉でまた考え込んでしまう自分は、迷いが捨てられずにいるのだと自覚した。

とはいえ、考えること自体は肯定したかった。考えることを放棄した時点で、聖子たちに負ける気がする。考え続けることが闘いだ。暗闇の中で、一条は身を丸めた。闘いをまだ諦めたくなかった。

7

朝七時過ぎに、また男に起こされた。名前を訊かれたので、加藤と答えた。〈MASAKADO〉内での偽名には抵抗があったが、一度は自分の名前として使ったので馴染みがある。呼びかけられて反応が遅れたりしたら、偽名だと疑われる。好きでなくても、加藤で通すことにした。

「おれは町村だ。よろしくな」

男は名乗ってから、出発するぞと言った。助手席に乗れと勧められたが、荷台でいいと断った。まだ警察の目が光っているかもしれないと思ったからだ。町村は「そうかい」とだけ応じて、好きにさせてくれた。気を許してないと受け取られたのかもしれないが、詮索されないのは助かった。

少し走ったら、すぐに停まった。幌をわずかに開けて外を見ると、どうやらコンビニエンスストアの駐車場のようだった。運転席を降りた町村が荷台に回ってきて、声をかける。

「朝飯食うぞ。どうする？」

今日は一日肉体労働をするから、炭水化物を摂っておきたかった。だが、コンビニの防犯カメラには写りたくない。町村に頼むことにした。

「すみませんが、ツナマヨのおにぎりを一緒に買ってきてくれませんか」

財布を取り出し、代金を差し出した。町村は怪訝そうに目を細める。

「なんだ、お前、さっそく人を使うのかよ。どういうつもりだ」

「すみません、コンビニは好きじゃなくて」

「なんだそりゃ。コンビニ恐怖症か。そんな病気あるのかよ。しょうがねえな」

ぶつぶつ言いながらも、町村は金を受け取った。三分ほどして戻ってきて、「ほれよ」とおにぎりを渡してくれる。自分はさっさと運転席に戻った。お蔭で、幌の中に隠れてゆっくりとおにぎりを食べられた。悪くない状況と思えた。

しばらくすると、軽トラックが動き出した。幌の隙間から外を見ると、北に向かっているようだ。南を目指したかったのに、逆方向だ。だが、最終的に川崎で降ろしてもらえるなら文句はない。北でも南でも、危険度は変わらないだろう。移動中の安全が確保できるなら、それで満足すべきだった。

三十分ほど走って、トラックは停車した。今度は言われる前に荷台を降りる。町村は目の前の二階建てアパートに顎をしゃくり、「ここの引っ越しだ」と言った。そして、「ただし」とつけ加える。

「本が多いらしい。覚悟しろよ」

町村の言葉の意味は理解できた。本を詰めた段ボール箱は重い。同じひと箱でも、中身が衣類か本かでまったく違う。大量の本を運ぶ場合は、別料金をもらいたいほどだ。町村が人手を欲した理由が、よく理解できた。

「わかりました」

だったら報酬六千円は安い、と思ったが、文句は言わなかった。持ってきたタオルを頭に巻く。公園で寝ていたときに声をかけてきた警察官は、マスクをしていてもこちらを怪しんだ。だから頭にタオルを巻いた程度で人相を隠せるとは思わなかったが、一瞥して運送業者だと認識してもらうことが大事だった。町村と一緒に働いていれば、わざわざ顔を確認に近づいては来ないだろうと期待する。

引っ越しの依頼人は、二十代に見える眼鏡をかけた男性だった。1Kの部屋なのに、段ボール箱が山ほど積み上がっている。まさか、これの大半が本なのか。がんばろう、と密かに気合いを入れた。

最初に町村が依頼人とやり取りをして、運び出しが始まった。段ボール箱は本をぎっしり詰めてあるわけではなさそうなので、覚悟したほど重くはなかった。これならふたつ運べると判断し、持ち上げる。二階だから、カートに載せるわけにはいかず外廊下を下りなければならない。足許に気をつけながら、きびきびとトラックまで運んだ。

同じく段ボール箱をふたつ持った町村が、すれ違いざまに視線を送ってきた。何も言わなかったが、「やるじゃないか」という声が伝わってくるようだった。引っ越しに慣れていなければ、段ボール箱ふたつをいっぺんに運ぶのは難しい。一度や二度はできても、何度も続けるのは辛くなる。持ち方次第では、腰を痛める。一条が運ぶ様子を見て、元引っ越し業者だという自己申告は嘘ではないと町村は見抜いたようだ。自分でも、こんなことが逃亡生活で役に立つとは思わなかった。まさに「芸は身を助ける」だと、心の中で面白がった。

ふたりがかりだったので、三十分弱ですべての荷物を運び出せた。荷台にはスペースが余っていたから、助手席に移らず荷台に残った。心地よい疲れに、うとうとした。居眠りできることがありがたかった。

移動先を聞かなかったが、目覚めてから外を見ると高速道路に乗っていた。景色からは、どこに向かっているのかわからない。少なくとも、近場でないのは明らかだ。西に向かっているなら、行った先で降ろしてもらった方がいいかもしれない。そう考えたが、そのうち進行方向がわかった。これは関東高速湾岸線ではないか。それも、南ではなく東に向かっている。引っ越し先は千葉方面か。

千葉では、逃走先に適さない。南房総に逃げても袋小路だし、抜け出すには結局東京を横断しなければならない。やはりきちんと仕事をして、川崎まで送ってもらった方がいい。そう結論して、ゆったり構えることにした。今日は一日働く、と決めた。

午前十一時頃に、船橋まで来た。出発したアパートと似たような外観の建物に着き、待っていた依頼人に出迎えられる。また町村とともに荷物を運び、三十分かからず仕事を終えた。今度は一階だったので、荷出し時より楽だった。

「ご苦労。昼飯にするか」

仕事が楽だったという実感があるのか、町村は明らかに上機嫌だった。話しかけ方に、初対面のときより親しみが籠っているように感じられる。一条は「ええ」と応じたが、つけ加えなければならなかった。

「でも、高い店には行けません。またコンビニで済ませませんか」

「なんだよ、コンビニ恐怖症なのにコンビニ飯がいいのか。変な奴だな」

町村は苦笑しながらも、承知してくれた。行きにコンビニを見たと言うので、そこに向かった。大きい駐車場に入ったが、買うのは朝と同じく町村に任せる。今度はのり弁当を頼んだ。

「買ってきたぞ。降りて、外で食おうぜ」

戻ってきた町村は、そう声をかけてきた。防犯カメラに写らない駐車場の隅なら、それもいい。弁当を受け取り、移動した。植え込みがあるブロックに腰を下ろして、弁当の蓋を開けようとした。

「ご苦労さん。これは奢りだ」

そんなことを言って、町村はウーロン茶のペットボトルを突き出してきた。九十八円のウーロン茶だが、気持ちが嬉しかった。「ありがとうございます」と頭を下げ、受け取った。晴天の下、知り合ったばかりの男からウーロン茶をもらってのんびり昼飯を食べるのが、なにやら信じられない心地だった。

「おれさ、ちょっと腰が怪しいんだよね。ギックリやっちまったわけじゃないけど、へたするとやばいって感じ。わかる？　だから、お前に手伝ってもらえて助かってるよ」

町村も食べているのはのり弁だった。箸を動かしながら、話しかけてくる。そういう事情だったのか。日当六千円は安いが、町村の稼ぎの中から出すには少なくない金額である。そんなに払うのは腰が悪いからではと見当をつけていたが、そのとおりだったわけだ。

「おれは嫁と、ガキがふたりいるんだよ。ガキはふたりとも野郎でさ、かわいくねえんだけど勝手に育てってわけにもいかないだろ。養わなきゃならないんだ。だから、腰をやっちまって動けなくなるのはまずいのさ」

「そうですよね。大事にしてください」

通り一遍の相槌しか打てなかったが、町村は気のない返事とは受け取らなかった。満足したように続ける。

「おう。そうなんだよ、大事にしねえとな。おれたちは体が資本だからよ。でもよ、おれが家で腰が痛えって言うと、二等国民だから腰を痛めても働かなきゃならないんだなんて上のガキが言うんだよ。小学校高学年にもなると、くそ生意気だよな。二等国民なんて、どこでそんな言葉憶えてきたんだか。おれだけじゃなく、学校の友達の親全員二等国民だろうがって思うけどな。どうせネットで、東日本人を二等国民呼ばわりしてる書き込みを見たんだろう。ろくでもねえぜ」

喋(しゃべ)っているうちに興奮してきたのか、町村は口から米粒を飛び出させる。一条のところにまで飛んでこないからいいが、苦笑せずにはいられなかった。

「お前も引っ越し業者やってたならわかるだろうけど、自前の軽トラ持って運送業やってるなんて、かなりいい方だろ。おれは胸を張れるぜ。それなのによ、肉体労働は上等な仕事じゃないとか、勝手に人のことを低く見ねえで欲しいよな。あんたらの価値観はあんたらの価値観で、おれとは違うんだよ。おれに言わせりゃ、平気で他人を見下す価値観の方がおかしいんだ。どっちが上だとか下だとか、そんなの比べて何が面白いんだ。金はあるかもしれねえけど、心が貧しいんだって言ってやりたいぜ」

「いや、ホントそうです。そう思いますよ」

今度は心から頷いた。町村の口調は乱暴で素朴だが、言っていることは間違っていない。日々を生きるだけで精一杯の人たちが、常に抱えている違和感を言葉にしているだけだ。金があれば偉い、金があれば幸せという価値観は、とても正しいとは言えないのに、なぜこれほど蔓延(まんえん)してしまったのか。もっと別の価値基準があっていいと、一条も強く思う。

「別にさ、ソ連の属国だった頃の方がよかったなんてことは言わないよ。おれはガキだったからよくわかってなかったけどさ、あれはあれで問題あるだろ。そもそも経済がぜんぜん駄目だったから、東西統一しなきゃいけなくなったわけだしな。でもよ、おれよりあいつの方が上だとか、あいつには負けると か、そんなこと考えなきゃならない社会じゃなかったよな。社会主義に戻らなくたっていいけど、もうちょっとましな国にはできないもんかね。国が駄目なのが当たり前になっちゃって、みんな諦めてるもんな。諦めてるからいけないのか。でも、諦めるしかないもんなぁ」

「町村さんは、人と争いたくないんですね」

昨夜考えたことを、改めて尋ねた。他者を見下すという発想は、やはり闘争本能に由来するのだろう。

ひとりひとりの心がけで争いをやめるのは、難しいことなのか。聖子たちがやろうとしていることは、結局正しいのか。

「おれはひとり働きしてるから、争わなくて済んでるんだけどな。恵まれてるんだろうよ。腹が立つのは、ガキの言い種だけだな。心配なのは腰。まあ、幸せなんだろうよ。小さい幸せだとしてもよ、他人に小せえとか言われたくないよな。おれは満足してるんだよって言い返すぜ。ガキがもうちょっとかわいけりゃ、もっといいんだけどさ」

最後は自分で落ちをつけて、町村は「わはは」と笑った。つられて一条も笑う。町村の考えにはいちいち共感できるので、話していて楽しかった。だが同時に、聖子たちから離れた自分の選択が正しかったのか、また自信が持てなくなった。

午後は一件の引っ越しと、二件の荷物運びをした。荷物運びのひとつは大型テレビだったので、ふたりでなければ難しかった。一条がいなければ、依頼人に手伝わせるしかなかっただろう。ぶつけてはいけない物だから、慣れている一条が相棒でよかった。

夕方六時過ぎに、川崎駅から少し離れた辺りで降ろしてもらった。町村に電話番号を訊かれたので、教えた。「また手が足りなかったら、声かけるよ」と言う。もう一度町村と働ける日が来たらどんなにいいか、と内心で思った。そんな日はきっと来ないという諦念は押し殺し、「そうですね、ぜひ」と答えた。

町村の乗る軽トラックが遠ざかっていくのを見送った。家に帰った町村が、かわいくないというふたりの息子を苦々しく見ている様を想像して、少し笑った。

8

日本革命党が公開している動画は、たくさんあった。それらの大半は、党首である成瀬良一郎のひとり語りを収録したものである。閲覧数は、数千から一万超え辺りを推移している。意外に多いというのが、辺見の感想だった。これまで興味がなかったからだろうが、こんなにも見られているとは思わなかった。

取りあえず、最新の動画をクリックした。長さは三分ほどだ。成瀬良一郎はインターネットの使い方がうまいと言われている。三分の動画は、見ていて飽きない適切な長さなのだろう。他の動画も、たいてい三分前後だった。明らかに、意識的に長さを揃えているのだ。

動画が始まった。成瀬良一郎は仕立てのよさそうなスーツを着ていて、かなり見栄えがする。成瀬良一郎の主張は好きではないけど見た目は好き、という人が多いのも頷ける。若い頃はファッションモデルをしていて、ファッション雑誌の表紙を飾ったこともあるそうだ。その雑誌は今ではプレミア価格がつき、数万円で取引されているという。

《こんにちは。日本革命党の成瀬良一郎です。今回は人間の自由意志について、少し考えてみたいと思います》

成瀬はそんなふうに話を始めた。動画のタイトルも「人間の自由意志」だった。タイトルだけでは、どんなことを話すのか漠然としか見当がつけられない。成瀬が語ることに耳を貸した。

《皆さん、生きていく上で自由ですか。こう尋ねると、完全に自由やないけどまあまあ自由、と答える人が大半やないですかね。完全に自由やないのは、世の中にはルールがあるからです。ルールに従って生きる限り、完全な自由ではない。ただ、ルールを守るのが苦痛でなければ、自由な感じはありますよね。人を殺してはいけない、人の物を盗んではいけないというルールが社会にはありますが、そのルールを守るのが苦痛という人はほとんどいないはずです。だからそういうルールがあっても、自由を制限されているとは感じませんね。不自由やと思うのは、生まれつきの犯罪者くらいでしょう》

成瀬は少し間を取る。視聴者の笑いを期待しているのか。辺見にはわからないが、こうした間も話芸のひとつなのだろう。

《もちろん、世の中のルールは刑法だけやありません。法律上のルールだけやなく、会社のルール、学校のルール、いろいろありますね。例えば、副業禁止なんてどうですか。少し、自由が制限されている気がしてきますか。校則で下着の色まで決められていたらどうです？　さすがに理不尽な印象になりますね。ルールは基本的に、自由を奪うものなんですよ。その度合いによって、受け入れられるか受け入れられないかの違いが出てくるだけで、本質的にルールは自由と相反するんです》

何が言いたいのだろうか。話の方向が見えない。日本革命党は過激な主張をするが、まさか無政府状態が理想とでも言い出すのではないか。いくらなんでも、そんなことを望む国民はいないとわかっているはずだが。

《自由は侵害されたくないですよねぇ。誰だって、自由に生きたいはずです。でも、ルールがない社会で生きるのは文明人ではありません。みんなが好き勝手なことをしたら、犯罪国家になってしまいます。つまり、みんながちょっとずつ自由を放棄することで、社会が成り立つわけです。さて、では皆さんはどこまで自由を放棄できますか》

なるほど、こんなふうに本質的な問いを自分のこととして考えさせるのが、成瀬の手法なのか。他の動画は違うかもしれないが、少なくともこの動画では漫然と見ていた人も考えてみようとするのではないか。もっと馬鹿げたことを話しているのかと思っていたから、わずかに見直した。

《移動の自由、職選びの自由、結婚の自由、まあこれくらいは確保したいですよね。お上に住む場所を一方的に決められたり、仕事を強制的に割り振られたり、勝手に結婚相手を押しつけられたりしたらいやですよねぇ。他には何かな。買い物も好きにしたいか。後は発言の自由、思想の自由、生き死にの自由、ですか。でもこの辺りになってくると、場合によっては制限がかかってきます。発言の自由といっても、何を言うのも自由ってわけにはいきませんよね。暴言、誹謗中傷、侮辱、猥褻な言葉、言っちゃいけないことはたくさんあります。内容次第では犯罪にもなります。おっ、そろそろ自由やなくなってきました。自分の生き死にも、宗教によっては自由やないですよね。自殺を禁じている宗教もあります。まあ、宗教の場合は制約というより、自ら進んでルールに縛られるわけですが。戒律っていうんでしょうかね。私は無信心なので、よくわかりませんけど》

依然として成瀬がこの動画で言わんとしていることは見当がつかないが、なんとなくきな臭くなってきたように感じる。東と西の自由度の違いについて語りたいのか。だが、東は自由がない国だった、西は自由だ、という結論では単純すぎる気がする。日本革命党の党首なら、普通の政治家が口にしないことを言いそうなものだが。

《思想の自由はどうですか。考えることによって、犯罪になるかもしれないルールです。例えば、ものすごくいやな奴がいて、殺してやりたいと心の中で考えたとします。それがばれたら、犯罪なんです。怖いですね。テロはどうでしょう。テロの計画を、心の中だけで練るんです。これはちょっと犯罪っぽ

いですか。でも、考えるだけですよ。やっぱり考えるだけで犯罪ってのは、行き過ぎでしょうね》
成瀬がテロと言い出したことには、注目せずにいられなかった。成瀬はテロをどう捉えているのか。この動画で語ることが本音とは限らないが、もしかしたら堂々と肯定するかもしれない。画面に映る成瀬を見る目が、険しくなるのを自覚した。
《戦前には思想犯なんて言葉もありました。思想自体が犯罪だったわけです。そんな圧政は、第二次大戦の敗戦とともに終わりました。つまり外国が、日本の悪政を終わらせてくれたんですね。とはいえ、ひどい政府に抵抗する人たちもいました。その努力が実を結ばなかっただけで、自由のために闘う人はいたんです。私はそういう人たちを尊敬しています》
話がテロから離れてしまった。辺見はわずかに落胆する。残り時間からして、そろそろ結論か。ようやく、この動画の本旨が見えてきた。
《自由のために闘う努力が実を結ばなかった理由は、ひとりひとりの心の中にあったんやないかと私は考えています。ちょっと大胆なことを言いますね。私は、本質的に人間は自由を欲していないんやないかと感じます。うん、そんなはずないと反射的に反発した人も多いでしょう。でも、考えてみてください。ルールが何もなくて平気ですか。完全なフリーハンドで、不安になりませんか。ルールはあった方が安心なんです。ルールに従って生きていれば、特に何も考えなくていい。難しいことは考えずに漫然と生きることが可能ですし、その方が楽です。自由は大変なんですよ。難しいことは政治家が決めてくれ、とみんなが考えると、ひどい世の中になってしまうこともある。戦前の社会は、そういう教訓を残したと思います》
成瀬のこの見解が当を得ているのか、辺見には判断できなかった。戦前を生きた人は憤慨するかもしれないし、耳が痛いと感じるかもしれない。だが少なくとも、間違っていると決めつけられる主張ではなかった。

《最初にも言うたとおり、少し自由を放棄した状態が一番心地いいんです。ただ、それは少しだけにとどめておくべきです。自由は、意識して守らないといつの間にか失われていたりするんです。政治家が言うんだから、間違いありません。自由は勝ち取り、努力して守り続けるべきものです。皆さん、今手にしている自由を大事にしてくださいね。そして、自由を奪おうとする人たちと闘いましょう。今日はここまでにしておきます。成瀬良一郎でした》

自動的に次の動画が再生されようとしていたので、クリックして止めた。そして、画面を睨(にら)んだまま腕組みをした。成瀬の言いたいことは理解したが、その目的がよくわからない。単に、既存の政治家に対する不信感を視聴者に植えつけたかったのか。自分はこれまでの政治家とは違うと、そんな主張がしたかっただけか。

「なんかムカつくんだよな」

動画が終わるのを見計らっていたのか、香坂が話しかけてきた。今は越生藤一の事務所を見張っているのではなく、特務連隊オフィスの待機室にいる。日本革命党にどう対応すべきか、上の判断を仰ぐためだ。結論が出るまでの時間を無駄にしないよう、成瀬の動画を見ていたのだった。

「いかにもインチキ詐欺師って感じじゃねえか。見た目が妙にいいのが信用ならないよ」

黙っていれば清楚な美女に見える香坂が言うのが笑えた。辺見は「確かにそうやな」と応じたが、香坂はまるで皮肉とは受け取っていない。

「こいつ、絶対自分の見た目の効果を理解してるぜ。で、それに騙(だま)される奴が世の中多いんだから、呆れるよなぁ」

「まったくや」

さすがにこらえきれず、噴き出してしまった。香坂も自分の容姿が男に及ぼす力を熟知し、さんざんに利用してきたはずだ。どの口が言うのか、と突っ込みたくなった。

「なんだよ、なんかおかしいこと言ったか」

「いや、まったくやって賛成しとるやろ」

「じゃあ、なんで笑うんだよ」

香坂は不本意そうに目つきを険しくしながら、近づいてきた。辺見の前にあるノートパソコンを覗き込み、「けっ」と言う。

「自由のために闘えって、なんなんだ。煽動か？〈MASAKADO〉が自由のために闘ってるなんて言いたいんじゃないだろうな」

「そういう意味なのか？どんな理屈でそうなるんや。日本政府が東日本を搾取してる、とか？でも、こいつは西日本出身やで」

「あたしに訊かれても知らないよ。理屈なんかないんじゃないか」

そうなのだろうか。単なる変わり種の政治家としてなら、そういう人間だと受け取れるが、〈MASAKADO〉と繋がっていると思うとどうにも掴み所がない。もっと成瀬を知りたかった。

「こいつの動画聞いてるうちに思い出したんだけど、連絡とれるフリーの政治ジャーナリストがいるわ。会って、成瀬について聞いてみる？」

香坂はノートパソコンの画面に顎をしゃくった。思わず、前のめりになる。なぜもっと早く思い出さないのかと、文句を言いたくなった。

「会うよ、会う会う。はよ言えや」

「知り合いってほどでもないから、頭の片隅にもなかったんだよ。じゃあ、めんどくさいけど連絡してみるわ」

香坂は顔を顰めて、スマートフォンを取り出した。辺見は期待しながら、その様子を見守った。

9

香坂はその男と、ジョギング中に知り合ったそうだ。いや、香坂に言わせれば、「声をかけてきた」らしい。知り合いになったつもりはない、というのが当人の言だった。

香坂は時間があると、持久力維持のためにジョギングをしているという。コースはいつも一緒で、旧皇居周辺だそうだ。同じところを走っていると、同じ人を見かけることがある。もちろん香坂は他のジョギングランナーなど気に留めていなかったが、向こうは違った。「何度もご一緒しますね」と話しかけてきたのだという。

「お前のことなんか知らねえよ、って言いたかったけどな。社会人の嗜み(たしな)として、言わずにおいたわけだ」

香坂はそう説明した。香坂の口から社会人の嗜みなどという言葉が出てきたことに驚く。だが、辺見はそれこそ言わずにおいた。

「無視したんだけどさ、面の皮が三センチくらいあるらしくて、めげずにその後も話しかけてくるんだ。

で、あるとき無理矢理名刺を渡されたわけ。そこに、政治ジャーナリストなんて胡散臭い肩書が書いてあったんだよ」

その場で捨てたかったが、何かの役に立つかもしれないと考えて受け取っておいたそうだ。役に立つかどうかはわからないものの、香坂の方から連絡をとることにはなった。メッセージを送ると、相手は尻尾をぶんぶん振っていることがわかるほど嬉しげな返事を寄越したらしい。成瀬良一郎のどんなことでもレクチャーする、とのことだった。

「辺見のことはあたしの従兄弟って説明しておいた。政治家になりたくて、日本革命党からの立候補も考えてる、って設定ね」

「政治家志望かよ」

苦笑してしまった。政治家になりたいと思ったことは一度もない。だが、相手にそう話してしまったからには、役に徹さなければならない。もっとも、政治家志望だからといって政治に詳しいとは限らないが。むしろ、何も知らない振りをした方が相手がこちらを舐めてあれこれ喋ってくれることもある。相手の人柄次第で、こちらの設定を変えるつもりだった。

ジャーナリストの名前は、久保塚というそうだ。年齢は知らないが、四十前後ではないかと香坂は言う。四十前後の年齢で香坂に声をかけてくるとは、なかなか神経が太い。だが、それくらいの押しの強さがなければジャーナリストは務まらないのかもしれなかった。

久保塚とは、麴町の喫茶店で待ち合わせた。久保塚の住居兼オフィスが、その辺りにあるらしい。東京はかつて東日本の首都だっただけあり、この種のジャーナリストやライターがまだ住んでいる。西とは違う視点で、社会を論じる必要があるのだろう。おそらく久保塚は、東日本生まれなのだ。東日本出身者は、あまり西へ出ていかない。心理的障壁が未だに存在しているようだった。

地下鉄を使って、麹町に到着した。待ち合わせた喫茶店は、統合前からあるかのような古びた佇(たたず)まいだった。だが、味があるとも言える。木枠のガラス戸を開けて中に入ると、店内は薄暗かった。照明を絞っているのではなく、そもそも照明が古くて弱い光しか発せなくなっているのではと思えた。そんな店内の一番奥の席にいた男が、跳ねるように立ち上がって手を振った。「あいつだよ」と香坂がいやそうに顎をしゃくった。

香坂はすたすたと近づいていくと、「どうも」と雑な挨拶をした。久保塚は四十前後という香坂の見積もりよりは、ずっと若く見えた。細身で、髪をきちんと刈ってあり、清潔感がある。ただし、目尻が下がった顔には愛嬌があって、もっと言えば軽薄そうでもあった。なるほど、香坂が嫌いそうな男だと、ひと目で見て取って苦笑を嚙(か)み殺した。

「いやあ、田中(たなか)さんの方から連絡をくれるなんて、望外の喜びですよ。名前すら教えてくれなかったんですからね。田中さんってお名前を知ることができて、嬉しいのなんのって」

軽薄そう、という第一印象は見事に当たっていたようだ。喋り方もその内容も、いかにも軽薄だった。

「そりゃ、どうも」

香坂は無愛想に応じて、さっさと席に着いた。さすがに辺見はそんな態度に出るわけにはいかず、立ったまま頭を下げた。

「小柳(こやなぎ)といいます。このたびはお時間を割いていただき、ありがとうございます」

政治ジャーナリストに本名を教えるわけにはいかない。事前に決めてあった偽名を、香坂も辺見も名乗っている。香坂は下の名前までは教えていないようだが、幸子(さちこ)と決めてあるという。もう少し考えた名前にしろよと言いたかったが、久保塚のために労力を払いたくないのだそうだ。

「いえいえ、お役に立てるかどうかわかりませんが、どんなことでもお尋ねください」

久保塚は言い、両手を擦り合わせながら腰を下ろした。香坂はメニューも見ずに「コーヒー」と注文するので、辺見と久保塚も同じものを頼んだ。久保塚は、「さて」と前置きして辺見たちの顔を見た。

「小柳さんは政治家になりたいと考えてらっしゃるとか。イントネーションからすると、関西のお生まれですよね。今はなぜ東京に？」

今後の面倒を考え、関西出身であることは隠さないことにした。関西に帰った、という設定にしてしまえば、その後をうやむやにできるからだ。もちろん、東京にいる理由も考えてある。

「今はまだ普通にサラリーマンをやってて、東京に赴任中です。いずれは地元に帰って、立候補したいと思っとります」

「なるほど、なるほど。で、日本革命党からの立候補を考えてる、と」

「ええ。若い人に人気があって、勢いを感じますからね」

「はいはいはい。そうなんですよね。若い人の人気、ぐんぐんうなぎ登りですよ。ネットの使い方がうまいですからねぇ」

久保塚は辺見と香坂の顔を交互に見ているつもりのようだが、明らかに香坂を見ている時間の方が長かった。香坂はその視線が煩わしいのか、露骨に壁に顔を向けている。それでも久保塚は、そんな香坂の横顔をとろんとした目つきで見つめていた。

「党首の成瀬良一郎さんはけっこうトンデモ系の主張をしていますけど、若い人はあれを本気にしとるんでしょうか」

これは調査のための質問ではなく、かねてから疑問に思っていることだった。天皇制廃止やベーシックインカム実現といった主張は、本当に若い人たちの心を摑んでいるのか。辺見もまだ若い部類に入る年齢だが、日本革命党は色物としか思っていなかった。

「もちろん、人によってばらつきはあるでしょうが、おおむね真剣に受け止められてるんじゃないですかね。同性婚の実現とか、今の時代に即した主張もありますし」

それは知っている。だが同性婚に関しては、単に現政権と反対の主張をしているだけとも受け取れた。ともかく、過激な主張で耳目を惹こうとしている印象があるのだ。

「ベーシックインカムも見合い制度も、望んでる人は少なくないと思いますよ。東日本だけじゃなく、西日本にもいるでしょ」

「そうですね」

東は貧しく西は豊か、と色分けできるほど現在の日本は単純ではない。西にも貧困層は存在する。西日本出身の成瀬が、東西で受け入れられる素地はあるのだ。

「小柳さんは実現可能と思ってないんですか。それなのに、日本革命党からの立候補を考えているんですね」

訊き返されてしまった。もちろん、それに対する返答は用意してある。

「現状を変えたいという気持ちがあります。結局、議論って妥協やないですか。どこかで折り合わないと、結論が出ない。そのためには、最初から無茶なことを言っておく必要があるんかなと考えたんです。十を主張しておいて、六くらいで妥協する。現状を変えるには、そういうテクニックが必要でしょ。日本革命党がやってるのが、それやと思ったんですが」

「そうかもしれませんね。でも、成瀬良一郎の本心はわかりません。たぶん、誰もわからないんじゃないかな」

好都合にも、久保塚の方から成瀬の腹づもりに迫る話を始めてくれた。あえて大袈裟に、不思議そうな顔をして見せた。

「誰もわからない？　裏表がある人なんですか」

「ああ、いえいえ、そういうわけじゃないですよ。ご本人は至って気さくで、陽気な人です。ひと言で言うと、面白い人ですね」

「面白い」

関西人にとって、面白いのは当然という了解がある。だが関東弁で話す久保塚にとっての「面白い」は、おそらく別の意味だろう。

「興味深い人、ということですか」

「実際に愉快な人ですが、はい、おっしゃるように興味深い人ですね。話に引き込む力があって、つい頷きたくなっちゃうというか。商売人になってたら、きっと大成功してたんじゃないかな」

商人の街と言われる大阪では、そんなふうに評される人は決して珍しくない。そして、実際に商売人として成功するのはほんのひと握りだ。久保塚は単に、成瀬を類型化して語っているだけではないかと思えてきた。

「商売人でもいいし、宗教の教祖とか、政治家とか。どれも、口が大事でしょ。だから成瀬さんは、なるべくして政治家になった人ですよ」

香坂は成瀬を、詐欺師と呼んだ。商売人はともかく、宗教の教祖や政治家には似た資質が必要なのかもしれない。宗教の教祖も詐欺師も、成瀬には似合いそうだった。

「では久保塚さんは、成瀬さんを政治家として評価してるわけですか」

久保塚の評価を鵜呑みにするつもりはないが、成瀬本人と会ったことがある人の意見は聞いておきたい。果たして、どういう評価をしているのか。

「難しいことを訊きますね」

しかし久保塚は、素直には答えなかった。腕を組み、意味ありげに辺見と香坂を見る。そして、言葉を選ぶようにして続けた。

「これが競馬で、成瀬良一郎が出走馬だとします。その場合、成瀬は間違いなく本命ではありません。大穴ですね」

「大穴。つまり、ぜんぜん駄目だとは思うけど、もしかしたら大化けするかもしれない、ってことですか」

「はい。大化けの可能性は低いですけどね。日本革命党が政権党になることは、百パーセントあり得ないでしょう」

それはそうだと思う。今後、いくら時世が変わろうとも、日本革命党はあくまで色物だろう。そもそも、成瀬良一郎自身が政権を取ろうとは考えていないに違いない。ならば、成瀬は何を目指しているのか。

「成瀬さんは、小政党の党首でいることに満足してるんでしょうか。それとも、大化けしたいと願ってるのか」

自分の政治的ポジションを有利にするために、〈MASAKADO〉を利用しているのかもしれない。

だとしたら、どういう見通しがあるのか知りたかった。

「さあ、そこがわからないんですよ。先ほども言ったように」

久保塚は両肩を上げて、首を傾げた。さっぱりわからない、という思いを強調しているつもりのようだ。

「成瀬良一郎の考えていることは、成瀬良一郎にしかわからない。ただ、ひとつ言えることは、成瀬良一郎は日本の政治フィールドにおけるトリックスターだってことです」

「トリックスター」

トリックスターという単語には、ふたつの意味がある。詐欺師、あるいは現状を乱す者、変える者という意味だ。久保塚はどちらの意味で、成瀬をトリックスターと評しているのか。

「詐欺師、ってことではないですよね」

「そうではなく、よくも悪くも乱を起こす人って意味です。彼の主張はいつも、何かを変えようとしているでしょ。彼は今のままが一番嫌いなんですよ。ともかく、変革という行為が好きなんです。そんな気がしますね」

ただただ現状を変えることだけが目的化しているなら、〈MASAKADO〉と結びつくのも理解できる。同時に、現在の平和な社会を維持することが最大の目的である自衛隊とは、まったく相容れない。成瀬が久保塚の言うとおりの人物であるなら、間違いなく〝敵〟だった。

「でね、成瀬の存在が無視できなくなってきているのは、現状を変えて欲しいと望む人が増えているからですよ。東日本人はほぼ全員、西の人だって、どれくらいだろう、半分は今の生活に満足してないんじゃないですか。だって、年収一千万あったって、子供がふたりもいれば生活に余裕がないって言いますよね。年収一千万でも足りないのか、って絶望しますよ。それなら、余裕ある人生を送っている人なんてほんのひと握りでしょ。本当に一部の富裕層だけなんじゃないですか。だからね、世の中を変えたいって気持ちは今、地下に潜むマグマのようになってると思いますよ。地上からは見えないだけで、地下でぐつぐつと煮えたぎってるんです。場合によっては、そのエネルギーが成瀬に集中してもおかしくないんじゃないかと、ぼくはぼんやりと予想しますね」

まあ、あくまでひょっとしたらの話ですけど。そう、久保塚はつけ加えた。辺見はつい考え込んだ。

国民全員が満ち足りた生活を送る国など、創り上げるのは不可能だろう。だとしても、皆が八割ほどの満足を味わいながら生きていく国なら、実現できるかもしれない。しかし、今の日本はどうだ。満足度を数字で表してくれとアンケートを採ったら、せいぜい二割か三割程度の層が大多数なのではないか。八割の満足など、夢のまた夢だ。

生活を満足させるのは、決して経済力だけではないと思う。金がなくても、幸せを感じることはできるはずだ。だが現代社会は、裕福でないと幸せが感じられない。これは価値観の問題なのか、経済の問題なのか、あるいは国の有り様の問題なのか。不満が溜まっているという久保塚の指摘は、辺見も感じることだった。

「成瀬が支持されるかどうかはともかく、成瀬はトリックスターだからアジテーターとしての資質があるんですよね。ちっちゃい火を見つけて、煽るのが大好きなんですよ。つい最近も、ほら、横須賀で女の子がアメリカ兵に暴行されたでしょ。成瀬が食いつきそうだなぁって思いますよ。米軍基地があるからこんな事件が起こるんだ、日本から米軍を追い出せ、真の独立を遂げよ、とか言いそうだと思いません？」

久保塚の言う事件は、辺見も知っている。横須賀で、まだ十二歳の女の子がアメリカ兵に性的暴行を受けたのだ。アメリカ兵は基地に逃げ込み、日本の警察が手出しできない状態にある。日米地位協定によって、アメリカ兵の犯罪は米軍が専属的裁判権を行使する権利を有する、とされるからだ。

当然のことながら、世間は非難をしている。特に東日本は、耳慣れない協定によって卑劣な犯罪者が裁かれずにいることに驚倒しているはずだ。日米地位協定は西日本とアメリカの間で結ばれた協定であって、そのときの東日本は関わっていない。しかし東西統合によって自動的に、東日本にも適用されることになった。だから東日本人の大半は今回の事件で初めて、そんな協定が存在していたことを知ったのである。自分たちが知らないところで勝手に結ばれた協定のせいで、性犯罪者が逃げ得となったことに東日本は憤(いきどお)っているのだった。

「そうですね」

辺見は短く応じた。そんな言葉しか出てこなかったのだ。久保塚が言うとおり、成瀬はアジテーターの側面がある。世間の怒りを煽り、炎を大きくすることで、自分に注目を集める手法をよく用いていた。言われてみれば、横須賀の事件は成瀬にとって格好の材料かもしれない。今頃は、動画で語る内容を練っているのではないだろうか。

久保塚の話は有益だった。しかし、知識が増えたことで成瀬がより危険な人物に思えてきた。成瀬が〈MASAKADO〉と結びついているのは、想像以上に厄介なことかもしれないといやな予感を覚えた。

10

川崎駅から離れたところで車から降ろしてもらったが、今夜をどう過ごそうかと考えて気が変わった。昨夜は公園で寝ようとしたら、近隣住民に不審者扱いされて一一〇番通報された。公園で一夜を過ごそうとすれば、また同じことの繰り返しになるかもしれない。それならばいっそ、カプセルホテルやネットカフェで寝た方が安全ではないか。マスクをしていれば、人相で指名手配犯だと見抜かれることはそうそうないはずだ。少し楽観的すぎるかもと危惧しながらも、今夜は駅周辺で泊まる場所を探そうと一条は決めた。

この辺りまで来ると土地勘がないが、地図アプリで見る限り賑やかなエリアまでは歩いて十分ほどのようだ。川崎くらいの規模の街であれば、身分証明書を提示しなくても入れるネットカフェも見つかる。ネットで調べたところ、「忘れた」と言えば済む店がいくつかあるようだ。カプセルホテルすら今の一条には贅沢(ぜいたく)なので、取りあえずネットカフェを目指すことにした。

駅に近づくにつれ、人通りが多くなってきた。そのことに不安を覚えたが、俯き気味に歩く一条に注目する人などいない。不自然に周りを警戒したりしなければ、往来を行く人は他人を気にしたりしないのだ。逃亡生活も丸二日になり、そう学習した。

だが、視線を前に向けずに歩いていたのがよくなかった。気づいたときには遅く、驚いて立ち竦んでしまった。驚いたときの癖が出て、顔の前で掌を広げる。一瞬後には我に返り、すぐに踵(きびす)を返した。このことがどんな意味を持つか、考えている余裕はなかった。

駅のそばに、テレビカメラが来ていたのだ。目にしたのは数秒もないが、マイクを持ったインタビュアーもいたから、おそらくテレビの街頭インタビューで間違いない。間が悪いことに、カメラはこちらを向いていた。インタビューを受けている人の後方で、一条は立ち止まってしまったのだった。

中継でなければ、インタビューが放送されるとは限らない。だが録画だとしても、放送される可能性はゼロではないのだ。テレビカメラに驚いて逃げる一条が、しっかり撮影されている恐れがある。すぐに川崎を立ち去らなければならなかった。

この先の大きめの街といえば、鶴見になるだろうか。一日肉体労働をして疲れている身に、駅三つ分の距離は辛い。しかも、鶴見に行っても身分証明書なしで入れるネットカフェがあるとは限らない。むしろ、見つからない可能性の方が高いだろう。ならば、民家が少ない海沿いの方角を目指すべきか。しかし、海風が吹くところでの野宿も辛そうだった。

迷った末に、当初の考えどおりに南を目指すことにした。つまり、行く先は鶴見だ。疲れたなどと言っている場合ではない。脚を引きずってでも、川崎から離れなければならない。屋内でゆっくり休めると期待していただけに、落胆も大きかった。あんなところにテレビカメラがいるとは、あまりに運がなかった。

鶴見に辿り着くまでには、一時間近くかかった。ほぼ歩き詰めで、さすがに疲労が溜まった。身分証明書なしで入れるネットカフェは、ネット検索では見つからなかった。そもそも、ネットカフェが駅周辺にはひとつしかなかった。危険回避を考えるなら、今日はホテルに泊まった方がいいのかもしれない。しかしカプセルホテルもなく、それなりに高いビジネスホテルしか選択肢がないのだった。

先のことを考えるとあまり金は使いたくなかったが、今日は労働の対価がある。明日からの逃避行のためにも英気を養おうと、ビジネスホテルに部屋を取ることにした。二軒あるうちの安い方のホテルにネットから予約を入れ、足を運ぶ。フロントではマスクをしたまま顔を俯けていたが、特に怪しまれはしなかった。あっさりチェックインできて、部屋に入る。背後でドアが閉まったときには、思わず大きく安堵の吐息をついた。

ユニットバスにお湯を張り、ゆっくり浸かった。次に風呂に入れるのがいつになるかわからないので、できるだけ長湯をして疲れをほぐす。風呂から上がってベッドに横になると、そのまま泥のような眠りに落ちてしまった。自分が深く寝入っていたことに気づいたのは、目が覚めたときだった。

おそらく、何もなければ朝まで一度も起きなかっただろう。だが一条の眠りは、電話のベルで破られた。スマートフォンではなく、部屋の電話が鳴っていたのだ。フロントからだろうか。せっかく寝ていたのにという不快感と、いったいなんの用かと警戒する思いがない交ぜになる。恐る恐る、受話器を取った。

「もしもし、加藤君。いや、本名は一条君なんだね。寺前だ」

思いがけない相手に、声が出なかった。寺前だと。なぜ一条がここにいるとわかったのか。居所を知られていたことに、どっと恐怖が押し寄せてくる。一瞬で眠気が吹き飛んだ。

「時間がない。単刀直入に言う。そこにいるのは危ない。すぐにホテルを出た方がいい」

寺前は声を潜め、早口に言った。一条は依然として、状況が呑み込めない。居所がばれた遠因はおそらく川崎でテレビカメラに写り込んだことだろうが、このホテルのこの部屋を特定されたのは不思議だ。そもそも、相手は本当に寺前なのか。寺前だとして、なぜ逃げろと警告するのか。

「ぼくの言葉が信じられないのも無理はない。でもそれなら、ホテルを出て物陰から入り口を見張っているといい。そのうち、美濃部と丸山が現れるから。そうしたら、ぼくの警告が嘘じゃないとわかるだろう」

美濃部と丸山という名前を聞き、いきなり危険がリアルに感じられた。美濃部は一条を「始末しよう」と言った。それも、なんの気負いもなくだ。美濃部にとって、人間を始末するのは特別なことではないのだと、あのひと言で知れる。美濃部に追いつかれたら終わりだと、その恐怖が一条の背中を押し続けていたのだ。

「電車に乗ってでも、そこを離れた方がいい。取りあえず、横須賀の汐入駅を目指すんだ。詳しいことはメッセージを送る。君、スマホを持ってないか。持ってたら、ＩＤを教えてくれ」

そう言われ、戸惑った。ＩＤを教えてしまっていいのか。それを悪用されないか。しかし、ＩＤだけでは位置情報を追跡できないし、ひとまずメッセージを読んだらアカウントを削除してもいい。今は寺前の話に耳を貸すべきだと判断した。

「いいですか。ＩＤを言います」

ようやく発した声は、掠れていた。スマートフォンの画面を見ながら、英数字を読み上げる。寺前は復唱して、「わかった」と言った。

「わかるだろうが、ぼくもこんな電話をするのは危ないんだ。もう切る。早く逃げろ」

そして、こちらの返事を待たずに一方的に電話を切った。その警戒ぶりが、寺前は味方だと証明しているように思えた。ペラペラのガウンを脱ぎ捨て、自分の服を着る。荷物をまとめて、部屋を出た。

一応警戒して、ドアを細めに開けて廊下の左右を見た。時刻はまだ午後十一時になっていないが、ホテル内は静まり返っている。寺前の口振りからすると、美濃部たちがやってくるにはまだ猶予があるようだ。非常階段を使おうという考えは捨て、エレベーターで一階に下りてきちんとチェックアウトをした。すでに精算はしてあるので、部屋のカードキーをポストに入れるだけだった。ホテルを出る際には緊張した。思ったより早く美濃部たちがやってきて、鉢合わせになる可能性もなくはないからだ。しかし幸いにも、突然襲われることはなく、ホテルを見張っている車もなかった。足早にホテルの前を離れた。

電車に乗ってでも鶴見を離れろ、と寺前は言った。寺前の言いなりになっていいのかどうかまだ確信が持てないが、鶴見を離れた方がよさそうなのは間違いないと思った。鶴見は決して小さい駅ではない。少なくない乗降客に紛れてしまえば、匿名性を保てるのではないかと期待した。

京急鶴見駅では切符を買った。スマートフォンでの電子決済は、セッティングしていなかったからだ。切符を買うのは生まれて初めてだったので戸惑ったが、ひとまず最低料金で買っておいた。着いた駅で不足分を精算すればいいという知識はあった。自動改札機に切符を通し、京急本線に飛び乗った。遅い時間なのに乗客はそこそこいて、その数に安心感を覚えた。

電車に乗っても、席に坐る気にはなれなかった。ドアの横に凭(もた)れ、油断なく乗客たちに目を配る。誰ひとり、こちらに不審の眼差しを向けてきたりはしなかった。家に帰ろうとする人たちは、他人に興味などないのだ。その無関心さが、今はありがたかった。

次の駅に着く前に、スマートフォンが振動した。すぐに取り出し、画面を見る。通知に相手の名前は表示されなかったが、寺前以外にメッセージを送ってくる相手はいない。タップして、メッセージを開いた。

〈わかっているだろうが、ぼくは名ばかりのリーダーだった。仲間の粛清なんてしたくなかった。だか

ら、君のことも助けたい。これ以上、人殺しを見過ごすわけにはいかないからだ〉

　寺前はそう前置きしていた。その言葉を鵜呑みにするほど無垢ではないが、理解はできると思った。もしこれが本音ならば、寺前とはもっと話をしておくべきだったかもしれない。大して親しくなかったのに助けてくれようとする寺前に、感謝する気持ちが湧いてきた。

〈どうして君の居所がわかったのか、気味悪いだろうから説明しておく。君は川崎で、テレビに映ってしまったんだ。それで一気に、移動範囲が絞れた。東京から遠ざかっているのだろうから、徒歩移動なら川崎から横浜の範囲にいるのは間違いない。後は、館岡の出番だ。その範囲にあるホテルの予約システムに片っ端から侵入し、今日の予約が入っているホテルの防犯カメラ映像を見た。片っ端からと書いたが、まず鶴見から当たり始めたから、君を見つけるまでに時間はかからなかった〉

　やはり、テレビカメラの写り込みは見逃してもらえなかったのだ。あまりにも運がなかった。こんな絶望的な逃避行は、運に支えられなければ早晩行き詰まるのではないかと思う。駄目かもしれないと、先行きを悲観した。

〈横須賀にぼくの従兄(いとこ)がいる。ＭＡＳＡＫＡＤＯには入っていないが、現状に不満を抱いている。君を助けてくれるよう、頼んでおいた。頼ってくれて大丈夫だ〉

　続けて、男性の氏名とＵＲＬが書いてあった。従兄は五藤真樹也(ごとうまきや)というようだ。ＵＲＬは従兄がいる場所か。まだクリックせず、メッセージの先を読んだ。

〈ぼくはもうＭＡＳＡＫＡＤＯを抜けられない。自分の命が惜しいから、いやいやでも奴らに付き合わないといけない。でも君は、逃げてくれ。できるなら海外に行って、奴らに言われた研究を続けて欲しい。奴らは手段を選ばないが、目指すところは間違っていないと思うんだ。人間の闘争本能を抑えるこ

とができたら、もっといい国が作れる。後は頼む〉
メッセージはそこまでだった。後は頼む、という最後のひと言に、自分の今後への諦念が滲んでいるように感じられた。しかし、託されても期待に応えられるか心許ない。そもそも、海外に逃げることなど可能だろうか。正当な方法では、まず無理だった。

一条の裡に迷いがあるのは、人間から闘争本能を取り除くという発想を否定しきれないからだ。一理あると、心の中では認めていた。人間の脳が現代文明に適応するには、これから何百年、下手をすると何千年もかかるかもしれない。ならばやはり、人為的に闘争本能を抑えた方が文明維持のためにはいいとも言える。いや、今のままでは破綻が目に見えているのだから、闘争本能の抑制は急務と考えるべきか。向上心を失わずに闘争本能を捨てることができるなら、国家間の争いや環境破壊など、文明の危機を根こそぎ解決できる可能性がある。研究する意義があるのは間違いなかった。

ともかく、横須賀に行こう。行く当てがあったわけではないし、本当に匿ってもらえるならありがたい。もちろん、警戒心を忘れるつもりはない。罠だとわかったら、死に物狂いで逃げる。その覚悟があれば、道は拓けると考えたかった。

メッセージのＵＲＬをタップしてみた。リンク先は、レストランの紹介ページだった。ここに行けということか。寺前は電話で、汐入駅を目指せと言っていた。店は確かに、汐入駅から近かった。

横須賀にはまったく土地勘がなかった。未知の場所で未知の人物を頼ることには、恐怖感がある。一条は窓外の夜を眺め、その恐怖にじっと耐えた。

II

万が一、また逃げることになった場合に備え、横須賀の下調べをした。横須賀と言えば軍港の街というイメージしかない。地理も知らないので、このままではいざというとき逃げようがない。地図を頭に叩き込み、それから土地柄について理解しておく必要があった。

五藤真樹也の店は、どぶ板通りという商店街にあるようだ。名前から汚い通りなのかと想像したが、地図アプリで街の様子を見る限り、むしろ小綺麗だった。この名称がついたときから、街の雰囲気はずいぶん変わったのかもしれない。

どぶ板通りは京浜急行線の汐入駅から、横須賀中央駅へと延びる三崎街道に繋がっていた。通りの北側には、アメリカ軍の基地がある。アメリカ兵も飲みに来る、典型的な基地の街のようだ。沖縄と同じように、街の経済は基地に依存しているのだろう。

だが沖縄と違うのは、基地はかつてソ連軍が駐留していたという点だった。東西統合の際にソ連軍は撤兵し、以後アメリカ軍が接収してそのまま使っている。だから基地に対する思いは沖縄よりもさらに複雑で、住民感情はソ連派とアメリカ派、そして基地そのものに反対する立場に三分割されているらしい。亀裂は今もなお根深く残っているとのことだった。

検索していて気づいたが、つい最近にも日本人の少女がアメリカ兵に性的暴行を受けるという事件があったようだ。まだ十二歳だという。犯人であるアメリカ兵は、基地に逃げ込んで日本警察の逮捕を免れている。西日本が結んでいた、日米地位協定なるものがあるためだそうだ。西が勝手に結んでいた協定で、どうして東日本人の女の子が泣き寝入りしなければならないのかと、地元では怒りの声が上がっていると報じられていた。

どうやら被害者が十二歳の女の子だから騒ぎになっているのであって、女性が性的暴行の被害に遭ったり、あるいはアメリカ兵に暴力を振るわれて怪我をするといった事件は日常的に起きているらしい。真偽のほどは定かでないが、ソ連軍が駐留していたときにはあまりそうしたことがなかったという。だから反米意識は強く、もともと燻(くすぶ)っていた怒りに今回の事件が火を点けてしまった形のようだった。

正直に言えば、横須賀にそうした問題があることを一条はこれまでまったく知らなかった。自分の意識の低さを恥じるが、大きく報道されていなかったのも事実だ。沖縄の方がより過酷な歴史を辿ってきているからニュースになりやすいのだとしても、東日本だから顧みられないという面もあるのではないか。五藤真樹也はそうした地に住んでいるから、一条を匿おうと考えてくれたのかもしれなかった。

途中一度乗り換え、四十分ほどで汐入駅に着いた。駅前の道をそのまま進むだけで、どぶ板通りに入っていた。夜十一時を過ぎているから閉まっている店が多いだろうと想像していたが、案に相違して通りはまだ賑わっていた。いや、賑わっているという表現は違うかもしれない。店は閉まっているものの通りにはまだ人が残っていて、数人くらいのグループで固まっている。どのグループも、道を歩く一条に殺気立った目を向けてきた。グループは若い男に限らず、女もいれば中高年もいる。これが、今の横須賀が抱える〝怒り〟か。帯電しているかのような危うい雰囲気が、通りには満ちていた。

その名もズバリ《五藤》という店は、汐入駅から歩いて十分弱のところにあった。店のネオンは消え、入り口ドアには「閉店」のプレートが出ている。だが、店内の照明は点いていた。五藤真樹也は中で待っているに違いない。一条はドアのガラスを、軽くノックした。

すぐに、内側からドアが開いた。顔を覗かせたのは、年齢不詳の髭面の男だった。もみあげから顎にかけて、髭がびっしりと生えている。しかしきちんと手入れはしているようで、みっともなくはない。男は一条をぎろりと睨み、「名前は」と訊いてきた。

「一条です」

どの名前が伝わっているかわからなかったが、本名を名乗った。男は頷き、顎をしゃくって「入りな」と言った。一条は素直に従った。

店内はテーブル席が五つの、こぢんまりした佇まいだった。ネット上の店案内によれば、洋食屋だとのことだ。壁や天井には木材が使われていて、雰囲気に温かみがある。壁には料理名を書いた紙が何枚も貼られているので、気取った気配は皆無だ。値段的にも、日々の生活の褒美としてならなんとか出せるくらいの庶民向けの店のようだった。

「五藤だ。ツネヒトの従兄だよ」

男の物言いはぶっきらぼうだった。しかし、一条に怒っているわけではないだろう。もともとこういう喋り方なのか、あるいは通りにいた人たちと同じく米軍に対して憤っているのか。おそらく後者ではないかと想像した。

ツネヒトとは、寺前の下の名前のようだ。知らなかったし、どのような字を当てるのかわからない。知る必要はないので、訊かずにおいた。

「夜分に突然すみません。寺前さんからどこまで伺っているかわかりませんが、お言葉に甘えてお邪魔しました」

立ったまま、きちんと挨拶をして頭を下げた。五藤は頷いて、店の椅子を指差した。坐れということらしい。五藤が先に腰を下ろしたので、一条も従った。

「あんたが〈MASAKADO〉のメンバーだってことは聞いてるよ」

「そうですか。では、隠し事をする必要はないですね」

警戒心を解いたわけではないが、嘘をつかなくていいのはありがたかった。まさか、〈MASAKADO〉のメンバーであることまで伝わっているとは思わなかった。ということは、寺前も〈MASAKADO〉の構成員だと五藤は知っているのだろう。その上で庇ってくれるなら、腹が据わっていると見做してよさそうだった。

「ああ、大丈夫だ。〈MASAKADO〉を抜けて、逃げてるんだろ」

五藤はあっさりと言う。果たして五藤は、〈MASAKADO〉に対してどういう思いを抱いているのか。「〈MASAKADO〉には入っていないが、現状に不満を抱いている」と寺前は五藤のことを説明していた。今の東日本に満足していなくても、テロ行為は否定しているのかもしれない。聖子に巻き込まれる前の自分もそうだったから、気持ちは理解できる。

「何か、飲むか。アルコールがいいか」

五藤は立ち上がり、そう問うた。一条は首を振る。

「いえ、いただけるならノンアルコールでお願いします」

「そうか。まあ、呑気に酔っぱらってる場合じゃないよな」

五藤は厨房に入って、グラスをふたつ持ってきた。両方とも、茶色い液体が入っている。ホテルを飛び出し、何も口に入れずにここまで来たから、喉が渇いていた。ありがたくいただき、一気に半分飲む。ウーロン茶だった。

「ひととおり聞いてはいるが、ツネヒトが知ってる範囲のことだ。あいつが知らないことまでは、当然わからない。あんたがなぜ〈ＭＡＳＡＫＡＤＯ〉を抜けたのか、聞かせてもらおうか」

自分でもウーロン茶を飲み、五藤は顎をしゃくった。匿ってもらうからには、包み隠さず語れということらしい。ここまで来て隠すことではないので、最初からすべて打ち明ける。感情を交えないようにしたが、順を追って思い出すと己の状況が惨めになった。悔しさと恐怖が、等量の大きさで心にのしかかってくる。

「――ツネヒトはそんなことに関わっていたのか。驚いたな。人間の闘争本能を、ねぇ」

五藤は目を大きく見開いて、嘆息した。誰が聞いても驚く話だろう。まさかテロ組織が、その中のごく一部の者たちの考えとはいえ、この世から闘いをなくそうとしていたとは想像外のことだ。しかし、その目的のために人殺しも辞さないのは、典型的なマキャベリズムである。マキャベリストになれるところがすなわち、彼らがテロリスト以外の何者でもないことを端的に物語っていた。

「その計画への率直な感想を言えば、荒唐無稽とまではいかなくても、実現の可能性はかなり低いと思います。ただ、今現在の科学力で実現できないというだけで、未来永劫不可能ではないはずです。科学の進歩の度合いは、予想ができませんから。あるときブレイクスルーが起き、いきなり実現できてしまうかもしれません」

「じゃあ、なんであんたは抜けてきたんだ？　やり口が気に食わなかったか」

一条の補足に対し、五藤は問い返す。要約されると、確かにそのとおりだ。まさに、やり口が気に食わなかったのである。

「彼らは、日本人全員から強制的に闘争本能を奪うつもりです。もし闘争本能抑制が可能になっても、それは個々人の自由意志で選択しなければなりません。他者に強いられていいことではないはずです」

「でも自由選択にしたら、闘争本能を捨てた者は闘争本能を維持し続けている者に必ず負けるぞ。そうなると淘汰が起きて、闘争本能がある者しか生き残れない。やるなら全員いっせいにじゃないと駄目なんじゃないか」

五藤は話を聞いただけで、すぐさまこの計画の難点を見抜いたようだ。そうなのである。だから、たとえ科学的に可能になったとしても、実現はしないのではないかと思う。日本一国だけでも無理なのだから、まして世界すべてでいっせいに実行など非現実的だ。脳が文明に適応するまで、人間は同族同士で闘い続けなければならない宿命なのだろう。

「彼らはその目的を達するために、邪魔な者を殺して排除しています。ぼくも、協力しないなら始末すると言われました。それで逃げたのです」

「ホントかよ。ツネヒトはその方針を呑めずに、あんたをここに寄越したわけか」

「ええ」

一条が肯定すると、五藤は「マジかよ」と言いながら頭を振った。従弟が置かれている状況の複雑さを、改めて理解したようだ。一条も、寺前に危険が及ばないか心配だった。

「……いや、まあ、〈ＭＡＳＡＫＡＤＯ〉が人殺し集団だってことはわかってたんだから、いまさら後込みはしないけどな。あんたを追い出したりはしないから、安心してくれ」

正直に打ち明けたせいで匿ってもらえなくなると、一条が不安になるのではと案じたようだ。そんなことはないし、追い出されても文句は言えないのだが、気を使ってくれるのはありがたい。頭を下げ、「助かります」と礼を言った。五藤は顔を顰め、腕を組む。

「おれは、闘争本能を捨てるのが正しい判断なのかどうか、すぐには考えがまとまらない。ぱっと感じたのは、本当にそれでいいのか、って疑問だ。人間にはやっぱり、怒りが必要なんじゃないか。怒るべきときに怒らなけりゃ、人間じゃないだろ」

五藤は一条の背後に視線を転じた。そこに何かがあるというわけではなく、外に思いを馳せているようだ。

「ここに来るまでに、表の雰囲気を感じただろ。みんな、怒ってるんだよ。もし怒りを忘れて、虐げられてもおとなしくしてたら、それは人間じゃなく家畜も同然じゃないか。人から闘争本能を奪えるようになっても、たぶん政治家に都合がいいように使われるだけだ。民衆が従順になるなんて、政治をやる側にとってこんなにいいことはないからな。まあ、だからテロとして実行しようとしてるんだろうが」

なるほど、確かにそうかもしれない。政治主導では、五藤が言うようになるのが落ちだ。そこまでわかっていて、聖子たちはテロリストで居続けているのか。だとしても、テロはテロだという思いが拭い去れない。

「知ってるだろうけど、横須賀にはもともとソ連の基地があったんだ。うちも実は、親父の代にはロシア料理屋だったんだよ。でもソ連が慌てて撤退して、その後米軍が乗り込んできて、おれたちはどういう態度でいればいいかわからなかった。それまでアメリカは、敵だったんだからな。なのに、ある日突然お馴染みさんになって、米軍に頼らないと生きていけなくなった。連中はこっちのそんな足許を見るように、好き放題振る舞った。米兵にレイプされた女なんて、そこらじゅうにいるんだよ。でも、ぜんぜん報道されやしない。あまりに頻繁に起こるから、ニュースバリューがないんだ。他にも酔っぱらって車を運転して日本人を撥ね殺したり、人の家に押し入って物を盗んでいったり、店で暴れて代金を踏み倒したり、やりたい放題さ。連中は日本を、占領地だと思ってるからな。冷戦に勝って、東日本も併呑したと考えてるのさ。だから、態度はソ連兵よりひどい。旧東ドイツでは、こんなことはあまり起きないらしいぜ。つまり、日本人が黄色人種だから、虐げてかまわないって思ってるんだよ、奴らは。黄色人種なんて、連中からしたら猿だからな。そんなひどい奴らに媚びを売って、横須賀は生き延びてきたんだ」

五藤の声は低くくぐもっていた。自分の中の怒りを、ぐつぐつと煮詰めているかのようだった。

12

「今回の女の子がレイプされた事件は、だからただのきっかけなのさ。この事件ひとつに腹を立ててるんじゃなく、積もり積もった怒りがあるんだ。今の今、闘争本能を捨てられるけどどうするって訊かれたら、おれは拒否する。闘争本能を捨てて、理不尽に耐え続けたくはない。人間らしくいるために、闘争本能を持ち続けていたい」

五藤の言葉は、一条が考えもしないことだった。人間らしくいるために闘争本能が必要、という視点はなかった。もし本当に人間がいっせいに闘争本能を捨てられたなら、現代の諸問題が一気に解決すると思っていた。闘争本能が諸悪の根源、という考え方にはいつの間にか賛同していたのだ。闘争本能を捨てたら家畜も同然とは、まったく発想外のことだった。

「でも、人間が闘争本能を捨てたら、こんな事件は起きないんじゃないですか。そもそも、軍隊もいらなくなるでしょう」

五藤に反発したのではなく、もっと意見を聞いてみたくて、あえて反論した。五藤は眼光を鋭くする。

「アメリカが闘争本能を捨てると思うか？　アメリカが撤兵する日が来ると、本気で思ってるのか。日本が闘争本能を捨てても、アメリカは大喜びするだけさ。いや、別に変わらないのかな。今現在、日本は家畜同然に従順だからな。政治家なんて、アメリカに媚び売ってぶんぶん尻尾振ってるじゃないか。アメリカの属国でいる限り、日本は平和だと思ってるんだよ」

五藤の表現は辛辣だった。反発を覚える人は、少なくないだろう。だが、アメリカと日本が対等だと認識している人は、東に限らず西でも多くないのではないか。米軍基地が存在していること自体、第二次世界大戦の戦後処理がまだ終わっていないことを意味している。沖縄や横須賀で米兵の横暴を許している日本人は、アメリカからすれば従順で与しやすいに違いない。

「結局、他人事だからなんだよな」

五藤は吐き捨てるように言って、ウーロン茶を呷った。そしてグラスを、テーブルに音を立てて置く。怒りを煮詰めるのに、アルコールは必要なさそうだった。

「政治家にとっても他人事、米軍基地がないところに住んでいる日本人にとっても他人事。自分が痛くないから、アメリカに属国扱いされてるって知ってても気づかない振りをしてるのさ。そうだろ。だからおれは、テロは嫌いだが東日本が独立できるならその方がいいと思ってたんだ」

やはり、五藤は東日本独立を望む人だったのだ。東日本人には珍しくないが、米軍基地がある街の住人としてはなおさらなのかもしれない。米軍基地がないところに住んでいる日本人にとっても他人事、との指摘は一条の胸にも刺さった。

「おっしゃるとおり、他人事だったかもしれません。正直、沖縄のことは知ってましたが、横須賀については何も知りませんでした。いえ、沖縄のことを知ってても何もしなかったんだから、知ってるか知らないかは関係ないですね。自分のこととして考えてなかったんです」

考えをまとめるため、まずは五藤の言葉を肯定した。だがその先に、言いたいことがぼんやりと見える。一条はゆっくりと、それを手繰った。

「ただ、どうなのかな、言い訳のつもりじゃないんですけど、現状をお話ししますね。ああ、正確には今のことじゃないから現状じゃなく、〈MASAKADO〉に入る前のことです。ぼくは東日本出身の東日本育ちで、大学を出た後は引っ越し業者に勤めていました。大学では生化学を勉強したのに、社会でそれを生かすことができなかったんです。別に東日本では珍しい話ではありません。定職があるだけ、ましなのだと思います」

偽らざる気持ちだった。日々の生活に不満を覚えていても、それはみんな同じだと考えていた。自分だけが恵まれないわけではない。皆揃って貧しい暮らしをしているのだから、その中では悪くない方だ。本気で、そう認識していた。

「余裕なんてなかったです。毎日肉体労働で、筋肉がギシギシ言うまで働いて、休みの日はただ寝ていたから趣味もありません。旅行は夢のまた夢、本は高くて買えないから読書もできない、ゲームは無料のものをちょっとやるだけ、居酒屋に行くのも贅沢だから、友達の家に集まって飲むのが唯一の楽しみでした。これが、今の日本人の平均的な姿ですよ。こんなレストランになんて、とてもじゃないけど来る金がないです」

ワンコインランチと呼ばれる、五百円以内で食べられるランチが人気だ。だが一条は、ランチに五百円を出す気にはなれなかった。ひと昔前にはワンコインランチは安いランチという意味合いだったのだろうが、現在の感覚では贅沢に思える。

「何が言いたいかというと、余裕がないんですよ。他人のことを考えている余裕がないんです。自分のことだけで精一杯なんです。開き直るようですが、それはぼくが悪いからだとは思いません。社会のシステムが、どこかおかしいんですよ。資本主義には、何か問題があったんでしょう。でも、社会システムを変える権力を持っている人は、特に困っていない。だから変える気がない。持てる者と持たざる者が二分され、一度持たざる者になると持てる者になる方法がない。努力ではどうにもならないんです。何が不幸かもわからず、他の人よりはましって考えて満足してる。そんな状態ですから、無関心だと怒らないで欲しいです。五藤さんからしたら、言い訳にしか聞こえないかもしれませんけど……」

勢い込んで話したが、最後は声のトーンが自然と落ちてしまった。どう言おうとも、当事者にとっては言い訳でしかないのではと考えたからだ。

「いや、わかるよ」

しかし五藤は、目に宿った険を引っ込めた。一条を責めても仕方ないと考えてくれたのかもしれない。日本人の無関心は腹立たしいだろうが、だからといって怒りを向ける先にはして欲しくない。怒りをぶつけるべきは格差を容認する社会システムだと、一条は気づいた。

「この店は昔は庶民向けだったんだが、いつの間にか高級レストランになっちまった。あんたがここの食事を贅沢だと考えるのは、よくわかるよ。おれだって、上級の部類じゃない。日々の暮らしでヒーヒー言ってる、ばりばりの庶民さ。この店は、米兵が来るから成り立ってるんだよ。基地に文句言ってるくせに、客として来てくれないと稼げない。自分で矛盾には気づいてるさ。だからよけいに腹が立つんだ」

五藤は手許に視線を落とした。まるでグラスに話しかけるように、訥々と続ける。

「昔はロシア料理屋だったって言ったろ。その頃はソ連人を相手に商売をしていたのさ。でも、ソ連が撤退してどうにもならなくなった。ロシア料理屋の看板は下げて、どこ料理ってわけでもない洋食屋になったわけだ。アメリカ料理にしなかったのは、親父の意地だったんだろうよ。それでも、メニューにステーキとハンバーガーは入れざるを得なかったんだけどな」

五藤の口調は自嘲気味だった。親子二代に亘る複雑な思いは、おそらく簡単には語り尽くせないのだろう。

「あんたの話を聞いててわかった。これは東日本対西日本とか、日本対アメリカとか、そういう問題じゃないんだな。金も権利も持ってる上級国民と、何も持ってない下層民の闘いなんだ。下層民のおれたちは、貧乏が当たり前だとずっと刷り込まれてきた。貧乏なのは自分が悪いと、子供の頃から教え込まれてきてたんだな。違うだろ、と今なら思うよ。毎日ちゃんと働いて、それで人間らしい生活が送れないなら、社会の方がおかしいんだ。米軍に頼らなきゃ生きられないのは、米軍が悪いわけじゃなかった。そんな日本がおかしいんだな」

だからってレイプ犯は許せないが、と五藤は低い声でつけ加える。その点は、一条もまったく同感だった。

「なあ、話は戻るが、あんたは闘争本能を捨てたいのか？　こんなおかしな社会システム、変えたいとは思わないのか。社会システムを変えるには、怒りが必要だろ。従順になって、それで不幸を幸福だと感じて生きていきたいわけけか」

問われても、即答できなかった。闘争本能を捨てるという発想には一理あると思ってしまったから、そう簡単には考えを転換できない。人と争わずに生きていきたいとは思う。しかしそれは、現状を追認することとなのか。自分をごまかして生きることになるだけなのか。

「ああ、すまんすまん。議論を吹っかけるつもりはなかったんだ。ただ、あんたの話があまりに思いがけなかったんで、散らかった考えをまとめなくちゃならなかった。さっきも聞いたとおり、あんたにはあんたの事情があるよな。一方的に責めちゃいけないってわかってるのに、今は殺気立っててなぁ」

ようやく五藤は、強張っていた顔に苦笑を浮かべた。厨房の方に顎をしゃくって、「あっちが自宅だ」と説明する。

「裏で繋がってるんで、あんたにはそっちに泊まってもらうよ。妻がいるが、子供はいない。妻はもう寝てるから、挨拶は明日でいい。取りあえず、移動しようか」

五藤はテーブルに両手をついて、立ち上がった。一条は「はい」と応じながらも、もう少し話を続けていたかったという未練も覚えた。

13

香坂とともに、小会議室に呼ばれた。特務連隊中隊長には中隊長室があるのだが、鳥飼は人を入れようとしない。会うときはたいてい、どこか別の場所だ。自分の領域に他者を立ち入らせる気はない、という意思表示なのだろうと辺見は解釈していた。

「入ります」

断って、ドアを開けた。鳥飼は自分の正面の席に向けて、「坐ってくれ」と顎をしゃくる。言われるままに、香坂と並んで腰を下ろした。

「結論を言う」

鳥飼は前置きなどしなかった。日本革命党への対応について、方針を今から告げるのだ。

「越生は泳がせておく。引っ張る理由が今んところないし、政治家は簡単に叩けへん」

鳥飼は感情を交えず、淡々と言う。予想していた結論なので、辺見も特に感想はなかった。

「ただし、〈MASAKADO〉への資金流入が確認されたら、対応を変える。それは見過ごせへんからな。とはいえ、なんらかの記録を残すほど阿呆やないやろう」

鳥飼の推測に、辺見も賛成だった。わかりやすい資金の移動は、党としての致命傷になる。それにそもそも、小政党である日本革命党に、テロ組織への資金援助をするほど金銭的余裕があるとは思えない。金が欲しいのはこっちだ、と考えているのではないか。

「もし日本革命党が〈MASAKADO〉と手を切るんなら、それでええ。我々は日本革命党を潰したいとは、露ほども思てへんからな。そういうことは公安に任せる」

その結論も納得できる。小なりとはいえひとつの政党を潰すのは、自衛隊の仕事ではない。トカゲの尻尾切りとばかりに、日本革命党が〈MASAKADO〉との関係を絶つのであれば、もう自衛隊の関知するところではなかった。

「だから、やるんなら両者の切り離しや。越生に、ひいては成瀬に、このままではまずいと思わせるのはいっこうにかまへん。越生と成瀬の会話を録音したものは、そのためになら使ってもええ」

「なるほど」

思わず声が漏れた。そこまでは考えていなかった。あの録音した会話は、越生の相手が誰であるか不明だ。そしてそれ以前に、盗聴では証拠能力がない。だから使い道がないと思っていたが、そうとは限らなかった。自分にはまだまだ作戦立案能力が足りないと、辺見は自覚した。

「やり方は任せる。ふたりで案を練って、提出しろ」

「はい」

香坂と返事が揃った。香坂の声は、なにやら楽しげだった。面白いことになってきたと、内心で舌なめずりしているに違いない。香坂が工作が大好きだというのは、最近コンビを組むようになって初めて知ったことだった。

以上、と鳥飼が話を締め括ったので、頭を下げて香坂とともに小会議室を出た。隊員の待機室に戻り、香坂とテーブルを挟んで向き合う。香坂はニヤニヤしながら、「さあて」と言って手を揉み合わせた。

「どうしようか。やり方を任せてもらえるなんて、嬉しいじゃないの」

「考えがありそうやな。まず、何をする?」

花を持たせて、先に案を聞くことにした。香坂は「そうねえ」などともったいをつけながら、目を輝かせて言った。

「例の会話を文字に起こして、送りつけてやったら？　音声の冒頭部分もつけてやったら、さらに喜ばれるよ」

「まあ、そんなところやろうな」

警告にとどめるならば、それで充分だろう。会話が盗聴されていたと知れば、直ちに〈MASAKADO〉との繋がりを切るに違いない。しかし辺見は、それだけではもったいないと考えていた。

「なあ、くノ一。おれはなんとかして、成瀬本人と話をしてみたいんや。どうにかできるんやないか」

これは千載一遇のチャンスだと思っていた。こんなことでもなければ、向こうは応じないだろう。成瀬が本心を語れる状況を、この機を利用して作り上げたかった。

「誰がくノ一だ。まあ、それはいいとして、成瀬と話って、なんでだよ」

香坂はただ単に、日本革命党に揺さぶりをかけられることに胸を躍らせていたようだ。成瀬と話がしたいという辺見の気持ちは、理解できないのか、理解する気がないのか。成瀬に対して興味がないのは、間違いなかった。

「色物とはいえ、一応ちゃんと国会議員を抱える政党やで。それがテロ組織と裏で手を結んでるなんて、不思議に思わへんか」

「別に。何も考えてないんじゃないの」

香坂の言葉は投げやりだった。何も考えてないのはお前だろ、と言い返したかった。

もちろん、成瀬が何も考えていないわけがない。ただ、考えが浅い可能性はある。辺見の想像よりずっと考えが浅く、短絡的にテロ組織と結びついたのか。あり得ないように思うが、何にしろ判断の材料を得るためにも成瀬と言葉を交わしてみたいのだった。

「なあ、それ本気？　本気で、成瀬がお喋りの相手をしてくれると思ってるのか？　すっとぼけられて終わりに決まってるだろ」

呆れたように、香坂は言う。公平に見て、香坂の方が正しい。成瀬を引きずり出すのは、不可能に近いだろう。だとしても、互いに匿名という条件下でなら話し合いも成立するかもしれない。そんな期待が捨てられないのだった。

「うん、そうなんやろうけどな。でも、やるだけやってみてもええやろ」

「やるだけやってって、じゃあ、『私たちはこんな会話を録音してます。これを世間に明かされたくなかったら、お電話ください』みたいな脅迫をするのか？　笑えるぞ」

要約すれば、確かに滑稽だ。しかし、辺見が考えているのはそのようなことだった。

「いや、まあ、そんな感じやな」

「マジかよー。中隊長に却下されるに決まってる」

「じゃあ、全面的におれの発案ってことで、まず提案してみる。却下されたら、お前が案を出し直してくれ」

「知らないぞー。お前への評価が下がるぞー」

それもまた、香坂の言うとおりかもしれない。だが、無謀な考えに取り憑かれてしまったようだ。この機会は逃せないという一念が頭に居坐り、離れなかった。

「取りあえず、作戦案を書いてみる」

白い目で見る香坂を無視し、一時間ほどノートパソコンに向き合った。書いた文章を、鳥飼に送る。すると三十分ほどして、返事が来た。九割方諦め気味に開いてみると、返事には「許可する」と書いてあった。

「嘘だろ」

鳥飼の返事を香坂に見せると、珍しいことに口をぽかんと開けてディスプレイを凝視した。鳥飼の考えていることは、誰にも予想できない。そのことに賭けるつもりでいたのだが、どうやら賭けに勝ったようだった。

14

それから今度は、越生に送るメッセージの文面を練った。越生の携帯電話の番号は、特に秘密というわけではないので、調べればわかる。親しい人にとどまらず、後援者にも教えているから、政治家の電話番号は広く共有されているようなものだ。電話番号がわかれば、メッセージは送れる。こちらの番号も通知しておけば、折り返しの電話も受けられる。もちろん、このためだけに取得する電話番号を使うのだった。

三十分ほどで書き上げ、香坂にも見てもらった上で、鳥飼の判断を仰いだ。鳥飼のゴーサインが出たので、特務連隊でキープしてあった電話番号を使い、メッセージを送る。電話の契約者は当然ながら自衛隊ではなく、存在しない人物の名義だ。たとえ警察であっても、番号からは何も手繰れない。

「さて、どう出てくるかな」

送信してから、ひとりごちた。まったく無視はあり得ない。無視していいメッセージではないと、一読すればわかるはずだ。おそらく越生は動転し、成瀬と話し合いを持ちたがるだろう。だが、盗聴されないはずの会話が盗聴されていたとなれば、迂闊（うかつ）に電話での相談もできない。成瀬がいる大阪まで行くとなれば、結論が出るまでには多少の時間がかかるかもしれなかった。

「成瀬ってさ、面の皮が分厚そうじゃん。案外、まるっと黙殺かもよ」

香坂は投げやりな物言いをする。その可能性はないと信じているので、反論した。

「政党はイメージが大事なんやから、テロ組織と裏で繋がっているなんて風評が立つのは、絶対に避けるやろ」

「どうかな。堂々と『あれはフェイクです』なんて言い逃れしそうじゃないか」

「それで、世間は信じるか」

「もともと支持者は多くないんだから、ダメージは大したことないかもよ」

辺見は口を噤んだ。そうかもしれないと考えたのだ。越生にはそこまで開き直る胆力がないとしても、成瀬はわからない。むしろ、世間の注目を浴びるいい機会と考えるかもしれなかった。

まあ、いい。それも含めて、成瀬の出方を窺いたいのだ。おそらくこの揺さぶりで、成瀬という人物の考え方がわかる。開き直られたとしても、そのこと自体が収穫だった。

動きは、別の方向からもたらされた。予期していなかったので、意表を衝かれた。その一報は、田端からの電話だった。

「なあ、気づいたか」

挨拶もなしに、田端はいきなりそう言った。なんのことかわからず、そもそも田端には一条に関する情報を出し渋られたので不快感がある。あのとき、「詳しいことがわかったら教えてやる」と言われていたが、まるで期待していなかった。

「何にですか?」

ぶっきらぼうに訊き返すと、田端は特にわだかまりを感じていないかのような口振りで続けた。

「あんたの友達だ。川崎にいたぞ。街頭インタビューしているネットニュースの番組に映り込んだ」

「えっ」

そんな情報は、まだ届いていない。そうしたところは、広域捜査ができる警察との大きな違いだ。やはり警察の情報網は侮れないと、改めて感じた。

「知りませんでした。本当に一条ですか」

「顔認証で八十パーセントの確度と認められた。マスクをしていたから、その程度の確度だそうだ。だから、あんたにも映像で確認してほしい。送ろうか?」

「お願いします」

ネットニュースの街頭インタビューなら、探せば見つかる。だが、送ってもらった方が早い。一秒でも早く、自分の目で確かめたかった。

「じゃあ、ちょっと待てよ。ええと、これをこうして、よっと」

田端は電話しながら、パソコンを操作しているようだ。こちらはノートパソコンを開きっぱなしだったので、画面を睨んで待つ。すると着信音があり、メールが届いた。そこに書いてあるURLをクリックする。

ウェブストレージに上がっていたファイルをダウンロードする時間がもどかしかった。一分ほどでダウンロードが終わったので、再生する。問題の人物が横切るシーンだけを切り取ってあるらしく、整形によって見知らぬ人になった男の顔が目に飛び込んできた。カメラに気づき、反射的に掌を顔の前で広げる。その動きで、一条だと確信した。顔は変えても、癖は変えられなかったようだ。

「間違いないですね。一条です」

「おお、あんたの証言はでかいな。とはいえ、神奈川県に逃げ込まれてうちとしては悔しいんだが。東京にいたはずの奴が神奈川に現れたんだから、東京から遠ざかるように逃亡してるんだろう。その前提で、神奈川県警に照会をかけてるよ」

「わかりました。川崎から東京と逆の方角に向かうなら、まずは横浜ですね。おれも動きます」

「逃げるなら東北かと思ったんだがな。南に向かう理由に、見当はつくか？」

「いえ、わからないですね。親戚や知人がそっちにいるという話は、聞いたことがないです」

「そうか。だからこそ、自分と縁がない方に逃げているのかもしれないがな。それなのにネットニュースに映っちまうとは、運がない奴だ」

まさに田端の言うとおりだと思う。よりによってネット番組の撮影に写り込んでしまうとは、一条は運に恵まれていない。早晩、居所を突き止められるのではないかと予想した。

「ありがとうございます。神奈川県警から連絡があったら、また教えてもらえますか」

「ああ、そうするよ。神奈川に獲物を取られるくらいなら、あんたに捕まえて欲しいからな」

縄張り意識剝き出しのことを、田端は言う。通常であれば神奈川県警も自衛隊も東京府警からすれば同じようなものなのだろうが、多少は辺見に対して仲間意識を持っているということか。その仲間意識に、今は期待したかった。

「辺見の友達、ドジっ子か？　間抜けな話だなぁ」

電話を終えると、ノートパソコンを覗き込んでいた香坂が茶々を入れた。ふだんなら笑って受け流せるが、こればかりは不愉快だった。一条を悪く言われると、自分のことのように苛立（いらだ）ってしまう。

「今から横浜に向かう。じゃあな」

口調が冷たくなっていた。視線を向けずに立ち上がると、香坂が慌てた様子で呼び止める。

「おい、待てよ。あたしを置いていくのか。いまさらそれはないだろう」

「ついてきたかったら、つまらんことは言うな」

さすがにこちらの怒気を察したか、香坂はからかうのをやめ、「わかったよ」と素直に応じた。上着を手にして、待機室を出る。香坂は無言で後を追ってきた。

地下の駐車場で、車に乗った。速く移動するだけなら電車の方がいいが、機動性を確保しておきたい。香坂は助手席に乗り込み、黙ってシートベルトを締めた。辺見はエンジンをかけ、車を発進させた。

15

ひとまず横浜を目指しているが、一条も横浜に向かっているという保証はない。神奈川県警からの情報待ちにならざるを得ないのがもどかしかった。田端とは一定の関係を築けたが、神奈川県警に知り合いはいない。自衛隊に便宜を図ってくれるかどうかもわからなかった。

「あの映像は、ネットニュースで流れたものだろ」

沈黙を重く感じたわけでもないだろうに、十分ほど会話がない状態が続くとおもむろに香坂が口を開いた。辺見は相槌も打たず、前方を見続ける。

「夕方っぽかったから、もしかしたら昨日撮影したものかもしれない。でもまあ、今日だったと仮定して、どこまで移動してるかな」

言われて、考えてみた。現在、午後八時を回ったところだ。一条は警察からだけでなく、〈MASAKADO〉からも逃げている可能性がある。ならば、移動に使える車はないだろう。防犯カメラに写ることを避けて電車にも乗らないでいるなら、徒歩で移動するしかない。徒歩なら、そろそろ横浜に着く頃か。だが、一日歩き通しで川崎まで辿り着いたのであれば、さすがに疲れが溜まっているはずだ。その状態で横浜まで行くのは、自衛隊員として体を鍛えている自分でも辛そうだ。ならば少し手前、鶴見辺りで休んでいる可能性がある。

「鶴見か」

「そうだな。あたしもそう思うよ」

「わかった。鶴見を目指そう」

今から鶴見に行って、車を降りて歩いたとしても、一条とばったり出くわすことはないだろう。それでも極小の確率に賭けて歩き回るつもりではいるが、見つけられずに終わることを覚悟している。今日は鶴見に泊まるか。

「くノ一、お前は鶴見から帰ってええぞ。おれは鶴見に泊まる」

「うーん、どうするかなぁ。鶴見って、いいホテルあるのかな」

そんなことを言って、香坂は自分のスマートフォンで調べ始めた。そして、「あるある」と呟く。

「悪くないホテル、あるぞ。あたしも泊まるよ」

「そうか。好きにしろ」

自衛隊員だから、宿が見つからずに公園で寝ることになってもかまわない。それは、香坂も同じはずだ。だとしても、ホテルがあるならそこに泊まる方がいいのは民間人と変わらない。体力を温存するのも、大事なことだった。

「――いまさらだけどさ」

川崎に近づいてきた頃、また香坂が言葉を発した。なんとなく、何に触れようとしているのか見当がついた。

「親友と、過去に何かあったの？　命を助けてもらったとか？」

「別に、そんなことあれへん」

苦笑して、応じた。こんなにも辺見がこだわるからには、ドラマティックな事情があるとでも思ったか。しかし、辺見の子供時代はごく普通だった。辺見も一条も、劇的な経験など特にしていない、その辺にいる平凡な子供でしかなかった。尋ねられても、語れることは何もないのだ。

「ものすごい大事件がなけりゃ、絆は強くならんのか？　ちゃうやろ。おれと昇は、ただドロケイやったりサッカーやったり、一緒にゲームやったりしてただけや。でも、そうやって一緒に過ごした時間が長いんや。人生の三分の一くらいを占めるほど長いんや。それやったら、親友になるやろ。おれと昇の間には、貸し借りも何もない。ただ、一緒に過ごした時間があるだけ。それだけじゃ、親友にこだわる理由として変か？」

香坂に説明するのではなく、自分の気持ちをひとつひとつ確認する作業のようだった。口に出してみて、一条がどういう存在なのか再認識した。あいつはおれのことを、この逃亡中も思い出しているのだろうか。それとも、そんな余裕はないか。一条は辺見を一般の自衛官だと思っている。まさか、自分のことを追っているとは想像もしていないはずだ。ならば、思い出していなくても仕方ないな。そう、寂しく考えた。

「変じゃないよ」

香坂は簡単に応じた。そして、ぼそりとつけ加えた。

「ちょっと羨ましいけどな。あたしはそういう友達、いないから」

「くノ一も、テロリストになって逃げる親友が欲しいか」

「いや、それはいらない」

即座に香坂は言い返した。大して面白くもない冗談だった。お互い、鼻から息を吐くようにして笑った。

九時過ぎに鶴見に着き、コインパーキングに車を停めてから、ふた手に分かれて一条を捜した。歩きながら、田端からの新情報が来ることを期待してスマートフォンの着信を気にしていたが、なんの連絡もなかった。神奈川県警も一条を見つけていないのか、それともどこかで連絡が滞っているのか。十一時まで探索しても無収穫だったので、諦めてホテルにチェックインした。香坂は香坂で、別のホテルに部屋を取ったようだ。明朝の合流時刻を決めて、今日の行動は終了とした。ユニットバスに湯を張り、ゆっくり浸かってから寝た。

翌朝は、六時に起きた。神奈川県警からの情報頼りだが、取りあえず横浜に行くつもりでいる。東海道を上る形で逃走しているなら、行く先は関西か。東日本人が関西に逃げるのは意外だが、裏をかいたつもりなのかもしれない。あるいは、〈MASAKADO〉から逃げる必要があって関西に向かっているのか。いったい〈MASAKADO〉内で何が起きているのか、と想像する。内ゲバとは前近代的だが、人が複数集まれば諍いは避けられないということか。だからこそ自衛隊や警察が存在するのだが、愚かしいという感想を抱かずにいるのは難しかった。

香坂との合流は、七時にしてある。それまでに食事を済ませ、身支度をしておかなければならない。コンビニエンスストアで食べ物を買って部屋に持ち帰り、スマートフォンで世の中の動きをチェックしながら食べた。ちょうど食べ終わる頃に、着信音が鳴った。今見ているスマートフォンではなく、捨て番号が入っているスマートフォンだ。まさか。瞬時に身が引き締まった。

越生に伝えた番号に、電話がかかってきたのだった。おそらく様子見でかけてきたのだろう。だとしても、録音は必要だった。電話でのやり取りを録音できるアプリを立ち上げてから、着信ボタンを押す。せめて香坂と合流してから、電話を受けたかった。

「もしもし。ちょっとお喋りできますか」

スピーカーモードにしたスマートフォンから、甲高い声が聞こえてきた。合成ボイスだ。声を変えることは想定していたので、驚きはない。こちらもアプリを介し、声質を変えてある。

「はい。どなたですか」

「名なしのゴンベちゃんです」

声はいかにも人工的で、女性のようにもロボットのようにも聞こえる。だがそのふざけた返答で、声の先に人間がいることが実感できた。これは越生ではない、と直感する。まさか、成瀬か。

「成瀬良一郎さんですか」

「名なしのゴンベちゃんです」

あくまで相手は、同じことを繰り返した。ならば、いい。ともかく今は、会話を続けることが大事だった。

「あなた方が〈MASAKADO〉と繋がってたとは、意外でした。思想的に近くはないと思うんですが、なんで手を結んだんですか」

つまらない駆け引きはせず、単刀直入に尋ねた。向こうも、そうしたやり取りを望んでいる気がした。

「なんの話をしてるんか、わかりませんねぇ。私はただのAIです」

しかし、相手はとぼけた。これはなんの茶番か。こちらに時間を浪費させせようとしているのだろうか。

「ＡＩでもかまいません。対話をするために、電話をくれたんですよね。では、ざっくばらんに話しましょう。なんで〈ＭＡＳＡＫＡＤＯ〉と手を組んだんですか」

苛立ったら、向こうの思う壺だとわかっていた。辛抱強く、こちらも同じ質問を繰り返す。

「ところで、あなたのお名前は？　どちらの人ですか」

相手は探りを入れてきた。向こうからすれば、こちらが何者か見当がつかずに不気味に思っているはずだ。この優位点を手放す気はなかった。

「小柳といいます。しがないサラリーマンです」

「しがないサラリーマンが、なんで高性能の集音マイクなんて持ってるんですか」

越生とのやり取りを集音マイクで盗聴されたと、気づいているようだ。それ以外に方法がないのだから、難しい推測ではないが。

「今はなんでも売ってますからね」

「はあ、そうですか。ええ時代になったんですかね。どうです？　小柳さんは今をええ時代やと思いますか」

この問いかけは、韜晦（とうかい）のための無駄口ではないと直感した。相手は本題に入った、少なくとも本題に繋がる質問をしたのだ。暫時（ざんじ）考えて、答えた。

「ええと思いますよ。もちろん、よぉない点も多々ありますけど、それはいつの時代も同じでしょう。総合的には、ええんやないですか」

「なるほど、公平な見方ですね。感服します」

相手はそう言うが、明らかに小馬鹿にした口振りだった。こちらを怒らせようとしているのか。その手に乗ってはならなかった。

「あなたはどう考えてますか?」

逆に訊き返した。話を引き延ばすためではなく、本当に興味があった。成瀬良一郎は、今の時代をどう捉えているのか。

「なんか、ぱっとしませんねぇ」

キンキラ声に合わせているのか、甘えたように語尾を伸ばす。少し待ったが続く言葉がないので、やむなく尋ねた。

「ぱっとしない、とは?」

「停滞してません? 今の日本って。みんな、死んだ魚みたいなどんよりした目をしてるやないですか。希望を持ってて、毎日が楽しゅうてならん人なんて、どれくらいおるんでしょうね。百人くらい? 絶対千人はおらんでしょうね。絶望的な国やないですか」

そう思うかどうかは、主観による。停滞しているのは確かだとしても、希望を持って生きている人が百人くらいとは思わない。だが、何人いるかと問われたら答えられなかった。一万人もいないかもしれないと考えてしまう。もちろん、相手の言葉を肯定などしなかったが。

「どうでしょうね。ずいぶん悲観的ですね」

「悲観的なんやなくて、客観的なんです。AIですから、客観的に評価してるんですよ」

くくく、と相手は笑った。AIが笑うんか、と内心で突っ込んだ。

「だって、国内総生産はインドにもドイツにも抜かれて今や世界五位やないですか。西日本単独でもかつては二位やったのに、東西統一して人口が増えても今は五位ですよ。お荷物の東日本を背負ってもうたからだって言う人もいますけど、そうやないですよね。それやったらドイツかて同じやし。西日本の成功体験に固執して、新しい時代に対応できなくなってるんですよ。家電で負けて、半導体で負けて、ITで負けて、電気自動車でも負けて。何かええとこ、今の日本にあります？」

これには反論できなかった。今の日本に、工業で世界に誇れるものはない。かろうじて文化面で認められ、それによってようやくプライドを保っているようなものだ。日本はもはや工業国ではなく、観光立国だと世界では認識されている。

「どうしたらええんでしょうねぇ。ただのしがないサラリーマンである小柳さんは、どう考えてますかぁ？」

馬鹿にした調子を、相手はやめない。それに腹を立てたわけではないが、まともに答える気にはなれなかった。

「しがないサラリーマンですから、どうしたらええかなんてわかりません」

「つまらんなぁ。会話のキャッチボールをしましょうよ。楽しいお喋りがしたいなぁ」

喋っているのは成瀬だと、辺見は確信していた。どんなに声を変えても、こんな話し方をするのは成瀬で間違いない。政界のトリックスターである、成瀬良一郎その人だった。

「観光立国でええんやないですか。外貨を稼ぐのは大事ですよ」

「外貨頼りやと、パンデミックが起きたとたんに大混乱ですよ。一度経験してるでしょ。あかんやないですか」

「そう言うあなたは、どんなアイディアがあります？　今の日本には、何が必要ですかね」

「ＡＩにそれを訊きますかぁ。ＡＩの返答なんか、もっともらしい継（つ）ぎ接（は）ぎですよぉ」

相手はますます、わざとらしい甘え口調になった。楽しんでいるな、と思った。このやり取りを楽しめる相手の神経が、少し恐ろしかった。

16

「継ぎ接ぎでもええから、聞きたいですね」

相手に調子を合わせ、先を促した。向こうは喋りたがっているのだ。気持ちよく喋っている気でいるなら、どんどん語って欲しい。匿名の陰に隠れ、本音を言えと念じた。

「そうですか。ほな、言いますね。ＡＩの継ぎ接ぎ返答によれば、今の日本は面白みに欠けてると思いますよ」

「面白み。例えば、どんな？」

イノベーションがない、と言いたいのだろうか。確かに新しい発明は、常に海外で生まれる。日本発でポピュラーになるのは、食べ物ばかりだ。パソコンもスマートフォンも、日本のアイディアが先駆であった時期もあるのに、結局海外勢に席巻された。日本は今や、下請けの部品メーカーとして生き長らえている有様だ。

「停滞してるんですよ。変化がないのは、つまらへんと思いません？　明日もあさってても今日と同じやったら、そりゃ絶望するでしょ。変化があったとしても、悪くなる変化しかあり得へんのですからねぇ。右肩下がりは辛いですねぇ」

初めて、相手の言葉に苛立ちを覚えた。お前も日本人ではないのか、と言い返したい。なぜ右肩下がりの日本を語るのに、そんなに楽しげなのだ。お前も政治家なら、そんな日本を変えたいとは思わないのか。

「東西統合は、大きな変化やったと思いますが」

それでもこらえて、冷静に指摘した。もちろん、どんな言葉が返ってくるかもわかっている。東西統合は、今や遥か昔の話なのだ。

「そんなに変化ありましたっけ？　単に国土が広なっただけで、特に何も変わってへんと思うんですけどねぇ。ああいうときに目立った混乱がないのは日本人の美徳やなんて言われてましたけど、私に言わしたらつまらないです。せっかくの面白うなるチャンスを、ふいにしたようなもんですよ」

はあっ、と相手はわざとらしく吐息をつく。やり取りをしながら、辺見は政治ジャーナリストの久保塚の言葉を思い出していた。久保塚は成瀬のことを、「今のままが一番嫌い」と評した。つまりそれは、現状維持や停滞を望んでいないということだ。その評が正しいことを、この滑稽な声を聞きながら認めた。

「わかりました。あなたは停滞が嫌いやから、〈MASAKADO〉と手を組んだんですね。ともかく何か変化が欲しくて」

ようやく納得した。信じがたいことだが、成瀬は単なる面白がりなのだ。停滞はつまらない、混乱こそが楽しい、だからテロリストに社会を掻き乱して欲しい。そんな子供っぽい発想の男が、あろうことかカリスマ性を持ち合わせていた。その不幸な組み合わせこそが、政党とテロ組織を結び合わせたのだ。

「私はただのAIですから、〈MASAKADO〉と手ぇなんて組めないですぅ」

相手はふざけた調子で言って、また「くくく」と笑った。その笑いは、満足の笑いに思えた。自分の真意をわかってもらえて、成瀬は満足しているのだ。

「でも、AIの継ぎ接ぎ返答をするんやったら、〈MASAKADO〉もそろそろ駄目なんやないですかね。もっと面白いことしてくれるんかと思てたのに、まるで昭和の時代に戻ったようなことしてるんですから。あ、そうそう。あなたはもちろん、〈MASAKADO〉と敵対する側ですよね。でも、集音マイクを使った盗聴をするくらいやから、警察じゃなさそうです。となると、噂に聞く自衛隊の特務機関ですかぁ？　ホンマにそんなんがあるんやぁ」

どうやら、こちらの正体に見当がついていたようだ。だから、特に焦らずに喋っているらしい。自衛隊なら自分たちを追及しないと、察しているに違いない。〈MASAKADO〉はそろそろ駄目、などと言うのは、手を切ることを仄めかしているのだろう。ならば、こちらの目的は果たしたことになる。

「私はしがないサラリーマンですよ」

相手に対抗したつもりはないが、あくまで言い張った。成瀬との会話を、辺見も面白いと感じていた。

「ああ、そうでした。しがないサラリーマンでしたね。うっかり忘れてました。ほな、しがないサラリーマンさんがおじさんらと飲み会するときのネタを提供してあげましょか」

唐突に相手は、そんなことを言い出した。興が乗ってきたのか。辺見は「ぜひ」と応じた。

「聞きたいですね。お願いします」

「うーん、どないしようかなぁ」

自分から言い出しておいて、もったいをつける。その乗りに合わせる気はないので黙っていると、諦めたように続けた。

「ほんなら、教えますね。〈MASAKADO〉は頭を潰しても無駄ですよ。すぐに替わりの頭が生えてきますから。〈MASAKADO〉のすごいとこは、右手がやってることを左手はまるでわかってへんとこにあるんですよ。右手と左手どころか、右の人差し指と中指が別々のことしてるような組織ですんで。細分化された末端のどこかが、何か面白いことやってくれへんかなと思てたんですけどねぇ。まあ、この辺りが日本人の限界なんでしょうか」

「つまり、〈MASAKADO〉を壊滅させるのは無理や、と言いたいんですか」

「百パーセント無理、とは言いませんよ。病原菌かて、長い時間かければ根絶できることもあるんですから。ただ、たとえ中枢を壊滅させても、散り散りになった末端が勝手なことをやるだけですよ。だって、停滞に飽き飽きしてる人は大勢いるんですから。誰かて、何か面白いことが起きた方がいいと思てますでしょ？　そんな気持ちが人々の心の中にある限り、〈MASAKADO〉はいつまでも残り続けると思いますよ」

不吉な予言だった。しかし、頭から否定もできなかった。〈MASAKADO〉は、現状に飽き足らない人々の〝民意〟なのか。ならば、なくなるわけがなかった。人々が満足する日本など、この先何十年経っても実現しないだろうから……。

「楽しい楽しいお喋りの時間も、そろそろ終わりですねぇ。ゴンベちゃんは残念ですぅ。ほな、シーユー」

成瀬は最後まで、道化を演じ続けた。引き留める間もなく、通話が切れる。回線が繋がっていないことを示す機械音が聞こえると、辺見の胸には物足りなさが残った。もっと成瀬と会話をしていたかったという願望が、間違いなく心に巣くっていた。

17

車を停めてある駐車場で、香坂と落ち合った。数分遅れてしまったので、香坂は朝の挨拶代わりに「どうした?」と尋ねてくる。それに対して「車の中で」と答えて、乗り込んだ。ゆっくり発進し、アクセルを踏み込む。

「成瀬から電話があった」

「マジか!」

本当に向こうから電話がかかってくるとは思っていなかったらしく、香坂は大声を発した。やり取りに使ったスマートフォンを、ロックを解除して渡す。香坂も使い方はわかっているので、やり取りの録音を再生した。黙って最後まで聞き終えてから、「なんだ、こいつ」と吐き捨てた。

「ホントにふざけた野郎だな。これが理由なのか。単に停滞してるのがいやだから、テロ組織と手を組んだっていうのかよ」

「実際のところ、日本革命党が〈MASAKADO〉とどんな関係を結んでたんか、わからんからな。資金援助はしてへんやろうし、もちろん人材供給なんかもやってへんはずや。一緒にテロ計画を練るような、自分の身に火の粉が降りかかる真似は絶対にやるわけない。となると、実は大した繋がりやなかったのかもしれへん。あるいはこれから何かやるつもりやったとしても、それはもう永久にわからん。いずれにしろ、ろくでもないことに変わりはないいな」

「ちくしょー。日本革命党、潰してやりたい」

憎々しげに、香坂は唸る。根が真面目な香坂は、こうした不真面目な男が心底嫌いなのだ。

「革命党を潰すんは、自衛隊の仕事やない。潰したいなら、警察に転職するんやな」

「ああ、考えるよ」

冗談で転職を勧めたのだが、香坂は意外にも本気に聞こえる口調だった。自由がある今の仕事を辞めるわけがないと思っての冗談だったのに、転職を考えるほど日本革命党に腹を立てているのか。それもまた、香坂らしいかもしれなかった。

「で、中隊長はなんて言ってる？」

「まだ返事はない」

音声ファイルを鳥飼に送ったが、時間が早いせいか、あるいは検討中なのか、音沙汰なしだった。おそらく、望むとおりになったと評価しているのではないか。国会で特務連隊の存在を追及されることが、鳥飼が一番避けたい事態だからだ。政治家など、とっととリングの外に追い出してしまうに限る。成瀬がこれで火遊びを終わりにするなら、上々の結果と言えた。

「でも、丸く収まったってことなんだろうなぁ。あー、くそ、政治つまんねえ。シビリアンコントロールなんて、糞食らえだ」

自衛隊員としては言ってはならないことを、香坂は堂々と叫ぶ。民主主義国家では、軍隊は政治のコントロール下にあるべきとする考え、つまり文民統制こそが基本だ。だからこそ、鳥飼は成瀬の罪を暴こうとはしない。特務連隊がシビリアンコントロールから外れた活動をしていることを、白日の下に曝(さら)すわけにはいかないからだった。

「おれの前ではいいけど、他の人がいるところではそんなこと言うなよ」

野暮だと思うが、釘を刺さずにはいられなかった。香坂も窘められるのを承知の上だったようで、

「わかってるよ」と子供のように言い返すと、そのまま黙った。

一般道を使い、横浜を目指していた。高速道路を使わないのは、横浜に急いで行ったところで意味がないからだ。このまま横浜に着いて、何をすればいいのか。鶴見で見つけられなかった一条を、大都市である横浜で捕まえられるはずもない。神奈川県警の捜査力に期待するしかないのだが、どれくらい本腰を入れて捜すかわからなかった。テロリストであり、かつ殺人犯なのだから、放置するはずはないと思うが。

「あ、また成瀬が新しい動画を上げてる」

信号待ちの間にスマートフォンをいじっていた香坂が、不愉快そうな声を発した。ハンドルを握っているので香坂の表情を見るわけにはいかないが、おそらく眉間に思い切り皺を寄せているのだろう。今や成瀬は、香坂が世界で一番嫌う男になったのではないか。それでも無視できないからこそ、香坂は苛立つのだ。

「再生するぞ。聞きたいだろ」

「ああ、頼む」

そう答えた一瞬後に、香坂の手許から成瀬の声が聞こえ始めた。辺見も、その声を不快に感じる。今朝言葉を交わしたあのふざけた声と、成瀬の流暢な語りが重なった。

《おはようございます。日本革命党党首の成瀬良一郎です。今日もまた、皆さんに興味を持っていただける話をするつもりでしたが、なんとも不愉快な事件が起きてしまいましたね。皆さんもご存じのこと

と思いますが、神奈川県の横須賀いうところで、なんとまだ十二歳の女の子が米軍兵士にレイプされるという悲劇が起こりました。西日本の人はあまりご存じでないかもしれませんが、横須賀には大きな米軍基地があるんです。私は行ったことありませんけど、基地近くの商店街は日本やないような雰囲気で面白いらしいですね。しかしその裏で、許しがたい事件が起こってしまいました。今日はこの問題について考えてみたいと思います。

第二次世界大戦が終わった後、日本は西はアメリカ、東はソ連の管理下に置かれ、分割されました。形の上では独立を保っていましたが、実質的にはアメリカとソ連の占領下にあったと言っていいでしょうね。西にも東にも軍事基地が作られ、その土地は未だに返却されていません。戦後、特に西日本は経済が大いに発展し、一時は世界第二位の経済大国にまでなりましたが、米軍基地が存在し続ける状況は変わりませんでした。それどころか、東西統一してソ連軍が撤退しても、その基地を米軍がそのまま使い続けている始末です。今や、北は北海道から南は沖縄まで、日本の至るところに米軍基地があるという有様です。

おかしな話やと思いません？　アメリカに言わせると、日本は平和憲法で武力を放棄してるから、アメリカが軍を置いて守ってやっているんやそうです。でも、日本には自衛隊がありますよね。政府の主張では自衛隊は軍隊ではないそうですが、そんな屁理屈を真に受けてる国は世界のどこにもないでしょう。軍備があって兵士がいるんやから、軍隊でしょ。まあ、その件を深掘りすると本題から逸れてしまうので、今日はやめておきます。問題は、米軍基地です。

東日本の人は今回の事件で初めて知ったかもしれませんが、日本とアメリカの間には不平等協定があるんですよ。日米地位協定といって、アメリカ兵が日本で罪を犯しても、基地に逃げ込んでしまえば日本の法律では裁かれないという取り決めです。ちょっと信じられへんと思いませんか。日本は経済発展を遂げてアメリカと対等な国になったつもりでいるのかもしれませんが、こんなのぜんぜん対等やないですよね。植民地や属国に対する態度やないですか。日本と同じような戦後を歩んできたドイツは、そんな協定を結んでないんですよ。もちろん、米軍基地があるイタリアや韓国でも、不平等協定はありません。日本だけなんです。屈辱的ですよねぇ。

政治家はわかってるんですよ。「他の国も結んでるかと思ってた」なんてことはないです。不平等協定を結ばされても、屈辱なんて感じてないんです。第二次世界大戦でアメリカに喧嘩売った挙げ句、ひどい目に遭ったことによっぽど懲りたんでしょうかねぇ。今度は逆に、アメリカ様の言うことにはまったく逆らわなくなってしまったわけです。アメリカの犬でいる限り国が滅ぶことはない、と考えてるんでしょうね。アメリカの犬で居続けるためには、国民が何をされようと小さい犠牲としか思わないわけです。アメリカ様に守っていただいてるんやから、ちょっとくらい我慢しろ、いうんが与党政治家の本音なんですよ。

でもね、ここで考えてみてください。今の日本、そうまでしてアメリカに守ってもらわんといかへんほど国力が低いですか？　そりゃ、以前の世界第二位の頃よりは国力が落ちてますよ。でもまだ、曲がりなりにも先進国ではあるんです。先進国で、かつ植民地も同然なんて国、日本しかないですよ。おかしいでしょ。

さっきも言いましたように、日本には自衛隊というれっきとした軍隊があります。憲法のせいで軍隊と呼べないなら、さっさと憲法を改正すればいいんです。もともと東日本には平和憲法なんてなかったんやから、国民の半分は改正に抵抗ないでしょ。西日本の人やって、この現状を知れば賛成する人は少なくないと思いますよ。屈辱的な扱いは、誰も受けたくないですもんねぇ。

ともかく、日米地位協定なんて不平等協定は、さっさと撤廃してもらいましょうよ。十二歳の女の子がレイプされても泣き寝入りせなならんて、そんなおかしな国は私もいやです。そして、米軍基地にノーと言いましょう。不平等協定を撤廃すれば終わりという話ではないですよ。日本は今こそ、真の独立国家になるべきです。そのためには、皆さんひとりひとりが立ち上がるべきです。屈辱に耐えるのはやめましょう。黙っていたら、あなたもアメリカの犬ですよ。

喋っているうちに、ますますムカムカしてきました。私も横須賀に行って、米軍基地に石を投げたいです。でも、これ以上喋るともっと過激なことを言ってしまいそうなので、ここまでにしておきます。成瀬良一郎でした》

「ちっ」

動画が終わると、香坂は舌打ちをした。嫌悪感がたっぷり滲んだ、実に雄弁な舌打ちだった。

「あー、ムカつく。何が一番ムカつくかって、割と意見が一致するのが何よりムカつくね。自衛隊を肯定しやがって。別に文句はないよ。腹立つー」

香坂は悔しそうだった。確かにそのとおりだ。米軍頼りの状況を脱却して国防は自衛隊に任せて欲しいと、辺見も思う。しかし、今朝のやり取りを思い返すと、額面どおり受け取っていいものかどうか疑問にも感じる。成瀬は、こちらが自衛隊の特務機関の人間だと見抜いていた。だとしたら、自衛隊擁護は一種の皮肉、あるいは我々特務連隊に対するメッセージかもしれなかった。

「久保塚さんの言うとおりやったな。成瀬は面白がりだから、横須賀の事件を出汁にして国民を煽るかもしれないと言ってたやないか。読みがドンピシャ正解だ」

成瀬の本質が面白がりだとわかっていれば、予想できたことなのだろう。今ならば辺見も、成瀬が単に世の中を掻き乱したくてこんなことを言っているのだと見抜ける。成瀬は被害者の女の子に同情などしていない。日米地位協定の存在を、屈辱と感じているかどうかも怪しい。ともかく、騒ぎが起きればそれで満足なのだ。しかも、騒ぎは大きければ大きいほどいい。その無責任ぶりに、辺見は心の底から怒りを覚えた。

「そうだったな。久保塚のおっさんの読みが当たってるってのも、なんか腹立つわ。どうしてこう、世の中にはムカつく男が多いのかね。ましな男は存在しないのかよ」

隣でハンドルを握っている辺見も男であることを忘れたかのように、香坂は慨嘆する。自衛隊は最近でこそ少しまともになったが、セクシャルハラスメントが堂々と罷(まか)りとおる組織だった。香坂がさんざんいやな思いをしてきたことは、想像にかたくない。偏った男性観を持ってしまっていても、やむを得ないとも言えた。

「それよりも、この動画やな。これ、割と力があるんやないか。煽られて、米軍基地に対して石を投げる人が出てくるかもしれへんぞ。石くらいで済めばええんやけど」

成瀬の動画に煽動力があることは、認めるしかなかった。日頃疑問に思っていても誰も言葉にしないことを、堂々と言っている爽快感がある。しかもそれが政治家であれば、よくぞ言ったと思う人も少なくないのではないか。票稼ぎのポピュリズムだとしても、無視できる動画ではなかった。

「うえっ、再生数がどんどん伸びてるよ。もう三万を超えてるな。なんだ、これ。ちょっとすごい伸びだぞ」

「やっぱりか」

成瀬だけではない、国民も本質的には無責任で面白がりなのだ。だから成瀬は、真の意味で国民の代表なのかもしれない。多くの人が、成瀬の主張を面白がって聞いている。動画を見るだけなら、なんの責任も発生しないからだ。しかし中には、行動を起こす人もいるだろう。またしても、久保塚の予想を思い出す。久保塚は、今の日本には世の中を変えたいという思いがマグマのように溜まっていると言った。そのエネルギーが成瀬に集中してもおかしくない、と。久保塚の洞察力は、かなり的確だ。ならばこの読みも、当たっても不思議ではなかった。

「ちっ」

香坂は再度舌打ちすると、スマートフォンをしまった。動画の再生数が増えていくのを見ているだけでも、不愉快なのだろう。それを機に、お互い黙り込んだ。辺見は運転に専念した。

そろそろ横浜に着きそうな頃に、辺見のスマートフォンが振動した。同時に、田端からの電話であることも自動音声が告げる。電話を受けると言葉で命じ、ハンドフリーのまま応じた。

「辺見です。何かわかりましたか」

「ああ、神奈川県警から連絡があった。一条は電車に乗り、汐入駅で降りたらしい。駅の防犯カメラに姿を捉えられたのは昨夜の十一時過ぎのことだが、そのまま汐入駅周辺にとどまっているかどうかはわからない」

田端は少し早口に言った。なぜ田端が早口になるのか、成瀬の主張を聞いたばかりの辺見には理解できた。

「よりによって、横須賀ですか。一条がなぜ横須賀に行ったか、情報はありますか」

「ない。むしろこっちが訊きたい。一条は横須賀に縁があるのか」

「いえ、知りません。聞いたことはないです」

昨日の電話でも同じことを言っているが、再度確認しないではいられなかったのだろう。横須賀の混乱に乗じて、姿を消そうとしているのか。思い当たることと言えば、それくらいだった。

「私は横浜にいます。このまま横須賀に向かいます」

「そうか、気をつけろよ。横須賀は今、一触即発状態らしいぞ。変なことに巻き込まれるな」

田端はこちらの身を案じるようなことを言った。この言葉には、公安刑事としての計算があるとは思えない。田端の気遣いを意外にも、ありがたくも感じた。

「気をつけます。また連絡します」

「おう。吉報を待ってる」

田端は電話を切った。すぐに香坂が話しかけてくる。

「おいおい、どういうことだよ。辺見の友達は、何を狙ってるんだ」

問われても、答えようがなかった。一条、お前は何をする気や。自分の人生を、今の日本をどう考えてるんや。心の中で話しかけても、返事はなかった。

18

疲れていたのでかなり深く寝入っていたが、目覚めは早かった。心の底にこびりついた警戒心は、どんな状況であろうと薄れないようだ。そもそも、ここはまったく知らない人の家なのである。安眠できるわけもなく、目覚めてしばらくは耳を澄ませて屋内の気配を窺った。それから手早く服を身に着け、一条は部屋を出た。

「あ、おはようございます」

一条の警戒心とはまったく対照的な、牧歌的とも言える言葉をかけられた。三十代後半くらいの痩せた女性が、微笑みながら立っている。これが、五藤の妻か。ひと晩経ってからようやく挨拶をすることに、ばつの悪さを覚えた。

「すみません。昨夜は泊まらせていただきました。一条といいます。初めまして」

慌てて頭を下げると、女性は軽やかに受け流した。

「こちらこそ、初めまして。五藤のパートナーのナミです。一条さんがどういう人か聞いてたから、どんな怖い人が来るかと思ってたけど、想像とぜんぜん違った。これならうちの人の方が、よっぽど怖そうね」

そんなことを言って、けらけらと笑う。陽気なたちのようだ。いきなり笑い飛ばされて、気持ちが軽くなったのを自覚した。

「朝ご飯、食べるでしょ。うちの人はきっとまだ起きてこないから、ふたりで食べましょ。私もこれからなのよ」

「えっ、そんな、悪いです」

「泊まってるんだから、朝ご飯くらい遠慮しないで。大したものは出さないし」

洗面所はここ、トイレはここ、とナミはてきぱきと指を差して一条に教えた。顔を洗ったらリビングルームに来るように、と言い渡される。完全に相手のペースになっていたが、悪い心地はしなかった。

むしろ、寝ていたときより警戒心が薄れている。ナミには、接する相手を寛がせる開けっぴろげなところがあった。

タオルまで借りて洗面を済ませ、リビングに入った。十畳ほどの広さのリビングダイニングで、キッチン側にダイニングテーブルが置いてある。キッチンに立っているナミは、「そこに坐って」と顎をしゃくって指示をした。言われるままに、ダイニングセットの椅子に腰を下ろす。

「ねえねえ、ストレートに訊いちゃうけど、この前の警察署を狙ったテロに関わってたの？」

キッチンに立ったまま、顔をこちらに向けてナミは話しかけてきた。いきなりの問いかけに、表情が強張る。ただ、嘘をつく気はなかった。

「阻止しようとしたんですけど、失敗しました。ただ、今から思えばあれも、わざと失敗したのかもしれません。連中はぼくを仲間に引き込みたかったんです」

改めて考えて、気づいたことだった。〈MASAKADO〉内の過激な一派があのテロを起こしたのは事実であり、穏健派が計画に関わっていないことも本当だろうが、裏の思惑がなかったとはとても思えない。計画阻止にわざと失敗して、テロが間違った手段だと一条に思い知らせることで、人間の闘争心が有害であるとわからせたかったのではないか。警察官が死のうと大怪我をしようと、穏健派にはどうでもいいのである。むしろそれを利用できるなら、有効に活用する。聖子たちが考えそうなことだと、今ならわかった。

「〈MASAKADO〉がいやになって、逃げてきたんでしょ。追いかけられてるの？」

皿を手にして、ナミはこちらにやってきた。皿の上にはトーストと目玉焼き、それからミニトマトがふたつ載っている。逃亡者である一条には不相応なほど、立派な朝食だ。「ありがとうございます」と言って、深々と頭を下げた。

「はい、追いかけられてます。ただ、五藤さんたちに迷惑はかけません。連中が追いついてくるようなら、また逃げますから」

「そうまでして追ってくるなんて、一条さんは重要人物なのね」

「連中の計画を知ってしまったので」

少し話しすぎかと思ったが、ナミの明け透けさに釣られてしまった。ナミは自分の分の皿も持ってきて、一条の前に坐る。飲み物はホットコーヒーを出してくれた。

「連中の計画って、何？　やっぱりテロ？」

さすがに、どこまで話していいものかためらった。ナミは単に好奇心で訊いているのだろうが、知らない方がいいこともある。とはいえ、匿ってもらっている身としては、邪険にはできなかった。ある程度は、ナミの好奇心を満たしてやらなければならない。

「テロ、でしょうね。連中はテロとは思ってないかもしれませんが」

「何を計画してるの？　ヤバいこと？」

「いや、それは訊かないでください。言っていいかどうか、判断がつきません」

質問を躱し続けるのも難しく、はっきりと言葉に出さざるを得なかった。ナミは「あら」と言って、いったん口を噤む。

「でもさ、永久に逃げ続けるわけにもいかないわよね。ずっとここにいてもらうこともできないし」

ナミは話題を変えた。それは、一条もわかっている。

「そうですね。すぐに出ていきます」

「ああ、そういう意味じゃないわよ。情勢が落ち着くまで、いてもらっていいから。ただ、逃げる当てはあるのかなと思って」

「ないです。日本にはいられないかもしれない」

「海外に逃げるなら、どこ？」

「まだ考えてません」

考えるどころか、密出国など果たして可能なのだろうか。仮に日本を抜け出せるとしても、行き先を選ぶ余地があるとは思えない。一条は裏の社会に通じているわけではないのだ。

「アメリカとか？」

ナミは具体的なことを言う。アメリカか、と一条は心の中で繰り返した。確かにアメリカに逃げられれば自由が保障されそうだが、東日本に育った人間としてはアメリカに対する不信感もある。一条の親の世代までは、アメリカを敵と見做して育ったのだ。実際、アメリカは日本に原子爆弾を落とした国であり、この横須賀にもあるように日本の各地に軍事基地を設けている。軍事面での横暴さに目を瞑って、アメリカ文化を礼讃する気にはなれなかった。

「どうですかね。まあ、中国や北朝鮮は論外ですが」

本当はそこにロシアもつけ加えたかったが、五藤の店が元ロシア料理屋であることを思えば、悪し様に言うのはためらわれた。嫌われてすぐに叩き出されるのは、できれば避けたい。

「米軍の基地がすぐそこにあるんだから、駆け込めば助けてくれるかもよ」

気楽な見通しを、ナミは語った。そんなに簡単な話ではないだろう。そもそも、基地に駆け込むことなどできるとは思えない。門前払いされるのが関の山だ。

「無理じゃないですか。亡命を求めるなら、軍じゃなくて大使館にでも駆け込まないと」

「ああ、そうか。でも、大使館はここから遠いね」

「そうですね」

アメリカ大使館がどこにあるのか知らないが、まず間違いなく首都である大阪だろう。大阪はここから遥か遠い。生きて辿り着ける気がしなかった。

「米軍に守ってもらって、大阪まで行ければいいのにね」

「ぼくはそんな重要人物じゃないですから。それどころか、指名手配されてますからね」

「そうかな。それは一条さんが持ってる情報次第なんじゃないの。一条さんは自分が思ってるより、ずっと重要人物かもよ」

「まさか」

一条はただ、〈MASAKADO〉の穏健派が計画していることを知っているだけで、一条にしかできないことがあるわけではない。穏健派が追ってくるのも、単に口封じのためだ。アメリカに亡命を求めても、受け入れてはもらえないだろう。

「ともかく、打開策を考えないとねぇ。私はアメリカって悪くない国だと思うよ。うちの人は頭が固くて、母親のお腹の中にいるときからアメリカ嫌いだけど」

「そうなんですか」

ナミの軽口に、少し笑った。五藤はいかにも筋金入りのアメリカ嫌いに見えた。アメリカへの亡命など、とんでもないと言うに違いない。どうやら、夫婦で意見が分かれるようだ。

「まあ、焦ることはないけどね。ここに二、三日いて、じっくり考えるといいわよ」

「はい、ありがとうございます」
二、三日滞在させてもらえるのは助かるが、三日したら出ていかなければならないのだと改めて認識した。横須賀までやってきても、先が見えないことに変わりはない。せめてこの朝食は味わって食べたいと、皿に視線を落とした。目玉焼きの黄身は艶(つや)を放っていて、食欲をそそった。

19

あてがわれた部屋に引き籠っていたら、昼前に五藤に呼び出された。ちょっと顔を貸して欲しいという。

「部屋の中にいたって、何も変わらないだろ。それなら、おれの知り合いと会ってみないか。人と話せば、これからどうすればいいかアイディアが浮かぶかもしれない」

正直、後込みする気持ちはあったが、五藤の弁ももっともだった。ただ身を隠しているだけでは、現状は好転しない。せめて、ここからどこへ逃げるべきか方針を決めないことには、無駄に時間を使うだけだった。

「わかりました。知り合いって、どんな人ですか」

五藤のことをまだ完全に信用したわけではないし、そうでなくてもある程度の予備知識は欲しい。何も知らずに連れ回され、会ってはいけない人と引き合わされるような羽目には陥りたくなかった。

「みんな地元の連中で、子供の頃から知ってる奴らだ。米軍と日本政府に腹立ててる奴ばっかりだよ」

「そうですか。ぼくのことはどう説明するんです。まさか――」

「大丈夫。〈MASAKADO〉を抜けてきたなんてことは言わない。東京の人だけど、日本がこのままでいいとは思ってないって話すよ」

こちらの言葉を遮り気味に、五藤は答えた。そういうことであれば、顔を出してもいい。ただし、念のために偽名を使い、マスクは着けたままにしておきたいと希望した。花粉症で辛いということにしておく。連れ立って、家を出発した。

外に出る際には緊張したが、恐れるまでもなくどぶ板通りに人影はまばらだった。横須賀が一触即発の雰囲気という報道を受け、わざわざ遊びに来る人もいなくなったようだ。ぽつぽつと見かけるのは地元の人間らしく、五藤と挨拶を交わしている。数人で集まっているグループは、眉間に皺を寄せて話をしていた。スマートフォンを手にして、動画を見ている人たちもいる。音声を大きくしているので、こちらにも聞こえてきた。あれは確か、最近よく名前を耳にする政治家だった。成瀬某（なにがし）といったはずだ。

「日本革命党って知ってるよな」

歩きながら、五藤が問いかけてきた。存在は知っているが、その党是や政治方針などはほとんど知らない。実現不可能な目標ばかりを掲げているという印象で、興味がなかった。

「名前くらいは」

「党首の成瀬良一郎って奴が、横須賀市民を煽るような動画を公開したんだよ。前からいけ好かない奴だと思ってたけど、ほんとムカつくぜ」

「えっ、なんでですか。横須賀と何か関係があるんですか」

確か日本革命党は、関西が地盤の政党だったはずだ。東日本出身の人が要職に就いているとも聞いていないが、自分の知識不足かと考えた。

「何も関係ないよ。単に火種を煽りたいだけだろ。政治家ってのはそもそも無責任なもんだが、あいつは中でも桁違いだな」

五藤は吐き捨てる。その口調で、成瀬良一郎をどれくらい嫌っているかわかるほどだった。正直に言えば、一条も好きな政治家ではない。奇を衒うだけで、中身がない人と思っている。

さほど歩かず、五藤が足を止めた。まだ開店していないバーに、勝手に入っていく。どうやらここが目的地だったようだ。一条もおずおずと、後に続いた。

店内にはすでに、三人の男の姿があった。丸テーブルを囲み、脚の長い椅子に坐っている。薄暗いので細かい表情までは見て取れないが、険しい目つきでこちらを凝視しているのはわかった。五藤はかまわず「連れてきたぜ」と言って近づいていった。一条は少し離れたところで立ち止まった。

「加藤君だ。花粉症だから、マスクは外したくないらしい」

五藤が紹介してくれた。頭を下げて、「加藤です」と名乗る。花粉症を口実にした言い訳を信じてくれたのかどうかわからないが、男たち三人は口々に「よろしく」と応じた。三人の年格好は、五藤とほぼ同年代のようだ。

男たちが囲むテーブルには、スマートフォンが置いてあった。スマートフォンは、動画を再生している。先ほど通りすがりに耳にした、成瀬良一郎の動画だ。男たちも五藤と同じく、成瀬の言葉に憤っているのだろうか。

「そのスマホ借りて、成瀬の動画を見てみろよ」

五藤が勝手にスマートフォンを摑み、一条に突き出してきた。一条はテーブルに近づき、空いている椅子に腰を下ろす。スマートフォンを受け取って、動画を最初から再生した。

一条が動画を見ている間も、男たちは会話をしていた。「馬鹿なことをする奴が出ないといいが」「いや、そうなったらなったで、おれはいいと思うぜ」「おれは店のことが心配だよ」といったやり取りが耳に入ってくる。その一方で、成瀬の語る言葉にも引き込まれた。日本はアメリカの犬、という強烈なフレーズが頭に残った。

「ムカつくだろ。成瀬のくせに割とまともなことを言ってるから、よけいムカつくわ。日米地位協定撤廃は、おれたちも望むことだからな。だからって、煽るようなことを言うのは許せないが」

一条がスマートフォンを返すと、受け取った五藤が憎々しげに言った。確かに、燻っている火を煽るような言動はいただけない。だが、大筋では頷けると感じたのは同じだった。だからこそ、問題が大きいとも言える。

「加藤君、どう思う？　成瀬の言ってること」

テーブルを挟んで正面に坐る男が、話しかけてきた。スポーツをやっていたかのような大柄な体軀だが、銀縁眼鏡をかけている。文武両道といった雰囲気だった。

「どうでしょう。どれくらい真剣に横須賀のことを考えてるのか怪しいですが、日米地位協定を撤廃することには賛成です」

男たちの思考法がまだわからないので、言葉を選んで答えた。こんな言い方なら、望ましい答えだろうと計算する。実際、媚びたわけではなく、一条自身の考えでもあった。文武両道ふうの人は、大きく頷く。

「そうだよな、横須賀のことなんか知りもしないで言ってるのは間違いない。ただ、よくも悪くも横須賀の人間にしてみれば『よく言ってくれた』という内容なんだよ。こういうことをズバッと言ってくれる政治家が出てこないかと、ずっと願っていた人は多いと思う」

　成瀬良一郎といえば、ポピュリストとして知られていた。民意を汲むことに長けているのだろう。横須賀の人が望むことを推測するのは、成瀬にしてみればごく簡単なのではないか。そうでなくても、十二歳の少女がレイプされたと聞けば誰でも憤る。横須賀市民に限らず、成瀬の動画を見て頷いている人は多いはずだ。

「だから、厄介なんだよ。若い連中がこれを聞いて、いきり立ってな。本当に基地に石を投げ込む馬鹿が出てきそうなんだ」

　左隣に坐る男が、口を開いた。こちらは細身で、年齢の割に白髪が多い。若白髪だろう。

「成瀬の無責任な動画のせいで、暴動が起きるんじゃないかとぼくらは心配してる」

　五藤の向こう隣に坐る男が、補足した。若い頃にニキビの手入れをしなかったのか、あばた面になっている。ぼそぼそと喋る人だった。

「極論だが、暴動が起きても無理はないと思うんだよ」五藤が引き取った。「ただ、暴動になれば怪我人が出る。店が壊されるかもしれない。おれたちはそれを案じてるのさ。怪我人が出ない、店も壊されないってんなら、暴動もいっこうにかまわないんだけどな。むしろ暴動でも起きた方が、米軍も日本政府もおれたちの怒りを思い知るんじゃないかと考えてるが」

　それは無理な話だ。暴力を伴わないなら、暴動ではない。あくまでデモだ。暴力に訴えれば、怪我人は出る。米軍が暴力で負けるとは思えない。怪我をするのは市民たちだ。

　闘争本能があることの是非を、また考えてしまう。闘争本能があるから、暴力に訴えるのではないか。過剰な闘争本能がなければ、話し合いで解決しようとするだろう。あるいは、虐げられてもおとなしくしているだけか。五藤が言うように、家畜も同然になるのが落ちなのか。

「おれは、若い連中を抑えるのは無理だと思ってる。おれ自身が、暴動に加わりたい気持ちがあるからな。でもおれは、自分の店を守ることに専念しようかと思うよ。何もしないのは間違ってるかもしれないけど、自分の生活が大事だ」

若白髪の人が、決然と言った。その迷いがない口振りに気圧(けお)されたか、応える人はいない。互いの反応を窺うように、沈黙が落ちた。

「店を守るのはいい。ぼくもそうする。でも、黙っていたくはない。闘う人がいるなら、ぼくも加わる」

若白髪の言葉で気持ちが固まったかのように、あばた面が言葉を発した。真っ直ぐに視線を若白髪に向けている。若白髪は苦笑いを浮かべ、「言うと思ったよ」と返した。

「闘わなきゃ、一生後悔するかもなぁ。こういうとき、闘うって決められる人が羨ましいぜ」

「別に恥じる必要はないだろ。生活を守る選択をしても、誰も責めやしないさ」

文武両道ふうが慰めた。一条も同感だった。生活や家族を守るのは、なんら恥ずかしいことではない。

「おれも闘うかな」

五藤が言った。先に意見表明したふたりに比べ、悲壮感のない飄々(ひょうひょう)とした口振りだった。

「本当に暴動になったら、おれひとりが店にいたところで守りきれるとは思えない。それだったら、おれもせめて一矢報いてやりたいよ。どれだけ怒ってるか、行動で示したい」

「なんだよ、若いもんを止めようって話になると思ってたのに」

文武両道ふうが苦笑いを浮かべた。そう言うからには、暴動に加わる気はないのだろう。

「いや、でも実際、この界隈の若いもんを止めるだけじゃどうにもならないんじゃないか。今日はあちこちから、人が集まってくるかもしれない。成瀬のせいで」

五藤が反論した。他の三人も五藤の推測を正しいと思ったか、何も言わない。その傍ら、一条はひとり別のことを考えていた。横須賀に人が大勢やってきたら、自分にとってそれはいいことなのか、そうでないのかを検討していたのだった。

横須賀を脱出する気でいるのなら、混乱が起きた方が有利かもしれない。だがまだしばらく潜伏するのであれば、人は来ない方がいい。またマスコミが集まってきて、うっかり姿を撮影されたりしたらまずいからだ。もし人がたくさんやってくるようなら、五藤の家に籠っていようと密かに決める。もちろん、暴動など起きないに越したことはないのだが。

結局、男たちの話を聞いても今後の展望は拓けなかった。それでも、横須賀の現状がわかったのは収穫だった。ここ数日以内に、状況は動く。そのことだけは、はっきりしていた。

20

店を出て、外の様子を見に行くことになった。一条だけは、真っ直ぐ五藤の家に帰ることにする。どぶ板通りを歩いていると、汐入駅の方になにやら大勢の人の気配がした。一同は顔を見合わせ、「やっぱり」と頷き合った。

「ちょうど急行が来た頃か。なんか、人がたくさん降りてきたようだな」

「行ってみよう」

五藤を含めた四人は、足早に駅の方へと向かった。一条はついていかず、五藤の家に戻った。

ただいま、と声をかけると、玄関先にナミがやってきた。「どうだった？」と問う。

「何か、実のある話は出た？」

「いえ、特には」

正直に答えると、ナミは「やっぱりねぇ」と呆れ気味に言った。

「そうだと思った。大きい声では言えないけど、あの人たちって口だけだからね。行動が伴わないのよ」

「そうなんですか」

少なくともふたりは暴動に加わると言っていたが、本当にそうするかどうかはわからない。五藤の仲間たちをよく知っているだろうナミが口だけと言うなら、それは正しいのかもしれなかった。

「で、うちの人はどこ行ったの？」

「汐入駅に様子を見に行きました。人がたくさん来たようです」

「そうなの？　面白半分なのか、なんなのか。まあ、横須賀の人が電車で来たのかもしれないけど」

横須賀とひと口に言っても、広い。米軍基地まで来るには電車を使わなければいけない人も多いだろう。だが、成瀬の動画を見た今は、他の土地から来た人も少なからずいるのではないかと思えた。それらの人が、ナミの言うように面白半分ではなく、米軍基地を自分の問題と捉えているのならいいのだが。

「ところでさ、うちの人の友達に会ったんなら、私の友達にも会ってみてよ。たぶん、一条さんにとっても悪い話じゃないと思う」

「えっ、どんな人ですか」

あまり外は出歩きたくないのだが、匿ってもらっている身としては拒否もできない。一条の問い返しに対し、ナミは驚くことを言った。

「米軍の人」

「米軍の――」

絶句してしまった。まさかアメリカ軍に対し、ナミがあっさりと一条の存在を喋ってしまうとは思いもしなかった。それはないだろ、と内心で抗議したが、口には出せない。ただ、言葉を詰まらせて呆然とするだけだった。

「友達なのよ。面白い人よ。たぶん、一条さんの力になってくれると思う」

ナミは自分のしたことに後ろめたさを感じている素振りもなく、恬淡(てんたん)としていた。そんな態度に、腹は立たないが戸惑いがある。話してしまったならば、せめて先方がどんなつもりで一条と会おうとしているのか知りたかった。

「力にって、友達としてですか。それとも米軍の人として?」

「うーん、たぶん米軍の軍人として。切れ者だからね」

ならばよけいに会ってはいけない気がするが、いまさら逃げることもできない。ここを飛び出すわけにはいかず、引き籠ったままでもいられないなら、米軍との接触は現状打開のきっかけになるかもしれないと考え直した。

「わかりました。どうすればいいですか」

基地内に招待されるはずもない。相手が五藤の店に来るのかと思ったが、そうではなかった。

「店に呼んだら、うちの人がうるさいからね。ほら、筋金入りのアメリカ嫌いだから。私がその人と付き合ってるのも、いい顔しないのよ。だから、汐入駅前のカラオケボックスで会う」

「駅に行くんですか」

　できたらそれは避けたかった。またテレビカメラが来ているかもしれない。その懸念を話すと、「じゃあ、下見してくるね」と簡単に言ってナミは家を出ていった。そして十分ほどで戻ってきて、「大丈夫だったよ」と報告した。

「電車が来る時間もわかってるから、その合間にちゃっと行っちゃえば誰にも見られないよ。大丈夫、大丈夫」

　他人事と思っているのか、ナミは楽天的だった。今すぐ行こうと言うので、やむを得ず従った。五藤はさらに別の場所に行ったのか、帰ってこない。すれ違うこともなく、駅前に出た。先ほど大挙して押し寄せてきた人たちは、綺麗にいなくなっている。皆、どこに消えたのか。

「すぐ近くに二ヵ所、米軍基地の入り口があるのよ。抗議のために集まったなら、そこかな。さもなきゃ、三笠（みかさ）公園かも。知ってる？　戦艦三笠がある公園。三笠公園は米軍基地と接してるからね。どういうわけだか、接してるところが展望台になってて、基地の中が覗けるのよ。といっても、特に面白くもない建物が見えるだけだけど。基地に石を投げ込みたいなら、あそこがちょうどいいかも」

「そうなんですか」

　横須賀には初めて来たから、事情に詳しくない。米軍基地の中が覗けるようになっている公園とは、いったいどういう経緯でできあがったのか。まったく見当がつかなかった。

「入ろう。ちょっと早いけど、歌でも歌ってようか」

　あくまでナミは、切迫感のないことを言う。緊張の連続の日々だった一条にしてみれば、その呑気な言葉にはホッとさせられるものがあった。

カラオケボックスの受付で手続きを済ませ、四人用の部屋に入った。飲み物を頼み、ナミは本当に歌のメニューを見始める。「一条さんも歌う?」などと訊いてくるので、「いえ、おれは」と断った。ナミはマイクを握り、アニソンを歌い始めた。なかなかうまい。

そうこうするうちに、ドアの向こうに人が立った。「お待たせー」と言いながら、入ってくる。逞しい白人の男性が来るものと思っていたから、まるで予想と違う人が入ってきて戸惑った。現れたのは、日本人女性にしか見えなかった。

「歌ってたから平気だよ」

マイクを使って答えるナミは、すぐにそのまま歌唱を続けた。入ってきた女性は一条の隣に坐ると、

「こんにちはー」と話しかけてきた。

「キャロル・ダンヴァースでーす。って、もちろん本名やないけど。キャロルは本名やから、名前で呼んでね」

どう見ても日本人顔の女性が、そんなことを言った。これは何かの冗談なのか。唖然として、名乗ることも忘れていた。

「あなたが一条さんでしょ。聞いてるわ。〈MASAKADO〉を抜けて、逃亡中なんやって。やだー、たいへーん」

自称キャロルは、見たところ三十前後の年格好だった。三十前後にしては、話し方が幼い。おそらく、わざとやっているのだろう。こちらを油断させようとしているのか。頭が悪そうな話し方をすれば、見くびる相手もいる。そうすることで、相手は警戒心を解く。それが狙いではないかと踏んだ。ナミは会

う相手のことを「切れ者」と言った。甘く見てはいけない人だと、かえって身構えた。

「変な人でしょ。でもこれ、この人の素だから。ふざけてるわけじゃないから許してあげて」

歌い終えたナミが、口を挟んだ。これが素なのか。ますます戸惑いが大きくなる。やはり、何かの余興に巻き込まれているのではないかという気がしてきた。

「あのう、米軍の人って言ってませんでした?」

違うなら帰るぞという意を込めて、ナミに問うた。ナミは真顔で「そうよ」と答える。

「こう見えてもこの人、アメリカ人なのよ。本当に米軍の軍人」

「そうでーす、アメリカ人でーす」

キャロルは右腕を真っ直ぐに挙げて、応じる。日本人としても童顔で、なおかつ大きめの赤い縁の眼鏡をかけているから、見た目と発言内容がまったく整合していない。どう反応すべきかもわからなかった。

「もちろん、日系人よ。日系四世やから、マザータンは英語ね。日本語なんてひと言も喋られへんかったから。後から学んだにしては、日本人みたいに流暢やろ。私、頭いいねん。自分で頭いいって言う人はたいていアホやけど、私はホントに頭いいの。って、そんなこと言ってる時点で、アホなんかもね。あはは」

マシンガンのように言葉を浴びせられ、一条は目をしばたたいた。何も言えず、ただキャロルの童顔を凝視してしまった。

「あれぇ、ドン引きしてる? やだー、ショックぅ。小さい頃からイエロー・モンキーって言われてさぁ、あっ、今どきそんなこと言う人おらんやろって思ったかもしれへんけど、バリバリおるんよ。四十代以上の男には、ぜんぜん珍しくないわ。何せ自由の国やからさ、差別意識を持つのも個人の自由やろってわけ。自由の国アメリカ万歳。えっと、なんやったっけ。あ、そうそう。小さい頃からこんな顔やから人種差別されて、仕事で日本に来たらこんな見た目やのに日本語喋れへんからコケにされて、そんで必死こいて日本語喋れるようになったら相手にドン引きされるんやけど。どうしたらえぇねん」

キャロルは両方の掌を上に向け、肩を竦める。その仕種はいかにもアメリカ人なのだが、キャロルがやるとわざとらしい。捲し立てられ、つい助けを求める気持ちでナミに顔を向けた。

「気にしないで。本気でショックなんじゃなくて、一条さんをからかってるだけだから」

「ちゃうわー。凶悪なテロリストを連れてくるってナミが言うから、内心ではびくびくしてるんよ。それをごまかすために、べらべら喋ってるわけ。わかる？　このか弱い乙女心を」

「言わなくてもわかると思うけど、私は凶悪なテロリストだなんて言ってないからね」

笑いを含みながら、ナミが言い訳をした。どちらの言葉が正しいかは、考えるまでもなかった。

「ねえねえ、凶悪なテロリストの一条さん。あなた、〈MASAKADO〉で何か凶悪な計画に加わってたんやって？　その情報を持って逃げたから、〈MASAKADO〉から追われてるんでしょ」

キャロルは一条の太腿に手を置き、いきなりそんなことを尋ねてきた。びくりとして、キャロルから身を遠ざける。するとキャロルは、坐る位置をずらして間を詰めてきた。

「内ゲバの罪をひとりで背負わされて、日本の警察にも追われてるんよね。わー、お先真っ暗ー。って、日本の警察もアホやないはずやから、本気で一条さんひとりが犯人やなんて思ってるわけないよねー。つまりぃ、〈MASAKADO〉は警察にも食い込んでるわけや。すげー、〈MASAKADO〉。すごいのは日本警察か。笑えるぅ」

依然としてキャロルの口調は軽いが、揶揄の調子が混じるのを一条は聞き取った。やはり、メンタリティーはアメリカ人なのだ。外見に惑わされてはいけないと、肝に銘じる。

「私らもさぁ、〈MASAKADO〉内のある一派が剣呑なこと考えてるらしいって情報は摑んでたんよ。米軍、優秀でしょ。って、剣呑って使い方合ってるよね。難しい言葉は、つい使いたくなっちゃうんよねー。そんなことない？　あるよね、あるよね」

キャロルは一条の太腿に手を置いたまま、顔を近づけてきた。気圧されて、思わず頷く。

「あー、話が逸れちゃった。ごめんねー。賢い人って、ひとつのこと話してる間に連想が各方面にばーって広がるんよ。だから話が逸れちゃうんよねー。アホやからこんな喋り方してるんやなくて、むしろ賢い証拠なんよ。って、なんだっけ？　ああ、そうそう。剣呑な計画やね。そうやろ。企んでたやろ」

キャロルはこちらの目をじっと見て、問う。日本人ならこうまで目を合わせることに息苦しさを覚えるところだが、やはりアメリカ人は違う。視線の圧力に負けて、一条は自ら目を伏せてしまった。

「あーっ、目ぇ逸らした。疚しいとこがある人は、人の目ぇ見られへんのよねー。見れへんじゃなくて見られへんって言うところが、正しい日本語マスターしてるでしょ。私、ちゃんと美しい日本語を喋るんよ。じゃなくて、一条さん、〈MASAKADO〉に追われて警察にも追われて、八方塞がりやろ。これからどないするつもりよ？」

話題が逸れつつ、結局最終的には目下の問題に切り込んできた。どうすると訊かれても、自分でもわからない。八方塞がりという表現は的確だと、ただそれだけを思った。

「どないするつもりなんて訊かれてもわからんよ、って顔してるわね。じゃあ、ここで思わず飛びつ いちゃうような、キャロルちゃん素敵かわいい愛してるって言いたくなる提案をしましょう。米軍で匿ったろうか」

にこやかな笑みを浮かべたまま、キャロルは重大なことをさらりと言った。想像もしていなかったことを持ちかけられ、一条は硬直する。

「ぜんぜん冗談やないからね。私、こう見えても高い地位におるんよ。あ、見た目が若いだけで本当はおばさんなんやないかとか思ったでしょ。違ーう。優秀やから出世してるの。自由の国アメリカは、実力があれば年齢関係なく出世できるんよ。ホントよ、ホントやからね。強調するところが怪しいとか思ってる？　違ーう。ホントの年は言えへんけど、ホントに若いんやから」

「私もキャロルの本当の年は知らないのよねー」

横から面白がるように、ナミが茶々を入れた。キャロルは「もう」と言って、頬を膨らませる。

「ナミより若いよ。アメリカじゃあ、お酒飲むのもいちいち運転免許証見せへんといかんからめんどくさいけど、日本人は童顔に慣れてるから疑うのよねー。あー、いややわぁ。こんなピチピチの若いギャルを摑まえて」

ピチピチの若いギャル、という表現がどうにも古臭いが、そこを指摘するとさらに話が逸れそうなのでやめておいた。キャロルは「でね、でね」と続ける。

「所属は言えへんけど、ちゃんと決定権持ってるから、一条さんを匿ってあげられるよ。日本のどこに行ったって生きていかれへんのやから、アメリカに来え(け)へん？」

日本のどこに行ったって生きていけない、とキャロルは断定した。そうなのかもしれない。うすうす感じてはいたが、アメリカ人であるキャロルにまで言われると現実感が増した。海外に逃げることは考えていたから、キャロルの提案は渡りに船ではあった。

か。

「もちろん、何か条件つきなんですよね」

単なる親切心で、米軍の軍人がそのような提案をするわけがなかった。〈MASAKADO〉穏健派の計画が知りたいのか。おそらくそうだろう。ならば、情報と引き換えに己の身を守る選択はあり得るか。

「ちょっとだけね」

キャロルは右手の親指と人差し指を近づけ、顔の前に翳し、ウィンクをする。だが、そんな言葉は額面どおりには受け取れない。何も言わずに続きを待つと、キャロルはわずかに肩を竦めた。

「私、人がええからなんでも正直にぺらぺら喋っちゃうんよねー。せやから言っちゃうけど、〈MASAKADO〉の一部の人たちの計画は、まだ全貌が摑めてないんよ。人間の出生数をコントロールしようとしてるんやないかって睨んでるけど、合ってる?」

正直に話すというキャロルの言葉は、まるで信用できなかった。だから、米軍が本当に〈MASAKADO〉穏健派の計画を把握していないのかどうかもわからない。しかし、わかっていたら一条と接触しようとはしないとも考えられる。ならば、嘘ではないと見做していいのか。

もし米軍が、穏健派の計画が出生数のコントロールだと思っているのであれば、興味を示すのも頷ける。出生数をコントロールできるなら、その技術は兵器転用できるからだ。対立国の出生率を下げてしまえば、その国の力は落ちる。平均年齢がどんどん上がっていく国に、未来はない。戦争などしなくても、国際競争に勝ててしまう。アメリカが興味を持つのは当然だった。

実際のところ、穏健派の計画は違う。だが、闘争本能の抑制は同じ効果をもたらす。副作用として出生率は落ちるだろうし、そもそも対立国の国民が闘争本能を失えばアメリカとしては万々歳だ。喉から手が出るほど欲しい技術に違いない。

問題は、この情報にどれだけの価値があるかだった。穏健派の計画は、遅かれ早かれ知られるかもしれない。そうでなくても、アメリカが独力で思いつく可能性もある。ならば高く売れるうちに売るという考えもあるが、情報を漏らせばその時点で一条の価値はなくなる。あっさり見捨てられる危険性すらあった。

それに、兵器転用するかもしれないアメリカに、こんな情報はとても打ち明けられなかった。いずれアメリカも知ることになる可能性と、一条が教えてしまうことの間には、大きな差がある。少なくとも自分にとって、両者の意味合いは違っていた。アメリカに危険な武器をもたらすような情報を、己の口で告げることなどできなかった。

「一条さんもけっこう賢い？　賢い人って、べらべら喋るか黙ってるか、どっちかなんよね。沈黙は金なりって諺、日本人にこそ当て嵌まるよねー。雄弁は銀って納得できへんけど。たくさん喋った方が楽しいやんねー」

何も言おうとしない一条に、キャロルはそんな言葉を向けてきた。こちらが戸惑って黙っているのではなく、あえて沈黙を保っていると見抜いたようだ。キャロルは気を悪くした様子もなく、あくまで陽気に喋り続ける。

「もちろん、一条さんが大した情報を持ってないかもとは思ってるんよ。情報教えてもらったとたんに放り出す、ちゅうこともせえへんから安心してな。友好国アメリカのオファーだよ。そんなに警戒せんといてね。って、東日本人は未だにアメリカを友好国とは思ってないんかな。一度ハワイにおいで。最高よ。一発でアメリカ好きになるから」

キャロルは妙に安っぽい誘惑をするが、それだけに現実的でもあった。ともかく、まだ断ってしまうのは早計だ。保留こそ、最良の判断だと結論する。

「考えさせてください」

「もちろんええけど、そんなに悠長なこと言うてられへんのやない？　今日にでも出国した方がええって自覚、ある？　自分じゃわかってないんやろうけど、一条さんは今、大注目の的なんよ。一条さんに目ぇつけてる国は、アメリカだけとちゃうんやから」

「えっ」

思いもかけないことを言われ、目を見開いた。いつの間にか、国際的な情報戦の渦中に身を置いていたのか。中途半端な情報漏れが、かえって各国の興味を煽ってしまったのかもしれない。

「中国とかロシアなら、一条さんを強引に拉致しちゃうかもよー。東日本人なら、ロシアに住んでみたいんかな。でも、やめた方がええって。ロシア、寒いよー。絶対ハワイの方がええから。信じて」

ロシアに住むことの困難さは寒さだけに起因するわけではないだろうに、キャロルは気温差を強調する。しかしこれも、キャロルの韜晦だろう。たとえ東日本出身者であっても、移住するならロシアや中国よりアメリカの方がいいと判断する。どの国に逃げても自由は奪われるかもしれないが、一番ましなのは間違いなくアメリカだ。

「ほな、いったん帰るけど、決心したら電話してなぁ。これ、私の携帯電話の番号やから。デートの誘いの電話でもええけど、そんならフロリダのディズニーワールドに行こか。行ったことないでしょ。楽しいよ。暖かいし」

あくまで気候にこだわりつつ、キャロルはテーブルの上にカードを置いた。名刺大のカードには、ただ電話番号だけが書いてある。その数字をじっと見つめてから、カードを手に取った。一条のその反応に満足したか、キャロルはパンと両手を合わせて立ち上がった。

「ええ話し合いやった。連絡待ってるなぁ、一条さん。ばいびー」

キャロルは手をひらひらと振って、部屋を出ていった。一条は手に持つカードを、ただの紙片以上に重く感じた。

21

ナミとともに家に戻ると、五藤が帰っていた。今日は暴動が起きる可能性を考え、店を臨時休業にするという。それを一条とナミに告げると、またどこかに行ってしまった。ナミも、休みなら羽を伸ばしたいと言って出かけた。

もちろん、昼食の面倒まで見てもらおうとは思っていなかった。自力調達するにはコンビニエンスストアにでも行かなければならないが、あまり出歩きたくない。やむを得ず、昼食は諦めた。家に籠り、キャロルの提案について考えることにする。

改めて頭を整理してみても、アメリカに身を預けるのは良策とは思えなかった。非人道的なことはしないまでも、利用されるのは間違いない。その結果を想像すると、やはり深慮が必要だった。自分の判断ひとつで世界情勢が変わるとまでは考えないが、それでも悪い方への変化のひとつのきっかけにはなり得る。

かといって、ロシアや中国は論外だ。アメリカの庇護を断り、ロシアや中国を選ぶ理由は何ひとつない。アメリカとは違い、人道面の配慮は期待できないと考えるべきだ。EUならば、EUか。一般的に、アメリカよりEUの方が個人の権利を尊重すると言われている。EUならば、一条の知識の軍事利用など考えないかもしれない。では、EUのどの国がいいか。

そこまで考えを進め、自分には選択の余地があるのかと我に返った。EU諸国の中からひとつを選ぶような、そんな余裕はないのだ。逃げられるなら、どこでもありがたい状況なのである。現実を直視していなかったことを自覚した。

それに、東西に分断されていた国に生まれ育った身としては、自由主義か権威主義かの二択はかつての再現としか思えなかった。権威主義の国に行きたくはないが、かといって自由主義への信奉もない。どちらも単に、自分たちの理屈、自分たちの正義を振りかざしているだけだと感じてしまう。どちらも選ばない、第三の道はないものだろうか。もちろん、そんな道があったとしても、それが正解とは限らない。だとしても、自らの意志で選ぶならたとえ失敗でもかまわないと覚悟すればいい。どうせ行き場のない身である。破滅の仕方くらい、自分で決めたかった。

ふと、思考が中断した。何か物音が聞こえた気がしたのだ。五藤かナミが帰ってきたのか。しかしそれならば、声をかけるはずだ。音がしただけで、声は聞こえない。一条は跳ねるように立ち上がり、耳を澄ませた。

部屋のドアを開け、廊下に顔を出した。誰かが家の中にいるのか。ここは二階なので、階段の下へと意識を向ける。だが先ほどの音は気のせいだったかのように、家の中は静まり返っていた。それでも警戒を解くことなく、息を殺し続けた。すると、明らかに誰かが階段を上がってくる気配がした。一条は部屋に戻って荷物を摑み、すぐにも窓から逃げられるように身構えた。

「ずいぶん神経質になっているのね。まあ、そうじゃなければとっくに捕まってるだろうけど」

ドアの隙間から現れた人を見て、一条は目を瞠った。入ってきたのは聖子だった。

「どうして……」

口にしたとたんに、聖子がこの家のことを知った理由に思い至った。寺前が口を割ったのだ。これが寺前の仕掛けた罠だったとは思わない。五藤夫婦は本当に親切にしてくれた。寺前の振る舞いを怪しいと思った穏健派が、なんらかの手段で白状させたのだろう。まさか、拷問か。もしそうだとしても、ひどい怪我に至っていないことを祈った。

「言っておくけど、窓から逃げても無駄よ。この家の周りは固めてあるから。もう逃げ道はないと思って」

聖子の口調は、以前とまるで変わっていなかった。冷静で、冷淡。何があろうと変わらない話し方は、感情を欠いているかのようだ。実際、人としての情は持ち合わせていないのだろう。それは、闘争本能を持っていない人よりもよほど異常に思えた。

「おれを捕まえて、どうするつもりだ。どこかに連れていって、殺すか」

時間稼ぎの意図もなく、問いかけた。時間を稼いだところで、どうにもならない。ただ単に、黙って連れ去られるのが悔しいだけだ。いっそ、聖子を人質に取れば脱出できるかと考えた。

「そうね。そういうことになっちゃうけど、私はまだ諦めてないのよ。一条くんがまた仲間に戻ってくれるなら、丸山さんに執りなしてあげる。丸山さんはあくまで、もう一条くんは消した方がいいって考えてるんだけど」

「丸山さん？」

なぜ丸山に執りなすのか。一瞬戸惑い、すぐに理解した。穏健派の本当のリーダーは、丸山だったのだ。いつもにこにこしていて、人好きのする丸山。あの笑顔の裏に、非情な果断さを秘めていることはわかっていた。笑顔のまま割り切った判断をする丸山こそ、言われてみればリーダーにふさわしい。春日井はあくまで表の顔で、非道な指示はすべて丸山が発していたのだ。

「丸山さんは怖い人だけど、話が通じないわけじゃない。だから、最後のチャンスをあげる。もう一度考え直して。これは、一条くんとの付き合いが長い私だから言ってるの。私の気持ちを無駄にしないで」

聖子が〝気持ち〟などという単語を持ち出したことを滑稽に感じた。聖子には情がないと考えたばかりなのに、情に訴えようとする。本性を見抜かれていることに気づいていないのだろうか。情がない人間は、相手の気持ちがわからないということか。

「おれが〈MASAKADO〉に戻ると言えば、君も含めた仲間たちは信用するのか」

信用するわけがない。一条は服従する振りをしつつ、逃げ出したのだ。どうせまた同じことをすると思われるに決まっている。そんな危険な人物を、ふたたび仲間として迎え入れるはずもなかった。

「うーん、痛いところを衝いてくるわね。確かに、もう一条くんは信用されてないからね。やっぱり消さないと駄目ってことになっちゃうかも。でもどうせ逃げられないんだから、私の執りなしを期待するしかないのよ。そうでしょ?」

聖子の口振りからは、今度こそ一条を完全に追い詰めたという確信が感じられた。実際、もう逃げようはないのかもしれない。だとしても、簡単に諦めるつもりはなかった。最後まで足掻くと、とっくに心を決めているのだ。

背後の窓に意識を向けた。窓には鍵がかかっている。それを解錠し、窓を開け、外に飛び出すまでに何秒かかるか。聖子は取り押さえようとはしないだろうが、この家の周りにいる仲間たちに何かを告げる時間は充分にある。その一方、一条は助けを求める声を上げるわけにはいかないのだ。たとえ警察が来ても、事態はあまり変わらない。警察が一条を守ってくれる保証はないのだった。

「〈MASAKADO〉を抜けてから、いろいろなことがあった」

無駄を承知で、独り言のつもりで話し始めた。耳を貸す気があるのか、聖子は行動に出ない。

「それで、決めたことがある。まず、絶対に諦めない。何がなんでも、最後の一瞬まで諦めないことにした」

「いいわね。その考えには私も賛成よ」

聖子は同意する。揶揄のつもりではないのだろう。

「もうひとつ、自分の直感を信じることにした。世の中には、信頼できる人がいる。君たちから逃げてまだ何日も経ってないけど、この間におれは信用できる人と何人も知り合った。信用できるかどうかは、直感で判断した。それで間違ってなかった」

「そうなの？　そんなに社交的なタイプだったたっけ」

意外そうに、聖子は眉を吊り上げる。かまわず、続けた。

「だから、相手を信用するかどうかは、直感に従う。おれの直感は、君を信用しちゃ駄目だと言ってる」

「それは心外ね」

聖子が不満そうに言ったときだった。その言葉に被せるように、第三者の声が唐突に割り込んできた。

「じゃあさ、もちろん私のことは信用してるんでしょ。でしょ？　でしょ？」

こんな喋り方をする人は、知人の中にひとりしかいなかった。聖子は闖入者の存在などまったく予期していなかったのか、珍しく驚きを露わにして階段の方へ顔を向ける。そして一瞬硬直すると、両手を上げて後ろ向きのまま部屋に入ってきた。聖子の肩越しに見えるドア框に姿を現したのは、もちろんキャロルだった。だがキャロルひとりではなく、その背後には屈強な白人男性も控えている。白人男性は拳銃を手にし、聖子に向けていた。

「正義の味方登場！　いいとこに出てくるでしょ。いかにも正義の味方って感じでしょ。嬉しい？　嬉しいよね。でも、タイミングよすぎるとか思った？　一条さん、鋭ーい。ちょっとそこでやり取りを聞かせてもらっちゃった。てへ。だって、面白い話してるんやもん」

あまりに場違いなキャロルの口調に、聖子は戸惑いを隠さなかった。説明を求めるように目を向けてくるので、「米軍だよ」と教えた。キャロルひとりなら信じなかっただろうが、背後の白人男性は軍服こそ着ていないものの、いかにも軍人然としている。嘘ではないとわかったはずだ。

「外のお仲間たちも、私たちで確保するから。あなたたちが、剣呑なことを考えてた〈MASAKADO〉の一派でしょ。一条さんを見張ってれば、絶対やってくると思ってたんよね。私って賢い。訊きたいことがたくさんあるから、基地までちょっと来てね。当然ながら、悪足掻きしても無駄よ。大声出しても日本の警察なんか来ないから。来たって困る立場やろうし」

ばいびーなどと言って去っていったと考えたのは、甘かったようだ。カラオケボックスで話し合っていたときからすでに、一条はアメリカ軍の監視下に置かれていたのだ。キャロルが自ら言うように、〈MASAKADO〉穏健派を釣るための餌として。これで首尾よく穏健派を確保したアメリカ軍は、彼らが何を計画していたのか正確に訊き出すだろう。そうなると、もう一条は用なしとなる。見捨てられるのか。

「あっ、一条さん。もう自分は用なしやって考えたでしょ。大丈夫よ。約束は守るから。フロリダのディズニーワールドに一緒に行きましょうね。やだー、薔薇(ばら)色の未来ー」

キャロルはまるで超能力者ででもあるかのように、一条の不安を正確に見抜いた。だがその一方、一条はキャロルの言葉が本当かどうか見抜けない。直感は、この女を信用するなと訴えていた。

キャロルが顎をしゃくると、廊下からさらにもうひとりの男が現れ、ふたりがかりで聖子の腕を背後にねじり上げた。聖子は苦痛に顔を歪めながら、一条を睨みつけた。

「これが、新しく知り合った人たち？　やるわね。見直したわ」

「君のお蔭で、運命の変転を味わってるよ」

あまり気の利いた皮肉ではないなと自分で思った。白人男性ふたりに引っ立てられ、聖子は部屋を出ていく。キャロルはその背後を追いながら、こちらに向けて「またねー」と手を振った。

キャロルとまた会うことになるのか、己の運命の向かう先がまったくわからなかった。ただ、もう会いたくないと思っていることだけは確かだった。

22

横浜横須賀道路で渋滞に嵌(はま)ってしまった。長く続く車の列が、先ほどからまったく動かない。こんなことなら一般道を使うべきだったかと辺見は考えたが、どの道を選んでも同じだったかもしれない。物見高い人たちが今、大挙して横須賀へと向かっているのだ。

「この人たちはさ、暴動に加わりたくて横須賀を目指しているのかね。それとも、単なる見物か」

ハンドルを握る香坂が、苛立たしげに呟いた。一刻も早く横須賀に着きたかったのに、こんなところで渋滞に阻まれるとは計算外だ。苛立っているのは、辺見も同じだった。

「暴動に加わるにしても、見物でも、どっちも面白半分やろ。みんな、成瀬に乗せられとるんや」

苛立ちより、腹立たしさが勝っているかもしれない。怒りの向かう先は成瀬か、それとも煽動に簡単に乗せられる浮薄な者たちか。おそらく両方だ、と自分の心を分析した。

車が動きそうにないので、ネットで横須賀の様子を検索した。すると、三笠公園に集う人たちを写した写真が引っかかった。立錐(りっすい)の余地もなく、というほどではないが、両腕を伸ばせない程度には人が密集しているようだ。皆、同じ方向に目を向けている。その視線の先には、間違いなく米軍基地があるのだろう。〈何かあったら爆発しそう〉とコメントがついていた。写真を見ただけでも、そんな雰囲気が感じ取れる。まさに一触即発の様相だった。

「今、こんな感じ。かなりヤバいな」

スマートフォンを香坂に向けて、写真を見せた。香坂は一瞥して、「ふうん」と鼻から息を漏らす。

「暴動が起きたら、米軍さんはどうするのかね。海自も出動するのかな」

横須賀には海上自衛隊の地方隊がある。暴動鎮圧は海上自衛隊の仕事ではないが、アメリカの手前、傍観はできないかもしれない。おそらく、高度な判断の末に決まることだろう。

「海自が出たら、大騒ぎになるな。その一事をもって、歴史に残るよ」

辺見たちは陸上自衛隊所属なので、他人事という意識がある。だが、もし陸上自衛隊の駐屯地があるとしても、出動して欲しくはなかった。暴動への対応など、警察に任せておけばいいと思う。

「そう考えると、やっぱこの目で見ておきたいねぇ。歴史的な事件が起きるかもしれないときに、こんなところで車に閉じ込められてるのは歯痒いぜ」

舌打ちして、香坂はハンドルを拳で叩いた。辺見も同感だった。加えて辺見には、一条に追いつかなければならないという焦りもある。苛立ちは香坂以上かもしれなかった。

続けて横須賀の状況をネットで調べていたところ、電話が着信した。バナーに表示された名前は、鳥飼だった。追加指示だ。通話ボタンを押し、香坂にも聞こえるようにスピーカーフォンに切り替える。

「はい、辺見です」

「鳥飼や。今、渋滞に嵌ってるんか」

隊員たちの所在は、GPSで把握できる。先ほどから道路上で動いていない現在位置を見て、渋滞に巻き込まれたと判断したのだろう。

「はい、動きそうにありません」

「いざとなったら路肩走行せぇ」

鳥飼はあっさりと命じる。辺見も、最悪の場合はそうしなければならないかと考えていた。

「わかりました」

「一条に関して、新しい情報が入った」

鳥飼の口調は変わらないが、辺見は緊張を覚えた。一条が横須賀で目撃されたのか。まだ横須賀までは遠い。また一条に逃げられてしまうかもしれないと案じた。

「どうやら、米軍が一条に目をつけたようや。監視下に置かれとるらしい」

「米軍が」

どうして米軍が一条に興味を示すのか、わからなかった。一条は単に、内ゲバの末に〈MASAKADO〉から逃亡しているのではないのか。もしや逃げる際に、〈MASAKADO〉の機密情報を持ち出したのか。米軍が着目しているのは、その情報なのかもしれない。どんな情報か、まるで見当がつかないが。

「理由はわかりますか」

直截(ちょくせつ)に尋ねてみたが、鳥飼は淡々と「わからん」と答えるだけだった。

「米軍がこっちに打ち明けてくれへんのは、今に始まったことやないからな。少なくとも、我々が何かに出遅とることだけは確かや。それが証拠に、動いとるんはアメリカだけやない。ロシアも中国も一条を追ってる気配がある」

「えっ」

他国が動き始めているというのに、日本の自衛隊だけが蚊帳(かや)の外なのは屈辱だった。しかし、これが現実なのだ。諜報戦では大人と子供ほどに実力差がある。特務連隊はもっと大きくなるべきだと、強く思った。

「もしアメリカが一条を確保するなら、まだええ。問題は、ロシアや中国が拉致に動いたときや」

鳥飼はそう続ける。かつての北朝鮮ではないのだから、ロシアや中国が日本国民を拉致するような、そんな乱暴な行動に出るとは思いたくない。だが、ロシアと中国なら何をしても不思議ではないという認識を、自衛隊では持っている。楽観論は国を滅ぼすだけだ。国防を担う組織として、常に最悪を想定しておかなければならない。その理屈でいくと、一条がロシアや中国に連れ去られる可能性は、当然考慮すべきだった。

「お前たちの任務は、一条が拉致されるのを阻止することや」

予想どおりの指示だった。辺見はさらに、その先まで覚悟していた。

「もしお前たちが一条を確保できず、ロシアや中国の手に渡ってしまいそうやったら、一条を消せ」

「わかりました」

即答した。決して意外な命令ではなかった。

鳥飼は電話を切った。辺見はスマートフォンを腿の上に置いた。

「わかりました、って、一瞬もためらわなかったな。怖」

横から香坂が、呆れたようなからかうような、あるいは嫌悪するような、複雑なニュアンスで言った。

辺見は一度深呼吸をしてから、答えた。

「ためらわなかったからって、葛藤がなかったなんて思うなよ」

深呼吸をしたのは、気持ちを落ち着かせるためだ。そうしなければ、怒鳴っていた。それでも声には、尋常でない気配が籠っていたのかもしれない。香坂は押し黙った末に、ぼそりと言葉を吐き出した。

「……ごめん」

それきり、会話が途切れた。辺見は己の思考に没入した。

いくら存在が非公開の特務機関とはいえ、殺人を容認しているわけではない。ある人物を消せなどという命令は、少なくとも辺見は初めて受けた。それほど、今は非常事態だということだ。一条はいつの間にか、重要人物になっていたのだ。

もちろん、情報不足による勘ぐりすぎの可能性はある。アメリカもロシアも中国も、一条を過大評価していのかもしれない。だとしても、他国に連れ去られるのを見過ごしにはできなかった。国家の主権を侵されるわけにはいかないし、一条の拉致が国益を損なうならば断固阻止すべきである。いくら考えても、鳥飼の命令は妥当だった。

馬鹿野郎が。心の中で、一条を罵った。想像の中でだけ、喉が潰れるほどに罵倒した。だが辺見は、体を少しも動かさなかった。髪を掻きむしったり、ダッシュボードを殴りつけたりといった、わかりやすい振る舞いはしなかった。ただじっと前を見据え、静かに己のすべきことに意識を凝らした。

23

米軍が聖子を連れて出ていったからといって、安堵している場合ではなかった。キャロルは一条を餌にして聖子たちを釣り出したことを否定しなかった。そんなことをした相手が「匿う」と言ったところで、どうして信じられよう。利用価値がなくなった今、日本警察を出し抜いて一条を出国させる必要性は、米軍にはもうないはずだ。キャロルの言葉を鵜呑みにするのは、思考を停止するにも等しい。

仮に本当にアメリカに逃げられたとしたら、それはまだ一条に利用価値があると米軍が考えているからだろう。やらされるのは、オステオカルシンの研究か。オステオカルシンはまだ未知の部分が大きいホルモンなだけあって、アメリカでもきちんと研究はされていない。少しだけ知識が多い一条に研究をやらせておけという判断は、あり得る。しかし、絶対に手放せないほどの知識を一条が持っているわけではない。どうでもいい人材には、どうでもいい扱いが待っているとしか思えなかった。

ロシアや中国も一条に目をつけているというキャロルの言葉が事実なら、それは米軍が動いているからだろう。米軍が確保しようとしているなら、出し抜く価値があると考えているだけなのだ。過大評価としか言いようがない。実際に拉致してみれば、価値の低さに驚くはずだ。

どうあれ、アメリカ、ロシア、中国の三国は信頼に値しない。第三勢力として台頭するインドも一度は考慮したが、差別が根強く残っている国情は、日本より人権を大切にしているとはとても言えなかった。

やはり、EUか。結局、以前と同じ結論になる。EU諸国のどこかに行けるなら理想的だが、ならば米軍のお膝元である横須賀を出なければならない。〈MASAKADO〉穏健派メンバーの確保という目的を達した今、一条の監視は緩んでいると期待できるのか。監視を振り切って横須賀を脱出することは可能なのか。

行動を起こすなら夜を待つべきかと考えているときだった。微かに、空気の変化を感じた。遠くで祭りが始まったかのような、賑やかな気配が伝わってくる。だがそれが、祭りみたいな平和な盛り上がりのはずがなかった。今この瞬間、人々が声を発するとしたら、米軍に対するなんらかの抗議以外あり得ない。まさか、ついに暴動が起きたのか。人々の忍耐が、とうとう切れたのか。

窓を開けて、海の方へと注意を向けた。米軍基地はそちらにある。だが家並みに遮られて、何が起きているかはわからなかった。ただ、怒声なのか悲鳴なのか、ただならぬ声の塊だけは届いた。

スマートフォンを手に取り、「横須賀」をキーワードに検索した。すると、文字でも悲鳴に近い呟きが引っかかった。「やべえ」「始まった」「逃げる」といった、短い呟きだ。徐々に上がっていた緊張の水位が、ついに決壊点まで達したようだった。

このままここにいるわけにはいかない。闇雲に外に飛び出すのが良策とは思えなかったが、とても傍観してはいられなかった。歴史が動くなら、この目で見届けたい。そして打算的に考えるなら、今こそ監視を振り切って横須賀を脱出する好機かもしれない。暴動がどれくらいの規模にまで広がるかわからないが、あっという間に鎮圧されることだけは確かだ。チャンスを逃してはならなかった。

一条はバッグを摑み、部屋を飛び出した。世話になった五藤夫婦に挨拶もなしに去るのは心苦しかったが、やむを得ず置き手紙を残した。預かっていた鍵で玄関ドアを施錠し、新聞受けから中に落とし込む。向かうは三笠公園だった。

24

横須賀の情勢は、ずっとネットで確認していた。今にも何かが起きそうという呟きをいくつも目にしていれば、スマートフォンを閉じるわけにはいかない。次々に流れてくる呟きをチェックしているうちに、ぎょっとする写真が表示された。辺見は思わず指を止めた。

「ふざけるな」

画面に向かって、唸った。声に出したところで、何かが変わるわけではない。それでも、言葉にせずにはいられなかった。こんなことで事態が動いてしまうのかと、絶望感すら覚えた。

「どうした?」

運転席の香坂が、こちらに顔を向けた。辺見はスマートフォンの画面を示した。

「何、それ?」

「米軍の車両が、日本人を撥ねた瞬間やと書いてある」

「嘘だろ」

香坂は目を細めた。驚いているのではなく、疑っているのだ。当然の反応だと、辺見は思った。

写真は米軍のナンバープレートがついた車と、道に俯せに横たわる男の子を写したものだった。男の子の周りには、赤黒い血が広がっている。怪我をしたなら、軽傷ではないとひと目でわかる写真だった。

「フェイクか。確かにふざけてるな」

香坂は唸るように言った。こんなフェイク画像を流せばどんなことになるか、誰でもわかる。わかっていないのは、このフェイク画像の作成者だけだ。

「コザ騒動の再現になるな」

一番恐れていたことだった。一九七〇年、まだ西日本に返還される前の沖縄で、米軍の横暴に耐えかねた住民が暴動を起こしたことがある。基地がある土地の名を取って、コザ騒動と呼ばれる事件だ。その騒動のきっかけも、米兵による交通事故だった。

日本に駐留する米兵が、コザ騒動を知らないはずがない。知っていれば、こんなときにわざわざ暴動のきっかけを与えるようなことをするわけがなかった。事故現場の写真は、あまりに構図ができすぎている。米軍車両と被害者の子供が、きちんとフレーム内に収まっているのだ。もし米兵が本当に事故を起こしたのであれば、一目散にその場を離れるはずである。どう見ても、フェイクの写真としか思えなかった。

「火薬庫にたばこの吸い殻が投げ込まれちまったってわけか」

香坂が陳腐な比喩を口にしたが、陳腐ではあっても的確だった。まさにこれは、大量の火薬を爆発させる着火剤だ。これをフェイクと見抜ける人は、多くないだろう。義憤に駆られ、米軍憎しの機運が盛り上がるに違いない。もしかしたらフェイク画像の作成者は、面白半分ではなく人々の心に火を点けることが目的だったのかもしれない。交通事故の写真にしたのは偶然ではなく、コザ騒動を知っていたからとも考えられる。ならば、確信犯か。いずれにせよ、避けることができない流れがすでにできていたのだ。

ほどなく、「始まった」「ヤバい」といった呟きがいくつも現れた。ついに行動に出た人たちが現れたようだ。取りあえずできることといえば、投石か。まんまと成瀬に乗せられたようなものだった。

「暴動が起きた」

短く、事実だけを告げた。それを聞いた香坂は、「ちっ」と舌打ちをすると、半身になって左後方を見た。そしてハンドルを切りつつ、車を発進させる。強引に路肩に出たのだ。香坂はアクセルを踏んだ。このまま、行けるところまで行くしかなかった。

25

耳障りな音が鳴り響いた。車のクラクションだ。一台だけではない。まるで競い合うかのように、何台もの車がけたたましくクラクションを鳴らしている。音が塊となって、前方から押し寄せてくる。殺気立った雰囲気を、一条はまざまざと感じた。

路地を出て、国道16号に長い渋滞ができているのを見た。その車列が、苛立ちを露わにしてクラクションを鳴らしているのだ。見渡したところ、果てがないほど渋滞が続いている。一条から見て手前側、つまり東京方面は空(す)いているが、横須賀を奥へ進む観音崎(かんのんざき)方面は二車線ともピクリとも動かない。パトカーのサイレンも聞こえるが、渋滞に巻き込まれたらしく近づいてくる気配はなかった。渋滞の先には、ナミが言っていた三笠公園がある。何かあったとしたら、やはりそこなのか。

歩道には、人の姿が多かった。皆、東へと向かっている。三笠公園の方角だ。一条は一瞬迷い、その流れに加わった。横須賀から脱出するなら逆方向なのだが、今は何が起きているか見届けたかった。

少し進むと、向こうから小走りにやってくる人がちらほら現れた。すれ違う人に、何か話しかけている。大きめの声で話しているので、近づいていくと聞き取れた。「引き返した方がいいぞ」と警告しているのだ。

「暴動が起きた。巻き込まれたくなければ、引き返した方がいい」

誰に対してというわけではなく、道行く人全員に呼びかけていた。ひとりだけでなく、何人もが手振りも交えて訴えている。それを受けて、立ち止まる人も現れた。だが少し考え、また東へと歩き始める。三笠公園を目指している人たちは、暴動が見たくて向かっているのだ。警告されたからといって、引き返す気はなさそうだ。一条もまた、その中のひとりだった。

「知らないぞ」

警告を無視されて腹を立てたのか、そんな言葉を言い残して去っていった。申し訳なく思うが、自分の身に降りかかることは自分で対処する覚悟ができている。単なる好奇心だけではなく、米軍の監視を振り切るという目的もあるのだ。

振り返って、同じ方角に歩いている人たちの顔つきをちらりと観察した。成瀬良一郎の動画を見ていたから、あれに踊らされた無責任な面白がりたちが集まってきたのかと思っていたが、そんな雰囲気ではなかった。一条が人々の顔に見て取ったのは、〝怒り〟だった。皆、怒りを抱えて歩いていたのだった。

卒然と理解した。これは単に、米軍への反感が爆発したのではない。まして、お祭り騒ぎに便乗するような、無責任に騒動を大きくする人たちが煽っていることでもない。人々はずっと、耐えていたのだ。理不尽な経済格差、ささやかな幸せすらも摑みづらくなった日常、明るい未来が描けなくなった社会。人々は夢を見ることすら諦め、日々を生き抜くだけで精一杯になっていた。だが、人には感情がある。機械と化して、自動的に生きることはできない。訴えようがない感情が溜まり、人々の心の中でぐつぐつと煮詰められていた。それが今、噴き出そうとしているのだ。これは、生きていくためのエネルギーの発露なのだ。

もし、人が闘争本能を失っていたとしたら、どうだったろうか。どうしても、その仮定が頭から離れなかった。当然、人々はこうして歩いてはいなかったはずだ。怒りも覚えず、家や職場でおとなしく生活していただろう。その様を想像し、一条は初めて恐ろしさを感じた。従順な羊たちは、もはや人であることをやめた姿なのかもしれない。怒りを忘れたくない、と言った五藤の言葉が今ようやく理解できた。

もちろん、腹を立てながら生きたくはない。できることなら、毎日楽しく暮らしたい。しかし、それは現実の辛さに目を瞑って生きるという意味ではない。眼前に辛さがあるのに、あたかも何も見えないかのように生きるのは不気味だ。もはや闘争本能ではなく、思考能力を捨てて生きていると思える。怒るべきときに怒る、闘うべきときに闘う。そんな人を、一条は否定できなかった。暴力は決して認めないが、人が人であろうとする闘いは必要ではないのか。この先に待っているのは単なる暴力の嵐か、それとも人であり続けるための闘いか。是が非でも見届けたいと、一条は考えた。

車道を挟んで反対側に、ちょっとした人だかりができていた。その向こうには、真っ直ぐ続く道が見えているが、走る車はまったくない。人だかりの向こう側は、いきなり雰囲気が変わっているように見えた。おそらく、あそこが米軍基地の入り口なのだ。ゲートがあり、武装した警備兵がいるのではないか。だから人々は遠巻きに眺めているだけで、ここで抗議行動をとっているわけではないのだろう。人の流れも一度はそこで滞るが、諦めたように通り過ぎる人の方が多い。ここではなく、三笠公園に人は集まっているのだ。一条も、先を急いだ。

横断歩道を渡って反対側の歩道に出ると、こちら方面に向かって歩いてくる人の数が増えてきた。三笠公園を目指している人たちと交錯し、小さい諍いも起きている。そのうち、焦げ臭い匂いが漂ってきた。何かが燃えているようだ。サイレンの音は、ずっと耳障りに鳴り続けている。

突然、爆発音が轟いた。歩く人たちも、いっせいに足を止める。続けて、黒い煙が立ち上った。道の向こうから逃げてくる人が、一気に増えた。人々が路上でぶつかり、混乱が大きくなった。

渋滞に巻き込まれて動かない車から降り、黒煙から遠ざかろうとする人も現れた。人々の怒声が飛び交い、断片的に情報が入ってくる。それによると、路上駐車している車が炎上したようだった。整備不良か何かで、たまたまこのタイミングで炎上したとは考えられない。暴徒と化した人が、車を壊したのか。海外の暴動を撮影した映像では見る光景だが、まさか日本でもそんなことが起きるとは思わなかった。

走り出す人が現れた。逃げる人、先を目指す人、両方だ。「どけ！」「押すな！」「やめろ！」と怒鳴り声がそこここで上がる。ただ立ち尽くしていては、たちまち人々に押し倒されてしまうだろう。一条は走り出しこそしなかったが、人波を縫うようにして先を急いだ。逃げる人たちの顔には恐怖が、そして先を目指す人たちの気配には怒気が、それぞれまざまざと感じ取れた。

やがて、小走りに進むのも難しくなってきた。それほどに、人の密集度が高くなってきたのだ。押し合いになり、喧嘩が起きている。歩道から溢れた人が車道に出て、停まっている車によじ登っている。高いところから「米軍出ていけ！」と叫ぶ人がいる一方、乗られた車のドライバーは「ふざけるな！」と怒って引きずり下ろそうとしている。ひとりが車の上に乗ると、それに続く人が次々と現れた。車の屋根から屋根へぴょんぴょんと跳び、先に進む人も多かった。

国道16号を逸れても、渋滞は続いていた。曲がった先には、また米軍基地の入り口がある。だが、ここで立ち止まる人はほとんどいなかった。三笠公園まではあと少しだからか。ゲートに立っている警備兵たちが、険しい目つきで人々を睨んでいた。

「速やかに公園から出てください」と繰り返す声が聞こえた。ひときわ大きく聞こえるから、拡声器を使っているのだとわかる。ならば命じているのは警察か。しかしもう、数人の警察官を投入したくらいではとても収まらないほど混乱が拡大している。この事態に、鎮圧に当たるのは警察だけか。それとも米軍や自衛隊も出動するのか。米軍が出てきたら、国家間の問題に発展してしまう。やはりこれは、日本の近現代史に記録されるほどの大事件になりそうだ。東西統一によって生じた歪みから、政府はもちろんすべての日本人も目を背けてきた結果が、ここに顕現しようとしている。これは歴史の必然なのか。

ようやく、戦艦三笠の姿が見えてきた。三笠公園だ。公園の入り口近くでは、車が煙と炎を上げている。その一帯だけは、人がいない。爆発を恐れて、近づかずにいるようだ。すぐに消火活動すべきだが、公園事務所から消火器を持ってくることすらできない混乱ぶりである。公園内にひしめいている人たちの多くは、奥に向かって石を投げていた。公園の奥は、米軍基地だ。皆口々に、「出てけ！」「ふざけるな！」「ここは日本だ！」と声を張り上げていた。

人々の怒りはどこに向かうのだろう。この騒動が一過性のものだった場合はもちろんのこと、大規模な暴動に発展したとしても、おそらく米軍が横須賀から出ていくことはない。大山鳴動鼠(ねずみ)一匹、という結果になるのは目に見えていた。そのとき、日本人はまた沈黙するのか。怒りを心に溜め、次の爆発のときまで耐えるのか。ならば、怒りは空しいだけではないか。いっそ闘争本能を捨てた方が、人は楽に生きられるのか……。

一条はふたたび迷い、天を見上げ、周辺に目を配った。そして、群衆の中に意外な顔を見た。

26

横浜横須賀道路の路肩を走行し、朝比奈(あさひな)インターチェンジで一般道に下りた。この調子では、車で横須賀まで行くのは不可能だと判断した。そこで、京浜急行線の金沢八景(かなざわはっけい)駅を目指した。駅に近いコインパーキングに車を停め、香坂とともに電車に乗る。電車は座席が空いていない程度には混んでいるが、これが横須賀の騒動の影響かどうかはわからない。辺見は電車の中でもスマートフォンを使い、横須賀の現状についての情報を仕入れ続けた。

横須賀のどこに向かうかが問題だった。リアルタイムの呟きによれば、どうやら人々は三笠公園に集結しつつあるらしい。三笠公園と米軍基地は隣接している。公園内から、米軍への抗議の声を上げようということか。一条が横須賀に行った目的はわからないが、もしかしたら三笠公園を目指しているのかもしれない。

そこで、香坂とふた手に分かれることにした。香坂には汐入駅ではなく、ひとつ先の横須賀中央駅まで行って、三笠公園に向かってもらう。単に三笠公園に行くなら横須賀中央駅の方が近いが、辺見は一条が下車したという汐入駅から歩いてみたかった。場合によっては一条に追いつけるかもしれないという、淡い期待があった。

役割分担を決め、汐入駅到着を待った。先に下車する際には、香坂とはアイコンタクトだけで特に言葉を交わさなかった。一緒に行動する時間が長くなったので、気心が知れている実感がある。香坂ならば、一条を見つけてもいきなり命を奪うような真似はしないだろうと信じている。だができれば、自分が先に一条に追いつきたいと辺見は思っていた。

汐入駅で降りた人たちの大半は、同じ方向に動き出した。その流れについていくと、途中のY字路でふた手に分かれた。右に行けば、有名などぶ板通りらしい。ひとまず辺見は、そちらに足を向けた。だがどぶ板通りは、ほとんどの店が閉まっていた。どこも暴動が起きることを恐れて、店を開けないでいるのだろう。ここを目指してきた人もいるらしく、立ち止まってがっかりしている。この通りを真っ直ぐに進んでも何もなさそうなので、辺見は左に道を逸れた。

少し行くと、大きい道にぶつかった。国道16号だ。どぶ板通りとは雰囲気が一変し、交通渋滞が起きている。先ほどから聞こえていたが、苛立たしげにクラクションを鳴らしている車も多かった。渋滞は東へ向かう側だけで、車列の先には三笠公園がある。歩道を歩く人も、ほとんどが東を目指していた。

なにやら異様な気配だった。ひっきりなしにクラクションが鳴る中、人々が黙々と同じ方向を目指して歩いている。歩く人の年齢に偏りはなく、若い人もいれば老齢の人も見られる。男女比は、どちらかといえば男が多いか。皆、思い詰めたように表情が硬い。この人たちは米軍への抗議のためにやってきたのか。あるいは、暴動に加わるためか。人々の無言の行進は、ただならぬことが起きようとしている予兆に他ならなかった。

　辺見も人の流れに乗って歩き出した。前後の人々の顔に目を走らせたが、一条はいない。もし三笠公園に向かったなら、とっくに着いているのかもしれなかった。加えて、国道16号は上り下り合わせて五車線の幅広な道路なので、対岸の歩道を歩く人は目視できない。一条が向こう側の歩道を進んでいるとしたら、見つけるのは不可能だ。ただ、行き着く先が同じであれば追いつける可能性はある。ともかく今は、先を急ぐしかなかった。

　歩きながらも、横須賀の情勢をスマートフォンで確認した。すると、この先で路上駐車している車が炎上したとわかった。米軍施設への投石も始まっているようだ。神奈川県警は何をしているのか。機動隊が出動すべき局面だが、渋滞に阻まれているのかもしれない。三笠公園のそばには横須賀警察署があるから、今頃は署員総動員で鎮圧に当たっているのだろう。あるいはそれも、人の波に撥ね返されているのか。

　途中、米軍基地の入り口が見えたが、人々の滞留は少なかった。武装した警備兵相手に、立ち向かう気にはなれないようだ。人の流れはそこを通り過ぎ、先へと向かう。声にならない号令の下、人々が動いているかのようであった。

　三笠公園に近づくにつれ、対岸の歩道では混乱が起き始めた。三笠公園方面から離れようとする人と向かう人がぶつかり、揉め事が起きているのがこちらからもわかる。こちら側でも逆方面を目指す人はいるが、数が多くないので問題なくすれ違っている。混乱を避けてか、対岸では車道に出る人も現れた。車の間を縫うならいいが、車に乗っかって大声を張り上げる人までいた。当然、乗られた車の持ち主といざこざになり、混乱に拍車をかけている。治安が安定していると言われる日本では、これまで見たことのない光景だった。

ようやく三笠公園のそばまでやってきたので、横断歩道を渡った。公園周辺には人だかりができていて、車道まではみ出している。これでは車が進めず、渋滞するのも当然だ。プラカードを掲げている人も少なくなく、「米軍にNO」、「基地反対」、「不平等協定は撤回を」といった文字が躍っていた。制服警官もちらほら見受けられるが、殺気立った人たちに取り囲まれ、身動きが取れずにいるようだ。公園内では、ネットの情報どおり投石が始まっている。「米軍出てけ！」の声はひときわ大きく聞こえた。

混乱の中に突入してからも、周囲の人々の顔に視線を向け続けていた。見知った顔はいない。先に到着しているはずの香坂ですら、見つけられずにいた。この人波の中で、たったひとりの人物を捜し当てるのはそもそも無理なのかもしれない。だとしても、少しでも動いて人々の顔を確認したかった。

そうして人を掻き分けながら動いているときだった。腰のポケットに入れていたスマートフォンが振動した。香坂かと考えて手に取ると、相手の番号は表示されなかった。非通知の文字を見た瞬間、直感した。すかさず画面をフリックし、耳に当てた。

「もしもし」

「自衛隊もおれを追っているのか」

聞き間違えようのない、子供のときからずっと聞き続けてきた声だった。やはり、近くにいるのか。周囲に目を走らせたが、それらしい人はいない。だが、ここにいるのは間違いない。焦りにも似た気持ちに背中を押され、公園を奥へと進んだ。

「昇か。おれが見えてんのか」

尋ねたが、返事はなかった。一条は自分のスマートフォンを捨てたと思われる。こちらの電話番号を単にスマートフォンのメモリーに保存しただけであったなら、こうして電話はかけられなかったはずだ。電話できたのは、番号を記憶していたからとしか考えられない。そこに辺見は、一条の友情を感じた。

だがその一方、自衛隊もおれを追っているのか、と問うてきた。ここに辺見がいることを、友情の発露とは思っていないのだ。もちろんそれは正しいのだが、そうであっても友人として話しかけたかった。

「お前を保護したい。中国やロシアがお前の身柄確保を狙ってるいう情報がある。逃亡なんてやめて、おれたちの庇護下に入ってくれ」

「軍には従わない。米軍はもちろん、自衛隊にもだ」

一条はきっぱりと言い切った。いったい何があったのか。一条がなぜ追われているのかわからないから、軍を忌避する気持ちも理解できない。一条を説得する材料を持ち合わせていないのが、もどかしかった。

おれを信用できないのか、との言葉は口にできなかった。言えば、己が不誠実になる。たとえ一条が辺見を信じて身柄を預けてくれても、守り切ってやる自信はなかった。むしろ、政治的なことが絡むなら守るなど不可能だと考えなければならない。信じてくれとは、とても言えなかった。

「なあ、公佑」

うまく言葉が出てこない辺見に対し、一条は場違いなほど平穏な口調で呼びかけてくる。せめて、一条が言わんとすることを一言一句聞き逃さないよう、スマートフォンを強く握り締めた。

「人間は文明の進歩に追いついてないんじゃないか。地球を破壊できるほどの文明を手にしたのに、我々はあまりに未成熟なんじゃないかな」

「えっ」

一条の問いかけは、唐突に思えた。今この混乱の中で、一条は何を言っているのか。一条はここにいるのではなく、どこか遠くの安全な場所から話しかけているのではないかという気がしてきた。

「なんの……話や」

「人間が人間らしくいるためには、争いが必要なのかな。争うことをやめたら、人間じゃなくなるのか。でも、こんな混乱を見せられたら、やっぱり人間の闘争本能は必要ないと思えてくる。おれには答えが見つけられないよ」

「なあ、昇。お前は三笠公園にいるんか。おれを見ながら話してるんか。姿を見せてくれ。お前が何を言うてるんか、理解したい。ちゃんと説明して欲しい」

本気で訴えたが、反応はなかった。こちらの声が聞こえていないのか。頼むから、おれの言葉を聞いてくれ。辺見は強く願った。

「おれは日本を出るよ。この国におれの居場所はない。だから、公佑ともこれでお別れだ。最後に話せてよかった。公佑と親友でいられてよかった」

「待て！　待ってくれ。電話を切らんといてくれ――」

懇願は届かず、話している途中で通話が切れた。スマートフォンの画面を見、もう通話が終わっていることを確認しても、認めたくなかった。何度も周囲を見回し、懐かしい顔を捜した。だが殺気立った人たちの中に、穏やかな口調で話す男は見つからなかった。

「昇ーーーー」

大声で名を呼んだ。周りの人たちが、何事かとたじろぐ。それでも辺見は、空に向かって親友の名を叫び続けた。

エピローグ

横須賀で一条を見失ってから一ヵ月ほど経った頃、辺見は鳥飼に呼び出された。小会議室で待っていた鳥飼の表情は読み取りにくく、どんな用件か見当がつかない。坐るよう促されたので、椅子に腰を下ろした。鳥飼は無表情なまま、切り出した。

「一条昇は、どうやらインドネシアに逃げたらしい」

「インドネシア」

思いがけない情報だった。てっきり、逃げるならEU圏だと予想していた。インドネシアに受け入れてくれる知人でもいたのだろうか。

「厄介な国に逃げられた。何しろインドネシアは、国内の島の数を政府が最近まで把握してなかったくらいやからな。本気で身を隠そうと思えば、潜伏場所はいくらでもある。文明的な生活を完全に諦めなくても、社会との接点を最小限に保つなら見つからずに生きていけるやろう」

　それでインドネシアなのか。考えたものだ。しかし、一条がそうした道を選ぶとは思わなかった。東日本生まれであっても、現代文明の恩恵を受けて育っている。西側の最先端技術が、数年遅れで導入されるだけのことだ。それらの大半を捨てて生きるのは、さぞかし過酷であろう。

「以前にも話したが、警察はある程度一条の逃亡経路を把握しとる。それによると、逃亡に手を貸した者たちが複数いるんやが、以前の生活では接点がなかった人物ばっかりのようや。つまり、逃亡を始めてから知り合った者たちが、一条を助けたことになる。果たしてそんなことがあるんやろか。昔から一条を知るお前の意見が聞きたい」

　そうだったのか。ならば、以前の交友関係をいくら洗ったところで、一条の足取りが摑(つか)めるはずもない。なぜ一条が逃げ切れたのかずっと不思議だったが、警察が把握できない人脈を使ったのなら納得できる。すごいな、と素直に思った。

「一条は人と誠意をもって接する奴です。あり得ないとは言い切れません」

「そうか」

　鳥飼はわずかに頷(うなず)いた。いくら奇妙であっても、現に一条は国外に逃亡したのだから、現実として受け入れたのだろう。鳥飼らしい判断だった。

「横須賀の騒動の際、米軍が〈ＭＡＳＡＫＡＤＯ〉の構成員を何人か確保したという未確認情報もある。だが言うまでもなく、米軍はこちらに何も教えてくれへん。なんのために〈ＭＡＳＡＫＡＤＯ〉の構成員を捕まえる必要があったのか、どうしてアメリカだけでなく中国やロシアも一条を追っていたのか、日本だけが蚊帳(かや)の外や。一条がインドネシアに行ったと聞いて、何か思い当たることはないか」

鳥飼の問いかけに、辺見は少し考えた。一条との最後の会話を思い返す。あのときは意図が理解できなかったが、一条の覚悟を知ってぼんやりと見えてきたこともあった。

「一条は現代文明に疑いを持ったのかもしれません。人間は文明の進歩に追いついてない、とあいつは言うてました。環境破壊だけやなく、戦争やテロが起こることを指していたのでしょう。人間の闘争本能は必要ない、とも言いました。ただの推測に過ぎませんが、〈MASAKADO〉は人間の脳やホルモン分泌に働きかけるテロを計画していたのかもしれません。一条が大学で生化学を専攻していたことと考え合わせると、可能性はあると思います」

「なるほど、いい推測や」

鳥飼は、今度は深く頷いた。辺見の考えを認めてくれたようだ。

自分で口にしておいて、事の重大さは後から認識した。もし〈MASAKADO〉が人間のホルモン分泌に直接働きかけるテロを計画していたなら、今は米軍がそのアイディアや技術を手にしたと見做(みな)すべきだ。米軍は間違いなく、軍事転用を試みるだろう。そんな技術が実用化されるのが、ずっと未来であることを願うだけだった。

いや、それは先送りされるべきことではなく、もしかしたら喫緊で必要な技術かもしれない。そう考え直し、意図的に思考を停止した。鳥飼の前でなく、ひとりになってじっくり検討してみたかった。

「下がってええ」

「はっ」

辺見が立ち上がって礼を返す間も惜しむように、鳥飼はスマートフォンを取り出してどこかに連絡をした。おそらく、緊急の対策会議が開かれるのだろう。米軍が情報を分け与えてくれない不均衡な関係である以上、日本独自の対策が必要だった。

辺見は会議室を後にし、なんとなくそのまま屋上へ足を向けた。先ほど頭をよぎった考えを、深めたかったのだ。エレベーターで最上階まで行き、さらに階段で屋上に出る。九階建てのビルなので、それなりに高い。周りに同じくらいの高さのビルもあるが、遥か遠方が見えるほど眺望が開けた。

柵に両肘を置き、地平線へと視線を投げた。空は晴れ渡り、入道雲がゆっくりと動いている。ちょうど今朝、長期の天気予報が発表されたとテレビで見た。今年の夏は、記録的な猛暑になりそうだという。毎年のことなので、軽く聞き流していた。

しかし、夏の暑さが異常なのは事実だった。地球温暖化は、もはや否定しようがない。一条は、地球を破壊できるほどの文明を人間は手にしたと言った。産業革命以降、人間は少しずつ地球を破壊し、そしてどこかで限界点を超えたのだ。これから対策をしても、もう間に合わない恐れがある。破滅への坂道を転げ落ちているのが、今の地球なのかもしれなかった。

人間の闘争本能にも、一条は言及した。あのときは騒動のさなかだったからそれを指しているのかと思ったが、もう少し違う意味だったと時間が経って気づいた。闘争本能とは、つまり競争意識だ。競争意識こそ、文明を発展させた原動力とも言える。その競争意識が地球を破壊する文明を育て、戦争やテロを起こし、ネット上に他者を攻撃する空間を作った。人間の闘争本能を奪おうと〈MASAKADO〉が考えていたのだとしたら、もしかしたら賛同する人は少なくないかもしれなかった。

横須賀の騒動は、たった半日だけのことだった。結局米軍も海上自衛隊も出動せず、神奈川県警の機動隊だけで鎮圧した。国道16号を通行止めにして、空(す)いている東京方面の車線を使って機動隊が三笠公園に駆けつけると、人々はまさに蜘蛛(くも)の子を散らすように逃げた。投石をしていた人たちは、数人がその場で取り押さえられた。だが大半の人は去り、路上駐車していた車を破壊した者たちを後日かろうじて逮捕した程度だった。騒動は別の場所には飛び火せず、大規模な暴動には発展しなかった。人々の怒りの火は、小火程度にしか燃え上がらなかったのである。

もちろん、米軍が横須賀から出ていくなどという話にはならなかった。騒動の元になった暴行事件に関して、日本政府は形ばかりの抗議をしただけで、日米地位協定の改定を提案しもしなかった。日米の力関係に変化はいっさいなく、今も米軍は横須賀に基地を構えている。東日本人の怒りは、闘争本能は、ただ空回りしただけだった。結果だけを見れば、一条が言うとおり、人間の闘争本能はなんの役にも立たなかった。

一条は「答えが見つけられない」とも言った。おれもだ、と辺見は同意する。地球規模で考えるなら、人間が闘争本能を捨てることで解決できる問題がたくさんあるのかもしれない。だが、それを人為的に行っていいのか。進化を待つ余裕など、もうないのはわかる。だとしても、テロという形で実行していいはずがない。とはいえ、政府主導なら許されるのか。それも違うと思える。

どうしてひとりで日本を出ていってしまったんや。心の中で一条に語りかけた。今こそ、お前とじっくり話し合いたかった。お前が見てきた現実、おれの知る現実、それぞれを重ね合わせて、よりよい答えを見つけたかった。一介の自衛隊員の手には余る大きな課題だが、それでもお前が真摯に受け止めるなら、おれも一緒に考えたかった。おれの知り合いにも疑問を投げかけ、皆で知恵を出し合いたかった。

視線を地上に戻せば、忙しげに歩く人たちの姿があった。今日を生きるのに精一杯で、夢を持つことすら贅沢になってしまった日本人。文明を発展させ、地球を破壊してまで手に入れた生活がこれか。人間は愚かだ、と思う。

辺見は頭をひと振りし、身を起こした。そして、愚かな人間のひとりとして生きていくために階段を下りた。

謝辞

本書の整形手術に関する描写は、聖路加国際病院特別顧問の大竹尚之医師に監修していただきました。ありがとうございました。もし間違った記述があったとしたら、それは著者の理解不足に起因するものです。

初出　「小説トリッパー」二〇二二年春季号から二〇二三年冬季号

彫刻　金巻芳俊「相対アンビバレンス」
©FUMA Contemporary Tokyo | 文京アート
ブックデザイン　高柳雅人

貫井徳郎（ぬくい・とくろう）
一九六八年東京都生まれ。早稲田大学商学部卒業。九三年、第四回鮎川哲也賞の最終候補作となった『慟哭』でデビュー。二〇一〇年、『乱反射』で第六三回日本推理作家協会賞長編及び連作短編部門、『後悔と真実の色』で第二三回山本周五郎賞受賞。著書に『迷宮遡行』『私に似た人』『悪の芽』『邯鄲の島遥かなり』『紙の梟 ハーシュソサエティ』『龍の墓』など多数。

ひとつの祖国（そこく）

二〇二四年五月三十日　第一刷発行

著者　貫井徳郎
発行者　宇都宮健太朗
発行所　朝日新聞出版
〒一〇四-八〇一一　東京都中央区築地五-三-二
電話　〇三-五五四一-八八三二（編集）
〇三-五五四〇-七七九三（販売）
印刷製本　中央精版印刷株式会社

ISBN978-4-02-251984-9
定価はカバーに表示してあります。